夜色正浓

The sales

右耳 著

© 中南博集天卷文化传媒有限公司。本书版权受法律保护。未经权利人许可，任何人不得以任何方式使用本书包括正文、插图、封面、版式等任何部分内容，违者将受到法律制裁。

图书在版编目（CIP）数据

夜色正浓 / 右耳著. -- 长沙：湖南文艺出版社，2025.4. --ISBN 978-7-5726-2251-9

Ⅰ.I247.5

中国国家版本馆 CIP 数据核字第 2025QX4573 号

上架建议：畅销·小说

YESE ZHENG NONG
夜色正浓

著　　者：右耳
出 版 人：陈新文
责任编辑：吕苗莉
监　　制：毛闽峰　刘　霁
特约策划：张若琳
特约编辑：孙　鹤
特约营销：刘　珣　大　焦
装帧设计：梁秋晨
出　　版：湖南文艺出版社
　　　　　（长沙市雨花区东二环一段 508 号　邮编：410014）
网　　址：www.hnwy.net
印　　刷：北京天宇万达印刷有限公司
经　　销：新华书店
开　　本：875 mm × 1230 mm　1/32
字　　数：335 千字
印　　张：11.625
版　　次：2025 年 4 月第 1 版
印　　次：2025 年 4 月第 1 次印刷
书　　号：ISBN 978-7-5726-2251-9
定　　价：52.00 元

若有质量问题，请致电质量监督电话：010-59096394
团购电话：010-59320018

Contents  目录

楔子 _001

PART 1
你明天不用上班了 _001

这里的台阶很清晰，你做到哪一层，就可以赚到什么样的收入，拿到什么样的资源，过上什么样的人生。

PART 2
解铃还须系铃人 _059

你知道吗，这几年来，我每天早上醒来时，都觉得这个世界很荒诞。

PART 3
真实世界的烦恼 _129

我不仅想要打一场稳赢的官司，我还想打一场体面的官司。

PART 4
乔海伦的朋友圈 _189

到了你现在的层级,就是不分性别地斯杀,你将面对的是无差别进攻,没有人会因为你是女人而手下留情。

PART 5
这只是开始 _253

丛林法则里,有经验的猎人都懂得,绝不能把背朝着野兽。

PART 6
眷恋红尘的人 _321

"喝酒会醉,为什么人会愿意失控,愿意被迷糊摆布?"
"亿万人都在靠酒精支撑,你觉得众人皆醉你独醒?"

番外1:梁丹宁 _351

番外2:许云天 _356

番外3:曾子漩/姚蓉蓉 _ 360

楔 子

天突然就冷了下来，上午还有 15 摄氏度，这会儿居然只有 6 摄氏度。前一天还下过一场大雨，又湿又冷。

上海一入冬就是这样，老天爷玩的是魔法攻击。

赵玫刚下出租车。车里已经开始开暖风，令人有昏昏沉沉的感觉，下车被冷风一吹，反倒清醒了不少，她定睛一看，发现司机给她搁在了环球中心的南区，而她要去的地方却是北区，她缩着脖子跑过半个广场，到了地方，自动门一开，一股没头没脑的暖流便迎面撞上来。

阿嚏！

很好，这就要感冒了。

赵玫每次感冒都是这个流程，先打喷嚏，再嗓子疼，接着流鼻涕。

得在嗓子疼前把话说明白。赵玫想。

她今天是来找李东明提离婚的，这么刺激的事，必须精神抖擞，嗓子要是疼，气势先弱了三分，如果再配上擤鼻涕，那就得另选吉日了。

瑞景咨询在环球中心三十三层，赵玫刚出电梯，鼻尖先接了一滴水。

她抬头往上看，天花板那儿果然湿了，再往前，极富设计感的休息区正中间放着一个脸盆，里面晃晃悠悠地积了半盆水。

前台小姐认识赵玫，知道她是合伙人李东明的夫人，赶紧解释："昨天下大雨，天花板漏了。"

一百层的摩天大楼，可以扛 8 级地震，可以扛 12 级台风，但下个雨就漏水了……

前台小姐苦笑道:"老板们都气死了,说这次一定要搬家。"

赵玫眯着眼,望着从天而降的"水晶吊灯",说:"搬哪儿去啊?这已经是上海最贵的写字楼了吧。"

瑞景咨询做的是顶级企业客户的生意,凡事都要吊起来卖。办公室是第一张门面,是不是最好尚在其次,是不是最贵至关重要。

"可不是!找不到合适的,愁死了。"前台小姐幽幽地叹口气。

前台小姐找到李东明的时间表,说:"李总的会应该快结束了,我带您去会客室吧。"

赵玫跟着前台小姐往里走,沿途来来往往的人,都是男帅女靓。

咨询、投行这几个领域都是这样:从最好的大学挑选最好的人才,在最贵的办公室付出最浪漫的青春。

"乔海伦在吗?"赵玫问。

"在吧,您要找她吗?"

乔海伦是瑞景的一个初级分析师,也负责赵玫公司的项目。

"不找,就随便问问。"

乔海伦不是今天的重点,李东明才是。

赵玫今天来,是找李东明提离婚的。

为了这一刻,她已经足足忍了一个多月,李东明还蒙在鼓里。赵玫这次能升上销售总监,有一半是他的功劳。早上起床时,李东明还在跟她邀功,缠着赵玫问打算怎么报答他。

赵玫意味深长地说:"我会好好报答你的。"

比如,离个婚?

会客室很舒服,桌椅都是设计款,靠墙是一排高级的书柜,书都选得挺有品位,赵玫在酒柜前蹲下来,发现三分之二都是GST(古斯特酒业)的产品,旁边冰箱、冰桶一应俱全。赵玫挑了瓶开过封的金樽王18年,给自己倒了小半杯。

这三十多天,那么多的起起伏伏,总算都熬过来了。

她都和律师商量好财产怎么分了：俩人现在住的那套大平层归赵玫，另一套小户型是李东明的婚前财产，那就还是给他——总得让人有地方住不是？

除了房产，还有现金和股票。赵玫明面上没有什么存款，李东明有一笔股权刚套现，入账一大笔钱，自然是一人一半。他手里还有别的股权、期权，赵玫也打算找他要一半，李东明肯定不愿意，但没关系，赵玫手里有他的把柄。

赵玫放下酒杯，打开手机，翻看相册里偷拍的照片：那个女人有一对令人过目难忘的胸，高耸挺拔，她若是走出电梯，别人第一眼看到的绝不会是她的脸。

世界上有那么多女人，李东明偏要出轨自己的女下属。

赵玫冷静地把手机关上了，知道这件事那么久了，但看到照片时还是令她身体不适。

李东明怎么还没来？

赵玫抬起头，看向外面，发现玻璃上有几滴水——居然漏成这样。

她顺着痕迹追溯，水滴从三合板的缝隙里挤出来，慢悠悠地落下，引起了一些骚动。

骚动？

窗外西装革履的商务男女，靠近走廊的那些先张开嘴，一脸茫然地看向某个方向，那种茫然像加速版的蝴蝶效应，飞快地传播到每个人的脸上，肉眼可见地，转变成了惊恐。

怎么回事？

李东明终于过来了，脸上带笑，走路带风。他这几年事业起飞了，名利双收，不管在哪儿都能走出主场感。

赵玫朝他挥了挥手，示意方位。

然而李东明走了一半，突然停了下来，他回过头去，和其他人那样，朝着某个方向，表情在一瞬间发生巨大的变化，像是见了鬼。

赵玫一阵心悸，她迅速打开门，走出去。李东明已经朝那个方向跑起来，不只是他，所有的人都在往那边跑。

难道是着火了？

赵玫骇然。这样的高楼发生火灾，绝不是闹着玩的。

她毫不犹豫地跟着人群朝那个方向跑过去，没有听到警报声，这让她稍微有点安心，到了某一处通道口便有些走不动，前面很多人在窃窃私语。

"死了！"

"死了！"

谁死了？

赵玫有一丝不祥的预感，她奋力拨开人群挤出去，刚到前面，就看到一些医务人员急匆匆走出来，抬着一个担架，担架上躺着一个一动不动的女人。

女人的脸侧向另一边，短发凌乱，可能是打了发蜡的缘故，有好几根头发油腻地黏在脸上；一对胸脯大得惊人，百年前导弹式文胸刚问世的时候就是这样，每个女人胸前都顶着两个骄傲的圆锥体，犀利得仿佛能刺穿一切。

这对胸脯的主人一定想不到自己会在众目睽睽之下这么平躺，否则她不可能这么穿。

赵玫浑身发抖，骨子里一阵一阵地冷。

李东明也看见了赵玫，他艰难地走到赵玫的面前，脸色灰败到极点。"你来了。"

"那是谁？"赵玫心惊肉跳地问，"谁死了？"

"乔海伦，"李东明面如死灰，"死的是乔海伦。"

"嗡"的一声。

赵玫的头炸开了。

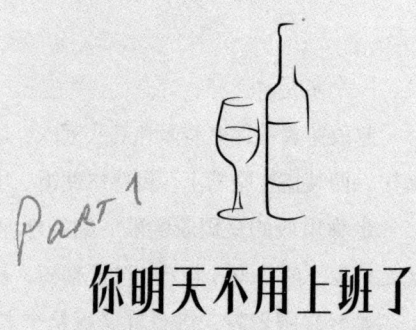

PART 1 你明天不用上班了

这里的台阶很清晰，你做到哪一层，就可以赚到什么样的收入，拿到什么样的资源，过上什么样的人生。

第 一 章

一个多月前。

赵玫穿着一件贴身米色套头毛衣,腰身细细的,收在白色的阔腿裤里,西装搭在胳膊上,慢悠悠朝饭店里走。

走廊里放的是周璇的歌,细细地捏着嗓子,"春季到来绿满窗,大姑娘窗下绣鸳鸯。忽然一阵无情棒,打得鸳鸯各一方……"

她轻轻跟着哼,御景轩老板是个老派人,给饭店选的背景音乐也都是老派歌曲,时常有"00后"的顾客来打听,这都是什么歌呀?老板就说,这是"30后"听的歌。

赵玫走到店长办公室门口,刚要敲门,就听到一个熟悉的男声:"你们一群老爷们儿,为难一个女孩算什么本事!拿来,这杯酒我替她喝!"

赵玫回头,见一个服务员从侧后方叫"鹿鸣"的包间走出来,她一出来,厚重的门便关上了,将声音完全隔阻,什么都听不见。

赵玫确定,说话的那个男人就是自己的老公李东明。

见服务员走远了,赵玫走过去,将包间的门重新推开了一条缝。

"李总怜香惜玉啊!"声音再次传来。

包间的门推开并不正对着饭桌,而是对着一道红木屏风,屏风后一个衣冠楚楚的男人站着,将一大杯红酒一口气喝了下去。

"好!"

众人爆出一阵喝彩,坐在男人旁边的女孩忙扯了纸巾,凑到男人跟前,在他的嘴角擦了又擦,情深意切。

赵玫只知道李东明前段日子升了高级合伙人，还加入了一个管理委员会，却没想到已经这么有排面。

"请问您找谁？"服务员又回来了，端着一个大托盘，盘子上八小碟柠檬汁，上面飘着几片花瓣，是吃完大闸蟹后洗手用的。

赵玫朝里指一指，"我找他。"又亮一亮手机，正在给李东明拨号。

不一会儿，李东明出来了。"来巡店？这么巧。"

"是啊，要不怎么能看见你怜香惜玉，替美女挡酒。"赵玫斜睨着他。

"怜什么香惜什么玉，"李东明摇头笑，"那个姑娘酒精过敏，今天几个人也不厚道，老灌她，我怕出问题，才替她挡一挡。"

"她是谁啊？"

"一个初级分析师。"

"挺会来事的，还给你擦嘴呢。"

"会来什么事，"李东明直摇头，"没用，我们公司组织架构优化，她就是其中之一。"

组织架构优化是一种"优化"的说法，其实就是裁员。

赵玫有些意外，说："她要被裁了？"

"嗯。"

"她知道吗？"

"下周宣布，这会儿还什么都不知道。"

赵玫侧头，那女孩也回头张望，两个人恰好对视，一对极为高耸的胸脯映入赵玫的眼帘，害她差点走神。

衬衣都要撑破了，赵玫想。

女孩礼貌地冲赵玫笑了笑，赵玫也点点头。

"干吗裁她？事情做不好？"

李东明轻笑一声，说："不是事情做不好，是别的人都不好裁。"

赵玫明白了，这个女孩在公司没后台。"真可怜，白给你擦嘴了。"

"别瞎说，"李东明指着里面，"几个康雅集团的，说起来还都认识你，要不要进去坐坐，打个招呼？"

赵玫揶揄道："我进去坐坐，你替我挡酒啊？"

"那不行，你可是堂堂GST促销部老大，这里喝的都是你们公司的产品，得你给我挡酒才对。"

"我才不给你挡酒，我是卖酒的，巴不得你们多喝点。"

夫妻俩寒暄了几句，赵玫去找店长谈事，李东明又回到包间。

赵玫在店长办公室盘桓了半个多小时，出来时，"鹿鸣"包间已经散了，几个服务员在收拾桌子。她走到大厅，看到那群人正在大门口等车。

李东明在跟一个眼镜男寒暄，帮他擦嘴的女孩站在路边，一辆商务车开过来，女孩殷勤地替客户拉门，也不知怎么的，一头长发和那个客户的西装扣子缠在了一起，两个人顿时忙乱起来，旁边几个人也都赶紧上前帮忙，眼镜男也过去了，帮着她把头发绕出来，唯独李东明站在一边纹丝不动。

赵玫一看就知道，李东明这是在避嫌，想想倒是有些好笑。

她也没再去和李东明打招呼，她很少掺和到李东明的工作场景里，同理，李东明也几乎不过问她的事业。

看时间差不多了，赵玫打车回公司，刚到双子星大厦门口，就接到手下主管的电话："赵总，你今天别进公司了，汪莉萍的男人来了，还带了两个人，非说是你把汪莉萍藏起来的，一直坐在公司门口，说要跟你没完。"

赵玫平静地说："行吧，那我先不进来了。"

挂了电话，赵玫朝周围看看，发现一时半会儿也无处可去，最后决定就近找一家美发沙龙洗个头，正好休息一下再接着巡店。

她这几天是不打算回公司了，得躲一躲。汪莉萍是她手下的促销员，在老家有个未婚夫，说好了打两年工就回家结婚，谁知上班不到半年就跟夜店的供应商跑了，跑就跑吧，还编了个故事，跟老家的人说男朋友是赵玫给她介绍的对象。

我什么时候给你介绍对象了？

赵玫叹了口气。

这些年，她管着促销部几百号莺莺燕燕，争风吃醋的、跳楼闹自杀的、在酒吧跟客人打架的……真是什么事情都见过。

暖风飘过，空气中流动着一股淡淡的甜香，赵玫抬头看去，是几棵高大的桂花树，在路灯的照耀下开出一片金色的云，又好看又吉利。她心情好多了，掏出手机，调到微距模式，正要摁下拍照键，手机又响了，是个外地陌生号码。她刚要按断，就听见身后有人大吼。

"姓赵的！"

"可让我找着你了！"

赵玫猛地回头，只见三个粗野的男人，为首的那个一脸狰狞，恶狠狠地瞪着赵玫，手里居然还拿着一张赵玫的照片。

赵玫一看就明白了，装作无辜地问："你们是？"

"我是汪莉萍的老公！"对方怒目圆睁，"说，你把我老婆藏哪儿了？"

"你找错人了吧？"赵玫怯怯地往后退了一步。

"找错人？"男人气得大骂，"你别睁着眼睛说瞎话，我有你和汪莉萍的微信聊天截图，那鳖孙就是你介绍给她的，你还叫她走远点，还敢在这儿跟我装傻？"

吃一堑长一智，赵玫决定以后再跟手下交流，不用微信，或者干脆不交流，您想走就走，想留就留，不要搞出事端牵连上级。

赵玫耐心地解释："你真的搞错了，这里肯定是有什么误会……"

"我去你妈的误会——"对方满口脏话。

赵玫的手伸进包里，快速地拎出来一瓶样品酒。

三个男的一愣。

赵玫反手，"咣当"一声，酒瓶砸在路边围墙上。

大半个瓶身都碎了，只剩下赵玫手里短短一截，褐色的玻璃张牙舞爪地支棱着，变成一件凶器，对准那三个男人，酒液流了一地，空气里酒香醉人。

三个男人乐了，心想这女的难道要跟他们对打？她怕不是个傻子？

"这是要弄啥？你还想跟我们打架咋地？"

谁知赵玫忽地睁大眼，满脸惊讶地望着前面，说："哎？汪莉萍你怎么回来了？"

三个男的赶紧回过身去，哪里有什么汪莉萍！

等他们再转回来，赵玫早就把凶器一扔，跑了。

赵玫跑得飞快，边跑边琢磨，她本想直接往派出所跑，但就算到了派出所，警察最多也只是帮忙调解，对方根本不是讲理的人，肯定还是缠着她不放。

还是得往写字楼跑，写字楼有保安。

心念电转之间，一辆别克商务车正好在路边停下，赵玫一眼看见坐在后排的人。

她赶紧朝着别克车跑过去，敲敲车窗，车门开了，坐在后排的男人睁圆了眼睛，惊讶地望着赵玫。

"快走！"赵玫一脚踩上车，一屁股就坐到董越旁边。

她刚带上车门，那三个人就追到了。

董越一看这场面，当机立断对司机说："先离开这儿。"

司机的反应也很快，一把把方向盘打死，来了个急速掉头。这一段路虽说宽阔，但是当中有一圈圈的路障，别克得慢慢绕出去，那三个人跟在车屁股后面追，汪莉萍的男人还从花坛里捡了块石头，照着商务车扔过去，"咚"的一声，正好砸在车身上。

"修车钱算我的。"赵玫只顾往后看，面不改色道。

董越没吭声，一脸古怪地望着赵玫。

"怎么了？"

"你掐我。"

赵玫低头一看，发现自己正死死地抓着董越的手，赶紧放开。

"不好意思啊！"

董越揉了揉手背，上面有三个深深的指甲印，怪疼的。

车开到大路上，主管又打来电话。"赵总，你可以回来了，我刚发现那三个人走了。"

"人家早就走了，正追我呢，"赵玫叹口气，"回头再说吧，我先逃命。"

话音刚落，就听司机汇报："他们跟上来了。"

赵玫回头看，那三个人居然开了一辆小面包车追了上来，顿时无语，多大仇啊。

司机冷哼一声，道："要我说都不用跑，就这三个货，我一拳一个。"

赵玫看着司机衬衫袖子都盖不住的腱子肉，问："这位大哥，你是不是会武功？"

司机笑得爽朗，说："啥武功，就学了几年格斗。"

赵玫微微点头，说："真厉害。"

她听过一些关于董越的八卦，说他并不是上海土著，家境也很一般，但他运气好，找了沈默的独生女沈星当女朋友，沈默是GST在华东区最重要的经销商，身家保守估计十位数以上，两个人的订婚礼是在沈默位于青浦的自家庄园举行的。想必这个司机是沈默的人，否则一般人哪里能请到会格斗的驾驶员。

赵玫心想，我要是董越，我还上什么班？岳父，我不想努力了。

董越见赵玫眼波流转，她明明一句话也没说，但又好像什么都说了，他想解释却无从说起。

司机油门一踩，别克显现出与体形不相符的灵活，"嗖"地朝前冲出去，赵玫回头又看了一眼，再回过头来，发现司机居然一转弯，朝一个高档小区开过去，赵玫看看门牌，"阿波罗花园"。

赵玫知道这个小区，当年上海的房子五千块一平方米的时候，阿波罗花园就开出了一万块一平方米的高价。

"你家住这儿啊?"赵玫问。

"嗯。"

赵玫心想,你为什么要买在阿波罗花园,又贵又老,离公司也不近,多半是你女朋友的住处才对,毕竟这房子刚开卖的时候,买得起的全是"老钱"[1]。

别克车到了小区门口,车闸自动识别升起,赵玫知道这下真的安全了,倒在椅背上,长舒一口气。

"你欠了多少钱?这么被人追杀?"董越好奇地问。

"不是欠钱,是识人不善。"

正说着,赵玫的电话又响了。那头是汪莉萍,她急急忙忙地说:"赵总,我听说他们去公司找你了?"

"找了,一共三个人,要找我拼命……我没事,你暂时先别跟你老家的人联系了,等风头过了再说……你准备去外地?可以,去吧去吧,去哪儿不用告诉我。"

汪莉萍哽咽地说:"谢谢你赵总,谢谢,我都不知道说什么好了——"

"那就别说了,先这样啊。"

赵玫赶紧挂断,她怕汪莉萍哭出来,到时候还得费口舌安慰。

董越听出来了,问:"是那个私奔的促销员?"

"你也听说了?"

"何止我,所有人都听说了,"董越笑起来,"想不到你还真的会帮那两个人。"

赵玫打开手机一边叫网约车,一边说:"不帮不行,她老家'流行'家暴,被抓回去会挨揍的,打坏了怎么办——你家是几栋几单元?"

---

[1] Old money,原指国外经过几代经营获得财富积累的家族,这里指富裕阶层。

"1号楼1601。"

"谢了,"赵玫打电话给网约车司机,"师傅,我是刚叫你车的,你开到小区里来接我吧……保安让进,我是1号楼1601的业主,我现在到楼下等你。"

董越:……

赵玫打完电话,一手拉开车门,回头对董越说:"我还有事,先走了,今天谢谢你,回头请你吃饭。"

说完她大步流星朝外走,一头蓬松的大波浪,在她纤细的背后欢腾地跳跃着。

"修车账单记得给我啊!"

声音从车库口飘来。

司机充满好奇地问:"董总,这位是谁啊?"

"一个同事。"

司机跷起大拇指,说:"潇洒!"

第 二 章

赵玫打车直奔蚕茧,那是一家新开的夜店,也是赵玫今晚巡店的最后一站。

蚕茧开业,大门口车水马龙,梁丹宁已经在大门口等候赵玫。"听说你被人追杀了?没事吧?"

"没事,你看我不是挺好的。"

"那就行,走吧,我特意安排了节目,给你压压惊。"

"什么节目?"

梁丹宁狐媚地眨眨眼，说："先不告诉你。"

赵玫好笑地摇头，有些猜到梁丹宁葫芦里卖的什么药。

她俩是同事，也是闺密，十年前俩人一起进的 GST 促销部，一起上班，一起合租，一起被客户刁难，一起挨老板臭骂。眼下赵玫已经是促销部的负责人，而梁丹宁则转去了销售部当高级经理。

赵玫跟着梁丹宁往里走，顺便打量沿途的酒品展示区，一位 GST 的促销员正在向客人推荐一瓶新推出的"丽驰小姐"香槟，顾客每购买一瓶"丽驰小姐"，GST 中国区就会向妇女权益保护组织捐出一块钱。

赵玫暗中观察了下那个女孩，笑容热情又保持距离，仪态优雅又不失亲切，完全符合 GST 对促销员的要求。

梁丹宁把赵玫带到一个豪华包间，神秘兮兮地推门。

"请进。"

屋里，十来个年轻男人站成一排，双手统一背在身后，每一个都是一米八以上的身高，有的长相清秀，有的五官深邃。一个肌肉男文着麒麟臂，一个小奶狗类型的穿着白 T 恤，梁丹宁指着一个戴无框眼镜穿西服的帅哥，对赵玫说："这个适合你。"

赵玫看了看，百思不得其解，问："为什么？"

"他像不像年轻时的李东明？"

赵玫无语，仔细看了看，指着那个麒麟臂小伙，对梁丹宁说："那我觉得，这个适合你。"

"为什么？"梁丹宁挑着眉，她是离婚人士，"因为他像我未来的老公？"

赵玫大笑起来，对那群打工人说："你们换个地方吧，我们今晚没需求。"

梁丹宁讶异道："我特意让店长给你留的人，真不玩啊？"

"你明明知道我对这些根本没兴趣。"赵玫说。

"我知道啊，所以我才给你安排的包间，"梁丹宁指指外面，"难道你想出去跟那帮'牲口'拼酒吗？"

"他们都来了？"

"都到了，一堆人。"

蚕茧和GST刚签了独家合作协议，所有的酒水全部从GST采购。为了表示感谢，GST的销售们这段时间一直都来捧场消费，一来是向客户示好，二来也是替蚕茧养一养人气——只有蚕茧的生意好，他们的销量才能上去。但这么一来，酒就喝得凶了，有几个销售经常是直着进来，躺着出去。

"不想去也得去，"赵玫笑笑，"再说今晚老许要来，总得打个招呼。"

"行吧。"

俩人走出包间，一股热浪扑面而来。

GST的人占了一个挺大的VIP包间，不一会儿，赵玫的直属上级、华东区销售总监许云天到了，一大群人起身迎接。

"许总，"赵玫过去，"我敬你。"

许云天点点头。"你随意。"这句话算是对女士的照顾，但赵玫还是一饮而尽了。

俩人是认识超过十年的熟人，没什么可寒暄的，敬酒就是个礼仪，赵玫走完流程，便刻意离远点，找许云天敬酒的人太多，坐的离他越近，喝醉的概率就越高。

梁丹宁恰恰相反，她是越喝越放得开的那种人，和自己人喝了一圈后，光着脚踩在包间的沙发上朝四下望。

"哇，今儿来的，都是亲人啊！"

梁丹宁右手一伸，喊了句："酒来。"立马化身八面玲珑的花蝴蝶，扑向了她的亲人们。

灯光光怪陆离，一大堆男男女女在舞池里摇晃，赵玫走到吧台边坐下，玩着手机，自我隔离在俗世红尘之外。

"一个人坐这么远？"

赵玫抬头，见是董越。

"你也来了？"

"本来想去公司回几封邮件，刚到门口就被你带走了，"董越笑道，"听说大家今晚都在蚕茧，干脆也来凑热闹。"

"早知道就一起来了。"赵玫举杯。

董越看着她杯子里的可疑液体，问："你在喝白水？"

赵玫一本正经地说："我在喝白酒。"

不一会儿，销售于巍峨凑了过来，他是董越的直属下级，高高瘦瘦的，一脸精明相，先跟赵玫打招呼："赵总。"又对董越说："哥，今晚来了好几个美女，有一个还是著名网红，我给你介绍？"

董越摇着头说："不，这儿挺好的。"

于巍峨咧嘴笑了笑，说："明白。"

谁知没过五分钟，他还是领着几个女孩款款走过来。

赵玫撇撇嘴，尽管她只是董越的同事，可无论如何，在董越身边已有女士的情况下，还往这儿带美女，不是情商低就是目中无人。

于巍峨笑嘻嘻地说："哥，不是我想搞事，真的是美女们想认识你。"

"别闹。"

"没闹，她们说你长得像梁朝伟，问我你是谁。"于巍峨满嘴跑火车。

人群忽地一阵喧闹，只见一簇炫目的烟火凭空亮起，接着移动了起来，原来是两名男侍者扛着一个巨大的酒瓶，烟火来自瓶身的装饰。巨大的酒瓶被搬到另外一头的某个卡座，像迪士尼的烟花一样来了一轮璀璨的喷发，成为全场的焦点。

"哇！"女孩们投去艳羡的目光。

"开月光之城了啊，可以可以。"于巍峨竖起大拇指。月光之城是GST旗下最贵的一款香槟，在夜店追女孩开这瓶有奇效。

"我们也开一瓶吧，"董越微笑着说，"请美女们喝酒。"

"好嘞！"于巍峨忙不迭地跑去找服务员。

"你怎么称呼啊？"一个穿热裤的女孩举着香槟杯，打量着董越，画着小烟熏妆的美眸里闪着神采。

"我叫于巍峨。"

赵玫赶紧捂住嘴，怕自己笑出来。

"对了赵玫，有件事我想问问你。"董越突然严肃地说。

赵玫莫名其妙，但看他一脸认真的样子，只好跟着他来到靠近大门旁的通道，问道："什么事？"

"对不起啊，"董越诚恳地说，"于巍峨不懂事，我替他向你道歉。"

"就这事？我没那么小心眼。"

"我也不想坐在那儿。"

"为什么？"赵玫好奇道，"美女环绕，你不喜欢吗？"

"谁让她们说我像梁朝伟，"董越冷着脸说，"梁朝伟多大岁数了，最起码比我大一倍！"

赵玫笑笑。"那你怎么也不跟许总他们坐？"她朝VIP卡座方向努了努嘴。

董越反问："你不是也没过去？"

"那是你们销售的场子，我不是销售，我也不爱说那些车轱辘话。"

"什么车轱辘话？"

"你们男人一喝酒，就总爱说'兄弟，你们做的可以，以后多学习……兄弟，加油啊……兄弟，有什么需要尽管开口，只要我能帮上，我就一定……尽我所有'。"赵玫学着销售的样子，右手握拳，在左胸上捶了捶。

董越轻轻地笑起来。

"怎么不说话？"

"没话说了姐妹，"董越摇摇头，举起右手，往左胸上捶了捶，"尽我所有。"

赵玫顿时笑着露出两排贝齿，刚要开口，忽地目光一颤，被不远处的动静转移了注意力。

某个卡座里,一个男人抱住了一个女孩,俩人是站着的,男人扳着女孩的肩膀,使劲地往女孩脸上凑,女孩的脸在另一侧,看不清她的表情,但能看到她正用手抵着男人。

"好!"

围观群众一片叫好,许多人举着手机,从不同角度进行拍摄。

赵玫认出了那两个人,顿时心里"咯噔"一下。

今天出门真是没看皇历,怎么全是这种破事。

董越也看出来了。"许总?"

赵玫站了起来,董越拦住她,问:"你干吗去?"

赵玫焦虑地推开他的手,说:"那是我的人。"

正是那个促销员。

人太多了,都凑在那儿起哄,赵玫喊了一声"借过",没人理她。她一着急,索性一脚踩在一个人的脚面上,那人"嗷"地喊了一声,跳了起来,给赵玫让出一条路。

赵玫一个箭步冲到许云天跟前,拉着他的胳膊往外扯,女孩趁机往后退,许云天稀里糊涂地试图继续抓那女孩,这时董越也过来了,和赵玫一边一条胳膊,把许云天拽到一个角落里。

"许总!"赵玫压低嗓音,"她是我们的促销员!"

"谁啊,哪儿呢?"许云天已经喝多了,脸上挂着迷离的笑,他还想去勾赵玫,谁知手一抬就被另一只手给摁住了。

"许总。"董越的手再紧了紧。

"哎哟。"许云天吃痛,叫了一声。

见许云天老实了,董越皱眉朝四下看去,问:"其他人哪儿去了?"

几个销售这才从观众群里冒出来,梁丹宁也回来了。"怎么了这是?"见赵玫和董越的表情都很难看,闭嘴不吭声了。

还有好多人在起哄,不断有人往这边看。

赵玫低声吩咐:"赶紧把人送走!"

大家齐心协力把许云天弄出去，塞进车里，董越点了于巍峨和梁丹宁去送。"许总夫人多半在家，全是男人不方便。"

"不，"赵玫摇头，"许总夫人在家的话，梁丹宁去了更麻烦。"

梁丹宁感激地看了赵玫一眼。

董越想想也是，又让另一个男销售跟着。

见车开远了，赵玫吁了口气，说："你们去忙你们的，我还有点事要处理。"

蚕茧办公室里，刚才的那个促销员已经在等着了，一脸的楚楚可怜，旁边还有蚕茧的店长。

"赵总，我错了。"女孩一见到赵玫就承认错误。

"原来你认识我，很好，"赵玫面无表情，"错在哪儿了？"

"不该擅离工作岗位，不该在上班时间喝酒。"女孩话音未落，眼圈已经红了。

"你叫什么名字？"

"曾子漩。"

赵玫点点头，朗声宣布："曾子漩，你明天不用上班了。"

曾子漩瞬间脸色惨白，哀求地喊："赵总！"

"去找你的主管，让她给你结算，"赵玫干脆利索地说完，又冲着店长道："今晚真的不好意思，给你添麻烦了。"

"没事没事。"店长也没想到赵玫一出手就是赶尽杀绝，一时之间都不知道说什么好。

赵玫走到办公室门口，见董越正等在门边。

"这就开了？"董越问。

"谁让她碰红线。"赵玫心情很差，不想多解释，"我回去了。"

第 三 章

一个小时后,赵玫回到位于徐家汇的家里。

屋里是暗的,李东明估计已经睡了。赵玫没开灯,把自己重重地扔到大沙发上,仰面躺着,脑子里翻来覆去全是今晚发生的种种。

一会儿是汪莉萍,一会儿是曾子漩,一会儿是许云天……一大堆人像走马灯似的在眼前转。

手机亮了,是梁丹宁给她发来的消息:"老许的事被人发出去了。"

赵玫一下子坐了起来,紧接着就看到梁丹宁给她转来的几个小视频。

她点开视频,发现内容正是一个小时前发生的那一幕,许云天搂着曾子漩强吻她,几个视频的角度都不一样。想来也是,当时有那么多人举着手机拍摄,肯定有不同的版本。

"你回来了?"身后传来一个声音。

赵玫吓得一抖,一回头,看到黑暗中站着的李东明。

"你干吗?吓死我了!"

"我才吓死了呢,"李东明开了灯,"一出来就看见沙发上有个人。"

赵玫见李东明提着行李箱,问:"你要出差吗?去哪儿?"

"去北京。"

"这么早?"

"不早了,六点半的飞机。"

"你怎么没告诉我?"

"我说了啊,你忘了。"

他们家的客餐厅是流行的LDK一体化[1]设计,开阔通透。李东明走到厨房区,从架子上拿了药盒,倒出一把保健品丢进嘴里。

"去几天?"赵玫问。

"不好说,看项目进展。"

李东明对着镜子整理西装。"听说你们老许今晚出洋相了。"

"你也看见了?"赵玫讶异,"这才多久,怎么传得那么快。"

"这种事当然传得快,跟小电影似的,"李东明哂笑道,"你别说,那视频拍得真挺带劲。"

赵玫冷不丁地问:"你在外应酬,是不是也总遇到这种事?"

李东明不以为意,蹬了蹬脚上的编织纹皮鞋,说:"谁在外应酬,都有可能遇到这种事,我只能说我们行业遇到的概率比较低,毕竟我们是搬砖的,业务还是得在光天化日之下进行,不像你们卖酒的,可以公然酒后乱性。"

"世界上哪儿有真正的酒后乱性,"赵玫蹙着眉,"不过是借口。"

"哦?"

"很多男人都喜欢在酒桌上抱来抱去,但为什么他们既不会抱大爷,也不会抱大妈,每次都刚刚好抱住了一位美女?"赵玫不屑地笑笑,"什么酒后乱性,明明是自己喜欢揩油,关酒什么事。人的问题,别赖在酒上。"

李东明指着赵玫,说:"透彻,我就喜欢你这副洞彻一切的样子。"

"去你的。"赵玫翻翻白眼。

"那个小姑娘呢?你怎么处理的?"李东明饶有兴致地问。

"开了。"

"开了?当场开了?"李东明惊讶。

---

[1] 将客厅(Living Room)、餐厅(Dinning Room)、厨房(Kitchen)三个独立功能空间整合为一体化模式的空间布局。

"对啊，怎么了？"

"哈哈哈，可以的，"电梯来了，李东明笑嘻嘻地走进去，"你这忠心表达得太到位了，难怪你老板那么喜欢你，走了，拜拜。"

赵玫怔了下，一把伸出手，拦住即将合上的门。"你等等。"

"嗯？"

"你觉得我把人开掉，是因为我想讨好许云天？"

李东明问："难道不是吗？"

赵玫隐隐有些怒气。"当然不是了，我开掉她是因为她违反了公司规定。"

"什么规定？"

"促销员不允许擅离岗位，不允许在工作时间喝酒。"

"你们还有这规定？"李东明乐了，"卖酒的不让促销员喝酒，这是怎么想的？"

"因为我们的促销员都是女孩，在夜店那种环境很容易被人骚扰，有了这个规定，万一有人灌促销员酒，就可以拿公司规定当挡箭牌。我三令五申很多次了，这是红线，也是为了保护她们，谁知这个曾子漩一见到领导在，骨头就软了，居然跑过去敬酒，你说我是不是该处理她？"赵玫越说越气，"我要是不处理她，以后别人有样学样怎么办？"

"你别激动啊，"李东明说，"我明白了，好的。"

"好什么啊？"

"就是我明白了，你开除她不是为了讨好老板，而是为了保护她们，前面是我误解了，你特别好，特别棒。"

"你敷衍我？"

李东明求饶："赵总，我赶飞机呢，请问我能走了吗？"

赵玫看了他半天，收回了手。"你走吧。"

她望着电梯门缓缓合上，只觉得一阵颓丧。

她知道李东明在敷衍自己，在李东明眼里，她开掉曾子漩的唯一动机，就是为了讨好许云天。

还有董越！

她回想起董越当时的眼神，是了，董越也是这么想的，这些男人都是这么想的。

从李东明家到机场，通常只需要半个小时，但今天他让司机绕了条远路，停在了某个小区的门口，门口已经有个女孩在等着了，见车过来，女孩拎着行李箱走过去，先到窗边弯下腰打招呼。"李总。"正是之前那个给他擦嘴的女分析师乔。

"上车吧。"

乔把行李箱放进后备厢，上车坐到李东明身边。

李东明看了眼她那对导弹式的酥胸——这个女孩深知自己的本钱在哪里，穿的每一件衣服都是突出"地形"优势的。

"给您买的早饭。"乔递过来一个纸袋。

"什么好吃的？"

"咖啡，还有汉堡，"她不好意思地说，"您别嫌弃啊，太早了，买不到别的。"

"不嫌弃，有一口吃的就很高兴了。"李东明笑着握了握女孩的手，咬了一口双层牛肉汉堡，"好吃。"

他又凑近了女孩，低头闻一闻，说："好香。"

乔笑了下，偏了偏头，说："林赛给我打过电话，说了裁员的事。"

李东明"哦"了一声。

"她哭了，"乔有些沉重地说，"我不知道怎么安慰她，心里怪难受的。"

"这有什么可难受的，"李东明找到一张纸巾，抹了抹嘴，"丛林法则，弱肉强食，优胜劣汰，自古以来都是如此。"

乔没吭声。

李东明看了她一眼，说："你不用担心。"

重音放在"你"上。

乔顿时露出一个明亮的笑,温柔地说:"谢谢您。"

"你想怎么谢?"

"……"女孩低下了头。

李东明凑过去,在乔的耳根吻了一下,那里很快就泛起了一层红晕,这让他心里一热。

他一向很吃这种含羞带怯的类型,这年头豪放女见多了,会脸红的女孩比大熊猫还少。

其实乔远没有赵玫美,但赵玫远不及乔可爱。

如果说乔是小白兔,那赵玫就是食人花。你在赵玫的耳根亲一下,她转个身就能把你给吃了。

李东明想做大灰狼,不想被食人花吃。

所以他毫不犹豫地把赵玫的形象从脑海里赶走,伸出手,扳过乔的脸,照着嫣红的唇吻了下去,另一只手顺势搂住了她的腰,把衬衫一点一点地从西装裙里拽了出来。

乔闭上了眼,顺从地坐在李东明怀里,任他揉搓。

好一会儿,李东明终于停下来,在乔耳边低声说:"等到了酒店,我再好好收拾你。"

女孩羞得头都抬不起来了,只能低低地"嗯"了一声。

李东明看着她气喘吁吁满脸红晕的样子,满意地弯了弯嘴角,拿起手机继续看。

乔这次主动靠在了李东明的肩膀上,瞥了一眼,那是一个视频。

"那是 GST 的许云天吧?"

"是他。"

"我上个月还访谈过他,"她想了想,"他是你太太的老板吧?"

"嗯。"

"噢……"

"你噢什么?"李东明觉得好笑。

"没什么，就是没想到他会出这种事。"

李东明笑笑，说："这算什么事，这种事每天都在发生。"

"可是GST的董事长前两天刚宣布支持了#MeToo#。"乔说。

#MeToo#是从2017年开始的针对美国金牌制作人哈维·韦恩斯坦（Harvey Weinstein）性侵事件，好几位重量级的女明星挺身而出，说出了多年一直没敢说的故事，同时呼吁所有曾遭受性侵犯的女性也说出自己的惨痛经历。

"嗯？你在哪儿看到的？"

"Twitter（美国社交网络平台）。"

"那上头的话你也敢信？"李东明不以为然，"这些老外台面上政治正确，台面下玩的还是老一套。许云天是GST最资深的销售总监，手里捏着大把重要客户，哪个老板会因为一次酒后乱性，去处理手下最重要的大将？"

"哦。"乔不敢说话了。

"GST水深得很，这次去北京开会，万一他们提起许云天这件事，不要随便表态，哪怕是私下提起，你也不要表态，懂吗？"李东明叮嘱。

"我知道的，我不会乱说的，我跟着您的节奏走。"

李东明点点头，对乔的操守和能力表示放心。"康雅的那个报告写得怎么样了？"

乔忙道："还差几页，我从昨天下午开始写，一直写到凌晨三点半，眯了一个小时就出来跟您会合，一会儿到飞机上我再接着写。"

"得抓点紧，他们着急要。"

"明白，"乔赶紧保证，"今天肯定交给您。"

李东明不再说话，操作手机，回复各种邮件。

第 四 章

天快亮时赵玫才睡着，又做了无数的梦，梦里颠颠倒倒，什么都有。手机一响，她一下子坐起来，脸上顿时一阵生疼，原来昨晚临睡前敷的面膜还贴在脸上。

"你做啥把人家开掉？"电话是老妈打来的。

赵玫反应半天，才意识到老妈指的是曾子漩。"你也知道了？"

"我当然知道，网上全是新闻，人家发到群里，我一开始当个笑话看，看着看着发觉不对了，那个什么古斯特酒业，不就是你们公司吗？你不就是管促销员的吗？人家小姑娘被性骚扰，你反倒把她开掉了，你怎么那么缺德？"老妈劈头盖脸全是责问。

赵玫被这一堆指责搞得头都疼了。"我怎么缺德了，你什么都不知道，不要胡乱评价行不行？"

老妈"哈"一声。"我是什么都不知道，我又没文化，你去把人家开掉好了，走夜路当心挨打。"

"喂！"

电话那头"嘟嘟嘟"，老妈已经挂了。

赵玫顾不上胸闷，打开微信一看，血压"噌"地就上来了。

网上已经炸了，整件事被定位在了"职场性骚扰"和"职场霸凌"，#古斯特男高管性骚扰女促销员#的话题在热搜榜前五，许云天被网友们骂得一佛出世、二佛升天；曾子漩被赵玫开除的事也被曝了出来，幸亏赵玫没有微博，不然也得遭殃。GST 的官方微博也未能幸免，很多网友在评论区破口大骂，问候古斯特家族的全部成员，要刨古斯特家族的法国祖坟。GST 的官博从未如此被人关注过，工作人员直接关闭了评论。

曾子漩也是有微博的，记录的无非是一个沪漂女孩的日常生活，但现在每一条都有了几百条评论和转发。令人惊奇的是，虽然大部分网友是支持和同情曾子漩的，但居然也有不少网友见曾子漩长得漂亮，质疑这件事会不会是"仙人跳"，没准是个局。

赵玫想了想，给主管打了个电话，叫她立刻去曾子漩家，不管用什么办法，先把曾子漩稳住，尽量让她别在网上回应。

邮箱里又多了份会议召集邮件，是人力资源副总裁齐幼蓝发的，参会者包括赵玫、董越，销售副总监唐李德，销售副总裁杜彼得，公关部总监邓肯，齐幼蓝，以及大老板白德瑞。

如果赵玫没记错的话，不算年会，这是她入职 GST 十年以来，第五次和大老板白德瑞同场开会，但前四次少说也有十个人，这一次却只有七个人。而曾子漩是被她开除的，她一定会被挑战，她需要反击，而这一切都将被白德瑞看到。

这是个机会。

赵玫自床上一跃而起，对着镜子，一边化妆，一边大脑飞速运转，为即将到来的三堂会审做准备。

无论如何，她得把握好这个机会，每一个大规模的跨国公司，CEO（首席执行官）都是仿佛皇帝那样的存在，他们永远高高在上，不接地气，别看赵玫在级别上距离白德瑞没几级，但那几级其实像天堑那么远。

有时赵玫甚至会嫉妒李东明，后者虽然是乙方，但却常常有机会和白德瑞直接交流，而她给 GST 打了三千多天的工了，跟大老板都没说过超过五句话。

赵玫对着镜子认认真真地化妆，觉得自己像个急于等待皇帝宠幸的妃子，不不不，什么妃子，她怎么称得上是妃子，她最多就是个渴望被地主多看一眼，年底多赏两个子儿的长工罢了。

赵玫到会议室的时候，董越已经在了，他穿着一件材质极好的白衬衫，深色西裤，头发有些湿漉漉的，想必是刚洗的澡，整个人都显得非常精神。

"嘿！"董越主动打招呼，精心打扮过的赵玫实在是令人眼前一亮。

"嘿！"赵玫笑眯眯地说，"法官、陪审团、目击证人全都到齐了，就差两位当事人了。"

"哈哈哈！"董越大笑。

美人最难得的是什么？是幽默感。

董越朝一侧墙壁指了指，赵玫一看，顿时被陡然出现的许云天吓了一跳。

也不知道出于什么目的，许云天和曾子漩的那段视频居然被投屏播放着，还带着音效，平时伟岸霸气的许云天强行抱着女孩，看起来跟三级片男主角一样恶心。

唐李德是老销售了，学历不高，资历很老，一向放飞自我，毫无顾忌地对着大屏幕评头论足："这姑娘长得是真不错，当演员都够了，老许不瞎。我说赵玫，你现在招的人要都是这个水准，那我们的销量肯定'噌噌'地涨上去啊！"

"可以呀，以后我都照着这个水准招，回头你们KPI（绩效指标）完成得好，奖金记得给我提成。"赵玫慢悠悠地说。

"ok（可以）！绝对ok！"唐李德满嘴跑火车，"你赵娘娘一句话，别说提成了，奖金全给你都行。"

"赵娘娘？"赵玫拧起眉毛。

"啊，你当我没说。"唐李德飞快地遁了。

赵玫满腹狐疑，给梁丹宁发微信："大家背后叫我赵娘娘？"

梁丹宁飞快回复："是啊，还是你们团队传出来的，你不知道？"

"我真的不知道。"赵玫无语。

好吧，她一直把自己当成长工，想不到在一部分人眼中，自己已然是娘娘了。

"娘娘乖，娘娘好好开会，小的等着听八卦呢。"梁丹宁又发了个"奴婢给您请安"的表情，把赵玫逗笑了。

不一会儿，其他几个人陆陆续续也到了，最后一个进来的是齐幼蓝，一进来就说："老白今天在北京，这会儿正在一个重要电话上，我们先讨论吧。"

赵玫顿时有些失望，又想，这才是正经娘娘，皇上在干什么，只有她知道。

齐幼蓝看到屏幕上两倍大的许云天，顿时柳眉倒竖。"这谁放的？"

没人承认，集体装死。

"唐李德，是你放的吧？"齐幼蓝点名。

"齐总你这就不对了，为什么不猜别人，偏要猜我，"唐李德一本正经，"你这样我会觉得很委屈。"

齐幼蓝面色一沉，道："委屈你个头，赶紧关了！"

"哎。"唐李德听话地拿遥控器给关了。

齐幼蓝主持会议，先过问舆情："我们什么时候才能从那该死的热搜上下来？"

公关部总监邓肯赶紧道："正在等微博报价。"

"撤热搜还要钱？"齐幼蓝大惊。

"是，上热搜要钱，撤热搜也要钱，而且价格比上热搜还贵。"邓肯苦笑。

"那还不如直接起诉他们诽谤呢！"齐幼蓝活像个精打细算的老板娘，"至少律师和法务都不用再付钱了。"

赵玫默默地想，你应该兼任CFO（首席财务官）才对。

邓肯苦口婆心地说："一般都是先走公关途径，公关不行再走法律途径。"

齐幼蓝冷哼一声，咽下去一句骂人话。

她又问杜彼得:"杜彼德,许云天和曾子漩都是你的手下,你看怎么处理?"

杜彼得习惯性地拿腔拿调:"首先我想确认下,如果这个曾子漩不是我们的员工,只是酒吧里随便遇到的一个谁,这件事就跟我们无关了对吧?"

"没错,"邓肯点头,"如果她不是我们的人,那就不构成职场性骚扰或者职场霸凌,跟公司就没关系了。"

杜彼得点点头,继续问道:"赵玫,昨晚你也在现场,那个促销员为什么会出现在卡座上?她不是应该在自己的岗位上吗?"

白德瑞怎么还没来。

赵玫平淡地说:"她离开了岗位,去给许总敬酒了。"

"也就是说,是促销员违纪在先。"杜彼得严肃地指出。

"对,所以我已经把她给开了。"

"哎呀,"唐李德说,"会不会就是因为你把她开了,她怀恨在心,所以就故意散播视频,报复公司?"

邓肯马上说:"不排除这种可能,她被赵玫开了,肯定有怨气,就想着把事情闹大,这样不但能泄愤,还能以此找公司要好处。"

杜彼得没吭声,脸色却很难看。

赵玫咬着后槽牙想,白德瑞你再不来,老娘就要提前反扑了。

她刚要开口,谁知董越却先一步说话:"当时我也在,许总完全喝多了,叫他名字都没反应。是那个促销员自己跑去敬酒,她也主动承认错误了。"言下之意是,赵玫的处理没错。

赵玫看了他一眼,有些感动,她确实没想到董越会替她说话。

邓肯却不依不饶开口道:"问题是你没法证明她主动承认错误,网友认定了她是被骚扰后遭遇了开除,两件事放在了一起,就显得公司罪无可恕。"

赵玫知道,邓肯作为公关部总监,眼看局面不好收拾,就拼命地先把责任方找出来,他不敢得罪许云天,就只能把锅扔到赵玫头上。

"如果我可以证明呢？"赵玫把自己的手机放在桌上，往前推了推，"我给大家听段录音吧。"

她轻轻一摁，曾子漩的声音传了出来。

"赵总，我错了。"

"原来你认识我，很好，错在哪儿了？"

"不该擅离工作岗位，不该在上班时间喝酒。"

"你叫什么名字？"

"曾子漩。"

"曾子漩，你明天不用上班了。"

会议室里一片安静。

董越脸上也闪过一抹惊讶。

赵玫把在场众人的表情尽收眼底，心里微微得意，当时她确实是因为曾子漩违规而震怒，但也不是完全没留后手。

"有了这个录音，网友们应该不能再骂我们了吧？"赵玫说。

"当然，"邓肯迅速转变风向，满脸堆笑，"这太好了，赵玫，一会儿你把录音发我。"

赵玫点了点手机，说："发你了。"

"感谢感谢！"邓肯笑得像个刚吃到肉的大尾巴狼。

"别客气。"赵玫做了个销售惯用姿势，右手握拳，敲了敲左胸，"尽我所有。"

邓肯能听出赵玫的讽刺，但他向来不怕这个，他就是做公关的嘛。

赵玫接着又道："公司也不用担心曾子漩会乱讲话，网上的新闻刚传开，我就让她的主管去找她了，曾子漩的情绪挺稳定的，没有在网上发布过任何言论，接下来也不会乱说话。"

全场都无话可说。

齐幼蓝清了清嗓子，说："曾子漩亲口承认违反公司纪律，按照规定当场开除，这件事赵玫昨晚给我发过微信，我看她处理得没什么问题。"

众人心想：你这会儿跑出来给赵玫做证明了，早干吗去了？

过了一会儿，白德瑞终于上线了，赵玫一阵遗憾。

白德瑞是个法籍华人，带着浓浓的洋人做派。"大家好，我来了，讨论得怎么样？现在说到哪里了？幼蓝？"凡事先问娘娘。

齐幼蓝一脸严肃地说："老板，事情比我们想象的更严重，今天一早，妇联的同志就给我打了电话，领导正密切关注这件事。"

白德瑞的嘴巴张成一个"O"形。

"妇联""同志""领导"这三个词放在一起，听上去既陌生又极其震动。

"那是不是应该叫 GR 来？"白德瑞小心翼翼地问。

GR 就是政府关系部，每个大型企业都有这么一个神秘的部门。

齐幼蓝摇头，说："这件事找 GR 没用，我需要知道你的态度。"

"噢，那好吧，"白德瑞立刻投降，"我们单独聊一下。"

会很快就散了，赵玫轻轻吁了口气，充满一种一拳打在棉花上的感觉。

董越朝赵玫走过来，低声吐槽："这俩人私下开闭门会就好了，何苦非要拿我们一堆人当铺垫。"

赵玫笑着说："可能是因为人太少了没气氛吧。"

"也是。"董越手插在裤兜里，轻轻点头。

"对了，要谢谢你在会上帮我说话。"

"不瞒你说，其实挺扎心的，我本来以为我帮了你，没想到你根本不用人帮忙，独自就能解决，"董越低笑着道，"我明明在场，都没看见你录音，你搞促销屈才了，你应该去当经侦。"

"我要声明，"赵玫举起双手，"我不是故意套她话的。"

"是我失言了，"董越飞快地承认错误，"请娘娘恕罪。"

赵玫瞪他一眼。

"不许嘲笑我……"话音未落。

"赵玫！"

说话的是杜彼得，他朝赵玫走过来，问："有时间吗？"

老板召唤，没时间也得有时间。

赵玫朝董越做了个"打电话联系"的手势，董越回她一个"快去吧"的手势。

出乎赵玫的意料，杜彼得坚持要对促销部问责。

杜彼得黑着脸，说："这一切都是那个促销女孩的问题，如果她不去敬酒，这件事就根本不会发生。现在可好，不仅许云天遇到了这么大的麻烦，更重要的是，我们整个销售团队的声誉也正面临挑战。"

"曾子漩的确违反了公司制度，但她去敬酒，也不代表许总可以强吻她。"这话赵玫就不爱听了。

"但她是起源，我们就是在源头上出了问题。"杜彼得没好气地说。

赵玫更觉得冤枉，但她不敢跟杜彼得辩论，只能半真半假地抱怨："老板，我们促销部也是你的人啊。"

"所以我是公平的，"杜彼得冷着脸，"我听说，昨天还有一名促销员的丈夫来公司闹事？赵玫，你需要反思了。"

反思个屁。

性骚扰的人是许云天，曾子漩怎么说也是受害者，哪怕销售部和促销部各打五十大板都公平些，但杜彼得却把所有责任都扣在了促销部头上，还暗示她管理无方，这不是不公平是什么？

赵玫阴着脸从杜彼得办公室出来，独自到顶楼天台上溜达了一圈，直到确认自己已经恢复了表情管理才下楼。

她刚进公司大门，就见董越和齐幼蓝有说有笑地经过，她眼皮一跳，又往前走了几步，发现这两个人一起进了齐幼蓝的办公室。

这个节骨眼儿上，齐幼蓝找董越干什么？

正琢磨着，忽听到办公室里一片低呼声。

赵玫忙打开手机，原来是白德瑞发了一封给全公司的邮件。

致全体员工：

关于此次事件给所有人带来的困扰，我们感到深深的抱歉；

从成立之初起，尊重女性和尊重员工一直是 GST 的底线；

对于职场以及其他任何情形下的性骚扰，GST 向来秉承零容忍的态度；

为此，我们做出如下处理：

许云天既违反了公司纪律也不符合应有的道德操守，即日起停职，接受调查；

开启自查工作，坚决杜绝类似事件的再度发生；

再次向各位致以诚挚的歉意。

GST 中国区总经理 白德瑞

第五章

赵玫回到自己的办公室，第一时间把门反锁，从酒柜里拿了一瓶金樽王 25 年，倒了小半杯，仰头一口喝下去。

在酒业公司上班最大的好处，就是可以在上班时间公然买醉。

当然，促销员例外。

赵玫觉得自己的心脏还是扑腾扑腾跳得飞快——许云天就这么被停职了？她之前不是没想过这种可能，但当这个结论真的出现时，还是觉得难以置信。

难道妇联真的那么厉害？

她正打算给自己再倒一杯，手机就响了。

"我×，那声明是真的？"

说话人的口气极其粗鲁，一听就知道是梁丹宁，只要身边没有客户，这个"妖女"就会用这种肆无忌惮的语气说话。

"是真的，"赵玫用牙咬掉瓶塞，"官方微博都发了。"

"我去！"

"是啊！我去！"

赵玫理解梁丹宁的感慨，许云天是GST刚进中国时的第一批员工，他见证了GST的中国业务从无到有的全过程，GST的江山有他的眼泪和汗水；他也培养了无数人，赵玫和梁丹宁都是他一手提拔上来的。每个人都认为许云天会在GST待到退休，说不定还能拿到一枚荣誉勋章什么的，但他竟然就这么被停职了，还是因为性骚扰。

"好丢脸。"梁丹宁说。

"嗯，我要是他，大概已经找根面条挂死了。"赵玫喝口酒。

"那不至于，我们销售脸皮都厚，老许都做了二十多年销售了，就算全世界都自尽了，他也舍不得磕破自己半块皮！"

赵玫被她逗笑了，说："你多跟我说说话，让我高兴高兴，我这一天过得太郁闷了，刚还被杜彼得说了一通。"

"老杜想干什么？"梁丹宁敏感地问。

"不知道，我也在想他是不是另有图谋。"

"得好好想想，行了，我去干活了。"

"老板都被炒了，你还有心情干活？"

梁丹宁"哈"一声，说："别说老板被炒了，就算老板挂了，也不能影响我挣钱。我赶着去送货呢！"

"谁啊？"赵玫有点好奇，"能让你这位VIP高级经理亲自送货上门的，肯定不是一般人。"

"一个姓金的，不是什么知名人物，用的是一个贸易公司的名义，但买了两瓶金樽王50年！"

"好家伙！"赵玫知道这酒，价格高达六位数。愿意花六位数买辆车的人多如牛毛，但愿意花六位数买瓶酒喝的人实在凤毛麟角，"那你快去吧。"

"我去了！祝我好运！"

过了一会儿，赵玫就看到梁丹宁更新了朋友圈，一张嘟着嘴的靓丽自拍，附带文案："今天又是送货的小梁！"

放下手机，赵玫觉得心情好了许多。梁丹宁说得对：就算老板挂了，也不能影响我挣钱。

梁丹宁开着小车唱着歌，不一会儿就到了位于闵行的一个别墅区。她跟保安问了路，直接开到了16号独栋前，打开后备厢，双臂一使劲，抱着一箱酒就往院子里走。

门铃响了几下，开门的是一个四十岁上下的女人，表情挺严肃。梁丹宁看她穿的虽然是运动服，但都是一线大牌，猜想这怕不是大佬的夫人，赶紧堆上笑脸，说："您好，我是GST的小梁，我是来给金先生送货的。"

谁知那女人上下打量她一番，一句话没说，也没接箱子，反倒用脚尖指指地面，意思是让她直接放下走人。

梁丹宁一看这架势，心想：得，今天风水不好，两口子怕是闹矛盾了。

她识趣地放下箱子，客客气气地说："那行，我就不打扰了，这是我的名片，有什么问题尽管给我打电话，我也代表公司感谢金总的惠顾。"

刚要转身，就听那女人冷笑一声，阴阳怪气地说："我看你是借着公司的名头，代表你自己吧？"

梁丹宁顿时愣住了，问道："您这话是什么意思？"

女人指着廊下挂着的一把木头宝剑，说："你们这种骚货我见多了，看见了吗？我这把桃木剑挂在这里，就是专门斩你们这些狐狸精的。"

梁丹宁一听，差点气乐了，说："我看您是误会了，我可不是狐狸精，我从来没见过您先生，您有什么不高兴别冲着我。"

说完她转身就往外走，心里直喊晦气。

她刚走出大院，就听后面一声狗叫，一回头就看见一只挺大的黑狗朝自己直扑过来。她顿时有点蒙，等她反应过来，狗也到了跟前，照着她的胳膊就是一口。她疼得尖叫一声，一下摔倒在地，又赶紧抬手把脸护住，心想：完了，完了，许云天是丢脸，她梁丹宁今天要破相。

正闭着眼睛等死，谁知又传来"汪"一声狗叫，接着就感觉到那只狗似乎跑了。梁丹宁赶紧睁眼一看，果然，那只黑狗居然扭头跑回了院子里。

她连滚带爬地站起来，发现不远处站着一个男人，岁数看着不小了，戴了顶棒球帽，还挺器宇轩昂，旁边跟着一条奇丑无比的白色大狗，那只狗长着一个塌鼻子，两道细长的小眼睛闪着阴冷的光，简直是狗版伏地魔，难怪把那只黑狗吓得落荒而逃。

老男人走到梁丹宁跟前，弯下腰，问："咬着了吗？"

梁丹宁撩起大衣袖子，粉白的胳膊上鲜血直流。

老男人果断地说："马上去医院。"

梁丹宁拿起手机就要拨号。

"你干吗？"老男人问。

"我给自己叫个120。"梁丹宁心想：不然怎么去医院？

老男人顿时乐了，说："你还挺坚强，别叫120了，我开车送你去吧。"

不一会儿，老男人从另一栋别墅的院子里开了辆商务车出来，梁丹宁也没客气——能住这个小区的不会是平凡人，万一是潜在大客户呢？

趁着老男人给她挂号，梁丹宁用未受伤的那只手悄悄查了下，确认这个老男人就是传说中的大佬——华东区最大的酒类经销商——她直线上级董越的未来岳父——沈默。

快轮到她打针的时候，沈默接了个电话。她听到沈默说"嘿，Peter"，顿时就多长了个心眼，等打完针，她见沈默还背对着自己站在走廊上，就蹑手蹑脚地走过去，不出她所料，果然就听到了董越的名字。

挺好。梁丹宁想。今天还真没白被狗咬，赵玫的谜题有答案了。

枫吟是那种古北最常见的日式居酒屋，门面小小的，屋檐下挂着红色和白色的纸灯笼，还有几条鲤鱼幡在风中摆荡。

董越独自坐在枫吟一隅，面前是用粗瓷瓶装的日式清酒，美浓烧的盘子上是两串单薄的烧鸟。他想起前年陪沈星去东京玩，小饭馆里，四个西装男围着一碟豆腐、一碟萝卜，恨不得用筷子蘸着吃，被隔一桌的富家女沈星鄙视了整整一个晚上。

但后来董越进了GST，每每想要安静，他就会去日式居酒屋，毕竟那里没有"金樽王"，便很难遇到熟人。去的次数多了，他倒是也体会到了用筷子蘸豆腐吃的奥妙：菜多了，每道菜就只有一个味；只有一个菜，反倒能通过细嚼慢咽尝出不同层次来。

"结账。"董越叫道。

穿着和服的老板娘逶迤而来，温柔地道："一共一百零七，收你一百吧。"

"谢谢。"董越看看她，虽然是浓妆，却并不令人讨厌。

"这是您的发票。"老板娘用双手递过来。

抬头居然是对的，看来老板娘已经记住了他这位常客。

从枫吟出来，董越慢慢地踱步往回走，虽说是午夜，但这座城市的天空却总有着别样的美丽，粉的、红的、蓝的、褐的……每一种颜色都能分出好几层来，呈现出比印象派画作更丰富的色彩搭配。

他走到阿波罗花园1号楼门口，刚要刷卡进楼门，身后一辆奔驰保姆车开过来，是沈星来了，司机小许下车扶她，沈星嗓音尖尖的："不用扶我，我又没醉。"

"你这是从哪儿来？"董越闻到她身上一阵酒味。

"我没问你从哪里来，你为什么要问我？"沈星反问。

"有道理，"董越点头，替她开楼门，"那么，去几层？"

董越住十六层，八十九平方米的小两房；沈星住三十二层，四百平方米的空中别墅。

所有人都以为董越是被沈默看中后，才介绍给自己女儿的，其实不是，他俩谈恋爱的起源，是因为俩人是邻居。

"我没问你去几层，你为什么要问我？哈哈哈！"沈星把自己逗乐了，她眨眨眼，昂首阔步进了电梯。

或许是从小家境太好的缘故，尽管已经是二十好几的人了，沈星还是保留着小女孩的心性，天真又任性。

董越习惯了，自己摁了十六层。

"许云天被炒鱿鱼了？"沈星问。

"还没定，算是吧。"

"活该！"沈星幸灾乐祸地笑一声，"真没品，他老婆气得把朋友圈都关了。"

董越想起来，许云天那位夫人一向热衷于混名媛圈，因为许云天的关系，也常常出入高端场所，跟沈星也有交集，但她充其量也就是个高管夫人，和沈星这种自有身家的真名媛没法比。沈星一向看不起她，但碍于沈默和GST的合作关系，表面上还是客客气气。

"所以啊，秀恩爱死得快——我从来不秀恩爱。"沈星得意地说。

"为什么呢？"她自问自答，还凑到董越耳边，"因为啊，我们不恩爱。"

董越早就习惯了她的套路，看她晃晃悠悠的，轻轻扶了一把，说："有些话，经常挂在嘴上不合适，说多了容易变成真的。"

沈星斜他一眼，说："哈，难道不是真的吗？怎么，难道你爱我？"

"我当然是爱你的。"

"骗人。"

"说了你又不信。"

"我当然不信，如果我不是沈默的女儿，你会和我谈恋爱吗？"沈星冷哼一声，又道，"除非你证明给我看。"

"你想要我怎么证明？"董越淡淡地说，"从你家阳台跳下去吗？"

"你家阳台也行，十六层也足够了。"

"好，一会儿到家就跳。"

沈星顿时笑了，一把搂住董越的腰，撒着娇道："你知道吗，你每次说这些话的时候，都特别性感。"

"有摄像头。"董越提醒她。

"摄像头在哪儿？"沈星搂着董越的脖子，硬是把红唇凑上去，"来来来，让保安大哥们开开眼。"

"别这样。"

"干吗，"沈星说翻脸就翻脸，"嫌弃我？"

她说着，照着董越的肩膀狠狠一口咬下去。董越一疼，顿时心头火起。刚好十六层到了，董越懒得再跟这女人扯皮，直接左手抱起，右手开门，进了屋二话不说丢沙发上，照着粉臀的位置"啪啪啪"就是几巴掌。沈星也是绝了，一边娇声呼痛，一边乐得眉开眼笑。

"再来！"沈星抱着董越不放。

"不来了，"董越冷着脸，推开沈星，"跟你说过多少次，不要咬人。"

"别生气嘛……"沈星又服软了，拉着董越的胳膊晃了晃，"陪我去洗澡好不好？"

"你自己去洗。"

"那你送我进浴室。"

"好吧……"

董越把沈星"送"进浴室,自己拿了罐气泡水,坐在沙发上慢慢喝。这一天下来,信息量太大,他需要理一理。

电话响了,董越接起来。"沈总?"

虽说已经和沈星到了谈婚论嫁的地步,但对沈默,他还是保持了商务上的称呼。

"刚杜彼得给我打了个电话,问我对华东区销售总监这个位置有没有什么想法,"沈默意味深长地说,"我推荐了你。"

"谢谢沈总,"董越礼貌地感谢,"我刚才还在想,应该怎么跟您措辞,我确实很想借这个机会升一升。"

"哈哈,那我们想到一处了,"沈默很欣赏未来女婿的个性,虽说有求于人,一点也不扭捏,男人嘛,就该直截了当,"那这样,等白德瑞从北京回来,杜彼得就安排你们当面聊,应该问题不大。"

"好。那我先准备起来。"

"董越,董越!"沈星在浴室里喊。

董越难得的有些尴尬,说:"沈星在我这儿。"

沈默很镇定,仿佛什么都没听到,说:"那你忙,没别的事了,先这样。"

"您也早点休息。"

"休息什么,"沈默笑道,"我还在外头,你休息吧。"

董越一阵无语。

董越回头,看到沈星裹着浴巾,站在卫生间门口。

"我爸是不是还在外面?"

"嗯。"

"这么大年纪了,还酒色财气一个不落,"沈星和沈默向来不睦,对亲爹也丝毫不留口德,"他也不怕猝死!"

第 六 章

赵玫望着眼前的广告文案——"握住你的全部青春"。

文案的旁边，是一位青春靓丽的美女模特，穿着热裤和短一截的上衣，露出一段诱人的小蛮腰，模特的手里捧着一瓶限量款的金樽王25年酒，酒瓶中段巧妙地做了一个弧度，外加四个指印般的凹痕。

底下是沸反盈天的微博热评。

"这广告什么意思？酒瓶和女人画等号？这是性暗示吧？"

"楼上的，女人就酒，越喝越有。"

"古代和亲也用女的，卖酒也用女的，女人真是好工具，用几千年了。"

"遣妾一身安社稷，不知何处用将军。吐就完事。"

"结合最近的职场性骚扰，这公司的人都是LSP无疑了。"

赵玫特意查了下什么叫LSP，发现是"老色胚"三个字的首字母缩写。

这是GST市场部今天下午上线的一个新广告，导致GST职场性骚扰的乌云还未散去，又捅了性别歧视的马蜂窝，再一次登上了热搜，以至于公司公关部工作量最近陡增，据说邓肯已经在求齐幼蓝增加人手了。

身后传来智能锁的电磁声，赵玫回头，见李东明提着行李箱进来。"回来了？"

"嗯，你今晚不巡店啊？"

"没心情巡店，"赵玫说，"老许彻底凉了。"

李东明点头，说："嗯，下午我还跟你们白德瑞开会，他的态度很坚决，说对职场性骚扰零容忍。"

赵玫轻轻叹了口气。

"怎么了？"李东明皱眉，"你该不会是替许云天可惜吧？"

"我没替他可惜，我也说不上来，就是觉得很感慨……"赵玫剖析自己的心情，确实难以形容，"你知道吗，公司声明发出还不到半个小时，IT和法务就进了老许的办公室，把那个屋子里所有的东西都搬走了，连地毯都掀起来看过了……你是没看见那种场面，就跟抄家一样。"

"我见过那种场面，"李东明平静地说，"我们最近也在裁员。"

赵玫有很多感慨，有千言万语，却又不知从何说起，"我真不是同情许云天，我知道他是罪有应得。我只是觉得，有时候你以为你在这个公司干了十年二十年，你以为是有感情的，但其实……这个公司对你根本毫无感情。"

"你知道忒修斯之船吧？"李东明的例子信手拈来，"就是这么一条船，从下水那天开始，出现磨损就要修补，少了枚钉子就换一枚新的进去，到了若干年后，整条船所有的零件都被换了一遍，你说它还是不是原来那条船？"

"……应该不是了吧？"赵玫说。

"无所谓，"李东明笑笑，"答案不重要，我要说的是，公司就是这么一条船，不管人来还是人往，哪怕所有人都换了一遍，也不影响这条船乘风破浪。而且，从来只有人对船有感情，你什么时候听说过船对人有感情？"

赵玫有点服气，说："我发现了，你是一个很好的咨询顾问。"

"你刚发现啊！"李东明指着自己的鬓角，"帮个忙，我这儿好像有根白头发，你帮我拔了。"

赵玫凑过去，找到那根白发连根拔起。"好了。"

李东明趁势搂着赵玫的腰，凑到赵玫耳边，说："不要因为一枚钉子坏了心情，一会儿啪啪啪。"

"去你的。"赵玫忍不住笑起来。

李东明往厨房走，问："有吃的吗？"

"只有馄饨，"赵玫也跟他出去，"要不出去吃？"

"天天在外面吃，不想出去了。"李东明打开冰箱，拿了一包馄饨，李东明的妈妈爱子心切，每个月都包一百个菜肉馄饨，给他们冻在冰箱里。

李东明拿了个锅烧水，手法娴熟。上海男人很多这样，越是出身良好的，越是出得厅堂入得厨房，李东明就很会烧菜。

赵玫刚好相反，她是虹镇老街出来的，那一带曾经是上海最下只角[1]的区域。赵玫小时候没吃过什么好东西，早饭靠的是街口的馒头店，每天一只肉包一袋豆浆；放学没人接，需要自己到棋牌室去找爸妈，赢钱了给她点，让她吃一碗葱油拌面，输钱了就给她吃一记巴掌。所以她学会了鉴貌辨色，学会了人情世故，唯独没学会好好做饭，也不太懂得欣赏美食。

她靠在冰箱上，看李东明下馄饨，说："你说我是不是应该给老许打个电话？我们那么多年交情，他现在离职，我一点动静都没有，是不是不太好？"

"可以打电话，问题是，打电话说什么？"

"我就是在纠结这个，"赵玫有点苦恼，"安慰他也不是，不安慰也不是。"

"别打了，没准人家正忙着离婚呢。"李东明一针见血道。

赵玫想了想许太太的暴脾气，觉得也不是没有可能。

馄饨很快就煮好了，李东明利索地盛出来。

赵玫从他碗里用手捏了一个吃，忽地想到另一件事，说："对了，

---

[1] 指闸北区、南市区为中心朝东北面发展的贫民居住区。

我们公司可能会让董越接销售总监的位子。"

"这么快？"李东明有些意外，"我都还没听说，你怎么知道的？"

"我推断的。"

赵玫便把梁丹宁偷听沈默电话的事，以及自己无辜挨杜彼得骂，还有齐幼蓝和董越突然很亲热的事通通讲了一遍。

"杜彼得肯定会支持董越，梁丹宁说，他和沈默应该是老朋友了。"

"那看来多半是了，"李东明随口说，"恭喜你，要有新老板了。"

赵玫有点不乐意，说："干吗要恭喜我，他升销售总监，我喜从何来？"

"怎么，难道你想当吗？"

"你笑什么，"赵玫一阵恼怒，"我就算想当又怎么了，谁出来打工不想升职啊？我是许云天手下三个副总监之一，我凭什么不能升？"

李东明愣了下，问："你该不会是真的想拼一拼吧？"

"不是我想不想拼，而是如果我不拼，我就永远是被忽视的那个人，"赵玫想起会上的情形就来气，"一桌子人，就我是最好欺负的，全都冲着我来，包括杜彼得，促销部和销售部都是他管的，销售就是亲生儿子，我们促销团队就是小妈养的。"

"嗯嗯。"

赵玫想想，又道："许云天还说过，我们三个人里，只有我是懂管理的，只有我是带过几百号人的，我是帅才，他们两个是将才！"

"嗯嗯。"

"你能不能别嗯了？"赵玫恼火道，"你不是很擅长侃侃而谈吗？什么破船破钉子说那么多，为什么到我这儿就只剩下嗯嗯了？"

"你看你，我不过嗯了几声，你就炸毛了，"李东明摇头，"就你这心理素质，还想当销售总监？"

赵玫深深地吸了口气，说："好，我不炸毛，我们心平气和地讨论。"

"不用讨论,你想听我说真话,还是说假话?"

"当然是真话!"

"好,那我就告诉你,你升不了销售总监。"

"为什么?"

"因为你是女的。"

"什么?为什么?"

"没有为什么,如果你们是化妆品公司,那我坚决支持你去抢这个位子,可惜你们公司是卖酒的,古今中外,哪个卖酒的公司会用女人当销售老大?"

赵玫一愣,问:"为什么不能用女人?"

"因为酒是男人的饮料,酒桌是男人的战场,女人在这个产品上没有说服力,"李东明的口才一旦启动,就是力破千军的效果,"你自己看,你们公司除了齐幼蓝,就没有一个女人做到总监级以上。齐幼蓝之所以能当副总裁,那是因为她管的是人力资源,这个岗位适合女性;你之所以能当上业务部门的副总监,那是因为你管的是促销,而促销员都是女的。再往上就没有女人了,别杠,杠就是你对。"

赵玫困惑地问:"你最后这一句是哪儿学的?"

"最新的网络流行语,"李东明微笑着说,"快跟上形势吧,赵总。"

李东明说完就拿着碗去厨房了,接着又进了卫生间,赵玫站在原地,半天没回过神。

不一会儿李东明从卧室走出来,喊道:"喂,愣着干吗,来啊!"

"来什么来,我对你没兴趣。"赵玫没好气地说。

"你自己说的啊!那我睡觉了。"

看到李东明这么果断就放弃,赵玫顿时更不爽了,她走进卧室,发现李东明已经靠在床上看手机了,忍不住问:"你是不是不行了?"

"不要倒打一耙,"李东明漫不经心地说,"是你拒绝我的。"

"我们已经一个多月没有那什么了,"赵玫皱眉,"你靠什么解决的?"

李东明无语地望着她，反问道："你说呢？"

赵玫没忍住，一下笑了出来。

李东明放下手机，去拉赵玫的手，说："好了，我亲爱的赵总，良宵一刻值千金，别生气了好不好？"

"我要当销售总监。"

"好的好的。"

"你得帮我。"

"当然当然。"李东明搂住赵玫，亲亲她的嘴唇，熟练地扯开她的睡袍系带，随手关了灯。

和电视剧里演的一样，眼看到了关键时刻，突然传来手机振动的声音。

"你的我的？"赵玫问。

"随便，"李东明在赵玫耳边说，"不理它。"

但那振动声实在是太干扰，赵玫按捺不住，说："万一哪个促销员又被骚扰了。"

"管她们呢，我只想骚扰她们的老板。"

"哎呀！"赵玫推李东明。

李东明只好放开她，赵玫打开灯一看，说："是你的。"

李东明接过手机，先"嗯"了一声，接着说了句"什么"，然后翻身下床，朝外走去。

赵玫靠在枕头上，吁了口气，感觉激情正离她远去。

过了一会儿，李东明走回来，一脸歉意地说："我得出去一趟，康雅的大老板到上海了，非要我过去吃夜宵。"

"这么临时叫你，太没诚意了吧。"

李东明无奈地说："他也是刚下飞机，以前说过必须要一起吃顿火锅，其实就是个场面话……可怎么说呢，人家是甲方，愿意叫你就是给你机会，你还管有没有诚意。"

赵玫也经常应酬，完全理解李东明的为难，说："行吧，那你去吧。"

李东明凑过去，抱了抱她，说："其实我今天也挺累的，刚才属于强行发动，说不定结果会令你失望，而你一失望就容易恼羞成怒，不如先放一放，留稍许期待。明天咱们再来，大战三百回合，包你满意。"

赵玫斜睨着他，说："那明天我要是不满意呢？"

"那就一直战到赵总满意为止。"

赵玫终于笑起来，说："滚吧滚吧。"

李东明带上门走了，屋里一下空荡起来。

赵玫走到衣帽间，把黑色蕾丝睡衣脱了，换了一套全棉的——蕾丝取悦他人，全棉取悦自己。

鼻尖飘过一缕香气，赵玫闻了闻，发现香味来自李东明的行李箱。

她打开箱子，李东明还没来得及整理，里面的东西都在。她随手拿起一件衬衣闻了闻，有点不确定，继续往下翻，忽地摸到一个硬硬的东西，拿出来一看，是个马克杯大小的黑丝绒盒子，盒子里有一朵小小的永生花，正散发着一股绵绵的、闷闷的香。

另一边，李东明走进了瑞景咨询，深夜的办公室，还有一大半的灯是亮着的。

咨询圈很少提"996福报"，这里的台阶很清晰，你做到哪一层，就可以赚到什么样的收入，拿到什么样的资源，过上什么样的人生；这里的人都非常聪明，清楚什么才是真正的福报，用不着老板画大饼，该搬砖搬砖，该砌墙砌墙，都是自觉自愿。

他在自己办公室里坐了没多久，乔就来了。

"怎么回事？"李东明皱着眉，"那个林赛到底想怎么样？"

"我也不知道，我们几个正在吃饭，她突然说这次裁员有猫腻，她不应该被裁，还说要向管理合伙人反应，"乔脸色发白，"我旁敲侧击地问她想反应什么，她又不肯说。"

"反应什么？就她那业务能力，连个PPT都做不好，不管别人有没有猫腻，她都是垫底。"李东明没好气地说，心里因为这个意外烦躁起来。

乔咬着下唇，说："明天有合伙人大会，我担心她会做出不理智的事，所以一着急就给你打电话了，对不起啊……"

"没什么，你做的是对的，"李东明想了想，"我知道了，我会处理的，你别管了。"

"噢，"乔乖巧地点头，"那我……先出去？"

李东明看了她一眼，说："你先出去吧，一会儿我给你发微信。"

乔笑了笑，快乐地带上门走了。

李东明一看到这种小白兔式的风情，就觉得一股热流正从身体下方的某处升腾起来。他强行把杂念从脑海里排开，拿起手机，给瑞景的人力资源老大打电话。

第七章

第二天一早，赵玫破天荒地睡到自然醒，一摸旁边，没人。她立马下床，轻轻推开客房门，发现李东明正在熟睡。

"起来了？"有个声音突如其来。

"啊！"

赵玫吓了一跳，往客厅的方向定睛一看，发现是李东明的妈妈。"我先换个衣服。"她说完，一溜烟跑回卧室。

李东明妈妈狐疑地朝客房里看看，走回客厅，对沙发上的老伴跟发现新大陆似的说："他俩没睡一个屋！"

李东明爸爸顿时急了，说："你小点声。"

"小声什么小声，"李东明妈妈气鼓鼓地说，"她看到长辈连问个好都不会，转身就走，为什么我还得小点声？我跟你说，东明一个人睡客房里，她睡主卧，真的，不信你去看！"

"我不看，"李东明的爸爸特别无奈地说，"你也别管，这是他们俩的事，跟你无关。"

"怎么就是他们俩的事了？我就这么一个儿子，他的婚姻要是出问题，能跟我无关吗？"

李东明妈妈一跺脚，转身就往里走，李东明爸爸只能坐在沙发上叹气。

赵玫之所以跑那么急，是因为睡衣里面没穿内衣，她急匆匆地换好衣服，然而门一开又受到了惊吓，李东明妈妈居然等在主卧门口，双目像探照灯似的，精光四射。

"妈，怎么了？"赵玫莫名其妙。

李东明妈妈再次朝屋里看了两眼，说："去书房说吧。"

赵玫只好跟着婆婆到了书房。

"你和东明，为什么要分房睡？"李东明妈妈严肃地问。

赵玫就知道她要问这个，说："我们没分房，昨晚他回家太晚，大概是怕打扰我，所以就睡客房了吧。"

"你说的是真的？"李东明妈妈退休前是中学老师，做过几十年班主任，习惯性地怀疑一切。

"真的，不信你问他。"赵玫说着，趿拉着拖鞋走到客卧，抬手照着李东明的脸"啪啪"拍下去。

"你干什么?!"李东明妈妈心疼儿子，着急地跟在后面，"他在睡觉你就让他睡嘛，我是问你，又不是问他……"

李东明正睡得如同一头三百斤重的鲸鱼，突然被人从马里亚纳海沟直接吊了上去，好险一口气没上来。"×，搞什么?!"

下一秒看见他妈，瞬间泄气。

"妈？你怎么来了？"

"我不能来吗？"李东明妈妈冷静地反问，又道，"有个老同事家里在装修，想看看你们的新房取取经。我想下午请他们来看看，和你爸就先过来了。"

赵玫推一推李东明，说："妈问我，为什么我们分房睡，我也想知道，为什么你昨晚要睡客房？"

李东明无辜地道："我回来晚了，看你睡得香，不想吵醒你，就睡客房了呀。"

赵玫扭脸看向婆婆，李东明妈妈很没面子，讪讪地说："没分房就行，日上三竿了，赶紧起床吧！"

说完很不高兴地出去了。

李东明看向赵玫，赵玫白了他一眼，也出去了。

李东明爸爸在厨房煎荷包蛋，见儿媳妇出来，忙客气地问："还没吃早饭吧？很快就好了。"

然而赵玫只想赶紧离开。"谢谢爸爸，我不吃了，上午有个会，快迟到了。"

李东明妈妈走过来问："那晚上想吃什么，让你爸做好放着等你和东明回来吃。"

"哦，晚饭不用考虑我，我肯定要加班。"

李东明也出来了，说："也不用考虑我，我下午要去深圳。"

赵玫看向他，问："你要去深圳？"

"是啊。"

"那你昨晚还说什么……"赵玫话说一半，意识到公婆还在旁边，又咽了回去。

李东明翻出一封邮件，把手机递过去。赵玫一看，是白德瑞早上六点发的，他也要去深圳，让李东明过去跟他会合。

"去吧去吧，"赵玫没好气地说，"谁让你是跟我老板开会呢！"

"你们这样怎么行？"李东明妈妈有些生气，"你们俩这又是出差又是加班的，夫妻总是不在一起，感情容易出问题——"

"喀！"李东明爸爸狠狠地咳嗽一声。

"爸、妈，我得去上班了！"赵玫趁机站起来，又拍拍李东明，"对了，我车胎好像有点问题，你帮我看看。"

李东明忙跟赵玫进了电梯，门一关，赵玫就说："华东区销售总监这个位置不可能空缺很久，你既然要跟白德瑞开会，那就顺便帮我探探他的口风。"

李东明微微一怔，问道："你还在想升职的事？"

"嗯，我想过了，无论如何，这是个机会，错过了就很难再有了，"赵玫瞥了他一眼，"而且你昨晚答应过我了，你会帮我。"

李东明张了张嘴，没敢说所谓的答应不过是权宜之计。"好吧，我研究研究。"

"对了，你箱子里那朵花是怎么回事？"

"什么花？"李东明莫名其妙。

"就是一朵永生花，黑色盒子里的。"

"那个啊！"李东明一拍脑袋，"那是酒店送的，周年活动，每个房间都有，我就顺手塞箱子里带回来了。"

"哦，"赵玫也就是随口一问，从包里拿出车钥匙，"行了，你上楼吧。"

李东明一愣，问道："你车胎是不是没坏？"

"当然没坏，"赵玫纤手一扬，白色的轿车发出"哔哔"两声，"我不把你叫出来，怎么跟你说话？"

"是是是。"

"你回头记得告诉你爸妈，以后上门前能不能预约一下，最起码留给我个穿内衣的时间。"

"说了也没用，她就是想看我们俩有没有同床共枕，"知母莫若子，李东明把老妈的心思看得透透的，"她上回还问我和你是不是在各玩各的，我说我们没那么时髦。"

赵玫无语道："算了，你妈的脑回路，我理解不了。"

李东明回到家，一进门，果然听见老妈还在念叨："……那么大岁数的人了，晚上都不睡在一起，怎么生孩子？"

"你也知道他们那么大岁数了，能听你的话才怪！"李东明爸爸说。

李东明妈妈顿时不高兴了："听不听是他们的事，说不说是我的事，你既然反对我这么做，就别跟着来，来倒是要来的，来了反倒数落我？你赶紧给我回去！"

"你俩别吵了，"李东明走过去，"我求你们了，以后能不能不要再搞这种突然袭击，再搞我真换锁了。"

"你就知道向着你老婆，"李东明妈妈冷着脸，"你知道你那个丈母娘是怎么说话的吗？我很委婉地叫她劝劝她女儿，女人过了三十五岁生孩子对身体不好。她倒好，问我是不是你有毛病，叫你去医院检查身体。"

李东明耸耸肩，说："那我去查查。"

"你有毛病啊！"李东明妈妈气得快要疯了，"你查什么查！"

"我又不怕查，有什么关系，你要对你儿子有信心，"李东明站起来，在老妈肩膀上捏两下，得意地说，"你儿子人见人爱，花见花开，怎么可能生不出孩子？到时候报告出来，你拿去，甩我丈母娘一脸。"

李东明妈妈"啐"他一口，气笑了，"十三点，我敢去甩你丈母娘？我可骂不过那种弄堂女人。"

"打住！"李东明正色道，"千万不要再提弄堂女人这四个字，别说习惯了，让赵玫听到，你就真的没孙子了。"

"晓得了！"李东明妈妈没好气地说，"我有分寸的。"

她又想起一件事，问："对了，我看到网上在说那个性骚扰的事情，是不是赵玫的公司？"

"是她公司，但跟她没关系。"

"怎么没关系,那个小姑娘不就是促销员吗?赵玫不就是管促销员的吗?她不也是从促销员升上去的吗?"李东明妈妈一眼看穿儿子的设防,"你不要急着替你老婆辩护,你妈我还没老呢,我脑子清楚得很,我问你,你老婆成天出入什么酒吧啊,夜总会啊,这种乌七八糟的地方,你倒是还挺放心?"

"我放心啊,"李东明摊手,"因为我有时候也要去酒吧夜总会的呀。"

"你那是为了应酬。"

"她也是为了工作,"李东明苦口婆心地劝老妈,"妈,我们不提倡把人想得那么好,但我们也不要把人想得那么坏,存在就是合理。那些酒吧、夜店,丰富了大家的夜间生活,缴纳了大量的税款,制造了许多工作岗位,这是很大的行业,国家都没有否定这些行业,你为什么要去否定呢?那个女孩被骚扰了,赵玫也很难过,但这是个意外,就像有人过马路突然被撞死了,这是个意外,我们不能因为有意外就不过马路了对不对?"

李东明妈妈被他说得有点蒙。"反正我就是觉得她这个工作不好,你让她换个工作。"

李东明想你可拉倒吧,人家还打算升职呢。

于是他继续使出"嗯嗯"大法,对付老妈和老婆,都是百试百灵。

"当初我给你找的那个多好啊,你偏偏不要。"李东明妈妈想起前尘往事,又是一阵可惜。

"就你们学校那个数学老师啊?"李东明"哈"一声。

"怎么了,你对数学老师有意见?"老妈横眉冷对,"我告诉你,人家小姑娘至少清清白白。"

"是啊,她肯定清白呀,因为每个男人看到她都没有一点想法,"李东明凉凉地道,"包括我。"

"……"

李东明妈妈被噎住了，对于和儿子聊这种成人话题实在不适应，只好将一股怨气撒向老伴，说："你看看你儿子，怎么回事，满嘴胡说八道。"

"像你，"李东明爸爸淡定地说，"你不是一直说儿子像你。"

第 八 章

赵玫刚进公司，就收到了齐幼蓝的召唤。

齐幼蓝看上去一脸疲惫，眼袋都出来了，手上拿着浓咖啡，看见赵玫先打了个哈欠。

赵玫不由得问："怎么了，很累啊？"

"别提了，"齐幼蓝摆摆手，"一条命要送在老许手里了。"

赵玫知道公司这几天在和许云天谈离职条件，为了不让许云天踏进GST的大门，齐幼蓝都是亲自跑去许云天家跟他谈。

"谈得怎么样了？"

"你说呢？"齐幼蓝没好气地说，"昨天他还当着我的面，把他家客厅的东西砸了个精光。"

赵玫哑然道："这是……有点激动。"

"呵呵，"齐幼蓝干笑两声，"说正事，你知不知道，许云天在曾子漩之外，还有没有骚扰过其他人？"

赵玫一听就明白了，这是在找许云天的罪证。

"应该没有，"赵玫赶紧否认，"至少我没有听说过。"

"别着急说没有，"齐幼蓝满眼洞悉，"你还是先问问吧，我们自己先了解情况，总比被人家曝光了才知道好。"

"曝光？谁啊？许总？曝光什么？"赵玫心里出现一种不祥的感觉。

"还能有什么呢？"齐幼蓝平静地看着赵玫的眼睛，"无非是那些男男女女的事，对不对？"

赵玫"哈"一声，说不出话。

"你去问问你手下那些姑娘，有没有被许云天骚扰过，有心的，无意的，误打误撞的……有的话就说出来，如果有聊天记录或者照片视频就更好，通通交上来，不影响工作，公司会保密。"

保密？赵玫心想，谁会信呢？这年头难道还有人相信公司会替个人保密？

"我问问看。"赵玫说。

"拜托啦，理论上是肯定有的，毕竟某人是惯犯嘛。"

"惯犯？"

"他自己承认的，"齐幼蓝嘴角露出一抹讥讽的笑，"他亲口跟我说，和他有过关系的我司女性职员，不少于——"她伸出一个巴掌，又翻了一下，"这个数……"

赵玫：……

"你觉得这个数是多了，还是少了？"齐幼蓝慢悠悠喝了口咖啡，如同在讲一个特别有趣狗血的故事。

但赵玫没有听故事的心情，问道："他想做什么？"

"他在要挟我们，如果我们不答应他的要求，他就把一些事情抖出去，不都这样吗？"

齐幼蓝的声音仿佛从很远的地方飘过来。

"其实我倒是不介意跟他谈个价格，问题是，白德瑞最讨厌被人要挟，许云天逼得越狠，白德瑞就越不会松口。

"他想要流氓就要吧，公司不怕的，流氓归根到底也是人，公司是机器，人与机器撞，能有什么好处？"

赵玫只觉得心突突直跳，舌头含在嘴里，一句话也说不出来。

不知道为什么,她老觉得,这话是齐幼蓝故意说给她听的。

赵玫赶到许云天家附近时,忽然就刮起了大风,风里还夹着一些小冰碴,她就穿了一件薄风衣,光着腿踩一双球鞋,冻得她瑟瑟发抖。

许云天的家位于黄浦区,2003年修建的老小区,外表看起来平平无奇,但赵玫去过几次,知道这房子其实内有乾坤——两套大三房两厅被打通并成了一套,再加上开发商送的整层阁楼,使用面积差不多能有三百多平方米,比一般的联排别墅还要宽敞,地理位置又在市中心,生活可谓是便利到了极点。

但这一次,赵玫说什么也不敢上楼。

她在小区旁边的咖啡店订了个包间,走进去时,许云天已经到了,戴着一顶鸭舌帽,坐在三人沙发的正中,大张着双臂,仿佛承包了整个空间。他见赵玫进来,漫不经心地说:"我在这儿住了这么久,都不知道这家咖啡店居然还有包间。"

他拿起一个烟灰缸把玩。"说明我咖啡喝少了,酒喝太多了。"

赵玫没空理他,她被风吹得满头凌乱,头发打了一堆结,又重重地打了个喷嚏,满屋子找纸巾,简直狼狈不堪。

许云天还要嘲笑她:"你是怕我被人看到,还是怕你被人看到?"

他这人一向如此,除非是对着老板和客户,和一般人说话永远带着侵略性,永远在挑战别人。

赵玫终于找到了纸巾,赶紧捂住鼻子,收拾完了才瞪他一眼,说:"我是怕我们被人看到。"

她气得要命,许云天却高兴地笑了。"谢谢你。这两天,除了齐幼蓝那个贱人,你是第一个来看我的人。"

"我不是来看你的,"赵玫看到他一副无所谓的样子,就觉得心累,"你到底想干什么?"

"我不想干什么啊,"许云天没明白,"你怎么了?你好像很生气。"

他停顿了一下,忽地恍然大悟道:"那天晚上不是我的错,是那个小姑娘主动过来敬酒的,我告诉你,她就是故意的,她就是在给我下套——"

"你闭嘴!"赵玫只觉得太阳穴生疼,"你居然以为我是因为这件事生气?"

许云天莫名其妙地看着她,说:"不然呢,还有什么别的原因能让你这么生气?我给你打了好几个电话,你都没有接,我就知道你生我的气了。"

"你闭嘴!"赵玫快疯了,"不要用这种暧昧的语气说话。"

"哈哈哈,"许云天笑起来,"好吧,不逗你了。"

赵玫闭上眼,再睁开时,已经冷静许多。"你找公司要多少钱?"

"三百万。"

赵玫一听这个数字,感觉血压又上来了。

三百万,难怪白德瑞不接受要挟。

"我值这个价。"许云天自矜地说。

"呵呵。"赵玫只剩下干笑。

"我知道了!"许云天突然站了起来,"我知道你为什么突然来找我了,你担心我会把我们的事说出去……"

"你闭嘴!我们没有事!"赵玫像被踩了尾巴一样,飞快地打断他,再次强调,"我们没有事。"

"怎么没有?"许云天挑挑眉。

"就算有也是很多年以前,那时候你未婚我未嫁!"

"那也不能说没事啊!"

赵玫拿起烟灰缸丢到地上,"啪"的一声,砸得粉碎。

包间门立刻被推开了,赵玫在服务员开口之前说:"我会赔钱的,而且我保证不会再砸别的东西了。"

服务员面无表情地带上门。

许云天也平静下来,问道:"如果我们没有事,那你在担心什么?你约我到这里,怕被别人看到,又是什么目的?"

赵玫在狭小的包间里走来走去，又拉开包间门，冲着外面问，"你们有酒吗？"

"没有。"服务员冷漠地说。

赵玫狠狠地把门甩上。

"你能不能冷静一点？"许云天说，"你这样搞得我也很焦虑。"

"我有个问题要问你。"赵玫忽地道。

"你问。"

"你曾经说过，和董越、唐李德他们比，我更擅长管理，我是帅才？"

许云天没想到话题的走向居然是这个。"是啊，怎么了？怎么突然说起这个？"

赵玫严肃地问："你说这句话是发自内心的吗？"

许云天完全蒙了，说："是啊，有什么问题吗？"

"这句话你是在酒局上说的，"赵玫直视许云天，"我需要再确认一遍。"

许云天愣了下，说："好，我确实认为你是帅才，你的管理能力超过董越和唐李德。你现在能不能告诉我，到底怎么了？"

"那就好，"赵玫深深地吸了一口气，正视面前的男人，"许总，我们认识那么久，我从来没有求过你什么。"

"然后？"

"然后，我希望你，不管在什么情形下，不要说不该说的话。"赵玫说。

许云天笑了。

"我就知道，你怕我把你供出去。"

"对，我怕，"赵玫点点头，"你和公司怎么谈判、怎么博弈不关我的事，我不管你有多少料想曝，我希望你不要把我扯进去。"

"我不把你扯进去，能有什么好处？"许云天反问。

"会有的，等我接了你的位子，你会有好处。"赵玫平静地说。

"你——"许云天瞪着她,终于笑起来,"哈哈哈,不会吧,你想当销售总监?当GST整个华东区的销售总监?"

赵玫冷冷地问:"有什么问题吗?"

"没有,当然没有,"许云天举起桌上的咖啡杯,"就冲你这份胆魄,我敬你。"

赵玫不理他。"我需要你的保证,你能答应我吗?"

许云天却反问:"如果我答应你,你能相信我吗?"

赵玫看他许久,这个男人虽然已经油腻,但在中年人里,依旧是出色的那一型。"如果你答应我,我愿意相信你一次。"

许云天带着一丝得意说:"我就知道,我们是有感情的。"

"你怎么那么蠢!"

赵玫没想到许云天会来这么一句,终于骂出口。

许云天两道浓眉竖起,有危机感地问:"你说什么?"

"我说你蠢!"赵玫站起来,指着许云天,"下面我说的话,你给我听好了。"

"如果我接了你的位子,我能带给你的好处,会比另外两个男人多得多。你还不老,远没有到退休的年龄,你就算离开GST,也还是会继续在这个行业,所以你一定会需要我。而无论是董越还是唐李德当上总监,都会把你当鼻涕虫一样甩开,对你唯恐避之不及。别问我怎么知道的,你们男人就是这样,或许他们表面上还会给你三分薄面,但一转身,你就是他们酒局上的笑柄。"

许云天终于不笑了,阴着一张脸,像要吃人。

"而我——"赵玫咬着牙,"我永远不会笑话你。"

许云天像被雷劈了一样,一动不动,半天才说:"我答应你。"

赵玫吐出了一口浊气,说:"很好,我走了。"

"等一下,"许云天抬起头,"你能不能等一下再走?"

他难以启齿般地开口:"好久没跟老朋友说话了,我们说说话?"

赵玫看向他,这个叱咤风云的销售大佬,眼下仿佛一下子老了十几岁。

许云天两只手撑在额头上,说:"这两天,所有的人都像疯了似的,我老婆、我妈、齐幼蓝,还有很多人……我就不明白了,这么小的一件事,却被说得好像我十恶不赦似的……这又不是我的错。"

赵玫无语了,这个人到现在都不觉得自己有问题。

"你坐下来,我们聊聊,"许云天拍着身边的座位,"你不是想接销售总监吗,我可以教你很多东西。"

"不行,我没法跟你聊天,"赵玫摇着头,她不知道自己为什么要说这些,但还是说了,"我曾经——非常崇拜你,我跟你学到了很多东西,你是我的老板,是我的老师,是我的朋友……"

"我们一直都是朋友。"许云天说。

"以后不是了。"

许云天困惑又愤怒道:"为什么?你不会那么势利吧?"

"不是我势利,而是因为你犯的错误。我可以不笑话你,但我没法再跟你做朋友。"

"赵玫!"许云天愤怒地叫着她的名字,"你这样说对我太不公平了!是的,我是有错,但这件事不能怪我一个人。这种事也不是今天第一次发生,谁不是这样的?白德瑞、杜彼得、齐幼蓝……有谁不知道吗?这么多年不都这样吗?包括你,那些女孩全都是你的手下,你是最了解她们的,她们看见我,到我这儿来敬酒,她们都知道,一直都这样。有些就是故意的,就算不是故意,最起码也是你情我愿,我从来都没有强迫过谁,你应该是最清楚这些的人——"

半杯咖啡浇到许云天的脸上,阻止他继续说下去。

赵玫把空咖啡杯往桌上一扔,说:"我们还是别再说话了。"

她正要摔门而去,许云天叫住她:"你等一下!"

赵玫回头,阴郁地看着眼前的男人。

"他们不可能升你的,"许云天平静地说,"你先别急,我既然答应你了,就不会把你的事说出去,问题是他们不会升你的。整个 GST，整个中国的酒行业，从来没有女人当过大区销售总监，除非——"

"除非什么？"

"除非他们实在没有合适的男性人选了，但那是不可能的！销售是什么，销售是野狗，是野狼，是狮子，你见过哪个兽群的首领是母的吗？你一个女人去管整个大区的销售团队，谁会服你？！"

许云天苦口婆心地说："你要是真想往上爬，就换个公司吧，卖薯片，卖化妆品，卖衣服，卖鞋，都行，卖酒不行。"

"我走了。"

"赵玫！"许云天有点着急，"白德瑞不会升你的，白德瑞基本上都不认识你！"

"什么？"赵玫挑眉。这人在胡说什么？

"你从来没有参加过男人们私下的活动，白德瑞压根儿不了解你，他怎么升你？"

"你们私下有活动？"赵玫脸色古怪，"什么活动？"

"随便什么，喝酒、打牌、洗脚、打高尔夫……任何我们不希望有女同事在场的活动。"

"董越参加过？"

"对，白德瑞对他很熟悉，但白德瑞对你——除了认识你这张脸，他对你大概一无所知。"

"知道了，"赵玫点点头，"谢谢你告诉我这些，咱们走着瞧吧。"

Part 2

解铃还须系铃人

你知道吗,这几年来,我每天早上醒来时,
都觉得这个世界很荒诞。

第 九 章

曾子漩觉得自己快要抑郁了。

因为老妈是小学教师的原因,她的启蒙比很多同龄人都早,五岁就上了小学。老妈对她的班主任说:"先试试,学得进去就学,学不进去就回家,明年再来。"曾子漩第一次期中考试就考了全班第二,于是就留了下来。

虽然她赢在了起跑线,却并没有一路领先到终点。

高二那年,她早恋了,准确地说是暗恋。她喜欢上了隔壁班的一个男同学,但学校对早恋这件事管得很紧,她又是好学生,也不敢犯忌讳,只好默默地喜欢,把感情都写在日记里。没过多久,那个男同学转学到另一所高中,她相思成灾,就在QQ空间里给那个男孩留言,起初也不抱有希望,谁知很快就收到了男孩的回复,言语十分温存,话里话外的意思,也是很喜欢她的。

两个人就这么互相留言,聊了快一年。高考前三天,那个男孩约她见一面,曾子漩满心欢喜,精心打扮后,带着礼物去到约会地点。然而来的却是一个陌生女孩,女孩告诉曾子漩,她是那个男孩的女朋友,男孩所有的网络账户都是她在管,也就是说,和曾子漩在QQ空间聊了一年的人,是这个女孩。

女孩最后给曾子漩甩下一些话:"马上要高考了,我没空搭理你,你也别再痴心妄想,他根本不知道你喜欢他。"

那一天,曾子漩失魂落魄地回了家,当晚就发起了高烧,那场病拖到高考,最终害得她发挥失常,不但没有考上心仪院校,还一路滑坡，最后只上了一所普通大专。

可以说，高考前的曾子漩，比绝大多数的同龄人提前体会到了什么叫作人心险恶。

而现在，她盘着腿坐在床上，看着自己微博主页下的几百条评论，那一天的感觉又回来了。

昨天晚上，本来她是一直站在陈列柜前的，后来销售经理于巍峨出来找她，让她进去陪许云天喝点酒。

"可是我不能擅离岗位的。"她说。

"什么擅离岗位，那是许总，他在哪儿，你的岗位就在哪儿。当促销员最重要的就是灵活应变，你去给许总敬酒，你老板不但不会怪你，夸你都来不及。"于巍峨不由分说地拉着曾子漩的胳膊，"走吧走吧，哥哥我还能害你吗？"

她想这话也没错，许云天是华东区的销售老大，级别比赵玫还要高，她作为下属的下属，去敬一杯酒也是应该的，说不定能给领导留一个好印象。

于是她就去了，谁知许云天喝完酒，竟然不让她走，而且还抱了上来。她想推开他，怕动作太大不好看，可动作小了根本推不动，周围的人都在起哄，她也是头昏脑涨，直到有人把他俩分开。她定睛一看，赵玫的脸色铁青得像是要吃人。

她被赵玫当场宣布炒了鱿鱼，等她回过神去找于巍峨，人家早就跑没影了。

当时她整个人都蒙了，到家没多久，就在好几个群里看见了那些视频。她看过几次，每次看不到几秒就关了，实在是无法接受视频里的自己。接着她的手机就开始响个不停，同事和朋友都是来问怎么回事的，最后男友林晓森忍无可忍，把她的手机关了，才算清静。

怎么会这样？

曾子漩第一万零一次地扪心自问。

当赵玫对她说出那句"你明天不用上班了"的时候，她脑海里闪过的第一句话竟然是"糟了,这个月的花呗还没还呢"。

作为一个大专生,一个毫无根基的沪漂,她深深地知道一份工作得来有多不易。自从上班以来,她就无数次地脑补过自己被炒鱿鱼的场面,甚至还做过相关的噩梦——但她从未想过,自己会因为这种原因遭遇开除。

舆论铺天盖地,她什么也不敢发,只是一刻不停地在看网友的留言,有网友认为她这个情况,可以从职场性骚扰的角度去劳动局申诉,她便赶紧去问了。那位劳动局的同志倒是很热心,问清楚具体情况后,也没有戴着有色眼镜看她,只说会去与GST的人力资源部门取得联系,然而等到GST开掉许云天的公告一出,连劳动局的同志也表示爱莫能助了。

毕竟人家公司已经把罪魁祸首干掉了,你还想怎么样呢?

曾子漩叹了口气。又一次回想起许云天的手落在她胳膊上时那种滑腻腻的感觉,仿佛又闻到那股浓烈的酒味。

还能说什么呢,只能怪自己蠢。

林晓森走过来,合上她的笔记本电脑,捧着她的脸,说:"我的漂亮小猪,咱们不是说好不上网了吗?你已经一晚上没睡了,黑眼圈都出来了。"

"我睡不着。"曾子漩说话闷闷的。

"那……我们去吃好吃的?龙湖天街不是有很多你看上的馆子吗?我们去吃吧?"

"我也没胃口。"

"那我们再听一遍夏先生给你的生日祝福?"林晓森说。

夏先生是偶像明星夏夜,曾子漩是他的骨灰级粉丝,曾经还当过他的站姐,因为和偶像关系紧密,去年生日,曾子漩还收到了夏夜专门发来的生日祝福。其实林晓森一向都很吃夏夜的醋,但此刻为了安慰心爱的女友,他决定先把个人恩怨放到一边。

"不要……糟了!"

"什么糟了？"

"我现在上热搜了，夏夜会看见的，他知道我长什么样子。呜呜呜，完了，他一定会认为我是个坏女人！"曾子漩捂住脸大喊，"啊啊啊啊啊，我死了！我没脸见人了！"

林晓森没想到女友居然还在计较这些，有点无语，但看她这么难受，又不好意思说她，想想视频上那个老男人的毛手毛脚，又跟吃了苍蝇一样，最后越想越气，霍地站了起来。

"你干吗？"曾子漩吓了一跳。

"我找那姓许的算账去！"林晓森咬牙切齿地说，"昨晚我就想打他了！"

"你别闹了，"曾子漩一把抱住林晓森，"我都已经上热搜了，你也想上啊？"

"上就上！我一个剪头发的，我怕什么！没准上了热搜我还红了呢！"林晓森在一家连锁美发屋当发型师，用他的话说，这属于技术工种，只要兜里揣把剪刀，上哪儿都能有饭吃。

"你不在乎工作，可我还想再找呢。我一没技术，二没学历，仅有的一点资历也都在洋酒圈，事情闹大了，对我能有什么好处！"曾子漩着急起来，以至于口不择言，"而且你也打不过他呀，许总学过散打。"

"……"

林晓森看了看自己瘦弱的小身板，想了想视频里的许云天，看起来的确挺伟岸高大，顿时就有点憋气。"你对那流氓怎么那么了解？连人家学过散打都知道？"

曾子漩一下火了。"你想说什么呀？你是不是想说我其实就是想倒贴他，故意想送上门的？你是不是也觉得我就是那种陪酒女，是想抱老板大腿上位的那种女人？你说，你说，你说呀！"她边吼着，眼泪边哗啦啦地流出来，"对，我就是那种坏女人，我是早有预谋，行了吧，你满意了吧！"

林晓森一看曾子漩气成这样，顿时怂了："你别急啊，我不是那个意思。"

"你就是那个意思！"

"好了好了，我错了，都是我不好，我胡说八道，我给你唱首歌行不行？"

"你走开！"

俩人正吵着，忽地有人敲门，林晓森开门一看，见是个西装革履的男人。

"我这儿谢绝上门推销。"他说完就要关门。

"等等，"男人忙拦住，"我不是推销员，我是许云天先生的律师。"

"……"

曾子漩脑子顿时乱了，问："你有什么事？"

"不知道你这会儿方不方便，"律师彬彬有礼道，"有些事想跟你聊聊。"

"聊什么？"林晓森凶巴巴地说。

律师一点也不生气，依旧亲切和蔼地道："我明白你们还在气头上，但现在许总也已经离开 GST 了，你们的处境差不多。大家谈一谈，有误会可以解开，就算没有好处，也不可能有什么坏处了，对不对？"

林晓森看向曾子漩，对这样的场面他有些不知所措，而且这个律师说的话，听起来似乎有些道理。

然而曾子漩依旧黑着脸，说："我不想和你聊。"

她不喜欢这个律师看她的眼神，在曾子漩当促销员的日子里，这种眼神她见多了。很多顾客就是这样，公司里那些销售们也是这样，嘴上好言好语，目光却是居高临下。

她想起有次在网上看"职场食物链"的说法，说促销员就是职场食物链的最末端，跟三叶虫一样。

一想到这儿，曾子漩心里就油然而生一股怨气，冷硬地说："我和许云天之间,没有任何误会,是他性骚扰我。我们的处境也不一样,他是犯罪者,我是受害者。他要是想谈,叫他自己来找我,我不认识你,你走吧,我跟你说不着。"

她说完,"砰"的一声就把门给摔上了。

隔了不一会儿,门再次被敲响,律师和蔼地道:"我把你的诉求和许总说了,他同意和你当面谈。"

第十章

赵玫不停地揉着自己发疼的额角,许云天的话给她造成了巨大的心理阴影。她回到办公室,第一时间找到一瓶伏特加,直到粗糙的烈酒从喉间滑过,暖洋洋的,她终于觉得身体热了起来,大脑也像被加了"机油"一样,"齿轮"和"履带"开始正常工作。

许云天传递的消息已经再明确不过,他觉得他没错,他是无辜的,他甚至觉得自己是受害人,被老板们扔出来当替罪羊,被全世界的舆论冤枉。

赵玫深深地吸了一口凉气,举起杯子,才发现杯子早就空了。

据说在薯片公司干的人都会吃胖,在可乐公司干的人容易高血糖,在GST干的人则基本上都会变成酒鬼。

她手下的高级经理王皓来汇报工作。

"周五大会的发言稿改好了,我发你邮箱了。"

赵玫点头,说:"我一会儿看。"

"性骚扰这件事对团队打击挺大的,"王皓愤愤不平地说,"明明我们是受害者,公司也没帮我们多说一句。"

"许总已经被开了，公司的态度能做到这里，已经不错了，再往前推他们，恐怕过犹不及。"

"话是这么说，"王皓还是抱怨，"不过就因为这件事，好几个小姑娘提离职了，说是家里人觉得她们不是卖酒，是陪酒。"

赵玫好言安慰道："我明白，你承受了很多压力，你们受的委屈我都清楚，这是个难关啊……咱们走一步看一步，看看能走到哪儿吧，你有什么需要我协助的只管说，人手不够的问题，我去找人事解决。"

王皓"嗯"了一声，却没有立刻离开，反而表现出一抹迟疑的神情。

"还有事？"赵玫问。

"赵总，我有话直说了，"王皓鼓起勇气，说，"我听到传言，说你有可能离职。"

"居然有这样的传言？"赵玫意外道。

"是假的吗？"王皓一下子轻松了，"那就好，那就好，大家都不想你走。"

赵玫稍微一想，就猜到了那些传言的来由：无非是大家知道她挨了杜彼得的批评，猜测她说不定要走人。

"我暂时不会走的，你放心吧。"赵玫有些欣慰，无论如何，她的团队是认可她的。

门被带上了，赵玫重重地吁了一口气，打开邮箱里的那份发言稿，几个刺眼的词就跃入眼前。

"……我们要明确自己的定位，我们是促销员，不是陪酒女，也不是交际花……"

这一天天的，都在干些什么啊。赵玫心想。

她摁住脑袋，感觉青筋一跳一跳的。

她拿起手机，给李东明打电话，铃声响了两下就被挂断了，没过一会儿收到一条微信："在开会。"

"有事想跟你商量。"

"四点钟。"

赵玫看了看时间,现在是两点半,她便做些别的事。等她再回过神来,已经四点十五分,她赶紧给李东明发微信:"我好了。"

过了好一会儿,李东明才回过来:"不行了,我还在一个重要的会上,晚上吧,晚上抽时间,我打给你。"

赵玫一夜无眠,李东明的电话也一夜没来。

GST的促销员大会每季度开一次,这一次在静安嘉里酒店的大宴会厅举行。GST在上海的促销员,除了请病假的,全员到齐。

明亮的灯光下,整整齐齐地坐着三百二十四名妙龄女孩,身高在一米六八至一米七二之间,年龄在二十一至二十八岁之间,大专及以上学历,身着白色套裙,身材婀娜,面容姣好。这样一支美女军团刚在酒店出现,就引来许多人的围观,连酒店服务员都争着跑过来看。

赵玫站在舞台一侧,看着台下一张张美丽的面孔,有一瞬间的恍惚。

十年前的夏天,她才二十三岁。二流本科毕业,在一家广告公司当小助理,每天的工作是帮经理贴发票,买午饭,一个月到手只有一千七百块。GST是广告公司的大客户,她听说GST招促销员,一天只需要工作四个小时,一个月能挣到近三千,她抱着姑且试试的心态去面试,想不到竟然被录取了。

那时候是洋酒行业的发展高峰期,GST扩张的速度极其迅猛,她进去不到半年,就已经开始学着带新人。遇到许云天那晚,她正在一家店里给新上岗的促销员做培训,一堆话说得她口干舌燥,好不容易结束了,她拿了一瓶矿泉水猛灌,喝到快见底时突然发现许云天盯着自己,对她说:"小姑娘一看就挺能喝。"她刚想喊"许总",谁知居然被水呛到了,咳得面红耳赤,上气不接下气。许云天也没想到自己一句话能有这个后果,赶紧说对不起,又从口袋里掏出一块手帕递给了她。

那年 GST 的年会包了黄浦江上最大的邮轮，邮轮足有五层楼那么高，各色海鲜、美食源源不断地送上来，还请了当红的艺人来表演节目。许云天代表销售部上台演讲，讲述华东区的业务发展有多迅猛，一口流利的英语，还用法语说了一个笑话，把坐在主桌的几个外籍老板逗得哈哈大笑。赵玫看得眼热，心想这大概就是传说中的打工皇帝，她是行动派，第二天就去报了个英语培训班。

再后来，赵玫被许云天破格提拔为经理，两个人的交集越来越多，许云天叫她去读了个在职硕士。又一路提拔她，她当高级经理的时候，又专门去考了中欧的在职 MBA（工商管理硕士），从此脱胎换骨，顺利升到副总监。

再后来，赵玫因为工作的原因遇到了李东明，两个人恋爱，结婚；她婚礼那天，许云天出差没来参加，但事后给她补了一个五位数的红包。

许云天说："我就知道，我们是有感情的。"

赵玫想起曾经那些暧昧的擦枪走火的瞬间，怔怔地发愣。

"赵总，"王皓小声提醒，"该上台了。"

赵玫回过神，说："好。"

赵玫接过麦克风和翻页器，快步上台。

台下掌声四起。

"各位早上好，都还困着呢吧？这个厅就上午有时间，所以——"赵玫像唠家常那样说道，"我会尽量控制自己的发言，确保五分钟之内结束，王皓，麻烦替我计时。"

台下一阵笑。

王皓没笑，心想五分钟怎么说得完？

赵玫摁了下翻页器，大屏幕上出现了两条规定。

决不允许工作期间饮酒，
决不允许擅离工作岗位。

王皓愣了，这不是他之前做的 PPT。

"嗯，这两条规定，相信大家应该都很熟悉了。"赵玫脸上浮起一丝淡淡的笑。

台下的促销员们以为又要开始上纲上线，一个都没笑。

只有王皓心里隐隐觉得不对，一切迹象表明，赵玫不打算按照计划行事。

王皓看向台下，发现角落里多了好几台计划之外的摄像机，还有一些高高举着的手机，这些设备全都对着赵玫。

她在暗中谋划一件事。

一件只有她自己知道的事。

王皓担心地看向台上的赵玫，不明白自己做错了什么，为什么一向对他信赖有加的老板会突然瞒着他。

他忽地发现，今天的赵玫是精心装扮过的，她站在那儿，像一颗小太阳，美得惊人。

"在座的各位都知道，就在前几天，你们中的一员，因为违反了这两条规定被开除了，还有在座中的几位，向自己的主管递交了辞呈。"

赵玫望着前方，目光看似从台下一张张年轻美丽的脸上经过，但其实她什么也没有看见，她也什么都没有想，她强行将自己的脑部分离，好让嘴巴自行其是，把前一晚她预先设定好的内容强行说完。

"其实这几天，我一直在反思，为什么即使有这两条规定在，还是会出现擅离岗位，去向老板敬酒这样的事？

"为什么即便在思想开化、风气新潮的今天，还是会有人把酒类促销员和陪酒女、交际花画等号？不管你怎么解释，不管你做多少努力，你都没办法解除人们的刻板印象，"她望着台下发问，"为什么？"

台下有人喊："因为那是在夜店啊！"

又有个声音响起："因为长得漂亮。"

"因为顾客都是色狼!"

气氛活跃起来,台下一片嘻嘻哈哈。

"嗯,那是不是可以这么理解,"赵玫再次提问,"因为我们的工作地点是夜店,所以容易遭遇骚扰;因为我们长得漂亮,所以容易遭遇骚扰;因为我们的顾客都是色狼,所以他们总是想着来骚扰我们?"

台下的女孩子们你看看我,我看看你,都捂着嘴笑,隐隐觉得哪里不对,但又说不出什么。

"从这个逻辑出发,那就是卖我们产品的场地错了,买我们产品的顾客错了,以及,在座的各位也错了,谁让你们长得那么漂亮,是不是?"

"当然不是!"立刻有人反对。

"我听见了,"赵玫点头,"那是谁的错?"

众人面面相觑,不约而同想到一个答案,没人吱声。

"我来说吧,"赵玫顿了顿,"是公司错了。"

全场哗然。

"是的,就是公司错了。"她再次强调。

很多后排的促销员按捺不住,也掏出了手机,对准赵玫。

"什么工作时间不许喝酒、不许擅离岗位……扯淡!"赵玫笑起来。

"这两条规定只能说明,公司在假设促销员在工作期间会遇到很大的风险;公司也是在假设促销员遇到的促销对象十有八九是色狼;公司更是在假设我们的产品是坏的,如果喝多了,就会出乱子。

"公司自以为是地在保护我们,在为我们着想,但其实不是。这两条规定,等于是把我们放在了最不利的位置,同时也在暗示我们,如果谁违反了这两条规定,受到了欺负,那就是活该。

"既然这两条规定并不能保护任何人,也不利于产品销售,那还有什么存在的意义呢?"赵玫摊开手,"所以我宣布,从今天起,废除这两条规定。

"公司对促销员的要求与考核,和其他所有员工一样,只有KPI(绩效考核)和价值观,不再做其他的硬性规定。"

"谢谢大家,"赵玫对着台下众人微微鞠躬,"就这样,散会。"

她说完下台,没跟任何人打照面,匆匆逃离会场,跳上了一辆早已等候在会场门口的商务车,车子迅速开走,迅速得像逃难一样。

她打开手机,翻到早已写好的文档,闭了一下眼,再睁开后,点击了"发送"。

赵玫接通梁丹宁的电话。"我把辞职信发出去了。"

"我去,"梁丹宁站在一条走道上的复印机旁,眼睛直勾勾地盯着人力资源部的方向,"我现在向你求婚还来得及吗?"

"我现在大脑一片空白,"赵玫说,"就是脑袋和身体各自为政,我都不知道我在做什么。"

"你现在什么也不用做,按照咱们的计划,你的部分已经做完了,"梁丹宁低声道,"你现在就好好睡一觉,剩下的交给我和胖子。"

胖子是一家MCN机构的老板,当年在酒吧当服务员的时候,被喝醉的客人摁着用打火机烧头发,是赵玫救了他。这次赵玫要玩一票大的,特意请了他来操盘。

"我是不是太冲动了?"赵玫问。

"不,你是太生气了,"梁丹宁由衷地说,"你知道吗,我现在超佩服你的,真的赵玫,咱们公司那么多老爷们儿,哪个敢像你这样站在台上,公开反抗任何一条公司规定,我梁丹宁就把脑袋送给他!"

"好吧,"赵玫叹气道,"不知道公司会有什么反应,好像没什么动静。"

"拜托,你又不是明星,还想五分钟之内就让微博服务器瘫痪啊?"

"有道理,"赵玫点头,"我又不是明星,明星还有公司出钱宣传,我花的一分一厘都是我自己的血汗钱。我究竟为什么要做这种哗众取宠的事？"

"还能有什么，不蒸馒头争口气啊，"梁丹宁有意说笑，忽地眼皮一跳，"齐幼蓝出来了，先不说了，你等我消息。"

电话另一头，赵玫重重地靠在椅背上。

第十一章

赵玫上台发言的同一时间，曾子漩戴着口罩和棒球帽，和林晓森一起来到小区附近的一家必胜客。

到了店里，曾子漩选了个靠墙的位置，林晓森坐在她对面桌。他俩事先商量好的，先让曾子漩独自面对，万一有什么情况，林晓森再出面。

曾子漩坐下等了不到五分钟，许云天和他的律师也到了。许云天身材高大，穿一件款式高档的羊绒外套，律师则是西装革履，手里还提着一个公文包。两个人走进小孩乱跑的必胜客，脸上的表情跟爱丽丝梦游仙境似的。

许云天冲曾子漩点点头，算打过了招呼，又皱着眉头看看四周，说："附近没别的地方了？咖啡馆什么的，有吗？"

"有，但来必胜客的人不会注意我们。"曾子漩低声说。

许云天一怔，这才发现周围成年人的注意力几乎都在小孩身上，顿时理解了曾子漩的用意，忍不住又看曾子漩一眼。"有点想法。"

许云天皱眉看着桌上的二维码，说："怎么又是这种扫码点单，我就烦这种，点个菜跟填表似的。"

没人吱声。

许云天越发烦躁了。"这玩意儿怎么弄啊？服务员？服务员？"

他平时出去吃吃喝喝，永远都有人替他把酒倒好了送到手上，菜也是有人事先点好的，现在坐在必胜客里，凡事要亲力亲为，只觉得万分地不习惯。

服务员一溜烟跑来，许云天没好气地说："做生意的，别整天就知道让客人自给自足，有点服务意识行吗？"

"您要点什么？"

曾子漪已经点过可乐了，许云天和何律师一人点了一杯咖啡。

"要不要加一份蛋糕或者来一份鸡翅？"

"不要不要！"许云天嚷嚷。

服务员冷笑道："就这么点东西，跟我摆那么大谱儿！"说完瞪他一眼走了。

"嘿！"

眼看许云天要炸毛，被何律师拉住。"许总，还是赶紧说正事吧。"

"行吧，"许云天总算按捺住脾气，"说吧。你先说。"

何律师清了清嗓子，说："好，那我就长话短说了，发生这件事情，谁都没想到，说到底这其实就是个误会……"

"这不是误会，"曾子漪打断何律师，"就是他性骚扰我。"

"我可没性骚扰你啊！"许云天道。

何律师赶紧打圆场："先别急，听我说。所谓职场性骚扰是带着目的的，但许总当时完全已经喝多了，他是酒后行为，是无意识的。第二天醒过来，还是别人告诉他，他才知道发生了什么，他看了视频都认不出你，那些网友不知道情况胡说八道，但你是做酒类促销的，你肯定能理解。"

"那为什么公司要开除你？"曾子漪压根儿不给面子，"如果你没有性骚扰我，公司为什么要开除你？"

"因为政治需要，"许云天眼里闪过一丝阴鸷，"有人要利用这件

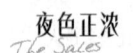

事搞我，明白吗？算了，说这些你也听不懂。"

"那你约我出来，到底要做什么？"曾子漩问。

何律师温言道："是这样的，我们知道你离职了，这个……虽然你们公司开除你不是因为许总，但我们愿意给你两万块钱，作为……呵呵……"

"作为我的一点心意，"许云天接话说道，"我这个人比较讲义气，虽说你被开跟我没关系，但我觉得你也挺不容易。"

"那你需要我做什么？"

"哈，"许云天指指她，"挺冷静的，我就是说这个姑娘不简单，是吧老何？"

"也没什么特别需要你做的，"何律师和颜悦色地说，"我们就是想请你帮着澄清一下，比如发个微博什么的，就说你俩是同事，平时关系也不错，大家一起喝酒的时候稍微有点越界，就是一场误会，就行了。"

曾子漩犹豫地说："你的意思，是让我承认，这件事是我的错？"

"不不不，当然不是，"何律师忙道，"没有谁的错，这是一场误会。"

"这不是误会——"

许云天说了句脏话。"能不能别再说这些车轱辘话。"

何律师推了许云天一把，让他收敛自己的脾气，谁知他反而更大声，右手食指在桌上一下一下地敲。"我受够了，你年满二十一岁了对吧？我们能不能别说废话，能不能像成年人那样，说点实际的、具体的、有意义的？"

"但你想把所有的错误都推到我一个人的头上，这是不对的。"曾子漩正色道。

"没有人要把错误推到你一个人头上，"许云天暴怒，"你是聋子吗？"

他沦落到要亲自和一个促销员讨价还价，简直是虎落平阳被犬欺，显然世道不公。

"许总！"何律师再次出言提醒，"你吓着她了。"

"得了吧，一个在夜店上班的人，哪天不得遇见七八个醉鬼，她能被我吓着？"许云天冷笑，轻蔑地看着曾子漩。

"我想清楚了，我没办法做这个澄清，"曾子漩其实是有点害怕，但她忍住了，"这其实是两件事，一件事是我被公司开除，因为我擅离工作岗位，且在工作时间喝酒，这是我一个人的问题，和你没有关系；第二件事，是你性骚扰我，不管你有没有喝醉，有意识还是无意识，我都是受害者，在第二件事里，我没有问题，全部是你的问题……"

"你能不能别演了！"许云天实在忍不住打断了她，"你们现在这些女孩子，为了一丁点的名利，真是什么都说得出，什么都做得出……都是我的问题？那你干吗来敬酒？是我要你来给我敬酒的吗？是我强行把你拉到我卡座上来的吗？你一个促销员，连正式员工都算不上，我压根儿就不认识你好吗？！"

"不是的，不是这样的，"曾子漩这下是真被吓到了，"我来敬酒，是因为……是因为你手下的销售让我来给你敬酒——"她说到这里，自己都觉得难以自洽。

果然许云天冷笑一声，说："对，我手下让你来给我敬酒，你就来了，我手下让你上台去跳脱衣舞，你去不去？"

"许总……"何律师痛苦地闷哼一声。

曾子漩说不出话来，泪花在眼眶里打转。

"ok，让我们回归理智，"许云天觉得自己已经完全占据了上风，打算见好就收，"这样，你就发个微博或者朋友圈澄清一下，这件事就结束了，钱我照给，以后咱们就是朋友，你需要什么帮助，比如找工作啊，找个人什么的，我都可以帮你。"

"但你说的不对，"曾子漩再次鼓起勇气，"不是那样的。"

"那又是哪样？"

有那么一瞬间，许云天觉得这可能就是代沟吧，他一万次地想拂袖离去，却又不得不命令自己坐着听对面这个姑娘说完。

曾子漩的嘴唇颤抖着说："我来向你敬酒，是因为你是我的老板，我觉得老板来了，我应该敬你一杯……"

"所以就可以不顾公司的规定？"许云天嘲讽地说，"你应该知道擅离岗位会被开除吧？"

"我……我当时没有想那么多，我想你是老板……"

"所以公司规定对我不适用？"许云天接她的话，讽刺的意味越发浓重。

"不是的……"

"那到底是什么？"许云天无语地摇头，"如果你不想帮我澄清，可以，没问题，我许云天还没有沦落到要求一个什么都不是的小丫头片子，但是——"许云天掷地有声地说，"你不要装无辜！"

"我……"

曾子漩不知道该怎么说了，她的脑子一片混乱，很多明明已经想明白的事情突然又乱了，变成一团杂草，怎么都理不清。

"是，是我的手下叫你来向我敬酒的，"许云天的攻击明确又有力，"你在夜店做促销员有几个月了吧？促销部只有最聪明、最机灵的才会被派去夜店，蚕茧是新开业的，你能被调去新店，充分说明你已经相当出色，你完全知道夜店里会发生什么。你穿着超短裙，不惜冒着被开除的风险，从前厅跑来卡座向我敬酒，真的只是因为我是你的领导，你想向我表示尊敬？你真的没有所图？"

"听着，"许云天冷漠而残酷地盯着曾子漩，"你很年轻，你人生的路还很长，不要小小年纪就学会又当婊子又立牌坊！"

咣！

一个玻璃杯从天而降，重重地砸在许云天的后脑勺上。

"我打死你！"林晓森跳起来，从背后扑向许云天，一把勒住他的脖子，将他连人带椅子全部带倒。

"啊！"曾子漩吓得张大了嘴，"晓森！"

两个人打成一团，许云天人高马大，又学过散打，即便被林晓森偷袭，也很快扭转局面。他翻过身，把林晓森摁在地上，一只手摁着他的脖子，一只手高高地抬起，重重地落下，一拳又一拳，每一拳都凶狠而有力……林晓森很快就被他打得毫无还手之力。

"别打了！"曾子漩使劲去拉许云天，却被许云天推出去老远。

几个店员跑过来，试图将两个人分开。

但许云天实在力大无穷，他这几天也憋狠了，正好有人送上门挨揍，很好，让他好好地发泄一下。

"许总！"何律师急急忙忙地道，"快停下，再打下去就有人报警了，咱们现在可经不起一次报警。"

这句话的效果立竿见影。

许云天从地上站起来，曾子漩赶紧扑到林晓森跟前，看着他血淋淋的脸，眼泪哗哗地流下来。

"居然给老子打埋伏，敬酒不吃吃罚酒，"许云天后脑勺也有一片暗红，嘴角还挂着血丝，看上去面目狰狞，"小丫头，你给我听好了，不要再胡说八道，不然就今天这件事，这个——这是你男朋友吧？我告他一个故意伤害，让他吃不了兜着走。"

说罢，许云天就带着何律师扬长而去。

曾子漩一边把林晓森扶起来，一边哭着掏出手机，拨打120。

第十二章

赵玫靠在床上，望着眼前振动不停的手机，一个电话也没有接。

这是胖子事先说好的，除了老爸、老妈和老公，除了110、119

和120，其余人的电话通通不要接，用胖子的话说就是"要让子弹飞一会儿，你才能确定落点究竟在哪里"。

从下午三点左右开始，她的微信彻底炸了，各种人的信息疯狂涌入，几分钟就把手机的电耗掉一大截。赵玫忍不住想，那天夜里，许云天和曾子漩是不是也是这种感觉：一种潜伏了很久，突然被敌人发现了的感觉。

以台下三百多个促销员的主动传播为起点，在胖子的专业级操盘下，赵玫的演说视频上了微博热搜，GST职场性骚扰事件还未完全结束，又出了精彩后续——美丽的女总监先是开除了受害的促销员，接着又公然对公司规章制度开炮，当众向促销员道歉，这到底是为什么？这是什么公司，怎么比娱乐圈还热闹？

最出圈的莫过于赵玫的那一段话："公司自以为是地在保护我们，在为我们着想，但其实不是。这两条规定，等于是把我们放在了最不利的位置，同时也在暗示我们，如果谁违反了这两条规定，受到了欺负，那就是活该。"

网友们把这段话剪出来，在微博、豆瓣、B站、抖音……在各种各样的平台进行传播，对赵玫的评价好坏皆有，但唯一明确肯定的是她的颜值，这也是胖子的策略之一：只有美丽的东西，才会令人主动传播。

梁丹宁也在源源不断地传来信息，销售部、公关部，还有GST其他部门，以及诸多客户……按照梁丹宁的总结，赵玫这次的举动给所有人带来了震撼，以至于大家都无法评价，只能看老板的态度了。

下午五点半，梁丹宁拎了一大份小龙虾来看她。"怎么样，有明星的感觉了吗？"

"没有，充满了做了坏事无所遁形的感觉，"赵玫自嘲地笑笑，"如果这就是明星，那还是算了，我干不了这份工作。"

话音未落，李东明的电话就来了，这是胖子允许的可接电话，赵玫接了电话，李东明劈头就问："怎么回事？"

"什么怎么回事?"赵玫反问。

"我是说网上,那些都是什么啊?那些话真是你说的?"

"对啊。"

"你疯了?"李东明着急地说,"你知不知道你们大老板正为这件事大发雷霆?你是不想干了还是怎么回事?"

"我已经提交辞职报告了。"

李东明愣了好一会儿,才算消化了这个消息。"你……你该不会是因为你们老板不给你升职,你就横竖横了吧。"

横竖横是上海俚语,意思是豁出去。

"你这样不行的,"李东明苦口婆心道,"你这么冲动,除了刚好证明你情绪不稳定,不适合当高管之外,什么也证明不了。网络很大,但职场很小,你们这个洋酒圈就更小了,你那些言论打击一大片,就算你离开GST,还有哪家会要你?威尔逊会要你?黑骑士会要你?"

"不要就不要,"赵玫冷冷地道,"找不到工作,大不了我去当网红,没准挣得还多点。"

"我实在是搞不懂,你为什么要这么做,事先都不跟我商量一下!"李东明生气地说,"你知不知道这件事还是别人告诉我的?你知不知道我看到那个视频的时候有多惊讶?你明知道我在跟你们公司合作,做这么大的事却连招呼都不跟我打,白德瑞知道你是我老婆,你让我怎么面对他?"

"白德瑞知道我是你老婆吗?"赵玫哂笑,"我还以为白德瑞压根儿不知道我是谁呢?"

"我没心情和你说笑。"

"我也没心情和你说笑,"赵玫冷冷地道,"本来我也想跟你说一声的,可是你太忙了,你去看看微信,最后一条你是怎么回的……不过,这也没什么可争辩的了,这是我的职场,我想怎么做就怎么做,不用你管。"

赵玫说完就把电话挂了，抬头发现梁丹宁正在津津有味地剥虾。

梁丹宁问："怎么样？"

"不怎么样，"赵玫笑笑，"说是白德瑞大发雷霆了。"

"哇！"梁丹宁拍着油腻腻的巴掌，"这下他可算是'看见'你了吧。"

"哈哈哈，是啊，这下他看得可清楚了，终生难忘，"赵玫坐下来，拈了只龙虾，一下把脑袋拧下来，"我管他去死，我高兴就行。"

"老板们呢？齐幼蓝有说什么吗？"梁丹宁问。

赵玫摇头，说："没有，辞职信发过去就石沉大海。"

"也是，她多精明啊，白德瑞不发话，她是不会有任何动作的，"梁丹宁把十根手指一根一根地塞进嘴里，舔干净后，拿起手机翻着，"不过我这里，都是佩服你的。"

"真的？"

"骗你是小狗，大老板们是不是气死了咱也不知道，咱也不在乎，但人民群众都是挺你的，你看——"她给赵玫看了几个群的聊天记录，"只要是女的，都特佩服你。"

赵玫低着头看了一会儿，抬起头来说："也算值了。"

"就是。"

"有生之年也算上过热搜了。"

"没错，"梁丹宁点头，"而且钱没白花。"

"喂，能不能别提钱，我可是把所有的零花钱都砸下去了，"赵玫一想到那笔宣传费就心痛，"以前看人挑担不吃力，老骂市场部和公关部乱花钱，现在才知道，这玩意儿真的好贵。"

"是啊，好多包没了，好多好多包啊……"

"你闭嘴！"

梁丹宁笑嘻嘻地把最后一块龙虾肉丢进嘴里。"行了，不跟你说了，我还有个重要饭局。"

"哪个饭局比陪我吃饭更重要？"

"沈默。"梁丹宁眨了眨眼。

赵玫顿时来了精神。"那你赶紧去,有新消息第一时间告诉我。"

"啧啧啧,女人啊,你的名字叫势利。"

松园路88号在闵行区,梁丹宁从酒店赶过去,相当于横穿整个上海。

路上堵车,梁丹宁紧赶慢赶,还是迟到了。一下车就看见两扇巨大的铁门,旁边有一个岗亭,里面站着三四个保安。梁丹宁正琢磨是给沈默发微信还是打电话,一个保安已经主动迎上来,礼貌地问:"女士您找谁?"

梁丹宁说:"我找沈默。"

"您是梁小姐对吧?老板已经交代过了,"保安笑着道,"这边请。"

梁丹宁跟着保安往里走,从铁门旁的小门进去,发现里面别有洞天。各种树木极其高大,其中掩映着十几栋小楼,有些亮着灯,有些是暗的。

"这是什么园区啊?"梁丹宁问。

"这不是园区,是沈总的家。"保安说。

梁丹宁顿时咽了口口水,一般人能住一栋别墅就很了不起了,而真正的大佬住的是一个小区。

保安看梁丹宁踩着高跟鞋,说:"是不是有点暗?"

"是有点。"

保安拿起对讲机,说:"开灯。"

唰的一下,整个园区的路灯忽地全点亮了,顿时亮如白昼。

梁丹宁无语了,这是什么偶像剧桥段?

保安把梁丹宁领到一栋小楼前就走了,梁丹宁走进去,发现这居然是一家智能家居公司,规模还不小。

前台把她领到四楼,电梯打开就有个磁性的声音响起:"梁小姐晚上好,沈总正在等您。"

梁丹宁有些吃不准，但还是对着空气说："不好意思啊沈总，我迟到了。"

前台微笑着说："沈总还在上面一层，这儿说话他听不见。"

梁丹宁进到一间充满科技感的会客室，隔了一会儿，沈默来了，她赶紧又道一遍歉，沈默很温和地说："没关系，迟到五分钟而已，对女孩子来说不算什么。"

他对着空气吩咐："请给我们一些喝的。"

说完又对梁丹宁解释："智能装置只听得懂普通话和标准英语，如果说方言就没戏，不信你试试。"

梁丹宁顺从地问了句："唔该，比杯香槟我啊？"

沈默差点噎住，问道："原来你是广东人？"

"阿拉上海宁。"梁丹宁又用上海话回答他。

沈默大笑着说："你挺有意思。"

你觉得有意思就好。梁丹宁感觉到沈默心情不错，她也兴奋起来。销售都这样，客户开心，她就开心。

不一会儿门开了，一个机器人走进来，肚子里装着托盘，上面有一壶红茶，一壶咖啡，一盘水果，以及牛奶和方糖。

梁丹宁选了咖啡，沈默又问她："要听音乐吗？"

"好啊。"

音乐是钢琴曲，氛围不错，梁丹宁喝了口咖啡，指着窗外的夜光网球场，捧场道："这里真漂亮，像苹果公司的总部。"

"那是一个目标。"

"这也是您的公司吗？"

"我只投了一小部分，当初只是闹着玩，没想到他们发展得还挺好，我挺喜欢这里的小玩意儿，就让他们给我也装修了一间屋子，带朋友来玩玩挺好的。"

两个人沉默了一会儿，沈默问："要不要吃晚饭？"

梁丹宁连连点头，说："好啊好啊，我还没吃过这么高科技的饭呢！"

沈默哑然失笑。"不是在这里吃,这里虽然有高科技,但饭还是厨师做得好,抱歉让你失望了。"

"不失望,"梁丹宁说的是真心话,"换地方更好,让我请您吃饭。"

他还是开那辆商务车,载着梁丹宁去到旁边一家本帮菜馆,没有菜单,老板娘根据客人人数配菜,给什么吃什么,一点不用操心。

"这里有酒吗?"梁丹宁问。

沈默点点头,说:"有,但我希望你还是别喝了。"

梁丹宁紧张起来。"啊,好好好,对不起。"想着自己是不是放松得有点过了?

沈默接着解释:"我这两天在吃药,不能喝酒,看着你喝,我会嘴馋。"

"您会嘴馋?"梁丹宁哈哈大笑起来,"您怎么那么可爱啊!"

沈默也笑起来,说:"没办法,就是这么可爱。"

老板娘上菜的风格很彪悍,每一个盘子都是从客人头上飞过来的,但味道是真的好,竹网鲈鱼、响油鳝丝、椒盐排条,梁丹宁吃得津津有味。

因为暂时没有话题,也因为沈默一直在看她,所以她不太敢抬头,只好埋头吃。

沈默忽然问道:"你这条项链是什么?"

梁丹宁摸了摸那枚吊坠,说:"是铜镜。"

"有寓意吗?"

"有,"梁丹宁放下筷子,一本正经,"金太太说要拿桃木剑斩我,我戴上这枚铜镜,就可以把剑气反回去。"

沈默一下没忍住,笑得以手撑额,在脸上揉了一把又一把。"噢,我的天。"

梁丹宁也高兴,沈默比她想象中更洋气。

"啊,对了,你不说我都忘了,"沈默拿出手机一边拨号,一边说,"老金托我给你个礼物,说是向你赔礼道歉。"

"啊,不用了吧,金总已经订过酒了。"

沈默没应,对着电话吩咐:"把门厅那个纸盒子送到……你家在哪里?"

他把电话直接递过来,梁丹宁赶紧报出地址,对方是个年轻的小伙子,爽快地应了,多半是沈默的司机。

沈默说:"老金心里很过意不去,订酒是给你公司看的,礼物是他私人道歉,他不方便亲自拿给你,所以让商场送到我家了,我就是个顺路人情,你不用谢我。"

梁丹宁已经无话可说,老板娘又送了一碗桂花酒酿圆子,加上饭前吃的小龙虾,吃到最后,她觉得裙子都绷紧了,结账时她看一眼小票,顿时为难起来。"我是真的想请您吃饭,但这连三百块都不到。"

"付吧,"沈默把小票塞到她手里,"三百块也是钱,不要想着逃单。"

两个人走到门口,沈默说:"我还有点事,不方便送你回去,你能自己回去吗?"

"当然啦!"

"我可以陪你等到车来。"

梁丹宁站在饭馆门口,身边站着沈默,淅淅沥沥的下着小雨,他俩的组合看起来有些古怪,不像情侣,也不像父女。偶尔有路人看过来,梁丹宁心想,你不知道,站在我身边这位,是真正的大佬。

沈默忽地说:"你同事的那个视频,我看到了,很有警钟长鸣的意味。"

梁丹宁心想,终于来了。

"我见过她几次,是个挺能干的姑娘,她说的,不无道理,"沈默接着说,"但对 GST 这样的公司来说,那两条规定已经是所能做到的极限,不是吗?总不能雇一群男人去当促销员。"

"为什么不行呢?"

"因为异性相吸,就比如此时此刻,如果你是一个男人,我不会同你单独吃饭。"

"那又是为什么?"

"我为什么要和一个男销售单独吃饭,我图什么?难度我需要买酒吗?"沈默表情古怪地说,"你们公司在华东区的货七成都在我的仓库里。"

梁丹宁:……

沈默看看她,说:"你是不是想问,我同你吃饭,又在图你什么?"

梁丹宁不好意思地点点头。

沈默笑笑,说:"因为你是个很有趣的女孩子。"

梁丹宁差点就要说"我不是女孩子,我是孩子妈",但理智制止了她继续跟沈默抬杠。

沈默又回到先前的话题:"其实,我相信她是一时冲动,现在多半在后悔,女人是情绪动物,搞管理是不行的。我之前的公司用过一个女副总,然后我收到很多投诉,后来我发现,很多被她打低分的员工,并不是因为业绩有问题,而是因为这些员工在考绩的前三天得罪过她。"

"后来呢?"梁丹宁问。

"后来,我只好把她换掉,换成一个男人。"

梁丹宁叫的车终于来了,沈默非常绅士地替她拉开车门。她一上车就给赵玫打电话,把沈默的那些评价如实相告,赵玫听完,在电话那头沉默了半天。

"也许他是对的,"赵玫说,"但也许我是对的。时代已经不一样了,放在过去,曾子漩被许云天性骚扰的事根本不算事,但在当下就会成为热点新闻,我的做法用过去的眼光看肯定大逆不道,但眼下却不一定。刚才胖子给我打电话,说有个吐槽类的节目想邀请我。"

"天哪!"梁丹宁激动了,"你可一定要去啊,我给你当助理。"

赵玫笑道:"已经让胖子推了,那个定位不对,他说要给我接个

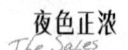

一对一的深度访谈。"

"可以可以,我看你是真的要红了!"梁丹宁兴冲冲地道,"我只要你记住一句话,来,跟我复述,苟富贵,勿相忘!"

"哈哈哈!"赵玫笑得欢快,心情比白天好了太多。

第 十 三 章

刚过晚上十一点,若在平时,梁丹宁多半是还要应酬一场,但她突然不想再见任何人——这一天信息量太大,她觉得大脑有些过载。

她一如往常般蹑手蹑脚地进家门,没想到老妈居然起床上厕所,看见她十分诧异地问:"那么早啊?"

"有没有给我的东西?"梁丹宁低声问。

"有,蛮大一个盒子,好像是个什么著名的牌子,放在你房间了。"

梁丹宁立马进了卧室,一抹橙黄色跃入眼帘。

居然是爱马仕,看盒子的尺寸,想必是一个包。

梁丹宁有好几个名牌包,但没有爱马仕,这个牌子的包需要配货,买一个五万块的包,需要买十万块别的鸡零狗碎,梁丹宁明白饥饿营销的道理,她也很愿意上品牌溢价这个当,可惜钱包不允许。

她打开盒子,里面是一个Birkin25黑金,可以搭配一切服饰。她拿起来拎了下,又照了照镜子。别的女人的第一个Birkin,要么是爱人送的,要么是自己买的。她倒好,人生第一个Birkin,居然是被狗咬了换来的。

早熟的小学生梁薇穿着睡衣从门外进来,问道:"妈,这是你新买的包吗?"

"不是，是人家送的。"

"不好看。"

"不好看？很贵的！"

"多贵啊？"梁薇好奇地问。

"怎么也得好几万。"

"哇！"

"你说我要不要把它挂网上卖了？"梁丹宁掂了掂分量，和传说中一样沉。

据说这个包的设计初衷是妈咪包，开什么玩笑，这么重的分量，那必须是出门带用人的妈咪。

"这么贵，还是留着吧。"

"能背这个包的场合不多，平时拿着容易遭人妒忌。"

梁薇想了想，说："你可以拿着这个包去开家长会。"

梁丹宁拍案叫绝道："有道理啊，我女儿怎么那么聪明，第一名就是第一名——等等，这么晚你还不睡觉？"

梁薇说："妈妈，我今晚想跟你睡。"

梁丹宁抱着女儿的脸亲一口。"宝贝，我也想跟你睡。"

等她洗完澡护完肤上床，梁薇已经在打哈欠，梁丹宁搂着女儿，心想老金居然给自己挑个Birkin，让他家那位母夜叉知道，怕不是要打上南天门。

她摸摸女儿的头发，说："薇薇，这个包虽然不好看，但其实挺好的，给你以后当嫁妆吧。"

"你自己留着吧，我不要嫁人。"

"不嫁人你想干什么？"

"搞事业啊，"梁薇翻了个身，嘟哝着，"我要做赵玫阿姨那样的女人。"说完就沉沉睡去。

梁丹宁望着天花板，或许是上床太早了，竟久久不能入眠。

赵玫的蛰伏只持续了一天半，一来是因为胖子给她约到了一本高端杂志的深度采访，需要她提前与记者沟通；二来是李东明妈妈又不请自来突然袭击了。

"你说得很对，"李东明妈妈说，"我转发了好几个群，大家都觉得你做得很好。"

赵玫没想到有生之年还能和婆婆达成共识。"谢谢妈妈。"

"不用谢，你做得对，就要给予肯定，"李东明妈妈完全是班主任思维，"我对学生也是这样说，知错能改善莫大焉，你的手下有你这样的领导，是她们的福气。"

"我已经辞职了。"赵玫笑笑，觉得李东明妈妈的话虽然古怪，但还挺中听。

"为什么？"

"我都在公开场合那么批评公司了，还是赶紧走吧。"

"也是，"李东明妈妈眼里精光一闪，"虽然我不赞成女人当全职太太，但对你来说倒也是好事，之前你太忙了，现在辞职了，正好回家休息，回头我带你去中医院看看，有个专家非常灵的，让他帮你调理一下身体，可以……"

赵玫在李东明妈妈说出"备孕"那两个字之前，举起了手机，飞快地说道："喂，东明啊？妈在家呢。"

"呃，"李东明在电话那头怔了下，"哦，本来想回家的，那我们换个地方聊吧。"

"你回上海了？"

"刚落地虹桥，这样，你订个地方，我来找你。"

"ok，"眼看李东明要挂，赵玫忙道，"妈在呢，你等下——"一把将手机塞给了李东明妈妈。

李东明对付老妈向来是有一套的，过了一会儿电话挂断，李东明妈妈把手机还给儿媳。"东明既然找你有急事，你就快去吧。"

赵玫找了家简餐厅，要了杯气泡水，没等多久李东明就来了。他一只手拉着行李箱,另一只手还抱着一捧巨大的花束,招摇过市地穿过整个餐厅朝赵玫走来,引得众人回头目送。

"你这是干什么?"赵玫愕然。

"祝贺你!"李东明将粉色洋牡丹塞到赵玫怀里,"随便买的,你别嫌弃,就是个心意。"

赵玫有点莫名其妙。"搞什么鬼?你不是要跟我吵架吗?"

"吵什么架,哈哈,有什么好吵的?"李东明笑嘻嘻地翻着餐牌,"我老婆出名了,我高兴还来不及,为什么要吵架。"

"你给我好好说,"赵玫根本不买账,"再打马虎眼我走了。"

"行行行,你看你,真是人一红,脾气都见长,"李东明叫来服务员,要了个五分熟的牛排,"之前是我狭隘了,现在我想明白了,你这一把,干得漂亮。"

"我干什么了?"

"炒作啊,这铺天盖地的宣传力度,花不少钱吧?"

赵玫闷哼一声,说:"没花你的钱。"

"花我的钱也没问题,"李东明摊摊手,又戏剧性很强地压低嗓音,"今天早晨,你们人力资源老大突然来找我要你的能力评估报告。"

"为什么?"赵玫惊讶。

"不知道,但我知道企业来找我要某个员工的评估报告,都是为了升职,而且是重要职位,所以我主动给白德瑞打了个电话,跟他说,你是我老婆。"

"他不知道我是你老婆?"赵玫皱眉。

"可能知道,也可能不知道,不清楚,我们以前没聊过这些,你别介意,我也不知道白德瑞的老婆是谁。"

"好吧。你跟白德瑞说我是你老婆,他说什么了?"

"他非常惊讶,然后把你夸了一通。"

"真的?"赵玫更惊讶了,"你昨天不是说他因为我大发雷霆,今天就来夸我了?"

"对。"

"为什么？他疯了？"

"他没疯，他只是看清了形势，"李东明愉快地切着牛排，"你们公司的员工们大都站在你这边，网络上的舆论也是支持你的，那他当然也要支持你。"

赵玫瞬间想起胖子的话。让子弹再飞一会儿。

飞着飞着，有可能就拐弯了。

"问你一个问题，"李东明又切了块土豆，"如果你们公司升你当销售总监，你还走不走？"

赵玫眼皮一抖，说："你认为人事找你要我的评估报告，是打算升我当销售总监？"

"没有别的职位了。"

赵玫想了想，说："可是我已经递辞呈了。"

"那算什么，瞎子都能看出来你在玩以退为进那一套，你们公司的人事虽然傻，但也不至于傻到那个程度。"

赵玫无语道："如果公司升我接老许的班，我当然不走了。"

"行了，"李东明抹抹嘴，"剩下的就交给我了。"

"交给你，你要做什么？"

"捧你上位啊！"

"你想怎么捧？把我的评估报告分数写高点？"赵玫刺他一句。

"外行了吧，评估报告没有分数，只有客观描述，企业根据这些描述去匹配职位，"李东明又要了杯咖啡，"是这样，白德瑞这次态度的转变，给了我一个启发，也让我彻底看清了你们公司的风向。"

"什么风向？"

"我之前不是说过，因为你是女人，所以你们公司不会升你吗？我现在反过来想，一个像 GST 这样的大型跨国企业，业务线总监级以上居然一个女性都没有……你品品，嗯？"李东明双眼满是神采，"这是不是太难看且太不符合一个现代先锋的企业形象了？"

赵玫：……原来还可以这么看。

"万事万物，都有两面。你们公司长期以来不用女高管，这是违背时代潮流的，是极端不合理的，这甚至能说明你们的老板是愚昧的、是鼠目寸光的、是故步自封的。"

赵玫半嘲讽地说："我觉得你说得都对。"

"所以，不管是董越，还是唐李德，还是随便谁，只要是男的，都不适合当这个销售总监，整个GST唯一合适的人选就只有——你，我亲爱的老婆大人，"李东明越说越兴奋，"如果我没猜错的话，白德瑞跟我想到一块去了，我会继续引导他往正确的方向走的。"

赵玫有些困惑。"你的意思是，无论我有没有能力，是不是合适，我都可以去当销售总监，就因为我是女的？"

"当然是因为你正好有能力，正好合适，又正好是女的，才能坐上这个位置，"李东明纠正她的想法，"天时、地利、人和，缺一不可。"

气泡水在胃里欢快地跳来跳去，赵玫打了个嗝。

谁会想到，事情会朝另一个方向发展。

"白德瑞具体夸我什么了？"赵玫问，"说出来让我高兴高兴。"

"说你很勇敢，有魄力，令他刮目相看。"

"确实刮目相看，毕竟他以前几乎不认识我，"赵玫哂笑，"一听就是毫无诚意的胡说八道。"

"我倒是觉得他夸在点子上了，"李东明诚恳地说，"我在去机场的路上，反复看了你的演讲视频，虽说我并不认同你这种鲁莽的行为，换成是我，绝对不会这么做，但我不得不承认，你的演讲令人震撼，你是一个充满力量的人。"

"真的？"赵玫眼睛发亮。

"真的，我觉得你非常勇敢，极其有魄力，我也对你刮目相看。"

赵玫觉得心里的某一处正在慢慢地融化，一股热流暖烘烘的，从五脏六腑上缓缓经过。和李东明结婚这些年来，她还从未收获过这样的评价，而这些评价，比漂亮、聪明、身材好……都要强上一百倍。

第 十 四 章

　　接受完《佳人》杂志的采访，赵玫马不停蹄地去见了白德瑞。李东明没有瞎说，白德瑞很快就给她打电话，邀请她到公司一叙。
　　白德瑞的办公室在公司的最里面，需要穿过整个大办公区。赵玫到的时候，脸上还带着顶级化妆师操刀的妆容，身上穿着杂志社提供的一线品牌服装，她就这样浓墨重彩地走在地毯上，感受着从四面八方射来的一束一束灼热的目光。
　　"来啦？"
　　"赵玫！"
　　"赵总！"
　　"今天好漂亮！"
　　每一个人都来和她打招呼，包括以前几乎没说过话的人，全都对她的到来表示欢迎，仿佛她是个英雄。
　　因为你做了对的事——赵玫对自己说。
　　她记得有一本心理学书上是这么写的：人对要做的事，首先要自己认同，要逻辑自洽，不然很快就会没有动力做下去。
　　她现在就是逻辑自洽了，所以觉得浑身充满了力量。
　　"亲爱的赵玫！"白德瑞站起来迎接她，热情地向她张开双臂，"你看起来真是光彩照人。"
　　"嘿！老板！"赵玫学着杜彼得、许云天他们去称呼白德瑞。
　　白德瑞富有感情地说："不瞒你说，其实这些问题我们早就意识到了。去年的时候，我们有一次就在讨论，那两条规定对我们的促销员来说，是多么地不公平……"

赵玫：???

"但原谅我，公司的事情实在是太多了，而维护女性权益的道路任重道远，再加上我们的产品属性和交易场景，你懂的……"

"呵呵。"

赵玫不得不分心去看白德瑞身后挂的那幅卢梭的仿作，以避免一不留神暴露内心真正的想法。

白德瑞总算说到尾声，他充分肯定了赵玫的发言，认为像GST这样伟大的公司，完全有当众向员工和公众道歉的魄力和胸襟；也希望赵玫未来再接再厉，在GST继续耕耘，更上一层楼。

赵玫从白德瑞的办公室出来，先去洗手间缓了缓，再去见人力资源副总裁齐幼蓝。

齐幼蓝从头到脚打量她。"我发现了，你很适合浓妆。"

"谢谢，"赵玫实在忍不住了，"快别夸我了，大老板用英文夸了我半天，现在你又来，简直像掉进了夸夸群。"

"哈哈哈，"齐幼蓝大笑起来，"你说真话的样子真是太可爱了，我越来越喜欢你了。"

"拜托，你们真的不生气吗？"赵玫直截了当地问，"我可没给公司留面子。"

"我从头到尾都没生气，但老板确实很生气，"齐幼蓝从酒柜里找了瓶红酒，给赵玫和自己一人倒了一杯，"白德瑞气得摔了两个杯子，我跟你说过，他最不喜欢别人要挟他，但后来总部突然给他打了个电话，说对这一波宣传非常赞赏。"

"啊？"赵玫没明白。

"总部以为，你这个演讲，是我们计划好的公关动作。"

赵玫：……

"后来区里的同志也打电话来，对你的所作所为表示高度认可，夸我们是一家有担当的公司，准备推我们候选市级先进企业，所以……"齐幼蓝摊开双手,"他就顺水推舟咯。"

赵玫:"居然是这样……"

"是不是很荒诞?"齐幼蓝"扑哧"一笑,"你知道吗,这几年来,我每天早上醒来时,都觉得这个世界很荒诞。"

话题有些走心了,赵玫不知道怎么接。

"虽然你是歪打正着,但我觉得你挺……"齐幼蓝忽地冒出一句脏话。

赵玫意外极了,说:"想不到你会用这个词。"

"没听过我说脏话吗?哈哈哈,"齐幼蓝大笑起来,"不瞒你说,最近这段日子,我动不动就想飙脏话。"

"我也是罪魁祸首之一吧?"赵玫笑着试探。

"当然,就你说的那些话,当着几百号底层员工公开承认公司有错,还替公司道歉。我的天哪,换你是老板,你疯不疯?"齐幼蓝喝了一大口酒,"最疯的是邓肯,那简直就是一只没头苍蝇。"

"是吗?"

"嗯,后来白德瑞说,虽然赵玫的能力我还不清楚,但至少我确定,我们需要换一个好点的公关总监了。"

赵玫只能干笑,她没想到齐幼蓝会当着她的面,这么肆无忌惮地评价一个总监级的高管。

"好了,寒暄结束。咱们长话短说。公司的态度很明确,我们希望你留下来,继续负责你原来的业务,"齐幼蓝顿了顿,"当然了,也不排除进一步的发展,你觉得呢?"

"好。"

"爽快!"齐幼蓝和赵玫碰了杯,"那我可以删除你的辞职邮件了?"

赵玫微笑着说:"删吧。"

齐幼蓝满意地点点头,又说:"对了,还有一件事,需要你出面。"

"什么?"

"去把那个曾子漩弄回来，"齐幼蓝说，"我收到消息，许云天在找她。我不知道他们谈了什么，但公司不希望看到这两个人最终联起手来对付我们，最好的解决方法是把曾子漩弄回来，而且既然我们已经向促销员道歉了，那就索性一路大度到底，把犯过的错误，一一纠正过来。"

她又一次拿起酒瓶，给赵玫添上酒。"我知道，这件事对你来说有点没面子，但怎么办呢，解铃还须系铃人。"

赵玫没有提前给曾子漩打电话，也没有让任何人替自己去联络对方，而是选择直接上门——她不想给曾子漩拒绝自己的机会，也不想给曾子漩深思熟虑的时间。

这些都是技巧。

而曾子漩看到赵玫出现在自家门口的那一刹那，只觉得人生之讽刺莫过于此。蚕茧事件之前，没有人在乎她是谁，她住在哪里；而现在，先是许云天的律师，后是赵玫，这些她曾经仰望着的"大人物"，居然接二连三地亲自上门。

"你有什么事吗？"曾子漩只把门打开不到三十厘米的一个缝。

"不是坏事。"赵玫微笑着说，"方便进屋聊吗？最多耽误你十分钟。"

曾子漩犹豫了一下，还是让赵玫进去了。

赵玫打量着这间出租屋，最简单的一室户，一个简易衣柜的拉链拉到一半。地上有一些废纸和塑料袋，还有空的易拉罐和外卖饭盒，到处都是乱糟糟的。

"你一个人住吗？"赵玫问。其实她看到墙角有一双男式球鞋。

"之前和我男朋友一起住。"

"之前？"

"我们分手了，"曾子漩顿了顿，"昨晚分的手。"

赵玫吃了一惊，说："因为？"

"他和许云天打了一架，之后他就向我提了分手，你来之前，他刚搬走。"曾子漩面无表情地说。

林晓森被许云天打到鼻子轻度骨折,额角缝了七针,医院警惕性很高地问要不要报警,林晓森拒绝了,转头却向曾子漩提了分手,理由是,他需要一个人静一静。

赵玫没想到还有这惊人的消息,问道:"怎么会这样?"

"随便吧,"曾子漩一脸漠然,"你找我到底什么事?"

"我想请你回 GST。"

曾子漩的表情终于丰富了一些,问道:"什么?为什么?"

"因为公司做错了事,需要改正。"

"我看到你的视频了,"曾子漩说,"我以为那是你自己想出来的,难道是公司的意思?"

"这很重要吗?"赵玫眨了眨眼,"只要我们知错能改就行了。"

曾子漩皱着眉说:"我不会回去的,世界上也不是只有 GST 这一家公司。"

"嗯,你最近有找工作吗?"

"还没有,"说到这里,曾子漩觉得那种焦虑的感觉又来了,"但就算我找不到工作,我也不会回 GST。我要是回去,别人会怎么看我?"

"我理解你的想法,很少有受害者会愿意再一次回到受害现场,"赵玫点头道,"但如果你在乎别人怎么看你,那你还真就应该回 GST。"

"为什么?"

"因为以你现在的知名度,你去任何一家 GST 以外的公司,这件事的阴影都会跟着你,别人总是会旧事重提,会说'看,这就是那个被性骚扰的 GST 促销员——'"

"那我回 GST,别人就不会议论我了?!"曾子漩感觉被激怒了。

"对,因为许云天已经被开掉了,你却是被公司请回去的那个人,说明他是错的,你是对的,公司已经盖章了,"赵玫平静地说,"这么说吧,如果你去 GST 之外任何一家公司上班,你都是一个性骚扰受害者的形象。而你如果回了 GST,你就是一个胜利者的形象。"

曾子漩一时之间说不出话来。

此时此刻，她清醒地意识到自己和赵玫之间的差距。眼前这个女人，说把她开了就开了，说把她弄回去就弄回去，仿佛她就是个没有自主意识的工具人。曾子漩无比厌恶被当成工具人，可她又不得不承认，赵玫说的每一个字，都仿佛是精确计算过的，严丝合缝地打到她的心坎上。

不，曾子漩，你不是工具人，你不能让这些人觉得你可以被随意摆弄。

她提醒自己。

赵玫刻意没去看曾子漩的表情，她知道这个女孩已经动摇了。这时候得给对方考虑的时间，但又不能太长。

"这样吧，你再考虑一下我的提议，今天晚上六点之前给我个答复，"赵玫笑笑，"如果你不愿意回来，公司也得有其他的安排，是不是？"

"我可以回 GST，"曾子漩终于下定了决心，"但我不想再当促销员了，我要升职。"

赵玫惊讶地挑眉。"升职？"

"对。"

"你应该清楚，促销员在 GST 是不同的体系，升职意味着你将成为 GST 的正式员工，而 GST 新晋的员工，至少也是 985 院校的毕业生。"而曾子漩的学历只有大专。

"我知道，"曾子漩倔强地说，"但照你刚才说的，我要以一个胜利者的形象回来，那我必须要升职，只有升职，才能证明我是对的。"

赵玫皱着眉。"你是给我出难题了，好吧，让我想一想，我也会在今晚六点之前给你答复。"

"好。"

赵玫上车就给齐幼蓝发消息，两个字："搞定。"

齐幼蓝再一次回复脏话，外加一个"大拇指"的表情。

赵玫笑笑。

其实她来之前就已经和齐幼蓝商量好,给曾子漩一个正式员工的职位,但升职这种事,主动提出来就不香了。

她靠在座椅背上,细细体会着那一抹明确的掌控感。是的,自从她决定反击的那一刹那,她一直梦寐以求的掌控感,终于降临了。

第十五章

赵玫回到公司,促销部的几个经理主管都在等着她开会,她避重就轻地将大会上当众道歉的事解释了一下,众人半信半疑,但也没法深究。她又将新阶段的工作任务布置下去,顺便约了晚上两个巡店——她现在全身都充满了干劲。

手机响了,来电人是李东明。

"有空吗?"李东明问。

"晚上七点约了供应商吃饭。"赵玫回复。

"有些新的情况,我们通个电话?"

赵玫猜到李东明是要跟她聊升销售总监的事,说:"这样吧,我去申请会议室,咱们半小时后开视频会议。"

"那么认真?"

"这么重要的事,当然要认真一点。"赵玫说。

其实是《佳人》杂志的拍摄给她的启发,当你化上专业的妆容,穿上特定的华服,来到提前安排好的拍摄场地后,镁光灯一开,那种"你就是话事人"的主场感便会油然而生。

即便李东明拍胸脯保证他来推动,赵玫也要让他明白,在升销售总监这件事上,她才是做决定的那个人。

李东明放下手机，看向靠在卧室门口的年轻姑娘，问道："你干吗站在那儿不过来？"

"您跟您太太讲电话，我过来干吗？"乔海伦拿着把梳子梳头，有一搭没一搭的。

李东明发现这个女孩的变化有点大，不仅相处起来不再羞羞答答，相反地，还敢使用反问句了。可见肌肤之亲确实是男女之间的重大防线，只要身体投降，心灵也就自然而然接近了。

"怎么了？"乔海伦见李东明盯着自己不说话。

李东明笑了笑，说："你这梳头的样子，让我想到一本书。"

"什么书？"

"《聊斋志异》。"

"喂！"乔娇嗔着，拿梳子丢他，但她还是不敢使劲，被李东明一把接住。

李东明朝她勾勾手。"过来。"

乔走了过去，坐在李东明身边。

"这儿！"李东明拍自己的腿。

乔脸上红了红，还是顺从地坐到了李东明的腿上。

李东明的脸埋在乔的脖颈里，深深地吸了一口气，问："你是不是换香水了？"

"你闻出来了？"

"嗯，这个味道我知道……对了，去帮我做点事。"

"什么？"

"帮我把西装熨一下，再去商务中心订个会议室，不用很大，五点钟我有用。"

"会议室？不是说七点半吃饭，要提前开会吗？"

"不是跟客户开会，是跟我老婆开会。"

乔一张粉嫩的嘴唇微微张开，又笑起来。"你们夫妻可真有情趣，投影仪要吗？需要我做会议记录吗？"

李东明一把将乔摁在床上。"小丫头贫嘴,你这胆子越来越肥了。"

"sorry(对不起)啊,老爷!"乔浑身颤抖着求饶,"求您放过我吧,下次不敢了。"

"求饶也没用,就地正法。"

"别啊,不是五点要开会吗?"乔搂着李东明的脖子,媚眼如丝,"我得去给您订会议室。"

李东明想了想,只有半个小时,时间确实有点紧。

他爬起来,拍了拍乔丰满的臀部。"算了,放你一马,起来吧,去给老爷干活。"

这还是赵玫第一次看到自己的老公出现在视频会议屏幕上,感觉有点陌生,有点新鲜,她端详着李东明,总觉得有些古怪。

深圳酒店的会议室里,李东明被老婆看得有点发毛。"亲爱的赵总,您这样看着我,让我心里不太踏实啊。"

赵玫歪着头,说:"我在看你的衣服。"

"衣服?"李东明低头看看自己,外面是浅色西装,里面是一件灰紫色的衬衣,"衣服怎么了?不是你买的吗?"

"是我买的,但你搭配得很好。"

是吗?

赵玫蹙眉。

浅色西装,灰紫色衬衣。

这么搭配非常显年轻,但不是李东明的风格,李东明向来走的是老成持重路线,深色西装搭配白色衬衣,看着让人放心;而这件灰紫色的衬衣自从买回来,他只穿过一次便束之高阁,赵玫劝过他,他还不听,说不喜欢紫色,现在却突然穿上了。

"你站起来我看看。"赵玫说。

"怎么了你?"

李东明站起来,下身穿的是一条沙滩短裤。

"怎么穿上沙滩裤了？"

"深圳热啊！"李东明莫名其妙。

"你又去深圳了？"赵玫更意外了，"我怎么不知道？"

"今天上午飞的啊，"李东明哭笑不得，"我说赵总，你这两天是不是忙糊涂了，我昨晚明明在微信上跟你报备过的。"

赵玫打开微信，划拉了几下，果然看到李东明昨晚九点发给她的消息，当时她正忙着巡店。

她刚要言归正传，忽地手机弹出一个系统信息，来自相册：您有一段回忆。

这是苹果手机的特定功能，系统会选一些照片，用视频播放的方式推给机主看。

赵玫眼皮一颤，第一张居然是此前在御景轩大门口发生的那一幕。

女分析师的长发和客户的扣子系在一起，李东明站得远远的，仿佛一切都与他无关。然而，就在不到一小时之前，李东明还在酒桌上勇敢地替这个女孩挡了酒。一小时后，却连个扣子都不上前帮忙解。

这不科学，更不符合人性。

"赵总？亲爱的赵总？"李东明发现赵玫明显地走神，但视频会议的摄像头在上方，他看不到赵玫的动作，只发觉她视线的方向不对。

"啊，刚收到一封重要邮件，"赵玫回过神来，没有流露出半点痕迹，"你有什么新情况？"

"两件事。第一件事，我不是跟你说过，你们人事找我要你的评估报告吗？那是去年的东西了，我刚收到邮件，他们打算给你重新做一个评估，方向会更侧重于战略和个人，有点类似高管访谈。"

赵玫很意外。"他们知道咱俩的关系，还让你们公司给我做高管访谈？"

"访谈的题目都是开放式的，也没有所谓的标准答案，不过是为

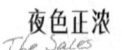

了增进了解罢了，"李东明笑着说，"当然了，等我回来，再抽个时间给你做个辅导。"

"嗯嗯。"

"关键还是看老板想不想升谁，别的都是走过场，你不用紧张这个。"李东明补充道。

"第二件事呢？"

"第二件事不太好，昨天晚上，沈默和白德瑞一起吃了顿饭。"

"你为什么会知道？"

李东明露出一个神秘的笑。"我跟你们公司合作那么久，有个把自己的眼线也很正常。"

问题是这个眼线居然不是他老婆。

赵玫一时无语。

"知道了。"赵玫干巴巴地道。

"你没事吧？"李东明老觉得赵玫不对劲。

"没事，你什么时候回来？"

"周日晚上吧，看情况。"

赵玫点头，飞快地关掉摄像头。

不知道为什么，她突然觉得李东明很陌生，似乎有很多事情在发生，很多暗流在涌动，而她却一点也不知道。

第 十 六 章

悠扬的音乐声，在挑高的中庭里轻轻回荡，赵玫靠在意大利设计师设计的沙发里，心不在焉地陪坐在对面的人聊天，脑子里想的却是别的事。

她现在终于明白,为什么明星那么爱炒作了。

炒作带来的加成是毋庸置疑的,昨晚的饭局上,虽说有一半以上的人她都不相识,但几乎每个人都能认出她,不断有人主动来向她敬酒,与她攀谈。她并不是这场饭局的牵头人,但她知道很多人都在看她,在议论她。她站在那里,觉得自己就像夜空里的月亮那样熠熠发光,这种感觉给她带来了前所未有的快乐。

她在朋友圈里看到好几张自己的照片:深莓果色的口红,白色大廓型衬衣搭深色阔腿裤,项链是犬牙交错的印第安风,头发在脑后松松地绾一个发髻,笑容放松又热情,不管她与谁合影,不管合影的有多少人,她看起来都像是中间位的那一个。

昨晚她回到家里,身体极度疲惫,精神极度亢奋。

她望着镜子里的自己,觉得自己真是美极了,以至于都舍不得卸妆。

要是早点意识到炒作的重要性就好了,她想。把促销产品的力气花在促销自己身上,说不定她早已经是销售总监了。

"赵总,你看不看《三体》?"坐在对面的男人问。

赵玫回过神来,答道:"看啊。"

或许也是因为这两天赵玫在圈内实火,这位房地产大佬专程约了她来聊天,赵玫本以为能聊出点实际价值,没想到还真是纯聊天。

可能这就是出名的副作用。

"你觉得这本书怎么样?"男人又问。

据说"70后"精英男士喜欢聊玄学,"80后"精英男士喜欢聊科幻,这两拨人的共同点是喜欢聊《三体》。

"我觉得啊?我说实话您可别介意。"赵玫卖个关子。

"不介意,你说。"

"我觉得这书文笔很平庸,人物也写得很单薄,但是读了以后,还是有被震撼的感觉。"

"那是为什么呢？"

"因为作者实在是太渊博了，物理、历史、数学、哲学，他什么都懂，还能把这些知识都串联起来，有一种用信息量砸死你的感觉。"

"哈哈哈，没错，没错，是有这种感觉，想不到赵总也是《三体》迷。"男人很高兴。

赵玫心想我虽然不是《三体》迷，但你却是我遇到的第十五个《三体》迷，我随便挑一个人的评价来忽悠你就够用了。

鼻尖飘过一阵淡淡的幽香。

花香调，带点柠檬味，有种似曾相识感，赵玫忽地想起这家酒店和李东明去北京出差入住的那家酒店是同一个品牌。她环顾四周，果然在一个角落看到一罐永生花。

"那个永生花香味很好。"赵玫指了指。

"是我们酒店跟一个大牌香薰合作的，卖得特别好，许多客人闻到后都主动要求买。"

"卖的？"赵玫有点意外，"不是送的吗？"

"没有没有，是放在精品阁里卖的，不过赵总要是喜欢，我送你两个。"

"不不不，我不是那个意思，"赵玫忙胡诌，"我朋友上回从北京带回来一朵，说是酒店送的。"

"是吗？北京哪家那么大方？这一朵要六百多呢。"

赵玫回到家，立刻给瑞景咨询在北京的定点酒店打了个电话。"你们酒店前两天给每个客人送了永生花，怎么没给我呀？"

前台礼貌地问："请问您说的是哪一款永生花？是我们精品阁里售卖的那一款吗？"

"卖的吗？不是做周年活动送的吗？"赵玫问。

"我们最近没有做周年活动。"

"不好意思，我可能记错了，"赵玫想了想，"对了，还有个事，前天我先生住在你们酒店，他忘了一根数据线，你能看看吗？"

"请问是哪个房间？"

"房间号他记不清了，他叫李东明，身份证号是310×××××××××××××××。"赵玫熟知酒店的规矩。

"请您稍等，我看一下，"电话那头很快就有了结果，"有了，目前没有看到有物品遗失，要不这样，我让客房部再查一下，一会儿给您回电好吗？"

"好……对，就这个手机。"赵玫其实是想从前台嘴里把李东明的房号套出来，但显然对方训练有素，说话滴水不漏。

赵玫只好挂断电话。

她打开脏衣篓，里头有两件李东明的运动服，没有香水味，没有长头发，更没有唇膏印。

她又去翻李东明的衣柜。

这套房子在装修时是费了心思的，设计师特意考虑了男女主人不同的作息，为了避免互相打扰，特意做了两个分开的更衣区，赵玫拥有与主卧连通的衣帽间，而李东明的衣柜则安排在主卧洗手间的另一头。

李东明的衣柜门一开，赵玫鼻尖飘过另一种味道，是胡椒和杉木的味道，像秋日的暖阳，又带了一丝烟草的辛辣。

阿蒂仙的隐凡之路。

赵玫用过好几瓶隐凡之路，这味道很中性，让人有种安全感，后来看到香评，说这个味道是在告诉男人，"想泡我可以，先给我磕一个头"。

当时她还特意跟李东明说过这个评语，觉得特别酷，李东明投其所好，去年5月20日的时候还送给她一个礼盒装。

问题是她有段日子没碰隐凡之路了，最近爱用的是潘海利根。

赵玫来到自己的衣帽间，没错，是潘海利根的味道。

她又回去查看，李东明的衣柜里少了两件衬衫，一件就是那件灰紫色的，还有一件是果绿色的，都是他以往嗤之以鼻的颜色。

半小时后,手机再一次响起来,来电号码是010开头的,赵玫接起来,是北京那家酒店,她想着该不会真有数据线落下吧?

"您好,客房部说没有找到数据线,但是有找到一件衣服。"

"衣服?"赵玫心念电转,"啊对对对,好像是有一件,你看看是不是一件紫色的女式内衣?"

"是白色的,也不是内衣,是一条裙子。"

赵玫:"……"

"女士,您留一个地址,我们快递给您好吗……女士?女士?"

抵达宝安机场时已是第二天中午,在飞行过程中,赵玫已经大概勾勒出那位第三者的画像:年轻——至少比李东明小十岁,但未必很美;职业女性——对事业很有企图心;性格活泼,但又带了些感性,没准会喜欢散步什么的;教育程度应该也不低……

她一边想着,一边随手在餐巾纸上画了出来,长发飘飘的女分析师,一对令人叹为观止的胸。

坐在她邻座的男乘客忍不住搭讪:"你很会画画。"

"学过两天。"

对方又看她一眼,说:"老觉得你眼熟。"

赵玫没接话。

她毕竟不是明星,网络上的热度散了就散了,只要行业内对她有记忆就行。

"也是到深圳出差吗?"男人继续攀谈。

"不出差,"赵玫摇头,"我是去捉奸的。"

GST对员工的考勤管得并不严,以赵玫的级别,想要离开几天,只需要在公司系统里记一下即可,没人会过问她究竟是出差还是办私事。

男人张大了嘴,半天没说出话来。

赵玫笑了起来。炒作令人快乐,肆无忌惮地说真话,令人极其快乐。

隔了两分钟,男人回过神来,说:"加个微信吧?"

这下赵玫真的笑出声了，一边笑一边摇头。

下了飞机，她在机场柜台租了一辆车，直奔 GST 在深圳的办公室，这里她来过很多次，开着车绕着写字楼转了一圈，终于给她找到了一个合适的视角，可以清楚地看到大门口。

她拿出候机时买的儿童望远镜，才四十块钱，就把大门口的进进出出尽收眼底。

下午一点二十分，瑞景咨询的人从出租车上下来了，他们和 GST 的项目会议一点半开始，赵玫早就打听好了。

瑞景来的是三男一女，各个西装革履。领头的是李东明，队伍中唯一的美女，正是给李东明擦嘴的大波浪女分析师。

一切都在赵玫的意料之中。

赵玫举起望远镜看向那个女孩，她走在李东明身后，和另一个男分析师有说有笑。

你不是应该被裁员了吗？怎么还跟着出差呢？还这么高兴？

正对写字楼大门有一家便利店，相距不到二百米，赵玫买了一个三明治，一杯咖啡，站在玻璃橱窗后安安稳稳地吃。

她是一个很有耐心的人，当年在一线当促销员，烈日炎炎下一站就是一天，都没当回事；现在吹着冷气喝着咖啡，听着音乐，简直是享受了。

旁边有个吃泡面的家伙一直在留意赵玫，见赵玫时不时举起望远镜，一脸好奇，但硬是忍着没问，最后自己戴上耳机开起了电话会议。赵玫听见他在说比特币，说是后悔上一年买少了，少赚三百多万。

深圳就是这点好，只要不耽误别人赚钱，做多奇怪的事都没人管你。

赵玫怕错过，眼睛一眨不眨地盯着大门口，还买了两罐红牛提神，两个小时很快过去，三点二十二分，李东明发来一条微信："又有好消息。"

赵玫站在冷气逼人的便利店里，扯动了一下嘴角。

不一会儿,李东明和另外三个人就出来了,还是打一辆出租车。赵玫早就在自己的车上等着了,出租车一启动,她就一踩油门跟了上去。

出租车开到了瑞景咨询在深圳的定点酒店,李东明和那个女孩表现得很正常,别说擦嘴了,连话都没有说几句。

赵玫目送那四个人走进酒店,心想按照咨询公司的节奏,他们多半还有一拨人要见,没准简单休整一下还得出来。

酒店附近停车很难,她费了半天劲,才找到马路对面的一个弄堂,把车停好,她自己只能在树荫下傻站着了。

然而她等到下午五点,李东明一行人也没再出现,她给李东明回了个微信:"什么好消息,你倒是说啊。"

李东明回了她三个字:"开会中。"

赵玫无语,看来李东明他们是把会议订在酒店里面了。

深圳的太阳实在厉害,她往脸上补了一层有防晒效果的隔离霜,又在手机上点了杯冻柠茶。外卖小哥一刻钟就到了,没想到客户就站在路边,还给她鞠了个躬。"麻烦您给个好评。"

喝完冻柠茶,赵玫估计了下时间,又去了趟厕所,她发现自己居然很适合干这种专心致志的事,不慌不忙,有条不紊,简直是专业级的。

华灯初上,马路上热闹起来,各种车辆川流不息,这一带是全世界最有经济活力的地块,光上市公司就有一百多家,各种中小企业无数,一棍子扔出去,能砸中七个CEO。

那三男一女总算又出现了,赵玫再次跟上,她的车技很好,紧紧跟在出租车后面,又确保和自己的车之间隔着一辆别的车。

出租车朝海岸城开去,赵玫猜这四个人是要去吃晚饭,谁知到了海岸城门口,两个西装男下车了,李东明和女分析师坐在车上,继续往前走着。

赵玫心头一跳,加大油门跟了上去。

又开了约莫十分钟,赵玫看看窗外的道路标志,心想这俩人难道是要过罗湖去香港，那完了，她没带通行证，岂不是要跟丢了？

正想着对策，遇到一段交通拥挤，加上红灯，所有车辆都停了下来，赵玫前面有点走神，跟得太紧了，眼看着就要开到出租车旁边去，吓得她一个急刹车，刚好卡在李东明那辆出租车的后半个身位。

赵玫往前探头，她的车比出租车高，可以清楚看到车里两个人的一举一动。

认识李东明这么久，这还是赵玫第一次看见他如此放浪形骸的样子。

女孩整个身子都依在他身上，酥胸挺得高高的，一头大波浪如海藻般散落。李东明一只手搁在她白嫩的大腿上来回摩挲，另一只手还抓着手机点啊点，一心两用，日理万机。

赵玫拿出手机，果断地拍了一张照片。

她刚想换个角度再拍一张，手机突然振了，她看到来电显示上的"李东明"三个字，惊得差点把手机扔出去——敢情李东明是在给她打电话？

说时迟那时快，她毫不犹豫地把电话挂断了。

车里的李东明怔了一下，放下手机，没有再打。

赵玫抓紧时间对准出租车里的两个人就是一顿拍，不一会儿，绿灯亮了，车启动了，很快就到了罗湖关口。

赵玫目送那一男一女提着两个包下车，心里如有狂风过境，把一片草原刮得无比荒凉。

第 十 七 章

深圳是一个极其奇怪的城市，同样一马路的时髦男女，在上海你会觉得这些人终于下班了,在深圳你却会觉得这些人又去加班了。

"喂!"警察"咣咣咣"敲车窗,"出示下驾照、行驶证。"

赵玫放下车窗,把驾照和行驶证递了出去。

警察看到她红得像兔子的两只眼睛,顿时一愣,问:"你在这儿哭啊?"

"嗯。"赵玫有点尴尬,头都不敢抬。

"你找不到地方哭啊?这里不能停车你不知道?"

"我不知道,对不起,"赵玫使劲地想把眼泪收回去,可眼泪并不是人体器官,根本不听她的,争先恐后地往外涌,"我这就开走。"

警察翻了翻她的驾照,又看了看赵玫涕泪交集的脸,说:"算了,算了,你这样,往前再开几米,看到那个缺口了吗,停那儿哭去,哭好了再走,别边哭边开出大事了!"

赵玫听了,突然心里就好了很多。

"谢谢你,"赵玫挤出一个笑容,"我没事的。"

"开慢点。"警察不放心地叮嘱,心想可别搞出社会新闻来。

赵玫搜索附近的酒店,最近的是莱佛士。她过去开了一间房,前台把房卡给她的时候,终于忍不住问:"赵小姐,请问是不是需要帮忙?"

"房间里有酒吗?"赵玫问。

莱佛士酒店的房间里有好几瓶50毫升装的小酒伴,品种很全,从干邑到调和型威士忌再到单一麦芽,应有尽有,全都是GST旗下的产品。

她把一堆小酒瓶放在一起拍了张照片,接着挨个打开,一口一个,喝完了发现一点感觉都没有。

于是她又去七十一楼的酒吧,莱佛士这家长廊酒吧景色无敌,可以俯瞰整个深圳湾。赵玫到的时候人并不多,她看中一张窗边的圆台,服务员礼貌地回答:"低消八千。"

赵玫看了眼服务员的白色套裙,上面龙飞凤舞绣着GST的字母,是自己人,她笑着说:"可以。"

她没有看菜单,直接点了一瓶金樽王25年,再搭配一个果盘,总价刚好卡在八千块,服务员看出赵玫是行家,态度顿时又客气了几分。

喝着喝着,音乐节奏越来越快,周遭也变得熙熙攘攘。她一个人占着窗边的四人座,看着男男女女们在每一个角落喝酒,跳舞,玩骰子,打情骂俏。

以前和客户打交道,常常看到有些人身边跟着一大群朋友,吃顿中饭都要开圆桌,那时候以为是因为寂寞,现在她忽然顿悟了:或许不是因为寂寞,只是为了希望多听到一些人声。

她又喝了一口,发现杯底空了,再看看瓶子,750毫升的酒已经少了三分之一。

"你这酒量见长啊。"一个男人温和地说道。

赵玫愣了下,心想谁把我的心声说出来了?

她一抬头,看见一张轮廓分明的脸。

"是你?"赵玫喃喃道。

"上午在广州开会,刚好有朋友在深圳,晚上赶过来见见,你呢?"

"我……"赵玫朝四周看了看,一桌桌的人,看不出谁是董越的朋友,"我是来打针的。"

"打针?"

"HPV疫苗,去香港打。"

董越皱眉,问道:"打疫苗可以喝酒吗?"

"明天打,"赵玫冲他笑笑,"今天赶紧喝。"

"心情不好吗?"

"哪儿啊,"赵玫立刻否认,"心情好着呢。"

"那就好,"董越笑了,"过去一起坐坐吧?"

"不用了,"赵玫懒洋洋的,"你去忙你的,我懒得跟人应酬。"

"不用应酬,就是个普通朋友,还是一起吧。"

"真不想。"

"还是去吧。"

赵玫眯起眼睛,问道:"怎么了?你为什么那么坚持?"

董越指着那瓶金樽王25年,说道:"这都是你一个人喝的吧?我怕我一转身,你就被人'捡'走了。"

"捡"就是"捡尸",酒吧里就是有一些猥琐男,看到独自买醉的女子,趁对方人事不省,把人带走。

赵玫"哈"一声笑起来。"我被人'捡'?怎么可能!"

"怎么不可能,对自己这么没信心吗?"董越调侃道,"就算把红线废除了,也还是得保护自己吧?"

赵玫看看他。"行吧,那你们坐过来吧。"

"我们是贵宾卡座。"

"比我还奢侈?"赵玫无语,"行吧,我先去个洗手间。"

"好。"

赵玫站起来,才觉得一阵头晕,她使劲抻了抻背,走进了洗手间。

她一个一个推开隔间的门,挨个儿检查,确定没人后,给梁丹宁打了电话。"我在深圳,刚碰到董越了。"

"啊?"

"他说他今天在广州开会,我现在不太方便,你能不能帮我打听下,到底有没有这个会?"

梁丹宁看了眼正专心开车的男人,压低嗓音道:"行,我来问问,问好告诉你。"

"谢了。"赵玫一听就知道梁丹宁这会儿不方便,否则以她的好奇心,早就会问赵玫为什么突然去深圳了。

赵玫到了卡座,董越的朋友是个五十多岁的福建商人,做旅游地产开发的,正嫌弃两个男人在酒店酒廊喝酒没意思,想撺掇董越换个KTV乐一乐,看到赵玫顿时眼前一亮。

"董越你可以啊!"福建商人高兴极了,一开口就是浓浓的江湖味,"还真让你薅到美女了,美女你好,怎么称呼?"

"老陈,好好说话,这是我——"

"我是董越的闺密,"赵玫把董越的话头拦了下来,"我姓赵。"

"闺密?"福建商人大笑起来,"你俩这才认识几分钟,就成闺密了?"

"对啊,"董越应承得可自然了,"你羡慕我吧。"

"羡慕啊,我就没有闺密,"福建商人一阵怪笑,"我只有炮友。"

赵玫脸色不变,借着倒酒,凑到董越耳边,问:"你这都什么朋友啊?"

董越也凑到她耳边,说:"要不是怕你出事,我也不会非让你坐过来。"

"呵呵,我怎么觉得你是居心不良。"

"你怕了?"

"我怕什么,"赵玫冷哼一声,指着来来往往的促销员,"看见了吗?都是我的人。"

"佩服佩服……"

"喂喂喂!私聊过分了啊,"福建商人有些嫉妒,一屁股坐到赵玫旁边,"美女怎么一个人来喝酒?"

赵玫冲他一笑,说:"出差嘛,级别还不够带助理。"

福建商人连连点头。"一个人自由,我也喜欢一个人出差,到处走走,看看,认识新朋友,不忘老朋友。"

他拉着赵玫加微信,听说赵玫刚喝了威士忌,非要让她再点一瓶香槟。"女士应该喝香槟才对,董越,你是专业人士,你给赵小姐推荐一下嘛。"

董越说:"你让我推荐,我肯定得推荐我们公司的产品。"

福建商人赶紧把酒单递给赵玫,赵玫拿过来翻了翻,指着GST旗下最高等级的月光之城香槟。"那就开一瓶这个吧?"

董越凑到她耳边。"下手能不能别这么狠,今晚是我埋单。"

赵玫也侧过头。"你们两个人都敢坐贵宾卡，说明预算不低，再说，来都来了，就当帮南区冲一冲销量了。"

董越无语了。"你可真是中国好同事。"

他抬头对服务员说："两瓶月光之城，谢谢。"

赵玫歪着头朝董越竖了竖大拇指。"董总真大方。"

董越摇摇头。"怕了你。"

福建商人一看，这俩人怎么又聊上了，越发吃味。"我说，你俩不是偶遇，是事先约好的吧？"

董越跟他碰个杯。"瞎说，我要是跟她约好了，我还能约你吗？"

福建商人也"嘿嘿嘿"笑了起来。"也对，不过你真艳福不浅，到哪儿都能遇到这么漂亮的姑娘。"

董越低着头。"不说这个，喝酒，喝酒。"

赵玫"哼"了一声，说："你们两个男人，都坏得很。"

福建商人被她白了一眼，骨头都酥了半边。

正好服务员倒满了香槟，福建商人赶紧拿起一杯递给赵玫。"相逢就是有缘，赵小姐，我先敬你一杯。"

"好。"赵玫接过酒杯，一饮而尽。

福建商人看赵玫这么干脆，顿时高兴坏了，频频给赵玫敬酒。赵玫也不拒绝，不但一杯一杯陪着喝，还能说出花样，让福建商人多喝下去好几杯。她还点着董越："你少喝一点，让陈大哥喝，你要保持清醒，记得埋单。"

"哈哈哈，赵小姐说得对！"福建商人乐不可支，"你记得埋单。"

董越怜悯地看着他，说："放心吧，我会埋单的。"

两瓶香槟很快见底，又换上赵玫开的半瓶威士忌。

赵玫微笑着提议："光喝酒多无聊，我们玩骰子吧？"

"好啊！"福建商人摩拳擦掌，"输了别哭啊！"

董越无语，心想也不知道哭的是谁，竟然有人敢跟 GST 促销部老大玩骰子。

就这么喝到凌晨，福建商人一直输到凌晨。最后福建商人瘫倒在沙发上，用最后的力气，指着赵玫，喘着粗气，"赵……赵小姐……你……你这酒量，怎么那么好啊？"

他本来指望着香槟酒来劲块，三两杯把赵玫灌倒，他或许有机会一亲芳泽，谁知这女人居然千杯不醉。

赵玫抱歉地望着他，说："可能因为都是我们公司的产品，我喝习惯了，没感觉了。"

福建商人白眼一翻昏了过去。

董越感慨道："我这个朋友，虽然有点好色，其实是个老实人，你这个女人，才是坏透了。"

赵玫嗤之以鼻。"说得好像你是正人君子似的，那你刚才为什么还帮我抬轿子灌他？"

董越一本正经道："我也想给南区冲冲销量，做做贡献嘛。"

赵玫哈哈大笑。

董越和赵玫一人一边，将福建商人架回房间，两个人出来时却同时沉默。

赵玫看他一眼，问："你也想到了？"

"许总。"

"嗯。"

"你们见过吗？"董越问。

"我和许总？"赵玫望着董越的眼睛，摇头，"没有。你们呢？"

"他找过我。"

"哦，说什么呢？"赵玫心头一跳。

"聊了些往事，主要还是发泄情绪，以及——他还在与公司博弈，"董越在电梯前停住脚步，"他在GST那么多年，手上总有些东西，是公司不愿意泄露出去的。"

赵玫觉得嘴唇发干，胃里像是长出两只蝴蝶翅膀，疯狂地扇啊扇。

"你今天去香港?"董越摁下电梯。

赵玫怔了一下,不知道为什么,听到"香港"两个字,那股恶心的感觉更重了。

"啊,对,"她点点头,"那个,我就不送你了,我也住这里。"

董越意外地笑了。"好吧,居然住莱佛士。"

"自掏腰包的。"赵玫说。

"有点奢侈,"董越笑笑,"那我先走了,上海见。"

"上海见。"赵玫轻轻地回道。

电梯门一合上,赵玫赶紧往通向客房的电梯走,她的背后直冒冷汗,胃里也不断地上下翻腾,她急不可耐地要回到房间,心想着,千万别在酒店大堂丢脸。

第 十 八 章

董越并没有马上离开,他在莱佛士一楼大厅稍坐了一会儿。十分钟前,杜彼得给他发来微信,问他方不方便通电话。

"嘿,老板。"他给杜彼得回过去。

"嘿,你稍等。"

电话那头非常嘈杂,是声音很大的电子乐。杜彼得是 GST 销售系统最大的老板,一到晚上更是恪尽职守地应酬。

电话那头终于安静下来。

"赵玫的先生李东明这两天正在深圳,我猜他们应该是一起去的,白德瑞现在很看重赵玫,她先生正在努力地捧她,"杜彼得把自己的推测告诉董越,"白德瑞下午见了你,晚上见了她。他知道我是支持你的,所以刻意不告诉我。"

"我一直不明白,白德瑞为什么总是待在深圳?"董越很不理解,"难道 GST 的中国区总部要换地方吗?"

"因为他的女朋友调到深圳工作了,"杜彼得笑起来,一语双关地道,"一切都与女人有关。"

董越挂了电话,朝门口走去,刚要推门,忽然一个门童匆匆走过来,一手拿着对讲机,一手拦住他,问道:"对不起,您是不是赵小姐的朋友?"

"赵玫?我是。"

"大堂经理刚通知我,让我拦您一下,"门童急急忙忙地说,"赵小姐不太舒服,您能不能上去看看她?"

董越匆匆上楼,看见赵玫萎靡地靠在大堂吧的沙发上,俏脸煞白。

"你怎么回来了?"赵玫有气无力地看他一眼。

董越俯下身试了试赵玫的额头,发现她居然发烧了。

他扶着赵玫,送她回房间,打开一瓶矿泉水喂她喝。

赵玫喝了一口就放下了。"我感冒了,应该喝热水。"

董越顿了一下,哭笑不得。"行,那你等一会儿,我去烧水。"

他拿出电水壶,烧半壶开水消毒,倒掉后重新烧了半壶,再兑到温热的温度,折腾半天出来,见赵玫正坐在巨大的落地窗前发呆。

"喝吧,"他把水杯递过去,"不烫了。"

赵玫喝了几口,哑着嗓子道:"喝不了,喉咙痛。"

"我送你去医院吧。"

"不用,我每次感冒都这样,先是头痛,然后喉咙痛,同时低烧,烧退了开始流鼻涕。"

"那你睡一会儿吧?"

"嗯,你走吧,谢——"

第二个"谢"字还没出口,赵玫胃里一阵翻江倒海,她一下跳起来，快步朝洗手间冲去。

董越连忙跟着她，刚到卫生间门口，门就被迎面拍上了。"喂……你倒是让我进去啊，我可以帮你，我有丰富的照顾酒醉的人的经验。"

赵玫吐得晕头转向，哪里有工夫回答他。

董越在外等了好一会儿，终于听到冲马桶的声音。

赵玫走出来，脸色比之前更吓人，整个人像行尸走肉一样飘着，董越连忙扶住她，把她安顿在床上，再打电话给客房服务，要一杯蜂蜜柠檬水。

赵玫侧躺着，望着窗外熄了灯的深圳湾出神。

蜂蜜柠檬水送来了，董越扶着赵玫全都喝下去，她昏昏沉沉地嘟哝。"我这个样子，今天是打不了疫苗了。"赵玫幽幽地道。

董越一脸古怪地望着她，停了停，才温言道："嗯，肯定不能，你睡吧，我在外面沙发上眯一会儿，你有事情可以叫我。"

赵玫已经非常疲惫了，鼻音浓重地应了声，便闭上了眼睛。

这个女人睡着的样子比醒着时看起来柔弱多了，小脸尖尖的，下颌甚至能看见青色的血管，长长的睫毛落在清透的皮肤上，颇有些我见犹怜的风姿。

董越直起身，看了看四周，这个房间里没有任何男人同宿的迹象，她喝成这样，李东明又在哪里？

上海。

深夜的林荫道上，一辆黑色轿车宁静驶过。

梁丹宁观察着车里的内饰，从外观看不出这辆车有任何特别之处，但坐进来后却觉得别有千秋，不仅座位异常舒适，开动的时候甚至有一种牛奶巧克力般的丝滑感。

她又看了一眼沈默，他车技很好，方向盘握得很松弛，尤其是转弯的时候，动作轻松流畅，显然常常亲自开车。

"这辆车是哪个型号？"她忍不住问。

"A8。"

"不是吧,"梁丹宁回头看看后面一排座位,"我坐过 A8,没这个好。"

沈默大笑起来。"做过一些改动。"

梁丹宁知道好些年前,这款车型往往用于公务上的迎来送往,因而深受大佬们的喜欢,车内的改装想必也是不足为外人道。

他又说:"你们女孩子应该喜欢跑车。"

"我已经不是女孩子了。"梁丹宁终于忍不住实话实说。

"哈哈哈,我知道,你有一个女儿。"

"你怎么知道的?"

"别忘了,我在这个圈子的时间比你久。"

梁丹宁明白过来,没错,沈默是中国第一代做烟酒代理的商人。"人头马一开,好事自然来"的年代,他就已经在这一行了。

问题是,沈默竟然会特意打听她?

不过梁丹宁还不至于傻到打破砂锅问到底。"好吧,是啊,我有一个女儿,已经上小学了。"

"说明你结婚很早。"

"是啊……"

梁丹宁不想就这个话题展开,这样的深夜,一男一女坐在车里,为什么要聊婚姻和子女。

但沈默却还在说:"我结婚也很早,才二十岁出头就有了沈星——她和你差不多大吧?"

梁丹宁默默地算了下沈默的岁数,猜他大约在五十上下。"我肯定比她大。"

"大不了几岁,但你比她成熟太多,她今年已经二十八岁了,还是很幼稚,"沈默哼了一声,"这么大个人,连一天班都没上过,以为钱是大风刮来的。"

"如果我是沈星,一定会很生气你报出她的年龄。"梁丹宁淡淡地道。

不出她所料,沈默再一次大笑,这让梁丹宁很高兴。

她看看窗外,发现这一带都是20世纪三四十年代造的石库门老房子,如今修旧如旧,改装得整整齐齐再租出去,变成豪华的酒店与商铺。

轿车缓缓驶入一个门洞,沈默和梁丹宁下车,自有人来将车开走。

房子不大,小小的两层楼,装修也是富丽的民国风,顶上一间阁楼,个子稍微高一点的人就站不直了,只有到老虎窗前才能站直。

沈默领着梁丹宁来到一个小巧的阳台上,这里可以看到大片砖红色的石库门建筑群,与粉红色的夜空相映成趣。

"这里适合拍电影,"梁丹宁掏出手机来,"我能拍张照吗?"

"当然,如果需要打光,我也可以帮忙。"沈默幽默地道。

梁丹宁笑起来,拍个不停。

"你这么晚不回家,没有问题吗?"沈默问。

"毫无问题,"梁丹宁笑道,"我们做销售的,天天都是半夜才回家,我妈和我女儿早都习惯了。"

沈默点点头。

梁丹宁收起手机,问:"这地方是做什么的?"

"不做什么,"沈默说,"这是我的一个住处。"

梁丹宁并不意外,沈默这样的男人,总归是狡兔三窟。

且从来不提"家"这个字,他们没有"家",只有"住处"。

"真好,"梁丹宁由衷地道,"我从小就渴望有一个完全属于自己的地方,一间小小的屋子就行,只有我一个人,可惜一直没能实现。"

"以后你想独处,可以来这里,我保证没有人会来打扰你,包括我。"沈默不经意地说。

梁丹宁的心却怦怦跳起来,这句话意味着什么?

有个男人走上来,说:"乐队准备好了。"

"乐队？"梁丹宁忍不住诧异，"这里还有乐队？"

"不要大惊小怪，"沈默引着梁丹宁走下狭窄的楼梯，"只有两个人而已，我喜欢听现场，偶尔会请她们过来表演。"

是两个女孩子，一个面前放着键盘，一个怀里抱着吉他，坐在高脚凳上，身前摆放着站立式麦克风，穿着普普通通的白T恤和牛仔裤，长得也并不是特别漂亮，但一看就很有艺术气息。

客厅里的电子壁炉打开了，刚才的男人又过来倒酒，冰镇过的白葡萄酒，还没拿到鼻尖就闻到果香四溢，小食是一碟辣味花生米，一碟蜜汁豆腐干，以及切好的水果。

女孩子在唱一首极其古老的歌："爱神的箭射向何方，射向那少男的心坎上……"

梁丹宁喝一口酒，叹气道："如果我来这儿，我一定不独处，请让她们全都留下。"

"那我呢？"沈默不经意地问，"我也可以留下吗？"

梁丹宁的心顿时漏跳一拍，故作无意道："你也留下吧，一个人享受这些，我会良心不安。"

沈默笑笑。"我有一个礼物要送给你。"

他从茶几下方拿出一个黑色的丝绒盒子。

梁丹宁想，一切都是早有预谋，嘴上却说："为什么要送我礼物，你的狗又没有咬我。"

"打开看看。"沈默没有接她的话，怂恿她打开。

她只好打开，是一条珍珠项链，一颗银白色的浑圆海珠，大约一厘米左右的直径，配一根细细的铂金链子，看得出是一条锁骨链。

"这太贵重了。"梁丹宁看向沈默，"我不能要。"

"离贵重相差十万八千里，只是珍珠而已，唯独设计不错，"沈默平静地说，"我帮你戴上。"

他的语气温柔，却又不容置疑。

梁丹宁乖乖地背过身，任由沈默替她戴上那条项链，她今天穿的是一件黑色的一字领裙装，戴上项链后，那颗珍珠停留在咽喉下方的凹陷处。

就听沈默在身后说："我很喜欢你。"

梁丹宁浑身一抖，条件反射般去看正在唱歌的人，然而那两个女孩仿佛已经陶醉在自己的音乐里了，对身边的一切都置若罔闻。

梁丹宁下意识地去摸颈前那颗珍珠。

这算什么呢？正式的追求吗？梁丹宁在酒局上混了那么多年，各种骚扰见多了，可正儿八经的恋爱至今只有一次，还眼瞎看错了人。

不可能是恋爱的喜欢，沈默这样的大佬，身边的美女不可能少，喜欢她梁丹宁做什么？

可不是的话，那又是什么呢？

梁丹宁叹了口气，为什么男女之间就不能保持单纯的买卖关系？

"谢谢你，沈总，我很喜欢这条项链，有洗手间吗？我想去照一照镜子。"她说。

"过道的尽头就是。"

"谢谢。"梁丹宁站起来，飞快地朝洗手间走去。

她给赵玫发微信："五分钟后，记得打我手机。"

赵玫一直没回。

梁丹宁想想不放心，给赵玫打过去，然而电话铃声响了一遍又一遍，一直都没有人接。

她看向镜子，这种款式的锁骨链，英文名叫 choker，有"令人窒息"的意思。

真是好名字，她觉得自己有些透不过气了。

她深呼吸三次，洗洗手，擦干净，走出去，发现客厅里的乐队不知道什么时候已经撤离了，只有沈默一个人站在窗前，手里托着酒杯，悠然自得的样子。

他的背影看上去完全不像个上了年纪的人。

"想好了？"沈默回头。

梁丹宁嘟哝："你干吗说话那么直来直去的，我都不知道怎么接了。"

"哈哈哈，"沈默边笑边摇头，"你知道吗，这就是我喜欢你的地方，你总是让我很开心。"

"只要你保证以后不再说类似吓人的话，"梁丹宁拿起自己的包，强行镇定地道，"我会经常让你这么开心的。"

"吓人？你被吓到了吗？"

"是啊，我很清纯的。"梁丹宁胡乱地说，"行了，我得走了，我妈对我的底线是天亮之前必须到家。"

"我让司机送你回去？"

"不用，我打车就行。"

"梁小姐。"沈默叫她。

但梁丹宁已经"逃"走了，她一口气冲到路边，看到空的出租车过来赶紧叫停，直到驶出这个街区才松了一口气。

第十九章

赵玫醒来后第一时间去拿手机，却意外地看到床头柜上的额温枪，外加一包拆开的退热贴。

她赶紧下床，果然看见躺在沙发上的董越。

昨晚的记忆已经碎成一地鸡毛，赵玫想了好一会儿，也没办法确定自己有没有说出格的言论或是做出不当的举动。

她拿了条毯子给董越盖上，回到卧室，拉开窗帘，晨曦初露，天空的边缘泛着一抹鸭蛋青。

她翻看梁丹宁发来的消息："董越去深圳跟白德瑞开会；你去深圳干吗？什么时候回来？……"

李东明杳无音信。

赵玫看了李东明的朋友圈，他一贯设置的"三天可见"，除了一条横杠，什么都没有。

好得很……

太阳跃出云层，光芒万丈地俯视大地。

赵玫从冰箱里拿出一瓶气泡水，狠狠地摁在脸上，那股凉气让她打了个冷战。"振作起来！赵玫！振作起来！"

董越终于被赵玫的动静吵醒了，他缓缓睁开眼，看见刺眼的晨光下，一个姿态曼妙的女人正靠着吧台。她换了一条长裙，巧妙的几何图案，显出非同一般的修身效果；妆也画好了，漆黑的眉，嫣红的唇，半点病容都看不出来。

"早。"赵玫嗓音带着沙哑。

"早，"董越坐起来，看见身上的毛毯，轻咳了一声，问道，"你好些了吗？"

赵玫晃了晃手里的额温枪，对着自己脑袋来了一下。"砰！36.5摄氏度。"

董越点点头。"退烧了就好。"

这个女人已经把盔甲穿好了，从里到外武装完毕，手里还拿着枪。

"我昨晚没骚扰你吧？"赵玫状似随意地说，"喝断片了，什么都不记得。"

董越眼前飞快闪过一些画面，说："你吐了。"

"我的妈呀。"赵玫捂住眼睛。

"别担心，你在我进洗手间前，就把门甩上了。"

"真的吗？啊哈哈哈！"赵玫开心地笑起来，"太好了，我可真棒。"

"可以用一下你的洗手间吗？"

"当然，"赵玫笑吟吟地说，"一会儿一起去吃早餐。"

董越看看她，发现她是真的开心，虽然觉得她的笑点有点低，但面对这样一张快活的脸，他的心情突然也好起来了。

和董越吃完早餐，赵玫用最快的速度回到了上海，她刚下飞机，李东明的电话就打过来了。她对自己说"先不要心怀怨憎，没有永远的敌人，只有永远的利益，你既然需要他替你谋取利益，那就把别的事先放一放"。

默念了两遍之后，赵玫接起电话。

李东明开门见山道："昨天聊得太晚，后来又喝多了，就没给你打电话。"

"嗯。"

"好消息就是，董越肯定没戏。"李东明说。

"怎么会？董越昨天下午还跟白德瑞见过面。"

"你怎么知道的？"李东明诧异道，"消息很灵通嘛。"

"废话，我在GST那么多年，难道没有自己的耳目吗？"赵玫没好气地说。

"也是，"李东明觉得赵玫的解释很合理，"白德瑞见董越不过是走过场，毕竟你们公司好几个高管都是支持他的，但白德瑞已经明确这次要提拔一个女的了。"

"他怎么下的决心？"赵玫语带讽刺，"因为你忽悠得好吗？"

"白德瑞在中国只剩下一年任期，明年就要回欧洲换岗，他需要在最后一年交出一份漂亮的成绩单，你那番'公开道歉'的言论很对你们总部的胃口，他当然要利用起来，毕竟欧洲不流行重男轻女，"李东明笑起来，"你们这位CEO，根本不是什么企业家，就是一个道貌岸然的政客。"

"你们男人不都这样吗？"

"嗯?"李东明听着不像好话,"你怎么了?"

"没什么,先这样,我还有事。"赵玫匆匆挂断电话。

赵玫连家都没回,直奔双子星大厦,梁丹宁已经在裙楼的一家咖啡厅等她。"到底怎么回事,为什么突然就要闹离婚?"

"还没有闹,先咨询一下。"

赵玫把深圳的事仔细说了一遍,梁丹宁听完怔了好一会儿,喃喃地说:"怎么会这样……你还好吧?"

"刚发现的时候不太好,昨晚喝断片了,然后还发烧了,是董越照顾的我,"赵玫甩了甩头,"但现在好多了,所以想找律师商量对策,我自己认识的几个大律师都和李东明有来往,所以只好麻烦你,帮我找一个和李东明没有关系的律师。"

"我们俩之间,还用得着说麻烦?你在机场给我打完电话,我立马就联系律师了,一有消息我立刻告诉你。"

"嗯。"赵玫点头,"对了,这季度的分红,先不要打给我,就放你那儿。"

和李东明结婚前,她就和梁丹宁合伙开了一家小公司,已经好多年了,法人是梁丹宁的老妈。

梁丹宁叹息道:"看来你是真想好了。"

赵玫苦笑着说:"既然准备离婚,那就得先算账,这种事不用咨询律师都清楚。"

"我想起来你和李东明结婚那天,我还问你,要不要把公司的事告诉他,你说这是你的买包钱,要根据他的婚后表现决定是不是告诉他,没想到——"

"没想到就一直没有告诉,"赵玫冷笑一声,"可见我多么地有先见之明。"

"真是没想到啊——"

赵玫喝了口咖啡。"自从老许出事开始,我遇到的事就全是万万没想到了。"

梁丹宁也笑起来。"可不是吗，我也一样。"

赵玫笑笑。"我这刚和公司杠赢了，升职也有希望了，才刚支棱起来，就遇到这种事。可见老天是公平的，绝不会让人高兴太久。"

"唉！"梁丹宁见赵玫落寞，也跟着难过，"你们家李东明这事，真的是——其实像咨询公司这种一直出差的公司就是这样，男男女女的总住在一个酒店，特别容易犯错误。"

"有个事，我想来想去，觉得还是问出来得好，"赵玫轻声问她，"你是不是早就知道李东明有问题？"

梁丹宁的动作一瞬间顿住了。"你——你怎么猜到的？"

"直觉，外加推理，"赵玫淡淡地说，"你就说是不是吧？"

梁丹宁只好承认："是，我是早就觉得李东明有问题，上次他们来公司给许云天做高管访谈，我就感觉他跟他手下那个女的有一腿。"

赵玫拿出手机，翻到照片。"是不是她？"

梁丹宁看了一眼。"就是她。"

"他俩胆子那么大？在我的公司还敢干点什么。"

"你老公没干什么，那女的干了，"梁丹宁回想起那天看到的场面，"访谈休息的时候，你老公和许云天出去了，我刚好去找老许说事，就看见她从你老公的西装口袋里拿烟，那动作可熟练了。"

梁丹宁是大销售，大销售也需要研究人性，最擅长的就是从细节里挖掘别人的关系。

赵玫徐徐地出了口气。"从李东明的口袋里拿烟啊……"

能从男上司衣服口袋里随手拿烟的女下属，是什么关系？

"你怎么不告诉我？"

梁丹宁也很无奈。"我是想告诉你，但又不知道怎么说，万一人家没什么呢？我要是当街看见他俩手拉手，我肯定跟你说，而且你和李东明不是关系还不错吗？"

赵玫苦笑。"算了，不能怪你，换成我是你，我也不会说，又没证据，说什么呢。"

梁丹宁总算松一口气。"你不怪我就好。"

赵玫又问:"你知道她叫什么名字吗?"

"不知道——等等,"梁丹宁在手机里翻找着,"他们咨询公司出过一个报告,里面有她的名字,有了,这里。"

乔海伦。

赵玫轻轻地读了一遍这三个字。"名字还挺洋气,像电视剧的女主角。"

梁丹宁有点心酸。"你心里难过最好发泄出来,别憋着,会生病的。"

"我的心情不只是难过,更多是复杂,"赵玫皱着眉头,"李东明这会儿还在帮我琢磨怎么升职。"

梁丹宁一口咖啡差点喷出来。"搞什么啊?他帮你升职?"

"嗯,刚才我们还通了电话,李东明说,白德瑞已经正式考虑我了。"

"真的?"

"嗯,因为我们整个中国区没有一个女业务高管,所以白德瑞想找个女的,刚好我是,"赵玫自嘲地说,"不是因为我有能力,也不是因为我有资历,仅仅因为我的性别,是不是很好笑?"

"不能这么说,当然是因为你既有能力又有资历,公司又不是只有你一个女的,"梁丹宁抓住赵玫的手,"太好了,我真为你高兴,这是好事。"

"所以就僵住了,"赵玫摊手,"这个节骨眼儿上,让我发现那个王八蛋出轨,你说我该怎么办?"

"不知道,"梁丹宁没想到是这种局面,也有点蒙,"要不听律师的吧?"

PART 3 真实世界的烦恼

我不仅想要打一场稳赢的官司,
我还想打一场体面的官司。

第二十章

梁丹宁的办事效率很高,赵玫进办公室没多久,律师就约好了,说是晚上刚好有一个小时的时间,可以见面。

"来律师超级厉害的,可惜我离婚那会儿还不认识他,如果那时候有他帮忙,肯定不至于那么惨。"梁丹宁说。

梁丹宁三年前离的婚,她前夫欠了一堆债,最后官司打完,梁丹宁不但需要独自抚养女儿,还要替前夫分担七位数的债务。

梁丹宁晚上有应酬,赵玫独自去了位于上海市中心的律师事务所。

律师姓来,是太太圈公认的名律师,赵玫在去的路上搜了一下,发现有好几个太太找他打了官司后,前脚离完婚,后脚就上了独立女性财富榜。

来律师长着一张平平无奇的脸,头发稀缺,但却有一双精光四射的眼睛,说起话来未语先笑,让人很有好感。

"我昨天刚转了一篇关于梁小姐的帖子,今天就接到你的电话,说你要咨询离婚,"来律师笑着道,"我就寻思,难道是你先生被你的言论刺激到了?"

"那倒没有,他非常赞赏我的行为,还夸我勇敢,充满力量,"赵玫顿了顿,"然后转头他就出轨了。"

"哈哈哈,"来律师大笑起来,又道,"我听梁丹宁说,你特意要求找男律师,不找女律师?为什么?现在业内女律师更多一些。"

"因为我不仅想要打一场稳赢的官司,我还想打一场体面的官司,"赵玫说,"女人下手,往往毒辣有余,宽厚不足,男人会稍微好一些。"

来律师没想到是这个原因，更加有了兴致。"为什么？"

"男人的友谊总是建立在知道彼此的丑事上，女人却需要互相鼓励，互相扶持，女人对丑陋的容忍度比男人低得多，也更容易情绪化，"赵玫笑笑，"我是卖酒的，我见过各种各样的人喝醉后做出的事。"

"哇！你知道吗，我完全理解你说的每一个字，"来律师说，"或许因为我是帮人离婚的。"

赵玫也大笑起来，和聪明人讲话就是那么开心。

来律师又问："不过，我还是挺好奇的，你都准备离婚了，为什么还想着给你先生留有余地？"

赵玫想了想，说："按照我对你的了解，我应该可以相信你。"

"我绝对守口如瓶。"

"他和我们公司的大老板很熟，和我们公司不少人关系很深，而我正在谋取升职，如果闹得太难看，对我的影响也不好。"

来律师明白了。"那你的诉求呢？"

"具体诉求还需要跟你商量，但我理想的结果是这场婚离下来，我既能解恨，他又不至于太恨我。"

来律师对赵玫欣赏至极。"我真的很想知道，你是怎么拥有这么优秀的想法的，我已经开始期待咱们的合作了。"

两个人相谈甚欢，赵玫把在深圳拍到的照片给来律师看，来律师瞟了一眼就放下了。"出轨这种事，通常只能作为离婚的导火索，争家产时没什么用。"

"这个女孩是他的手下，他们一个公司的。"

"这倒是对你有利，你先生是瑞景咨询的合伙人，如果他爱惜脸面，那这些照片就可以成为我们的砝码。"

赵玫笑了笑，说："那还真是意外之喜。"

来律师也笑起来。"你真的很幽默。"

"苦中作乐罢了，"赵玫捋了下头发，"我还需要做点什么？"

"是我们，"来律师纠正她，"我们现在要并肩作战。"

"好的，我们还需要做什么？"赵玫从善如流。

来律师拿了纸笔过来，边写边说："我们现在需要做两件事，第一，把属于你的钱保护起来；第二，把属于他的钱尽量拿过来。"

赵玫认真算了算自己的钱和李东明的钱。

他俩一直财务分开，现在住的那套大平层是两个人共有的，李东明还有一套房子属于婚前财产，房产证上没有赵玫的名字，这些都是明面上的。

台面下的事就相对复杂，李东明入股了一些公司，有些是以他自己的名义，还有一些是找人代持的，赵玫对这些公司的具体经营状况并不了解。

来律师说："那就想办法搞清楚这些公司的盈利状况，我也会查一下，在搞清楚你先生的家底之前，你不要轻举妄动，不要让他察觉出你已经想离婚了。"

"这很容易，反正我们都忙，聚少离多。"

"很好，"来律师又换了一张白纸，"现在我们来聊聊你的短板。"

"我的短板？"赵玫愣了下。

"你的隐藏收入，你暗中开的公司，手里握着的股权，和前男友的故事，或者有别的作奸犯科——我的意思是，所有你觉得会对你离婚造成不利的，会让你投鼠忌器的事，你最好都告诉我，这样比你先生的律师在法庭上告诉我要好得多。"

赵玫没吱声，脑海里转过无数个念头。

来律师说："不着急，你回去好好想一想，然后我们再来聊合同的事。"

"合同？"赵玫有些诧异。

"很多人在想过之后，会决定不离婚。"来律师笑着，露出一排雪白的牙齿。

赵玫也笑起来。"如果我决定不离婚，我会给你介绍至少五个客户作为补偿。"

赵玫又做了一晚的梦。

梦里公司要在深圳宣布谁是下一任华东区销售总监,她赶飞机,到了机场才听说董越已经搭前一班飞机先走了,这下可给她急坏了,一个劲地问值班的空姐,有没有加急航班,空姐说没有,她急得跟空姐强调,绝对不可以让董越先到,他先到销售总监就是他了。空姐说那我帮你看看,临时给你派一班飞机……过一会儿又有消息传来,说上一班飞机失踪了,和机场失去了联络,她吓得尖叫一声,紧接着就醒了。

她躺在床上,瞪着天花板,梦里那种紧张感依然存在,她喘着粗气,正犹豫着是接着睡还是干脆起床,就听到密码锁打开的"嘀嘀"声,有人推门进来了。

是李东明!

赵玫一下坐起来——为了避免和李东明打照面,她特意调了早上九点的闹钟,打算在李东明进家门之前离开,谁知人算不如天算,这家伙居然提前回来了。

李东明连外套都没脱,推门进了卧室,走过来一把抱住赵玫就要吻她。

赵玫顿时浑身一僵,赶紧扭开头。"我还没刷牙。"

"没关系,"李东明亲亲她的脸颊,"不能让你久等。"

赵玫心里一阵硌硬。"怎么突然回来了?不是中午的飞机吗?"

"早点回来不好吗?"李东明嘴上说着,手顺势从她的睡袍领口里滑了下去。

赵玫赶紧抓着他的手腕,把他的手拎出来。"别这样。"

李东明一愣。"你怎么了?"

"跟你说了我还没刷牙。"赵玫推开他,三步并作两步地跑去卫生间。

谁知李东明又跟过来,从背后抱住她,下巴卡在她的肩窝里。

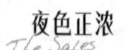

"嗯，这样也不错。"

赵玫受不了。"别瞎闹，我着急上班。"

李东明放开她。"怎么回事？出什么事了？"

"没出事，就是没心思。"

"不对啊，你上次不是还在抱怨，说已经多久多久没有在一起了，怎么现在突然又不要了？"李东明疑惑地问。

"上次是上次，现在是现在，我现在满脑子都是公司的事，没心情做别的。"

"你们公司有什么事？"

"曾子漩今天来公司报到。"

"曾子漩？"李东明愣了下，"那个促销员？"

"对，我让她当我的助理了，公司今天还要给她开一个欢迎会，"赵玫匆匆地化妆，"这是我们部门的事，我得早点过去。"

"哦，好吧，"李东明想了想，"你真不要啊？我可是特意改签飞机提前回来的。"

"真不要。"

李东明点点头。"行吧，那下次你可别再抱怨，我是有心'交公粮'，奈何地主不收啊。"

"嗯嗯。"赵玫摁下电梯，地主短时期内都不需要公粮了。

第 二 十 一 章

赵玫从电梯里出来，迎面就看到几个活动公司的人在忙碌，他们在前台旁边扎了橙色和蓝色的气球，旁边放置了一张甜品桌，桌上是各种各样的定制小蛋糕，中间的一大堆鲜花里，簇拥着一个相框，照片上是笑容满面的曾子漩。

"这个照片是怎么回事？"赵玫问，"你们这个摆法，不觉得瘆得慌吗？"

"我们提过建议的，"活动公司的人回答，"我们说这么弄像追悼会，但你们人力资源部的人非要我们放照片。"

给曾子漩开欢迎会的主意，是齐幼蓝想出来的。本来依赵玫的意思，就让她静悄悄地入职就完了，但齐幼蓝却认为，要加强全公司对这件事的重视，要前事不忘后事之师，要让所有人看到，GST 是一家知错就改，有容乃大的伟大企业。

"那就把这些鲜花换个摆法，"赵玫托着下巴想了想，"再多放几张别的类型的照片，我一会儿让人把照片给你，你们准备相框就行。"

"你们人力资源部同意吗？"

"我是出钱的那个人，"赵玫说，"这场活动的钱是我们部门出的。"

对方立马不吱声了。

曾子漩的出现引起了巨大的轰动，几乎全公司的人都出来欢（看）迎（热）她（闹），连保洁阿姨都在问，这是不是那个性骚扰的女主角。白德瑞特意从深圳赶过来，代表公司与曾子漩亲切握手。镁光灯闪成一片，甜品桌上的照片多出了好几张，不仅有曾子漩个人照片，还有促销女孩们各种各样的大合影。曾子漩站在人群当中，俨然英雄归来，可是谁都能看出，这个女孩正紧张得浑身发抖。

赵玫一边看手机，一边走回办公室，朋友圈被欢迎会有关的内容刷屏了。这个欢迎会看上去做作，但其实既捧了 GST，又捧了白德瑞，还顺便表明了公司对曾子漩支持的立场，并且在明面上堵掉了公司长舌妇的嘴，对曾子漩也有莫大的好处。齐幼蓝这个人，并不像她表面上那样，只知道拍白德瑞马屁。

不一会儿，曾子漩敲门进来。"赵总？"

"有事吗？"

"我是来谢谢您的,"曾子漩鼓起勇气道,"我一定会努力做,不会辜负您的信任。"

赵玫笑笑。"那太好了。"

"那……那我先出去了。"

"好。"

赵玫望着女孩像只受惊的小兔子那样匆匆逃离的背影,不由得嘴角上弯。

当年她从促销员刚转内勤的时候,也是一样彷徨茫然,每个资深员工都在忙自己的事,没人告诉她应该做什么。她急得没办法,就把能找到的所有和公司相关的资料全都看了一遍,最后的结果是在年会上一鸣惊人,在一千多号人面前表演了背诵公司产品目录,还是中英文版的……连总部的董事长都知道这件事。

啊,青春!

赵玫的心情有些复杂。

她的手机响了,是李东明打来的。"晚上一起吃饭?"

"今晚没时间了,"赵玫早就想好对策,"我们明天在太湖宴请VIP客户,我等下要赶过去。"

"你怎么没跟我说啊!"李东明很不满。

"我说了,"赵玫微笑着道,"我肯定说了,是你没听清楚。"

本来赵玫并不打算去太湖的,这种客户答谢活动,过去的主角都是许云天。一帮男销售和一帮男客户,酒精共卡拉OK一色,雪茄与荤段子齐飞,女人只是点缀。

但现在为了避免和李东明近距离相处,她还是决定去,大不了到时候装头疼,躲在酒店房间不出去就是。

销售部安排了两辆商务车去太湖。"您上后面那辆吧,比较空。"一个刚来不久的初级经理建议道。

门一开却对上一双深邃的眼睛,居然是董越。

他正在打电话，朝赵玫比个"稍等"的手势，接着跳下车，绕到车子后面继续打电话去了。显然是要避开赵玫。

擦肩而过时，赵玫听到董越在说法语，听不清内容，但听得出来娴熟流畅。赵玫只知道董越英文能力不错，但没想到他居然还会说法语。

难怪杜彼得那么喜欢他。赵玫想。

赵玫顿时有些苦恼，她连英语都是工作后才进修的，只能说是可以交流，离"好"还远得很。

隔了一会儿，董越回来了。"抱歉。"

"没事。"

车子很快发动，赵玫意外地问："就咱俩啊？"

"对，很多人已经先过去了，"董越拿了一瓶矿泉水，递给赵玫，"要我帮忙打开吗？"

"不用，"赵玫随手拧开瓶盖，摊开手掌，露出指根的薄茧，"我撸铁的。"

两个人大致讨论了下活动分工，谁负责哪几个客户。

赵玫谦逊地说："晚宴是你们销售的主场，我辅助就好。"

董越说："哪里，好几个客户都特意问你来不来，你现在是红人。"

"红什么，"赵玫头疼，"我就怕有人问我发言的事。"

"你说得很好啊。"

"呵呵。"

一阵沉默。

赵玫突然怀念起在深圳的那晚，两个人喝酒、调侃，像老朋友那样随意开玩笑，现在回到上海，却尴尬起来，只能有一搭没一搭地说些套话。

她打了个哈欠。

董越果然留意到。"困了？昨晚没睡好？"

"早晨起太早了。"

"因为欢迎会?"

"是啊。"

"那睡吧,还要开一个多小时,可以眯一会儿。"

"好。"她也温和地回答,把座位放倒。

董越从包里掏出一本电子书,刚要打开,发现赵玫在看自己。"怎么了?"

"你看什么书?"

董越给她看。"《二战战后重建》。"

赵玫哑然失笑。"睡了,睡了。"

她翻了个身,却又睡不着了。听到董越轻轻地说:"师傅,麻烦空调打高一点,赵总要睡一会儿。"

隔一会儿,手机又振了一下,她拿起来一看,发现竟然是董越发来的:"聊天吗?"

赵玫"扑哧"一声笑起来。"喂,你这样,我可睡不着了。"

"睡吧睡吧,"董越赶紧道,"我不吵你了。"

赵玫本来只想闭目养神,谁知车子摇摇晃晃,还真的就睡着了。

董越翻了几页书,看到战后的德国几乎全是靠女人重建的,因为当时的男性劳动力要么战死,要么还在战俘营——

之前他在跟杜彼得通电话,杜彼得告诉他,赵玫的老公李东明写了份报告给白德瑞。在内部管理会议上,白德瑞明确表示不再考虑董越和唐李德。而是要提拔一名女性销售总监。不出意外的话,多半就是赵玫了。

董越望向窗外,这会儿已经出了城,上海的郊区一样高楼林立,看上去和市中心也没差什么。

他给自己的亲信于巍峨发消息:"等我到了,来找我一趟。"

第二十二章

太湖晚宴，顾名思义，须得在太湖湖畔举行。

GST 的销售部在湖畔找了一个别墅群。三栋精致的小洋楼围成一个"品"字形，最靠湖的那一栋从后门出去，便是一个很大的亲水平台。今晚这里被打造成了地道的摩洛哥风情，雪白的帷幔，雪白的沙发，雪白的遮阳伞，以及身着雪白旗袍戴着缭绕面纱的女服务员。

给副总监们安排的都是湖景房，靠阳台的桌上摆着点心水果，一个石榴切四瓣，露出红宝石般流光溢彩的石榴籽，再加一串绿色的葡萄点缀。景德镇的细瓷小碗里装的是椰奶莲子羹，董越摸一摸那碗，居然还是热的。

他一口喝完，门铃就响了，于巍峨闪身进来，问道："这环境可以吧？"

"别的都好，女服务员的衣服不行，太诱惑。"

"明白，我让她们换身制服。"于巍峨瓮声瓮气地说。

董越说："别换衣服了，换人吧，让活动公司派男服务员过来。"

于巍峨不明白。"男的？换男的干吗？这次 VIP 客户全是男的，一个女的都没有。"

"就是因为一个女的都没有，才让你换男的。"

"还是因为许总那件事？不是过去了吗，许总都下台了，"于巍峨明白过来，但还是觉得不理解，"生意归生意，用女服务员不代表会发生性骚扰事件啊，哥你是不是多虑了？"

于巍峨是董越招进来的，对他一向忠心耿耿，说话也直截了当。

"没多虑,许总那事也没过去。"董越从冰箱里拿了两罐冰汽水,扔给于巍峨一罐。

于巍峨"啪"地一下打开。"哥,听说老板们准备升赵玫当销售总监?"

"你听说了?"

"有人这么传,难道是真的?"

"有可能吧。"董越喝了口汽水。

"不会吧?不是说好了是哥你吗?"

"谁跟你说好了?"

"不是,我们公司没有比你更适合接许总的人了啊,"于巍峨这下真急了,"怎么突然就冒出那个女人来?让那个女人当销售总监?那不是笑话吗。"

"你小声点,这屋子可不怎么隔音。"

于巍峨愤然不平道:"她连销售都没干过,怎么干销售总监?凭什么啊?"

"因为我们公司女高管太少了。"

"少吗?"于巍峨皱眉,"不是还有齐幼蓝吗?"

"她是人力资源的老大,不是业务部门的,业务部门确实一个女高管都没有。"

"这就充分说明了问题啊!"于巍峨使劲一拍大腿,"说明女人做不了业务部门的高管啊!"

"别这么说——"

"我是说真的,女高管少,又不是我们男的干的,难道不是她们不行吗?"

"少胡说八道,"董越淡淡地说,"尊重女性是底线。"

于巍峨压根儿不在乎。"尊重啊,我特别尊重女性,我对女性最大的尊重,就是我没有把她们当成弱者,我把她们当成平等的对手,大家真刀真枪拿出来比,绝不手下留情!也请老板们不要为了找女高管而找女高管,捡到篮子里就是菜!"

董越没吭声。

于巍峨发泄了一通,去看董越的神色,却看不出情绪。他想了想,小心翼翼地试探道:"哥,沈总和杜彼得,还有大老板,关系不是都不错吗,就不能使使劲?"

董越瞥于巍峨一眼。"我叫你来,不是让你给我出主意的——听说你小子最近有点嘚瑟,承诺人家一瓶男爵多返五块钱,挺能大包大揽啊。"

于巍峨没想到自己那点事,董越竟然这么快就知道了,顿时脸色一白,忙堆着笑说:"我承诺能管什么用,我就是喝多了,瞎说的……"

"行了,"董越打断他,"低调点,明白吗?"

"明白明白。"

于巍峨观察着董越的表情,他估计董越也没有证据,否则不会特意来提点他——一瓶酒多返五块钱算什么,许云天连十五块钱都答应过别人。

"还有,曾子漪现在进公司上班了,我知道蚕茧的事是你怂恿她去给许总敬酒的,"董越接着提醒他,"以前那种风气绝对不能再有了,包括这次的晚宴,那么多客户都盯着,你要有点分寸,不要再耍小聪明。"

"知道了,"于巍峨瓮声瓮气地说,"就是纯喝酒,喝完就结束。下次再搞活动,保证没人想来参加。"

董越无语,想要感化像于巍峨这样的销售,除非一次性让他感觉到害怕,否则佛祖亲临都白搭。

"对了,哥,"于巍峨忽地又道,"许总和公司的协议,到底谈好了没?"

"快了吧,怎么了?"

"我听说许总找公司要三百万,还说如果公司不答应他的条件,他就要把掌握的那些事全都说出去,"于巍峨意味深长地笑,"赵玫是许总的人,他俩之间那些事可不简单,你说,如果许总把和赵玫的事说出来——"

董越想起那些传闻。"他不一定会说。"

"为什么?"

"如果赵玫做上销售总监的位置,对他有利,"董越很清楚其中的利害关系,"他和赵玫关系越好,他就越会保护赵玫。"

"也是——不过万一许总为了钱丧心病狂,一口气都往外说了,那可就热闹了,哎你说,赵玫老公要是知道了,会不会找我们公司算账?"于巍峨兴高采烈地说。

董越好笑道:"算什么账,她老公就是瑞景咨询的合伙人,每天跟我们公司打交道,也认识许云天,人家夫妻俩好着呢。"

"什么?!她老公是瑞景的合伙人?"于巍峨的眼睛一下瞪圆了,"那给大老板进谗言让提拔女高管的,也是她老公?"

董越点点头。

"等等等等……"

于巍峨掏出手机,捣鼓半天找出瑞景咨询的网页,指着上面李东明的照片,问:"是不是这个人?"

"对,怎么了?"

于巍峨"扑哧"一声笑起来,说:"原来是这哥们儿,这夫妻俩也是绝了。"

董越皱眉。"什么意思?"

"这男的跟他手下女孩有一腿,我亲眼看见过。"

"你什么时候看见的?"

"就前几天,在兴国路那家白屋,好几个人,他跟那个女孩一直坐在一起,一看就是老情人。我那天刚好也在,还想着这不是给我们做咨询的那家吗。白天看着西装革履一本正经的,没想到居然那么开放。"

董越:……

他终于明白,为什么赵玫会喝得那么醉,李东明又不在她房间里了。

赵玫走进浴室,给按摩浴缸放水,衣服刚脱了一半,李东明的视频电话就弹出来了,她套上浴袍,走到阳台上。"怎么突然喜欢视频了?"

李东明向她展示身后。"这地方真不错,想让你看看。"

绿树成荫,繁花似锦,白色的遮阳伞下是悠闲聊天的人们。

"怎么突然这么有情调?"赵玫淡淡地问,"这是在哪儿呢?"

"复兴西路,"李东明很有兴致地说,"给我看看你那儿。"

赵玫身后是一泓碧湖。

"你那儿是水光潋滟晴方好,我这儿是托斯卡纳艳阳下。"李东明开始装诗人。

"你没事吧?"

"你看你,越来越没情趣,"李东明叹气,"行吧,我有个消息跟你同步一下,本周内,我们公司会派人来给你做高管访谈。"

"他们确定升我了?"赵玫瞬间手心出汗。

"嗯,多半是定了,"李东明笑道,"事成之后,记得请我吃饭。"

"没问题,"赵玫说,"我一定好好谢谢你。"

"那先这样,等负责访谈你的人安排好,我再来跟你说。"

赵玫笑吟吟地说再见,挂了电话,她又恨自己居然笑得出来。

有好几个瞬间,她差点要脱口而出"李东明,我什么都知道了"。

能撕破脸该多爽。

她看过一个脱口秀演员的表演:"我从小就一直在幻想,如果我男朋友出轨了,当街被我抓到,该是一件多么爽的事情,就是……我这一辈子就没那么有理过,你知道吧,我可以站在道德的制高点,无情地指责他,侮辱他……"

但表演就是表演,除非是学生时期的恋爱——站在街上破口大骂,扯头发打耳光,也没关系,只要学习成绩好,什么都可以被原谅,反正有父母兜底,人生且长。

但打工人不行,你去陆家嘴新天地现场撕一次试试,看看老板同事是帮你还是笑你。GST每年招进来那么多985毕业生,发税前一万块的月薪,叫他们站着死他们不敢坐着生;许云天已经贵为总监,只不过在夜店抱了一个女人,第二天就滚蛋了。在社会上孤身作战,学不会忍,学不会察言观色,那就只有吃亏,撞得头破血流,撞死了也没人同情。

赵玫早就懂这个道理,刚当促销员那会儿,从头到脚也没有超过一百块的衣服。公司给促销员定制的制服,主管说是名家设计,一套成本价都要两千块,公司在东莞搞推广,她从广州赶去出差,绿皮车的车座很不干净,她怕把制服弄脏,全程都不敢坐下,满车厢的男人都盯着她看,那种眼神她终生难忘。

但她还是忍下来了,她不信自己会一辈子穿着制服站在绿皮火车里,被人从头看到脚。

总有她看别人的时候。

赵玫走回房间,浴缸里的水都凉透了,她也没了泡澡的心情。她靠在床上,给梁丹宁发消息:"我到太湖了,你什么时候来?"

半天也没等到回复,不知道梁丹宁在忙什么。

第二十三章

梁丹宁这会儿正在水深火热之中。

她下午跟人谈合同,会开到一半,老妈打电话来,说姚晓辉找上门了。

姚晓辉是她的前夫,这个男人除了给她一个女儿,一屁股债务,以及好几年混乱痛苦的婚姻,别的什么都没给。

梁丹宁赶紧回家,姚晓辉正坐在客厅喝茶,穿得人模狗样的,跷着二郎腿,见她回来,先从头到脚打量一番,再问:"薇薇呢?什么时候放学?"

真是怕什么来什么,梁丹宁最不希望的,就是姚晓辉招惹梁薇。"不关你的事,你离我女儿远点。"

"你这话说的,我是她爸爸,血脉相连,怎么离得远?"

梁丹宁很不耐烦地说:"少废话,让你离远点就离远点,你要是敢私下去找薇薇,我打断你的腿。"

姚晓辉嗤之以鼻,道:"你就敢对着我要横,你要真那么厉害,怎么没把放狗咬你的人腿打断?"

"谁跟你说的?"梁丹宁一惊。

"跟我说的人多了,你多有名啊,GST一枝花。我跟他们说你女儿上小学了,人家都不信。"

梁丹宁知道这人一向是狗嘴里吐不出象牙。"你到底有什么事?"

"最近手头紧,借我点钱吧,"他说得好像要一张卫生纸那么自然,"不用多,五万就行。"

"你有病吧。"

"没病,就是缺钱,你是我唯一的亲人,我只能找你,"姚晓辉指着墙角的橙色纸袋,"你都背上爱马仕了,五万块钱应该拿得出来。"

梁丹宁一看那纸袋,顿时郁闷了,怎么就让这家伙看见了!

她假装不以为意地说:"那就是个A货,你要就拿去,哄哄你的发廊妹应该管用。"

"我有过你这样的老婆,我能看上发廊妹?"姚晓辉哈哈一笑,"你就借我五万块钱,周转一下,过两周就还你——"

话音未落,梁丹宁的老妈拿了一把菜刀从厨房冲出来。"姚晓辉你个畜生!"

吓得姚晓辉拔腿往外逃。"妈——"

"谁是你妈,我送你去见阎王!"梁丹宁老妈一路追出去。

梁丹宁赶紧跟在后面,三个人你追我赶,一直跑到小区门口。路人纷纷驻足,姚晓辉一口气逃到马路对面,扶着一根电线杆跳脚。"死老太婆,我跟你没完!"还冲着围观群众嚷嚷,"看什么看,她要杀我,你们快报警!"

这一带是老城区,周围大都是认识了几十年的老邻居,刚好群众之一是梁丹宁老妈舞蹈队的队友,"呸"一口唾沫,说:"你快点被车撞死,我肯定不打120。"

还跟旁边的人解释:"这个男人,离婚了还三天两头回来敲诈丈母娘。"

这种经典《新老娘舅》上的段子,上海人都耳熟能详,纷纷指着姚晓辉,让他快点离开。

姚晓辉一看自己陷入群众战争的汪洋大海了,再吵下去也占不到任何便宜,只得灰溜溜地拦了一辆出租车,临走前还喊一嗓子:"梁丹宁,你给我等着!"

梁丹宁老妈见姚晓辉这回是真走了,才放下菜刀,气喘吁吁地说:"没事了,回去吧,丢人现眼。"

梁丹宁哑着嗓子说:"妈,都是我对不起你。"

若不是她当年有眼无珠,嫁给姚晓辉这个流氓,老妈也可以快快乐乐安度晚年,不用一把年纪了还要拿把菜刀在街头追人。

"不要说这种废话,你把刀拿回去,我正好去菜场买点春卷皮子,薇薇要吃黄鱼春卷。"

老妈把菜刀塞给梁丹宁,和舞蹈队队友打了个招呼,两个老太太挽着胳膊一起去菜场了。

梁丹宁刚要转身,就听后面有人叫自己:"小梁。"

她回头,见是一辆奔驰SUV,一个胖胖的中年男人从驾驶座探出头,是刚买了Birkin包向她赔礼道歉的金总。副驾驶座上的男人戴着棒球帽和太阳镜,正是沈默。

梁丹宁心里一跳,赶紧过去。"金总,沈总,你们怎么在这儿?"

"我们刚打完球,沈大哥跟我说起排骨年糕,我嘴馋了,就导航过来了,"金总乐呵呵地道,"没想到看到你。"

梁丹宁看沈默一眼,后者淡淡地说:"要去鲜得来。"

"哦哦,要吃鲜得来啊,"梁丹宁明白了,"就在前面拐角处,不过那里很难停车,你们要不把车停我家楼下吧,我跟保安打声招呼。"

"好啊!"金总说。

梁丹宁刚要转身,就听沈默问她:"你哭什么?"

"哭?"梁丹宁一摸脸,全是眼泪,顿时心里叫苦,什么时候哭的?

饶是她脸皮厚,这会儿也有点挂不住,赶紧边擦边说:"没什么,可能眼睛过敏了,我先去给你们找车位。"说完,忙不迭地逃走。

帮两位大佬把奔驰停到楼下,梁丹宁再领着他俩去到鲜得来,一人点一客排骨年糕,一客双档汤,金总吃了一口炸排骨,说:"你心心念念的,就这?"

沈默也皱着眉。"我也不知道他们水准下滑成这样,以前味道不是这样的。"

梁丹宁这会儿早已收拾起情绪,笑着道:"不是他们水准下滑,是你们天天燕鲍翅肚,口味太高啦,其实还是很好吃的,你们试试这个辣酱油啊。"

她给两位大佬每人浇点辣酱油。"试试?"

沈默和金总夹起排骨,吃了两口。

"是不是挺好吃的?"

"还行,还行。"金总说。

"不好吃。"沈默瞥她一眼,放下筷子。

梁丹宁:……

不一会儿,梁丹宁主动埋了单,陪沈默和金总去拿了车,临走前她又忍不住问:"两位明天有没有空?"

"怎么说?"金总问。

"我们公司明天在太湖设宴,宴请VIP客户,请帖肯定已经送到两位府上了,要是有空的话,就来吃个饭。那边风景很好,大厨也是专程请来的。"

沈默淡淡地说:"我已经跟你们的人说过了,我明天有事。"

金总也说:"是啊,我也来不了。"

"哦,好嘞,"梁丹宁讪讪地说,"那就下回吧。"

其实梁丹宁早就听说这两位不来,但她还想努力一下,毕竟他俩都是重量级的客户,别人请不来,如果她能请到,就是她的能耐——可惜,沈默不想给她这个面子。

"那个……如果没别的事,我就先走了。"梁丹宁在心里叹气。

金总开着车上了大路,一边斜眼看沈默,一边说:"你这又是哪一出?"

"什么?"

"你好端端为难个小姑娘干什么?这不像你啊。"

"什么小姑娘,她女儿都上小学了。"沈默避重就轻地说。

"什么意思?"

"你不懂。"沈默闭上眼睛养神。

金总一阵无语。"你就装傻吧。"

梁丹宁跟老妈打了个招呼,说自己要出差两天,老妈一边骂她成天不着家不管孩子,一边匆匆装了几个刚出锅的黄鱼春卷,让她带在路上吃。

她一边吃春卷,一边开车往太湖赶,越想越糟心。沈默那个老家伙真是坏透了,见她不愿意答应做自己的情人,就立马给她脸色看,当着别人的面让她下不来台。她不过是想好好巴结客户做几单生意赚点钱,为什么要受到这种刁难,她的命怎么就这么苦?

梁丹宁想着,眼泪又掉下来。

第二十四章

赵玫失眠一夜,她在床上坚持到六点半,实在扛不下去,干脆起床去吃早饭。

到了餐厅门口一看,卡着开饭时间来的人不只她一个,还有梁丹宁。

"你居然也能起这么早?"赵玫意外。

"一晚上没睡着,"梁丹宁顶着两个大黑眼圈,"昨天姚晓辉来我家闹了——你发的微信我看到了,实在没精神回,不好意思。"

"说什么呢!"赵玫忙道,"他怎么又来闹了?又找你要钱?"

"嗯。"

"你没给他吧?"

"没有,先不说我没钱,有我也不能给他。"

赵玫也替梁丹宁发愁:"姚晓辉这个人,还是得想办法对付,不能让他老来骚扰你,最好能一劳永逸地解决掉。"

"怎么解决,他始终是薇薇的爸爸,"梁丹宁咬着牙,"我也不可能真的找人把他腿打断。"

"再想想,肯定会有办法,这里是上海,不是什么穷乡僻壤。"

梁丹宁叹了口气,说:"不说这个了,别害得你也不开心。"

赵玫"哈"一声,说:"我现在还怕不开心吗?"

一句话说完,两个人反倒同时笑起来。

"咱俩真是难姐难妹!"梁丹宁挽着赵玫,"走走走,还是去看看有什么好吃的吧。"

早餐是套餐制，中式套餐的主餐是当地一种面条，浇头有熏鱼、焖肉，还有炒双冬。

"太腻了，吃不下。"赵玫摇头。

又听说有白粥、榨菜和咸鸭蛋，两个人各叫了一份，正吃着，梁丹宁的手机响了，居然是杜彼得找她。

"老板？"梁丹宁忐忑不安，杜彼得比她高好几级。

"刚才沈默给我打电话，说他和金林生都会来参加今晚的宴会，"杜彼得疑惑地说，"之所以找你，是因为沈默问，我们这里的厨师会不会做排骨年糕，我问他为什么突然想吃这个，他说你知道原因？"

梁丹宁一时之间说不出话来。

沈默这是要做什么？耍她吗？

"这到底是怎么回事？"杜彼得皱着眉头，提醒梁丹宁，"你应该知道，沈默是董越的客户吧？"

梁丹宁被杜彼得的问题问得好一阵不自在，她当然明白抢客户在销售之间是非常忌讳的事，但杜彼得何必用防贼似的态度来跟她说话。

"我知道，沈默是董总未来的岳父，"梁丹宁咬着后槽牙说，"他没找我买过酒。"

杜彼得和梁丹宁打交道不多，若不是事关沈默，他也不会亲自来找她问话，没想到梁丹宁说话这么直来直去。

"那排骨年糕又是怎么回事？"

"有一次沈总刚好来我们家附近吃排骨年糕，说做得不好吃。"

"就这么简单？"杜彼得压根儿不信。

梁丹宁被杜彼得的问题问得心头火起，强忍着怒意道："我知道的就这些，要不你再去问问他？"

杜彼得心想谁知道你们在搞什么鬼。"那这样，你去跟厨师交流一下，把沈默喜欢的口味告诉他，今晚由你负责接待他。"

梁丹宁一阵无语,只得认命地朝厨房走。

赵玫精心打扮,她将一头秀发扎了起来,穿一套白色西装,用银色的丝绸吊带打底,胸前挂一串明晃晃的珍珠长链,看上去光艳照人。

她款款走下旋转楼梯,正要朝宴会厅走,忽地眼前人影一闪,她竟然看到曾子漩的身影,顿时愣神。

"曾子漩?"她把女孩叫过来,"你怎么来了?"

"我听说人手不够,就想着一起来帮忙。"

"你自己要求来的?"

曾子漩点点头,又忐忑地问:"我是不是不该来?"

当然。赵玫想。你出现在晚宴上,就是个活靶子。

她想立刻把曾子漩送回去,但这个时间段正是嘉宾们入场的时间,突然安排车送曾子漩走,没准更加引人注目。

"你有房间吗?"赵玫问。

"有,我在304。"

"这样,你现在回房间,拿上你所有的东西到我房间来,我在201。"赵玫当机立断。

"好。"

十分钟后,曾子漩背着一个双肩包,来到了赵玫的房间。

"从现在起,你就待在这儿,除非我叫你,否则你不许离开这个房间。"赵玫命令道。

"哦哦,好,"曾子漩一脸无措,"赵总,是不是有什么问题?"

"我不清楚会有什么问题,"赵玫坦言,"但只要你不露面,就什么问题也不会有。"

曾子漩有些明白了,点头道:"我保证哪儿也不去,如果有人叫我,我也先问您的意思。"

赵玫回到宴会厅,看见王皓正在忙碌,大步走过去,问道:"你

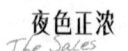

为什么把曾子漩带过来?"

"咱们的人最近都在各地出差,今晚除了你和我,全是销售,我怕人手不够,她又自告奋勇,我就把她带来了,"王皓紧张地说,"我是不是做错了。"

"你说呢?"赵玫冷冷地反问。

"赵总……我……"王皓心一横,"是,我是故意把她带过来的。"

"为什么?"

"我听到一些传言,是关于你和许总的,又有人在提了。"

赵玫微微挑眉,问:"谁在提?"

"有销售,也有供应商,还有客户,我在好几个群里都看见了,"王皓说,"他们说,许总写了个文档,里面有各种各样的事,用来跟公司换赔偿金。"

"还有文档?"赵玫笑起来,"挺好,不过这跟曾子漩有什么关系?"

"我知道今晚肯定会有人用这些事为难你,"王皓急急地道,"这些人一旦喝多,就容易口无遮拦,什么话都敢往外说,但他们又是客户,我们也不能太得罪他们……"

"所以你特意把曾子漩带来,用来转移他们的注意力?"赵玫挑眉。

"不只是转移注意力,我是觉得,只要曾子漩出现,场面就会比较尴尬,毕竟许总是因为她下台的,看到她,很多话估计大家都说不出口了。"

"真是没想到,曾子漩还有这种妙用,"赵玫啼笑皆非,"不过我们还是不要这么利用人家了,做人要厚道。"

"赵总,不是我做人不厚道,我是怕他们对你不利,"王皓咬咬牙,说道,"我听说,公司想升你做销售总监?"

"哦?"赵玫再一次意外,"我们公司还真是没什么秘密啊……"

"是真的吗?"

"有这个可能,但在老板发通知邮件之前,谁都说不好。"赵玫坦言。

"但很多人已经知道了,都在议论这件事,"王皓带了一丝焦虑,"你不知道那些销售背地里说话有多难听,我担心他们会找你麻烦。"

"他们敢!"赵玫冷冷地道。

"就算他们不敢公然为难你,但会怂恿客户恶心你。"

"那就让他们来吧,"赵玫眼里闪着冷冽的光,"我既然要接许云天的班,那就得有胆子去挡许云天的刀。"

第二十五章

晚宴一共九桌,就摆在离亲水平台最近的大厅里,刚好天气晴朗,窗外明晃晃挂着一轮圆月,照着一屋子的觥筹交错。

杜彼得是洋人,对中国的酒桌文化一直不太擅长,这种场合向来是靠几个大销售撑场面,以往都是许云天唱主角,今天则轮到董越、唐李德、赵玫三分天下,其余销售散到各桌分头照应,务必照顾好在座每一位尊贵的客户。

快开席的时候,沈默和金林生到了,杜彼得喜气洋洋地站起来迎接,其他桌的人也都上前打招呼,赵玫惊讶地发现,梁丹宁居然和董越一起,都被安排坐在了沈默的那一桌。

"什么情况?"赵玫给梁丹宁发了条微信。

梁丹宁回复她一个苦笑的表情。

上半场大家还都彬彬有礼,聊聊国家大事,外汇政策,高尔夫和帆船。到了下半场,基本上每个人都喝多了,便体现出了素质的参差不齐。

有个做物流的老板,拉着赵玫笑嘻嘻地说:"听说跟许云天……的姑娘,被你们调进公司做内勤了?"

他说的时候,还噘着嘴,眨巴着眼,逗得一桌子人哄堂大笑,好几桌的人都看过来,全都等着赵玫的答案。

怕什么来什么,赵玫心想。

她表面上装傻。"哪个啊?"

物流老板嬉皮笑脸地说:"就是那个,一杯酒把老许拉下马的那个。"

赵玫轻描淡写地说:"是啊,转内勤了,现在是我的助理。"

"可惜啊,"物流老板拍大腿,"我本来还想去蚕茧找她玩呢。"

这话说的,简直是把曾子漩当成陪酒小姐。

赵玫伸出一只巴掌,问道:"这是几啊?"

"我没喝多。"物流老板赶紧辩解。

"没喝多那就说啊,说说看。"赵玫哄着他,又把巴掌翻了翻。

物流老板昏头昏脑地说:"五?十?"

赵玫嗔怪道:"你看,连五啊十啊都说出来了,我们还在吃饭,没到酒吧时间呢。"

众人全都哈哈大笑起来。

赵玫使个眼色。"王皓,快送张总去休息一下。"

王皓和一个服务员过来,一左一右,把物流老板架到外面去了。

谁知还有人不识相,一个生鲜老板盯着赵玫,问道:"老许这次是真的冤,给我打电话,说了一个多钟头。赵玫啊,你跟老许那么多年,老许平时那么疼你,你不得帮帮他吗?"

他这句"疼你"说得无比暧昧,在座的人顿时又兴奋起来,人人一脸看好戏的模样。

赵玫不动声色,悠然道:"是啊,谁说不是呢。"

谁知生鲜老板却不依不饶地说:"你别忽悠我,给个准话啊,别

154

欺负我老实人。"

赵玫一笑。"您这话说的,我看是您在欺负我才对。"

她语气带了三分讨饶,生鲜老板顿时高兴起来,他平时打交道的都是一些网红美女,还没怎么交往过赵玫这样的高管美女,顿时忘了自己身处何处,忘了身边有多少人在看他笑话,只管嚷嚷着:"我欺负你?那要不这样,你陪我喝一杯,就算我欺负你了。"

赵玫心里已经怒极,脸上却不能表现出来,刚要开口,突然有人走过来插话:"刘总,我们赵总今天喝得有点多了,这杯我替她,你欺负欺负我得了。"

居然是董越。

赵玫蹙眉望着董越,董越对她笑笑,找了个空酒杯,满满地倒上,举起来,也不等生鲜老板反应,就准备仰头喝完。

生鲜老板顿时不乐意了:"你这不对啊——"

"等一下,"这一次出言阻止的却是赵玫,"我也陪董总一起敬刘总,"她笑吟吟地叫服务员,"这杯子太小了,换个大的。"她说着,挑了个大号的红酒杯,众人见她伸手去拿四十度的金樽王,居然是要用红酒杯装烈酒,顿时大声喝彩。

董越无语地望着赵玫,心想这女人真是绝了,怎么会这么好强?

赵玫捧着满满一杯威士忌,似笑非笑地看董越一眼,对生鲜老板说:"刘总,幸会。"

二话不说,大口喝完。

"好!"

不知谁起的头,满屋子人都鼓起掌。

生鲜老板也是要面子的人,见赵玫、董越这么喝,只得硬着头皮也陪了同样一大杯金樽王下去,喝完放下杯子就冲去了洗手间。

到了上点心的时候,每人面前一个骨瓷盘子,同色盖碗揭开,里面是一方小小的排骨,一块薄薄的年糕,浓郁的汁液飘着肉香。

"这是——排骨年糕?"很少在正式酒席上看见这道菜,大家都很惊喜。

"这道菜是沈总特意点的,"杜彼得高兴地介绍,"沈总,你尝尝,我们厨师的手艺如何?"

沈默看了眼坐在旁边的梁丹宁,见她面无表情,仿佛事不关己。他笑了笑,夹起年糕,咬了一口。"嗯,好吃。"

金总也不吝赞美:"这个好吃,比你推荐的那家强多了。"

沈默笑着道:"听你夸一句太不容易。小梁啊,谢谢你,我的面子可算是捞回来了。"

众人全都看向梁丹宁,董越也挑起眉,不明白自己手下什么时候和未来岳父有了交情。

梁丹宁不知道沈默葫芦里卖的到底是什么药,为什么向自己示好,心里又不安又恼火,但她也知道,这种时候自己不能砸场子,只能硬着头皮笑道:"有您和金总这句夸奖,我就算没白忙。"

大家一看,梁丹宁和沈默、金林生关系都很深啊,不简单。

晚宴到了尾声,大家开始随意聊天攀谈,赵玫悄悄走到亲水平台上散酒气,刚才确实喝得太急了,额角一跳一跳地绷着疼。

她走到栈桥旁,意外地看到董越也在。

"你也来了。"

"嗯,喝多了,出来散散。"

"那你还逞强,还用那么大杯子。"董越瞪她一眼。

赵玫笑笑。"人家是冲着我来的,我不能让你替我出头啊。"

董越看似英雄救美,但无形中是把她当成下属,当成弱者处理。如果她反应慢一拍,没有及时把注意力拉回到自己身上,那恐怕今晚之后,这些客户们便再也不会正视自己。

"你呢,怎么不陪沈总?"赵玫问他。

"想陪他的人太多了,我都挤不进去,"董越笑笑,"你知道梁丹宁和他是怎么回事吗?"

赵玫摇头。"这我是真不知道。"

董越点点头，忽地道："沈总是一个枭雄。"

"嗯？"

"我认识他好几年了，他妻子差不多十年前去世的，他没有再娶，"董越接着道，"但身边也一直不乏女朋友。"

赵玫揣摩了下这句话的潜台词，由衷感激。"知道了，我替梁丹宁谢谢你。"

"不用谢，梁丹宁也是我的人。"董越用了赵玫在蚕茧酒吧时说话的语气。

赵玫笑了，俩人心照不宣。

他俩沿着栈桥慢慢走，渐渐地，四周也安静下来，拐过一个弯，只见明月高挂在空中，水面上也倒映出一轮玉盘，俗世的喧嚣仿佛一下就消失了。

赵玫朝湖对面看去，那里有不少灯火，太湖环线造了许多楼盘，也不知道多少钱一平方米，说不定可以买一套作为投资。但也不对，她终究是要跟李东明离婚的，那这房就不能在离婚之前买。

她走神了，月光笼在她身上，像是披上了一层雾气，姿态柔软，神态忧郁，一双眼眸又浓又深，仿佛能看到很远很远的地方。

"在想什么？"董越问。

赵玫指着湖对岸说："好几年前，我第一次来太湖，就想着在这一带买套房，周末可以过来住，可惜那时候钱不够，现在钱倒是够了，却没了买房资格。"

"……"

"你怎么不说话？"

"怕说出来煞风景。"

"为什么？你该不会是刚好在这儿也有套房吧？"

董越摸了摸鼻子，慢慢地说："还真有。"

赵玫没好气地翻白眼，就听董越悠悠地说："我老家就在湖对岸，平房，有个院子，后门一开就是太湖。"

"我还以为——"赵玫赶紧刹车。

"你还以为是沈总的别墅？"

赵玫脸上一烫。"对不起，我不是那个意思。"

"没事，他确实在这儿有别墅，但那和我没关系。"

赵玫没吱声，这种"何不食肉糜"的豪门恩怨，从来都是千篇一律，没什么可评价的。

董越忽道："今天中午，许总给我打了个电话。"

赵玫顿时一阵心跳，望向他。

董越接着说："也没聊什么，就问了我点公司的事情，又问了今晚都谁来，我说你也来了。"

"怎么说起我了？"

"他说，你去看过他。"董越说。

赵玫愣了下，许云天是疯了吗？为什么要跟董越说这个。

她只好说："是啊，虽说事情不光彩，但许总毕竟带了我那么多年，无论如何，我总是要去看看他。"

董越闻言，侧头朝赵玫看去，赵玫也索性一脸坦然地和他对视。

董越说："许总说，他对公司的处理很不满意，他在考虑和公司打官司。"

"……打官司？他不会赢的。"

"嗯，就是怕他破罐子破摔，"董越说，"他太贪心了。"

赵玫想起许云天和曾子漩的前男友还打过一架，顿时有些如芒在背，想到这里，便再也没心思散步。

"我们往回走吧？"她提议。

"好。"

刚往回走，忽地传来"喵"的一声，不知道从哪里蹿出来一只猫，朝着赵玫的脸扑过去。

第二十六章

赵玫吓了一跳,低呼一声闪避,栈桥没有栏杆,她站在栈桥边沿,人一歪就朝外跌出去,董越下意识地去拉她,然而一用力就心道不妙,他脚下原本踩的木板突然摇晃起来,这下他可收不回来了,就听"扑通"一声,两个人全都掉了下去。

"啊!"

赵玫叫苦不迭,心想今晚真是倒霉妈妈给倒霉开门——倒霉到家了,自己那三脚猫的游泳技术也不知道顶不顶用——忽地腰被人一揽,人被拉着拽了起来。

"还好,水不深。"

原来这栈桥所在的水域距离深水区还有一段距离,水面只到董越膝盖,对赵玫来说,则是刚及大腿。

"我先托你上去。"

话音刚落,董越就已经从背后托住赵玫的腰,赵玫赶紧抓住桥面,董越往上一送,她便脱离了淤泥,爬上了桥面。

接着董越双手一撑,也利索地回到栈桥上。"赶紧回去洗洗,从侧门走吧,别让人看见——你怎么了?"

赵玫苦着脸。"鞋没了。"

"啊?"

董越忍不住笑起来。

"别笑!"赵玫没好气地说,那双高跟鞋是特意穿来参加晚宴的,可不便宜。

董越看看四周，脱下自己的鞋，提到赵玫跟前。"穿上吧，这里过去还有一段石子路，别把你的脚划破了。"

"那你呢？"

"你别管我，"董越知道赵玫的倔脾气，"别犟，此地不宜久留，别让人发现了，赶紧走吧。"

说完他就率先朝侧门走去，赵玫也不矫情，趿拉着董越的鞋，跟在董越后面朝酒店客房区跑。

赵玫刚要进自己房间，忽地想起曾子漩还在里面，但她此刻并不想面对一位下属，尤其是曾子漩。她改了主意，去敲董越的房门。

过了好一会儿门才开，董越一只脚抬着。

赵玫一看，忙问："怎么蹦着出来了？"

"脚划破了，那段石子路里嵌了瓷片。"董越让赵玫进来，自己又一蹦一跳回去。

他脚底被划出很长一条口子，血已经洗没了，白色的肉翻在外面，看着都疼。

赵玫赶紧给前台打电话，谁知前台说，没有碘酒，只有棉签和纱布，气得她大声喊道："搞什么，这活动怎么组织的！"

"这活动是我们部门组织的，"董越提醒她，"你去看看柜子里有没有白酒，有的话给我拿一瓶。"

"干吗？庆祝你受伤？"

董越差点气笑了，说："原来你这么恨我？我要给伤口消毒。"

赵玫也笑了，在迷你吧里找到了一瓶伏特加。"这个行不行，你要是觉得度数不够，我让前台送一瓶茅台来？"

"你怎么不让前台送一盘猪头肉呢？"董越服了，"我受伤也是因为你。"

赵玫笑嘻嘻地替他开了酒。"看你说的，我可没幸灾乐祸。"

董越往嘴里倒了一口酒，正准备往脚上喷，忽地看到赵玫拿起了手机，一紧张，把酒咽下去了。"你干什么？"

赵玫说:"我看手机啊。"

"我还当你想录我的视频呢。"

"我在你心里就那么坏吗?"

"不好说,挺坏的。"

"喂!"

赵玫嗔怪地望着他,一股若有若无的气息在屋子里流动,两个人同时有些不自在。

"我不看你就是了。"赵玫转过身去,轻轻吁了一口气。

怎么回事,居然失态了,她看着手机,完全不知道屏幕上显示的是什么。

董越望着她坐在沙发扶手上的背影,一般人低头看手机,全身都是佝着的,但赵玫却腰背挺直,仪态极好。

她往后抻了抻背,一头微卷的长发落在腰间,又浓又密。

腰很细。

董越不敢再看,把注意力集中在脚上,一口酒喷上去。

虽说他已经有心理准备,但还是疼得倒吸一口凉气。

"没什么事我先回去了……呃,"赵玫回头就看见那堪比关公刮骨的惨烈一幕,顿时愣住,赶紧扯了两张纸巾给董越递过去,"疼不疼啊?"

"还行。"董越言简意赅地说。

"什么还行,你都出汗了。"赵玫下意识地拿纸巾给他擦,董越朝后一躲,赵玫顿时愣住,讪讪地缩回了手。

董越把脚上多余的伏特加擦了,站起来,单腿蹦着过去把门打开,哑着嗓子说:"没什么事了,你先回去吧。"

他眼神幽暗,极深的地方又像是有两团小火苗。

"哦……"赵玫被他盯得脸都烫了,又有些愧疚,"你要是有需要,我可以留下来。"

嘻!她这说的是什么啊……

董越的眼神更暗了。"不用，我想休息一下，你先忙你的，前面还得有人照应。"

赵玫一走，他赶紧把门关上，重重地出了一口气。

还是走了好，刚才屋子里的温度都升高了。

赵玫飞快地回到房间，曾子漩见她居然收拾行李，十分不解地问："赵总，您要走吗？"

"对，有点急事，我现在要回上海，"赵玫急匆匆地说，"你要不就跟我一块回去。"

"那我现在去收拾东西。"

"算了，"赵玫改了主意，她不想和曾子漩共处，"你还是留下吧，没必要大半夜往回赶。你今晚就住在我的房间，有什么需要就叫客房服务，或者找王皓，现在外面都是喝醉了的男人，你别出去乱跑，明白吗？"

"明白。"曾子漩的脸又白了。

赵玫让前台给自己找了辆车，直到车开出别墅区，她看着窗外黑黢黢的一片，心情总算稳定了点，司机问她："回公司还是回家？"

"回家吧。"赵玫把地址给了司机，靠在靠背上，回味着之前的情绪。

那是一种久违了的情绪，激动、跳跃，如小鹿乱撞，上一次出现这种心情，还是在大学初恋的时候。

"一定是喝多了，酒精作祟。"赵玫吁一口气。

夜里交通顺畅，午夜刚过，赵玫进了家门，屋里一片漆黑。她心头先是一紧，接着却又是一松。

她这会儿没心情跟李东明计较。

她脱了外套，也不开灯，随意瘫在沙发上。

谁知卧室门开了。"你怎么回来了？"

赵玫侧头，望着黑暗里的人。"你在家啊……"

"对啊，你不是在太湖吗？"

"你过来。"

李东明有点莫名其妙,但还是依言走过去,赵玫忽地伸出手,揪住他的领子往下一拽,就把他拽到自己身上。

"你这是——?"

他也说不下去了,赵玫的胳膊已经缠到他的脖子上,凭借顶级咨询人的反应和男性的本能,李东明没有再多言,坚决地、果断地吻住赵玫的耳垂,两只手同时动作,将两人之间的障碍迅速去除。

赵玫只觉得脑海里一阵云雾升腾——李东明熟悉她的一切需求,每一个动作都是精准打击。她的手搭在他的肩膀上,小腹一阵绞痛。

"不行。"

"怎么了?"李东明埋在她的胸前。

她摸索着支撑起来,一股热流倾泻而下。"姨妈来了。"说罢,窸窸窣窣地朝最近的客卫跑。

李东明愣了半晌,果断去了主卫。

赵玫坐在马桶上,虽说小腹还是微微地疼,但鼻尖飘过的那股令人头昏的花香,却让她的头脑前所未有地清醒。

这一定是上天的安排。她想。

上天让她从董越那里逃开,又让她在和李东明出错之前,派了姨妈来悬崖勒马。

等她收拾完,洗了把脸再次回到客厅,已经又是冷静自若的副总监赵玫。

这回客厅的灯打开了,李东明换了条睡裤,表情不大好看。"你这过分了啊!"

赵玫给自己倒杯热水。"不能怪我,我也不想的。"

"你都不算日子的?"

"提前了。"赵玫耸耸肩。

"得,算我倒霉,"李东明趿拉着鞋往卧室走,"接着睡觉。"

"别睡了。"

"干吗？还想给我使坏？"李东明横眉冷对。

赵玫拿着手机晃了晃，说："人事给我发邮件了，安排明天给我做访谈，我需要你给我辅导。"

"你就是为这事赶回来的？"

"对啊。"

"那你前面还调戏我？"

赵玫半玩笑半讽刺道："我想着你速度应该挺快，不至于耽误事。"

李东明看了她半晌，"啪啪啪"地鼓掌。"你可真厉害，我服了。"他朝书房走。"开电脑吧。"

李东明的业务能力是真的没得挑，给赵玫准备的材料既全面又简洁，包括 GST 中国区的现状，到未来布局，到 GST 亚洲区乃至集团总部的整个组织战略，全都言简意赅地给赵玫过了一遍，最后还有二十道问答，涉及了访谈时会遇到的方方面面。

赵玫有点佩服。"你应该早点给我做这个辅导。"

"不不不，你以前在战场第一线，这种辅导做早了，反倒容易眼高手低，"李东明摇头，"但到了总监位置，更多的是管理和战略，管理和战略嘛，本来就需要眼高手低，现在给你做辅导刚刚好。"

"谢谢你。"赵玫这次多了点真诚。

"不用谢，"李东明打了个哈欠，"姨妈哪天走啊？"

"那得好几天呢。"

"再见——对了，跟你说一声，我明天上午出差，去广州。"

"哦。"赵玫眼皮一跳。

李东明毫不留恋地回房睡觉。赵玫了无睡意，把书房门一关，大脑跟装了马达似的嗒嗒嗒地转。

她已经很久没有夫妻生活了。

在董越房间时，她感觉到了一丝不对，所以赶紧逃回来，李东明抱她的时候，两个人身体的渴望全都清晰具体。

李东明正值壮年，男人和女人构造不同，女人能忍，男人很难。他有生理需求，赵玫不理他，他自然而然地就要去找乔海伦，这俩人大概率明天又是一起出差。

赵玫烦躁地抓起一把头发，在手指上缠了一圈又一圈。

第二十七章

董越听说赵玫突然回上海了，心里掠过一丝异样，总觉得跟刚才房间里发生的事有关，她刚刚说什么胡话来着？

"你要是有需要，我可以留下来。"

他忍不住弯了弯嘴角，酒桌上各种段子不知道听过多少，都不如赵玫这句话有意思，平时那么冷静自持的一个人，刚才却是落荒而逃。

今天晚上，真是绝了。

正想得出神，杜彼得打来电话，告诉他人事发了邮件，安排赵玫接受咨询公司的高管访谈。

"后续应该也会通知你。"杜彼得仿佛安慰他似的补充了一句。

董越觉得好笑。

亏他还以为赵玫是因为气氛暧昧才走的，敢情人家是赶回去和老公准备升职大计了。

房间里闷得很，董越换了衣服下楼，脚还是挺疼的，但他现在急于寻找可以分心的事件，反倒不觉得有什么了。

他到各处转了转，见到客户都打过招呼，问了服务员，说沈默在台球室。他朝地下一层走去，刚到台球室门口，就听到里头传来一阵喝彩："好球！"

接着是梁丹宁的声音:"您不用让我。"

"谁让你了,少跟我这儿得了便宜还卖乖。"沈默说。

董越皱了皱眉。

他走进去,见屋里只有梁丹宁和沈默两个人。

梁丹宁看见他,本来要开球的,立马站直了喊道:"老大!"

"嗯,打球呢。"

沈默显然心情不错。"你来得正好,金林生刚被我们打跑了,你正好来填补空缺。"

董越知道金林生,他和沈默是多年好友,前十年一直在河北,是运输、仓储行业大亨级的人物,这两年有金盆洗手的意思,搬来上海还特意跑去和沈默做了邻居。前一阵他家的狗咬了梁丹宁,听说是沈默送梁丹宁去的医院。

本来他也没当回事,后来听杜彼得说,沈默指定要吃排骨年糕,还只有梁丹宁知道那个口味,就觉得不对劲了。

董越不动声色地看了梁丹宁一眼。"没法打球,我的脚划破了。"

他撒了个谎,说是在客房地毯上踩到了玻璃碎片。

沈默一点不意外。"再好的酒店,卫生情况也不会有家里好。踩到玻璃碎片算什么,有的是更恶心的。"

董越说:"有个事,想跟您商量。"

梁丹宁闻弦歌知雅意,立马说:"你们先聊着,我让服务员送个果盘来。"

她一走,沈默就笑呵呵地道:"你这个手下,蛮有意思的。"

董越笑着说:"梁丹宁业务能力不错。"

沈默把球杆随手扔台上。"业务能力不好说,人挺有趣的。"

这对沈默来说,已经是难能可贵的夸奖。

沈默走到茶几旁,喝了口茶。"我听说你们公司还没松口,舍不得给许云天钱?"

董越点点头。"他开价三百万,太高了。"

"还是赶紧答应了吧,他在你们公司那么长时间,手里的把柄肯定不少,花钱消灾。"

"公司的流程不好操作,"董越说,"而且,白德瑞不喜欢被人要挟。"

沈默不以为然。"老外做事情,有时候太死板。为什么非要理解成要挟?许云天给你们公司办了那么多事,脏活、累活、苦活都干过,就因为一个促销员,一件莫名其妙的小事就让人家下去了,也是很委屈的。适当给一点补偿,省得他在外面胡说八道,三百万嫌多,那就坐下来好好谈,不要激怒人家,不然容易破罐子破摔。"

"嗯嗯。"董越对公司怎么处理许云天,根本毫不关心。他挑起话头,不过是想把梁丹宁支走。

"对了,那个赵玫到底是怎么回事?"沈默皱眉问,"我听杜彼得说,白德瑞考虑提拔她当销售总监?"

"嗯,明天咨询公司会给她做高管访谈。"

"亏你们公司想的出来!"沈默嗤之以鼻,"一个女人,你叫她去管市场部、公关部都不要紧。管销售?那么一大群男人,哪个会服她!这些老外啊,成天就知道政治正确,但这种东西,嘴上喊喊就可以了,怎么能影响生意?!"

服务员送了一个大果盘进来,梁丹宁果然没跟来。

董越等服务员离开,才说:"他们不怕影响生意,因为这不是他们的生意,就算是白德瑞,也不过是总部的一个高级打工仔,他跟您不一样,他不会用老板的眼光看待问题。"

"你这句话,说在点子上了,"沈默赞许地看了他一眼,"你觉得这个赵玫,最后上去的可能性有多大?"

董越给自己倒了杯茶。"很大。她先生是瑞景咨询的合伙人,给公司施加了不少影响。"

沈默的手指在沙发上敲着。"我抽个空,去找白德瑞谈谈。"

"谢谢您。"董越说。

沈默又问:"你跟沈星,最近怎么样?"

董越早料到沈默有此一问。"还不错，不过最近太忙了，见面有点少。"

"嗯，我知道你忙，但女人是要靠哄的，"沈默对自己的独生女，也是有点头疼，"沈星比较任性，你多包容她。"

董越点头。"我们每天都通电话。"

"嗯，"沈默点头，"这个周末，你俩来吃饭吧。"

门口，梁丹宁觉得听不到什么更有用的信息，悄然离开了。

有几个客户来找沈默去抽雪茄，董越寒暄了一圈后，慢慢地往回走。他看了看时间，给沈星打了个电话。

铃声响了一会儿才被接起，背景音嘈杂无比，夹杂着乱七八糟的歌声，一听就知道是在KTV。

"喂？"董越皱眉，"沈星？"

"哥！"对面是个谦恭的男声，带着点东北口音，"不好意思啊哥，星姐她正唱歌呢，我替她接一下，要不您等会儿再打过来？"

"你是谁？"

"我是Daniel，哥！"

董越一声不吭，挂断了电话。

他回想自己和沈星恋爱后的一幕幕，家里知道他在跟上海滩大老板的独生女谈恋爱，都慌了，他带着沈星回了一次家后，家里就更慌。妈妈悄悄问他："为什么喜欢沈星？是不是看上人家家境好？"

他连忙否认，说："沈星是个很有性格、很可爱的女孩子，骨子里非常单纯，人也长得漂亮。"

妈妈听完半天没说话，最后也只是说："过日子还是要挑真心喜欢的，别的不重要。"

可见是不信他。

但他俩确实是有真感情的，沈星去董越家时，带了三个名牌包包送给董越妈妈，虽说董越妈妈一个都没有拿出来用过，但沈星是真心诚意准备的。按照董越家乡风俗，因为他俩还没有结婚，董越妈妈特意给沈星收拾了客房，到了半夜里，沈星光着脚摸到董越床上，第二天一早再偷偷溜回去，他俩自以为神不知鬼不觉，但后面两天董越妈妈悄悄提醒儿子，要注意避孕。

长辈其实什么都知道。

然而日子久了，也不知怎么回事，两个人越来越疏远。沈星还是那么喜欢玩，夜夜笙歌，用她的话说，就是"从天亮玩到天亮"，但董越却觉得自己在变化，他越来越厌恶夜店和应酬，更喜欢安静地散散步，聊聊天。

董越回到房间，桌上那瓶伏特加还开着。他又一次翻到赵玫的微信头像，那是一张站在台阶上的侧身照，赵玫穿着一身白色的裤装，长发飞扬而起，只露出半张脸，却能叫人一眼就觉得她好看。

他拿出手机打字——你回上海了？

想了想，又删掉。

第二十八章

赵玫在书房对着电脑心神不宁，反锁上门，给来律师发了条消息："现在通话方便吗？"

来律师几乎是立刻回电："有什么事需要我效劳？"

"我先生明天上午又要出差，我怀疑他还是会和那个女孩一起，你有没有那种调查员？我也不知道是什么职务，就像电视剧里演的那样，那种可以调查一些事，跟踪一些人的……"赵玫说着说着，自己都觉得太荒诞。

但来律师还真有办法。"我知道了，你把你先生的航班号告诉我，还有你家的地址。"

"我不知道他的航班号,但我知道他是飞广州,明天上午的航班,我家的地址我发你微信上,"赵玫又补充一句,"有什么费用请告诉我。"

来律师笑了下,说:"会的。"

赵玫安排完,心里才稍稍安定了些,去客卫草草冲了个澡,躺在客房的大床上,她想她和李东明恐怕真是没机会躺在一张床上了。

赵玫早上被闹钟惊醒时已经九点半了,她一把抓起手机,果然来律师在半个小时前发来了一张照片。

是在机场登机口拍的,没有乔海伦,只有李东明和一个年轻男人。

赵玫一下子放下了心,连天气都仿佛感应到她的情绪,窗外挂着一轮明晃晃的大太阳。

她给自己下了一碗馄饨,美美地吃完,又仔仔细细地化个妆,叫了出租车去公司。

她一进公司就觉得气氛诡异,很多人连说话声音都比平时小了。问了一下才知道,原来是亚太区来了一个调查组,说是为了倾听女性员工的呼声,要约谈上海办公室的所有女性员工。说白了就是想调查除了曾子漪,还有没有别的职场性骚扰事件存在,想来也是公司对付许云天的一步棋——你不是要爆料吗?我们先自查吧!

赵玫记起曾子漪今天要来公司,赶紧让王皓给她打电话,叫她先别来了,在家避避风头。

约谈顺序自上而下,齐幼蓝是中国区职位最高的女职员,排在第一个,赵玫排第二。

赵玫泡了杯咖啡坐等召唤,盘算着可能会被问到哪些问题,想着想着思绪又有点乱,还没等她想明白,齐幼蓝已经出来了,整个办公室的人都望着她。

"怎么样?"赵玫问。

齐幼蓝摇摇头,什么也没说,但表情不太好看。

赵玫特意捧着咖啡进去，工作那么多年，还是头一次被人"审讯"，带一杯咖啡可以看起来不那么像犯罪嫌疑人。

调查组来自香港，据说是许云天事件发生的第二天就接到了这个任务，成员是两个女人，一个看着四十几岁，一个看着三十几岁，全都剪着TVB电视剧里会看到的那种短发，尤其是四十几岁那位，神似徐克的太太施南生。

"我们接受的是你们总部的委托，所以我们的会谈内容是保密的，即便是你们的老板白德瑞也不会知道，请你放心。"四十几岁那位说。

赵玫微微一笑，心想我会信你才怪。

三十几岁的那位负责提问："你在GST已经十年了，十年里有没有遇到过来自男性员工的骚扰？"

"没有。"

"有没有过相关的困扰呢？"

"没有。"

"曾子漩是你的下属，据你所知，除了她，还有其他人遭遇过这种事吗？"

"没有。"

"职场性骚扰的界定，是以女方的感受为准，也就是说，如果你觉得对方的行为让你感到不舒服了，那某种程度上就可以视作是性骚扰，你懂我的意思吗？"

"我懂，没有。"赵玫淡淡地说。

两个女人交换了一下眼色，显然是感受到了赵玫"非暴力不合作"的态度。

四十几岁那位皮笑肉不笑地道："那你怎么看待这次事件？"

"这是一次意外，我也很震惊。"

"你和许云天共事多年，他之前有没有过类似的行为？"

赵玫感到一阵厌恶，说："不清楚，至少我不知道。"

"你为什么对我们的问题那么抵触？"三十几岁的那位问道，"你有什么顾虑吗？"

"没什么顾虑，你们想多了。如果没有其他问题——我还有很多工作，失陪。"赵玫站起来。

四十几岁那位很不甘心，说："你是 GST 中国区为数不多的女高管之一，你的手下有好几百个女促销员，你难道不想做点什么，帮帮其他人吗？"

赵玫淡淡地说："高管就高管，没必要强调女高管，促销员就促销员，不用提什么女促销员，你们区分得越清楚，带来的麻烦只会越多。"

"什么意思？"

"意思就是——算了，我先出去。"

"你说说看。"四十几岁那位一脸期待，这个女人总算多说了几个字，怎能轻易放她走。

"你们来调查女员工有没有被骚扰，为什么不去调查下男员工，有没有骚扰过别人呢？"

三十几岁的那位怔了一下。"那谁会承认？"

"是啊——谁会承认？"赵玫讥讽地笑笑，"你们问完女员工，他们难道就会承认了？"

她拿起咖啡杯走出去，发现财务部女经理在等着。

她跑去找齐幼蓝，齐幼蓝看到她说第一句话是："你现在知道我的感受了吧？"

赵玫苦笑道："这样搞不会找到罪犯，只会发现傻子。"

"我刚还在跟白德瑞说这件事，他也没办法。"

"理解，"赵玫点头，"总部要来中国区调查女员工的生存状态，他既是老板，又是男人，肯定没法拒绝。"

齐幼蓝"嗯"了一声，说："你是明白人，不反感就好，"她又话锋一转，"访谈安排在隔壁酒店的会议室，等下我把预约号发给你。"

赵玫没想到访谈地点居然不在公司内，看来还是不想引人注目，也侧面说明了老板们还未下定决心。

但那又怎么样，她本来都不在候选人之列，现在能进入老大们的眼帘，并开始认真考察她，就是巨大的胜利。

赵玫把昨晚李东明给的材料又过了一遍，看时间差不多了，动身前往双子星大厦隔壁的五星级酒店。

大堂经理殷勤地送她进电梯，她在电梯门开的一刹那深呼吸，踌躇满志地朝会议室走去。

会议室里坐着一个女孩，背对着靠走廊的落地窗，正在笔记本电脑上敲打着，李东明说过，是一个级别不高姓徐的分析师。

咨询公司的访谈者只负责提问，将被访谈者的回答记录下来，带回去分析出报告即可，不会掺杂个人意见，所以什么级别的人不重要，也不需要有任何应酬寒暄。但赵玫做了那么多年的促销工作，深知阎王好见小鬼难缠，越是级别低的人，越要尊重对待。

赵玫推开门，脸上同时扬起一个亲切的笑。"你好。"

女孩闻声站起来，她的一头大波浪盘了起来，露出一截白皙粉嫩的脖颈，衬衫领口露出梵克雅宝的四叶草吊坠，白色贝母的材质，中间镶嵌一颗小小的钻，在深邃山谷的上方颤巍巍地摇晃。

"赵总您好。"女孩甜甜一笑。

赵玫看清那张脸，笑容瞬间凝固。

她万万没想到，来给她做访谈的分析师，居然会是乔海伦。

第二十九章

赵玫望着乔海伦伸向自己的手，一时之间有些恍惚。

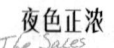

这是个局吗？

她知道自己是李东明的妻子吧？她来访谈自己是无意的还是有意的？如果是无意，她脸上的表情怎么那么自然呢？一个小三儿看见原配，不应该那么淡定吧？不对啊，李东明不是说那分析员姓徐吗？怎么变成乔海伦了呢？

....

问题太多，她来不及细想，鬼使神差地伸出手，和乔海伦胡乱地握一下。

"我们见过的。"乔海伦微笑。

赵玫挑眉，没想到还有这个开场白。"哦？"

乔海伦说："之前有次饭局，您来找李总，我看见您了。"

赵玫知道她说的就是御景轩那次。"是吧，不太记得了。"

乔海伦意识到赵玫对这个话题不感兴趣，不以为意地笑笑。"那我们进入正题吧，我有一些问题问您，如果您觉得问题不合适，也可以随时打断我，或者拒绝回答，都可以。"

"你请问。"赵玫冷冷地说，身体往后靠。

不管这个局面是有意还是巧合，乔海伦肯定知道赵玫是李东明的妻子，但她不知道赵玫已经知道她和李东明的关系。

赵玫望着年轻女孩，感觉自己的怒气正一点一点地往上蹿，她打开一瓶矿泉水，连着喝了好几口，借着水的凉意让自己冷静。

先把访谈做完，不要影响大局。事业为重。赵玫对自己说。

访谈的问题是围绕一个管理者应有的素质设计的，既有对管理者价值观、世界观的观察，也有从 GST 自身业务角度出发的考评，还有对宏观经济和世界政局的看法，堪称包罗万象。

"当您在考虑困难和挑战的事情时，真正挑战您的是什么？"

"关于领导力的提升，您认为您真正需要突破和跨越的是什么？"

"您目前正在做的事情，会给您带来哪些价值？"

"要很好地完成公司对您的要求，您觉得需要有哪些能力？您目前已经具备哪些能力？还需要发展或培养哪些能力？"

……

赵玫刚接受过李东明的辅导，对这些问题都胸有成竹，扬长避短，侃侃而谈。

乔海伦的 IBM 电脑上，红色小灯一闪一闪，把赵玫的回答全都录了下来。

"作为一名已婚女性，您打算怎么平衡事业与家庭？"终于迎来了这个老掉牙的问题。

赵玫微微摇头，说："你们应该废除这个上过热搜的问题。"

乔海伦说："您的建议我会记下来，不过还是请回答一下。"

赵玫说："我不用平衡，我没有孩子，可以完全掌控我的时间。"

乔海伦接着问道："那在未来五年内，您有生育的打算吗？"

"没有。"

"请说一下理由。"

赵玫脸色一寒。

尽管李东明说他们也会问男性候选人同样的问题，赵玫还是指出，这个问题本身充满了恶意。

赵玫自己准备的答案是："我不能承担养育一个孩子的责任，风险太大，责任太重。"李东明觉得这个答案会让人觉得她不愿意扛重任，同时厌恶风险。

"因为养育孩子的投入产出比很差，"赵玫说出李东明设计好的标准答案，"我自己还有很多梦想要实现，我更希望将有限的关注集中在自己身上。"

乔海伦笑着点点头。

赵玫觉得乔海伦的五官也没有多好看，但她拥有难得一见的漂亮胸部。

胸大的女孩通常只在穿低胸衣服的时候才美艳性感，穿西装和衬衫都会看上去像奶妈。但乔海伦的这对胸脯在离锁骨还有五厘米的地方奇怪地停止了发展，这就确保了她的背看上去依然瘦削，她还有一对漂亮的直角肩。

是个尤物。

赵玫想宰了李东明。

乔海伦又问她："假如您能平静、平和地面对任何事情的改变，您将会创造怎样的人生？"

多好的问题。

赵玫直视她的眼睛，慢慢地说："没有假如，我就是能平静、平和地面对任何事情的改变，以及我会创造没有遗憾、没有后悔、问心无愧的人生。"

乔海伦合上了电脑。"访谈就到这里，抱歉占用您的时间，很高兴见到您。"

她又和赵玫握手。"您很优秀。"

赵玫扬起眉毛。

乔海伦又补充一句。"我的意思是，您会是一名非常出色的女性管理者。"

赵玫想一巴掌甩到她脸上。

赵玫趁乔海伦转头穿外套的时候，飞快地拍了一张照片。

乔海伦一走，赵玫就把照片发给了来律师，还未来得及打字，李东明的电话就来了。

"结束了？感觉怎么样？"李东明问。

他是装傻还是真不知道？

"就那样吧，都在你给的参考问题范围内，"赵玫忍着不发作，"不过，来的分析师不姓徐，而是上次在御景轩碰到的那个女孩，你不是说她被裁员了吗，为什么还在？"

这属于合理怀疑，不问才会令人奇怪。

"有些变动，公司又有一些新的业务想法出来，"李东明快速地说，"不需要一次砍掉那么多岗位。"

"是吗？"赵玫撇了撇嘴角，"原来如此。"

挂断电话，赵玫回想了下李东明的语气。

紧张，他分明是紧张了。

看来李东明不知道乔海伦会来给她做访谈。也对，他没有那个必要，也没那么无聊。

李东明确实没那么无聊，他收到乔海伦的消息，说是刚给赵玫做完访谈，顿时急得快要疯了，等不到会议结束就提前离开，快步走到无人的安全通道，先给赵玫打了个电话探口风，听到赵玫那头一切正常，稍微放了心，才打电话联系乔海伦。

"你在搞什么？你不是说今天要去听两个会吗，为什么会去给赵玫做访谈？"李东明对着电话低吼。

"徐盼突然请假了，他们临时叫我去的，"乔海伦解释，"我接到通知的时候，你还在飞机上，我也没有办法。"

李东明不信。"那你也可以给我留言，你为什么不给我留言？"

乔海伦说："我算了算时间，你下飞机看到留言，访谈也已经开始了，你要是一着急给我打电话，赵总也在场，反而容易出问题。"

"真的？"

"当然是真的，你以为我想去吗？"乔海伦委屈地反问，"我也是全程胆战心惊好不好？"

李东明吃不准乔海伦的话是真是假，冷哼一声，说道："以后GST的项目你别碰了，离他们远点。"

"好。"乔海伦乖巧地答应。

"这样……你现在就到广州来。"

"现在？"乔海伦惊讶道。

"对，就是现在，立刻给我飞过来。"李东明不由分说地下命令。

李东明挂了电话，感觉额角一阵生疼。

他和乔海伦这样的关系，对一家大型的咨询公司来说是再寻常不过的事，男女同事一起出差，白天是一条战壕里的战友，晚上难免会出现在同一个房间。当然也发生过被原配当场抓包又哭又闹的事情，但事态到了那个地步，就是愚蠢了。

李东明对自己是有要求的：可以好色，可以玩，但不能出圈，不能让这种事影响工作和家庭。

以前他一直很欣赏乔海伦，觉得这个女孩虽然年轻，但很聪明，又很通透，知道什么可以要什么不可以要，谁知道她居然跑去给赵玫做访谈，这是第一次，事情的走向脱离了他的掌控。

几乎是本能的，李东明从这件事上嗅到了一股危险的气息。他决定重新观察乔海伦，如果这个女孩别有用心，那必须坚定不移地铲除。

第 三 十 章

赵玫在名叫外滩夫妇的西餐厅等梁丹宁，绿色的丝绒沙发，她穿了一身白，坐在那里，像是草地里开出的一枝玉兰花。

梁丹宁还没到，赵玫有些无聊地看着手机，李东明给她发了一个链接，是个杭州郊外的度假酒店。

李东明："这地方不错，找时间去？"

赵玫干巴巴地回复他："再说吧。"

赵玫打开包，从侧袋里找到乔海伦的名片，点开微信用手机号查找好友。

乔海伦的头像是一张她背影的照片。她穿一身运动服，坐在高高的山坡上，面前是一片蔚蓝色的海湾，有点像挪威，也有点像澳大利亚。她的长发在风中扬起，很有感觉。

赵玫轻轻点击"添加好友",耐心地等着通过。

梁丹宁提着 Birkin 像风一样走进来,赵玫眼前一亮,说道:"咦,你拿出来用啦?"

"今晚有个高端局,拎出来配衣服。快说正事,到底怎么回事,那女的怎么敢找你?"

"不知道,可能是故意,也可能是巧合,"赵玫这会儿已经很平静了,"但有两点可以肯定,她知道我是李东明的老婆,她也知道自己是小三儿。就这样还能跑来见我,还能镇定自若地问我问题,这算什么?"

"挑衅?"

"有可能,"赵玫回忆着乔海伦的眼神,"说不定她心里在想'我分享了你的老公,我知道你的一切,但你却蒙在鼓里'。"

"你这脑补得挺好。"梁丹宁翻翻菜单。

"你是没看见她的表情,充满优越感。"

"这算什么呢?睡了你老公后,特意来看望你?"梁丹宁的表情滑稽,"吃了一颗好吃的鸡蛋,特意去看望一下下蛋的母鸡?"

"扑哧!"赵玫一口气泡水喷在桌面。"梁丹宁,你要笑死我!"

"让你高兴高兴嘛,不喜欢看到你愁眉苦脸。"

赵玫擦擦嘴,说:"我还约了来律师。"

"你想干吗?提前跟李东明摊牌吗?"

"我真的特别想跟他摊牌,你真不知道,她给我做访谈的时候,好几次我都恨不得把桌子掀了,"赵玫喝口茶,"我是特意请来律师的,希望他能让我冷静一点。"

来律师很快就到了,赵玫已经和他正式签署了委托协议,他现在全心全意为赵玫服务。

赵玫特意开了一支红酒,把来龙去脉讲了一遍,最后看着来律师说:"我真怕我这么憋着,会得抑郁症。我想过了,大不了鱼死网破。如果他跟我扯皮,我就把他的丑事宣扬出去,给他们公司从上到下群发邮件,再给他买一周的热搜,让他比许云天还红。"

来律师哈哈大笑着说:"这个威胁确实有杀伤力,但我还是想劝你再等两天。"

他从包里拿出一份文件递给赵玫,是一家名叫明高科技的公司资料,赵玫翻了翻,看到股东那一栏里李东明三个字,他占了百分之三的股份。

"我们刚结婚那会儿,好像听他提起过这家公司,但我还真不知道他有股份。"

来律师点点头,说:"你们结婚的时候这家公司刚刚创建,那时或许他也没放在心上,但现在却不一样了,有一家上市公司想要收购明高科技,估值约五个亿。"

梁丹宁飞快地算了算,说:"那百分之三就是一千五百万。"

"如果你现在提离婚,他有很多办法可以处理这笔股权,毕竟收购还没有谈成,对不对?"

赵玫放下文件,说:"明白了,那收购什么时候谈成?"

来律师说:"我跟上市公司内部的人打听了,一个月内应该就能有结论。"

他又补充道:"当然,如果你会憋出抑郁症,那这些钱也可以不要。"

"我要的,"赵玫赶紧说,"有了这些钱,我应该不会得抑郁症了。"

梁丹宁直笑。

赵玫举起高脚杯。"一个月,不管我有没有升职,也不管明高科技有没有被收购,我都跟他摊牌。"

大家碰杯,赵玫下了决心,情绪也好多了。来律师说起笑话,他去某个女客户家了解情况,女客户打开衣帽间一个巨大的柜子,里面放满了各种各样的礼物,有包包,有珠宝,琳琅满目,都很值钱,全是女客户的先生送她的。

来律师以为这些代表了曾经的爱,感慨地说:"看来都是 I love

you gift（我爱你的礼物）啊!"

女客户说:"屁咧,都是 I'm sorry gift（我对不起你的礼物）好吗?"

赵玫和梁丹宁笑得前仰后合,正高兴着,梁丹宁接到梁薇的班主任老师打来的电话。"薇薇的爸爸来学校了,说要接薇薇。"

"什么?!"梁丹宁一下子就站了起来,"您千万别让薇薇跟他走,我这就来。"

她急得嗓音都高了八度,整个西餐厅都安静了,所有人全看着她。

班主任老师说:"我让薇薇留下来做卷子,但他还在外面等着。"

"我这就来。"

梁丹宁脸色铁青地放下电话,赵玫已经招手叫服务员了。"埋单,我已经叫车了,五分钟就到,我陪你去学校接薇薇。"

来律师主动说:"今天我请,你们快走吧。"

梁丹宁也不矫情。"谢谢了,那我们先走了。"

她和赵玫匆匆上了车,直奔梁薇的学校。到学校后,跟校门口保安打了个招呼就往里走,在教学楼门口看见姚晓辉双手插在裤子口袋站在那里。姚晓辉看到她们,说:"这不是赵玫吗?咱们好久不见啊。"

赵玫淡淡地笑着说:"是,好久不见,最近在哪儿高就啊?"

"我能高什么就,低就都不行,就瞎混,跟你不能比。"姚晓辉笑得阴阳怪气。

从和梁丹宁谈恋爱起,他就不喜欢赵玫,总觉得赵玫看不起自己,用他的话说,就是"不是一个世界的人"。

赵玫也不想跟他多说什么。"你俩说吧,我先去个洗手间,这上头有吧?"

梁丹宁说:"二楼拐角就是。"

她说完冷冷地看向姚晓辉。"谁让你来接我女儿了?赶紧走。"

姚晓辉冷笑着说:"我凭什么走啊?你搞搞清楚,那也是我女儿!"

梁丹宁"呸"一声,说:"我女儿早就和你没关系了。"

"你说没关系就没关系?"姚晓辉一脸讥讽,又望着梁丹宁手里的包,"咦,这是不是就是那A货啊?看着还挺好看的,你上次不是说要给我?那你给我吧。"

梁丹宁脸色一沉,说:"你现在想要,晚了,我已经用了。"

她此刻万分后悔把这个包拎出来,这个包何止招摇,简直找事。

"我就知道这是个真货,"姚晓辉冷笑一声,"既然挣着钱,就借我点呗?"

梁丹宁寒声道:"要钱没有,要命一条。"

"那算了,"姚晓辉吊儿郎当地说,"那我接薇薇放学,带她去吃汉堡。"

梁丹宁气得恨不得上去打姚晓辉两下。"姚晓辉,你口口声声说薇薇是你的女儿,但你是怎么对她的?你为了钱这么利用她,你真觉得你配当她的爸爸吗?"

姚晓辉死猪不怕开水烫。"配不配都是我们父女俩的事,你管不着。"

"哈!"梁丹宁冷笑道,"我是管不着,但薇薇已经大了,她很懂事,你的所作所为,她都看在眼里,记在心里,她恨着你呢。你别在这儿嘚瑟,总有一天,你老了,病了,走不动了,你会需要她的,你觉到时候她会照看你吗?她要是多看你一眼,我梁丹宁跟你姓!"

这段话太狠,姚晓辉顿时咬牙切齿道:"我女儿跟我不亲,那还不是你给她灌输的?梁丹宁我告诉你,就冲你说的这些话,我今天还就非得见到薇薇不可,我就要接她放学,带着她去玩,去吃饭,培养父女感情,不让她总被你和你那个妈洗脑!"

他见梁丹宁脸色难看,更加得意。"你别想赶我走,我今天就不走了,这是法律赋予我的权利。"

"你——!"

梁丹宁扬起手,被姚晓辉一把抓住。"干吗?你还想打我啊?"

梁丹宁的电话响了,她甩开姚晓辉,接起电话。"喂……现在吗?"她看了姚晓辉一眼,"知道了。"

说完一声不吭转身就走。

姚晓辉莫名其妙地留在原地,过了一会儿明白过来了,暗叫"不好",赶紧往教学楼上冲,一边跑一边喊"梁薇"的名字,可哪里还有人回应他。

必胜客里,梁丹宁看到赵玫和吃着比萨的梁薇,终于长吁一口气。

"你缓缓,没事了。"赵玫递给梁丹宁一杯水。

原来赵玫到二楼上洗手间,看到梁薇和班主任就在隔壁教室,灵机一动,走过去自我介绍了一下,梁薇认识她,她又当着班主任的面和梁薇的外婆打了视频电话,得到梁薇外婆确认后,赵玫带着梁薇从教学楼另一侧楼梯离开,上了车才通知梁丹宁。

梁丹宁对赵玫感激不尽。"你这招可太灵了,我都能想象得到姚晓辉那张脸,他肯定气疯了。"

赵玫摇头道:"这都是权宜之计,躲得过初一躲不过十五,还是得想想有没有什么一劳永逸的解决方法。"

梁丹宁苦笑着说:"不可能有一劳永逸的办法。"

"有的,"梁薇边喝可乐边说,"我快点长大,到十八岁,我就可以和我爸说,让他别来看我了。"

"你好厉害啊薇薇!"赵玫对小女孩刮目相看。

梁薇有点害羞,又说:"你才厉害,你像《三国演义》里的诸葛亮。"

梁薇此时已经把赵玫当成偶像了。

赵玫笑起来。"你都看过《三国演义》了,阿姨到现在都没把《三国演义》看完。"

梁薇一本正经地说:"阿姨你不用看了,人的时间是有限的,你已经都会了,可以把时间用到更值得的地方。"

赵玫哑然。"梁丹宁,如果谁能保证我的孩子也能像薇薇这样,那我愿意生一个。"

梁丹宁笑着道："你的基因那么好，你的孩子不会差的，不过——"

不过她现在和李东明走到这个地步，肯定不会考虑生孩子了。

梁丹宁送梁薇回家，赵玫不想回家，也懒得巡店，想想自己好久没回娘家了，就在路边水果店买了一个水果礼盒，打车去春天小区。

一进棋牌室就听到老妈的声音："要死了，今天的手气一塌糊涂。"

赵玫走过去，叫了声："妈。"

老妈看见她，赶紧道："你来得正好，帮我摸张牌。"

赵玫随手拿一张。

"哟，这张可以，还是你手气好。"老妈美滋滋地把那张牌插进牌堆里。

棋牌室里不少人不认识赵玫，看她气质高雅，纷纷调侃赵玫老妈："想不到你能生出这样的女儿。"

赵玫也不催老妈，叫棋牌室老板娘将那盒水果洗好切了，插上牙签端到牌桌旁请众人吃，这下好评度直接爆表，人人都夸赵玫老妈生了个孝顺女儿，享女儿的福，便是老妈提前结束牌局，也没人怪她了。

老妈一出棋牌室的门，脸就黑了。"那么贵的水果，你就请人家吃，我一晚上也赢不回来。"

"几个水果能买那么多面子，划算的。"赵玫慢悠悠地问，"我爸呢？"

"他在另一家棋牌室，这老东西毛病多，还不肯跟我在一家打牌，我就说他是不是在那家轧姘头了，生怕我坏了他好事。"

母女俩去另一家棋牌室领回老爸，赵玫仔细看了看，确认这一屋子老太太没有谁会看上自己老爸。

一家三口回到家，老妈劈头就问："你是不是被公司开除了？你不要骗我，那个视频我看到了，就你讲的那些话，你们老板肯定不能饶了你。"

老爸说:"开除就开除,回家来总归有你口饭吃,我和你妈退休金加起来有一万多。"

赵玫哭笑不得,心里却也暖暖的。她把近况说了下,爸妈听到她非但没有被开除,反倒要升职,明显松了口气。

"说明你有本事,"老妈得意道,"小时候就有个老道士给你算过命,说你命里带贵人,逢凶化吉。"

赵玫拿了张银行卡,交给老妈。"这张卡是之前我用你名字开的,里面有些钱,先放你这儿,你帮我保管。"

"哦,怎么突然给我保管?"老妈警惕性很高,"你跟李东明出问题了?"

"没什么问题,这是我的私房钱,"赵玫淡淡地说,"放你这儿我比较踏实。"

在老妈家安放好钱财,又闲聊几句,赵玫告诉爸妈,明天要去公婆家聚餐。赵玫老妈告诉她,李东明妈妈又私下打电话过来,叫亲家给赵玫做思想工作。

"你能理她才怪。"赵玫深知老妈脾性。

"我是不理她,但我也是客客气气讲道理的,"老妈说,"我跟你婆婆讲,我生你的时候,疼了两天两夜,你还是不出来,又被拉到手术台上再来一刀。你出来是个小姑娘,我当时就想,完了,我女儿也要吃这种苦。所以告诉她不要再叫我劝你,我肯定是不劝的。你和李东明两个人,都是有文化、有社会地位的人,要不要生孩子,你们俩自己能够做决定。"

赵玫老爸也附和:"话说回来,虽然我和你妈也想抱外孙,但我俩自己人知自己事。我俩都是贪玩的人,你生了孩子,我们肯定要帮你带,那麻将肯定就打不成了,想想也不划算,所以也不去催你。"

"胡说八道什么!"老妈狠狠一记眼刀过去,"什么叫不划算?"

赵玫老爸赶紧找补。"不过,你真生了孩子,我们还是要来帮忙的，就是……就是有点舍不得打麻将。"

"你个老十三点！"老妈气得直骂人，"你去打麻将吧，赵玫生了孩子，我去带，我可以不打的！"

老爸闷哼一声。"你就是嘴硬，瘾头比我还大。"

赵玫却很开心，她一瞬间明白了很多事情。

虽然老爸老妈没怎么给她做过饭，沉迷于打麻将，但因此他们也没有给过她任何压力与负担。而在关键的问题上，他们却总能客观公正、明辨是非，用最朴素的语言讲出最明白的道理，他们可以诚实地面对自己的纠结，并最终做出选择，站在自己女儿这一边。

这是世界上她最能信赖的两个人。

"妈妈我爱你！"

赵玫抱住老妈，在她脸上亲一口，又去亲老爸。

"算了，算了。"老爸吓得要逃，被赵玫拉住，强行亲了一下，一张保养得其实不错的脸上既尴尬又喜悦。

这一趟回娘家很放松，坐在出租车上，赵玫甚至跟着电台哼了几句歌，她打开手机，刚想看一下朋友圈，忽地眼皮一跳——真实世界的烦恼席卷重来。

乔海伦通过了她的好友请求。

乔海伦："嘿。"

后面还有一朵红玫瑰的表情。

赵玫没有立刻回复她，而是点开乔海伦的朋友圈。

12月1日：

在酒店楼下意外发现一家 SIS，选了一套娇兰，店员请我拿着盒子拍张照？？？听说可以打折就痛快地同意了！

配图里的乔海伦穿着一身粉蓝色的西装，头发利落地绑成一个低低的马尾，是标准的白领丽人。

11月30日:

忙碌搬砖的一天,心情复杂。双子星楼下的咖啡意外地好喝。

配图是一杯咖啡,上面有漂亮的拉花,是双子星大厦斜对面的一家网红咖啡馆。

看时间,是她给赵玫做完访谈之后。

你心情复杂些什么?赵玫想着冷哼一声。

朋友圈只有两条内容,乔海伦设置了"三天可见",看不到更前面的。

赵玫查到叫SIS的美妆店在广州,也就是说,乔海伦正和李东明在一起?

赵玫轻轻地咬住嘴唇,凝视着窗外,隔了很久,才回复乔海伦:"你好。"

Part 4

乔海伦的朋友圈

到了你现在的层级,就是不分性别地厮杀,
你将面对的是无差别进攻,没有人会因为你是女人而手下留情。

第三十一章

第二天上午,李东明下飞机就直奔父母家。

他从广州带了不少东西,大包小包的,拎进门,全是花胶、海参之类的上等食材,还刻意说:"都是赵玫特意关照我买的。"

"哦,那谢谢赵玫,"李东明妈妈干巴巴地道了个谢,紧跟着话锋一转,"其实你们没必要买这些东西,真的要是心里有我们老两口儿,赶紧生个孙子给我抱抱,我就知足了。"

李东明全盘揽下责任。"都是我的错,最近实在是太忙了。赵玫来了吗?"

"来了。"李东明妈妈一眼看出儿子心里只记挂着老婆,没好气地翻个白眼,提着东西去储藏室。

赵玫穿着卫衣,拿着抹布在客房东擦擦,西抹抹,看见李东明也只是淡淡地说一句:"来了。"

李东明笑容满面。"怎么突然这么勤劳?"

赵玫懒洋洋的。"谈不上勤劳,尽点本分。"

"你看这是什么?"李东明拉着她的手去摸自己的西裤口袋。

赵玫吓一跳。"喂,干吗那么猥琐——"骂到一半停住了,她从李东明口袋里掏出一个红色的盒子,"这是什么?"

"你打开看看?"

盒盖上有名字,不打开也能猜到。里面是一块卡地亚经典款镶钻手表。

"送你的。"

赵玫看着闪闪发光的钻石。"今天是什么日子？干吗送我东西？"她想起来律师的笑话，究竟是"我爱你"，还是"对不起"。

"庆祝你踏上征途，"李东明在赵玫脸上亲了一下，"你的评估报告出来了。"

赵玫眼前一亮。"是吗？把我评估成什么样了？"

"乍一看特别客观，再一看全是好话。你们老板看到这份报告，再不提拔你，就是眼瞎。"

李东明拿出那块漂亮的手表，校准时间，替赵玫戴上。

"为什么是手表？"赵玫问。

"我认为你会喜欢手表，"李东明说，"项链、戒指那些太强调女性了，到了你现在的层级，就是不分性别地厮杀，你将面对的是无差别进攻，没有人会因为你是女人而手下留情。"

他认真地系着表带。"手表象征着对时间的掌握，象征着权力，更适合现阶段的你，寄托了我对你的期望。"

赵玫：……

"怎么了？"李东明看向赵玫，"干吗这么看着我？"

"被你打动了，"赵玫似笑非笑地看着李东明，"你的口才可真好。"

"我是发自肺腑的。"

"你这么好的口才，不做传销有点可惜啊。"

李东明无语。"我对你掏心掏肺，你就这么说我！"

"出来洗手吃饭！"李东明妈妈在外面嚷嚷。

"来了！"赵玫把手表摘下来，放回盒子里。

李东明跟在她后面，低声嘱咐："一会儿饭桌上别跟我妈计较，她一个月也就见着我俩一回，反正她一时半会儿肯定抱不上孙子，你就让她过过嘴瘾。"

李东明爸爸做了满满一大桌菜，以海鲜、蔬菜为主，赵玫吃了一口，连咸味都尝不出来，李东明也一脸嫌弃："爸，你这是忘放盐了吗？"

他爸不吭声，瞥老伴一眼。

李东明妈妈说:"特意让你爸少放盐,太咸了对身体不好,你们天天在外应酬,不知道吃了多少有害物进去,想要备孕就必须从现在开始调理身体。"

赵玫说:"我暂时不辞职了。"

李东明妈妈一愣。"为什么?你那个发言不是把你们公司得罪得挺狠?"

"是啊,但没想到我们公司认识到了自己的错误,又请我回去了。"

李东明妈妈一时无语,想了想没好气地说:"虽说你们公司知错能改善莫大焉,但这个行业不适合育龄女性,就算不生孩子,为了自己的身体,也不能那么喝酒,我认为你应该换个行业,食品啊,化妆品啊,都可以,酒精是一级致癌物⋯⋯"

李东明一听苗头不对,赶紧踩刹车。"妈,话不能那么说——"

"你闭嘴,"李东明妈妈早就看透了,"没你的事,我和赵玫说话呢。"

赵玫不紧不慢地说:"其实我也不是不想换工作,可惜工作不好找啊。您不知道,最近到处都在裁员,李东明他们公司就在裁员。"

这下李东明爸妈紧张了,一起看向儿子。"你们公司在裁员?"

"哦,是,不过裁不到我身上。"李东明奇怪地看了赵玫一眼。

赵玫却说:"你也别太大意,跟着你的那个女分析师,不就差点被裁了?"

她绘声绘色地对公婆说:"我见过的,是个非常漂亮的女孩子,人也很灵巧,李东明出差去哪儿都带着她。"

李东明全身汗毛都竖起来,忙说:"就是个下属,一起出差而已。"

李东明妈妈吁了口气。"噢哟,一起出个差,被你说得这么暧昧。"

"是挺暧昧的呀,"赵玫夹了一块排骨,"她还在酒桌上给李东明擦嘴呢,我亲眼看到的。"

李东明爸妈顿时一起瞪向儿子。

李东明赶紧解释道:"人家就是随手帮忙,你们别瞎想。"

赵玫也说:"对对对,你们别瞎想,当时就是李东明替那个女孩挡酒,她表示感激,才给李东明擦了擦嘴。"

李东明爸妈你看看我,我看看你,都不知道怎么接话,隔一会儿李东明妈妈小心地问了句:"那这个女孩,最后到底裁没裁?"

"没有没有!"赵玫赶紧放下筷子,"前天还来我们公司给我做高管访谈,我才知道她算是逃过一劫。"

李东明爸爸说:"没被裁就好,不然也是可怜。"

李东明妈妈却不以为然。"有什么可怜?优胜劣汰很正常,不合适的人就应该淘汰掉。"

"妈你说得太对了,"赵玫笑嘻嘻地说,"有些人根本不值得可怜,不合适的人就应该淘汰掉。"

李东明妈妈被儿媳一捧,更加起劲。"对啊,我一听你们说这个女人的情况,就知道是那种成天只知道讨好上级领导,没什么真本事的人。这种人,放在以前我们那个时代还能混混,现在的社会根本不行。你别看她眼前逃过一劫,她这是躲得过初一躲不过十五,早晚要丢饭碗。"

李东明妈妈说完,又严肃地提醒儿子:"东明,你也要注意,不要被花言巧语迷惑,要用有真才实学的人。"

李东明额头青筋直冒,只能点头。"我知道的……爸,这汤真的太淡了,没法喝,我得加点酱油。"

赵玫望着李东明狼狈不堪地逃往厨房的背影,嘴角弯了弯,总算有点解气。

李东明妈妈难得与儿媳妇一唱一和,这催生的话就有点说不出口,一顿饭终于安静吃完。

李东明心有余悸,正想找机会试探一下赵玫的口风,李东明妈妈在房间里喊他:"东明,过来帮我看看,我这手机怎么不亮了?"

李东明到父母房间一看,手机简直不要太正常。

"妈,你又要干什么?"李东明叹口气,"一家人能不能别总搞得

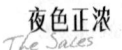

跟特务工作似的？"

李东明妈妈用监考的目光直视儿子。"你和赵玫，没出什么事吧？"

"没有！"

"真没有？那她为什么突然说起那个女孩，那个女孩到底什么来路？跟你什么关系？"

李东明烦躁得要命。"我不是说了吗，就是个普通下属，我们就是上下级关系。"

"那为什么赵玫的语气阴阳怪气的？"

"上次她看到人家给我擦嘴，心里不舒服，我以为都过去了，谁知道她记到现在。"

"那你为什么去哪儿都带着她？"

"什么叫去哪儿都带着她，"李东明叫屈，"她是我这个组的分析师，她给我做项目，我当然要带着她，我不但带着她，还带好几个人呢！你别听风就是雨行不行？"

李东明妈妈将信将疑道："我虽然退休了，但我的学生在各行各业，他们会告诉我很多事情，我知道现在外面的诱惑很多，你要把持住。男人事业做得越是好，后院就越是不能起火，否则更加牵扯精力，为了一时的欢愉牺牲长久的稳定，是得不偿失的。赵玫虽然没什么好，但她是你的妻子，你不要做对不起她的事。"

"我没有，"李东明恨不得对天发誓，"我真的没有。"

"没有最好，"李东明妈妈平静地说，"有则改之，无则加勉。"

说完李东明妈妈先走出去，见赵玫在厨房洗碗，忙过去抢下洗碗布。"你不要洗碗，放在那里，爸爸会洗的，"又叫儿子，"家里芡粉没了，你和赵玫去超市帮我买一包。"

"好嘞！"

李东明心想老妈这几十年的班主任真不是白当的，每一句话都犀利洞彻，警钟长鸣，一举一动都有深意，可见智商随妈是对的，否则他的事业不可能这么玩得转。

两个人刚下楼，李东明就问："你刚才怎么了？"

赵玫装傻："什么怎么了？"

"吃饭的时候，好端端的说那些干什么？"

赵玫翻个白眼。"你妈一门心思催我生孩子，我总得找点话题转移她的注意力。"

"那你就非得用这种事转移注意力？"

赵玫笑着说："你妈除了在意孙子，就只在意儿子了，我只能拿你来挡枪，别人她关心谁？"

李东明皱着眉。"挡枪也有很多别的话题。"

"我说李东明，你是不是有毛病啊，"赵玫停下脚步，瞪着他，"我就随便说，你那么紧张干什么，还是说你就是心里有鬼啊？说，你和那个乔海伦，是不是真有什么问题？"

李东明一看赵玫咄咄逼人的态度，顿时放心了——说明她什么都不知道。

"我和她能有什么问题，你别瞎想，更别瞎说，人家小姑娘还没结婚呢。"

"哈！"赵玫冷笑一声。

李东明又去拉她胳膊。"姨妈同志走了没有？今晚——？"

赵玫一把甩掉他。"没走，准备常驻了。"

第 三 十 二 章

"赵总。"曾子漩敲门，探头进来。

"有事？"

"您的快递。"曾子漩送进来一个纸袋。

赵玫打开，里面是两盒花园饭店的饼干。她知道这款白脱葡萄干饼干，是最近大热的网红产品，再看快递单上的寄件人，居然是李东明。

"我不吃饼干，"赵玫对曾子漩说，"你帮我拿出去给大家分了吧。"

"哦哦。"

曾子漩拿了饼干，并没有立刻出去。"赵总。"

"怎么了？"赵玫有一丝不耐烦。她现在心情不好，不希望有人在眼前。

"我想请你给我一些事情做。"

"你没事做吗？"赵玫皱眉。

"没有，"曾子漩一脸苦恼地摇头，"你什么事情也没让我做，就连这个快递，都是我从前台那里抢来给你送的。"

赵玫倒是被她逗笑了。"你想做什么事情？"

原本赵玫的级别是不需要带助理的，但齐幼蓝为了召回曾子漩，强行给她发了个助理的头衔，这个职位之下既没有实际内容，也没有发展规划。说实在的，以曾子漩的学历和经历，她也很难在GST内部有什么发展。

"我想做数据分析，"曾子漩还真想好了，"我做这个比较有信心。"

赵玫愣了下，在她的印象里，促销员通常对自拍、晒小红书比较有信心，还是头一次听说对数据分析有信心的。

曾子漩从包里掏出一沓纸。"这是我目前取得的一些成绩。"

赵玫接过来一看，是一个PPT的打印稿，标题是《2019—2022年夏夜商业价值分析报告》。

"夏夜？"

"就是那个……夏夜。"曾子漩小心翼翼地说。

"我知道夏夜，"赵玫虽然不追星，但眼下当红的一线小生的名声还是听过的，"你为什么要做他的商业价值分析？"

"我当过夏夜的站姐,"曾子漩解释道,"这个报告也不是瞎做的,已经被夏夜的团队拿去用了。"

赵玫粗略地翻了翻这份报告。"这是娱乐圈的东西,和我们行业没有关系。"

曾子漩说:"我还能拿到蚕茧的销售数据。有一次上班之前,我和几个销售吃饭,听到他们在说店里总是乱报销量,公司为此很头疼,他们拿不到真实数据。我能拿到。"

赵玫看出来了,曾子漩绝对是有备而来。"你为什么能拿到?"

"他们店长的女朋友是我闺密。"

赵玫的表情柔和了一些。"为什么销售拿不到准确的销售数据?"

曾子漩的反应很快。"因为店里想拿返利,卖得多,返利就多,就会谎报销售数据。"

她没说错,GST对下游客户有奖励机制,比如卖到一百瓶,会有三个点的返利,但店家假如只卖了九十瓶,返利就只有一个点,为了多拿两个点,他们就会谎报自己卖了一百瓶,另外十瓶当库存,放着慢慢卖。

"店里虚报销量,库存算他们的,我们为什么要头疼?"

曾子漩意识到,赵玫是在考自己,顿时有点紧张,想了想才说:"我觉得,如果公司拿不到准确的销售数据,就没办法知道哪个酒好卖,哪个酒不好卖。"

说对一半,但对一个促销员来说,能想到这儿已经很不错。

"好。"赵玫点头,"如果你真的能弄到蚕茧的销售数据,我会考虑让你做数据分析。"

"谢谢赵总,给我一周时间,我保证搞定。"曾子漩欢天喜地地出去了。

她一走,赵玫立马打开手机,搜索站姐——她刚才实在没好意思问,这个词是什么意思。

网页上是一些女粉丝端着相机,在机场跟拍明星的照片。

"这不是狗仔吗？"赵玫蹙眉，没想到还有人把这当成正经资历来说了。

然而当她接着往下看，认真研究了"打投""洗地""数据女工"等一系列名词后，她对站姐这个工种已然佩服得五体投地。

所以现在的年轻女孩都在玩这些？

赵玫暗忖，无论是曾子漩，还是乔海伦，她们都令她大开眼界。

李东明的电话把她从思绪里拉回来。"饼干收到了吗？"

"收到了。"

"那就好，"李东明仿佛松了口气，"我听说这个饼干特别抢手，要提前一个月预定才能买到，今天早上刚好跟他们集团的老总谈事，我叫他给我拿两盒，想不到这么快就送到了。我就说嘛，肯定是饥饿营销。卖饼干的怎么也开始玩这套，不学好。"

"嗯嗯。"

"好吃吗？"

"我还没拆呢，一会儿吃。"

"哦。"能听出李东明有明显的失落。

"先这样，我去开会了。"赵玫挂掉电话，内心涌起一丝快感，继而迫不及待地又去看乔海伦的朋友圈。

出乎她意料，乔海伦的朋友圈居然打开了，之前是"三天可见"，现在突然就变成了"半年可见"。

11月26日：

原来我非不快乐，只我一人未发觉，如能忘掉渴望，岁月长衣裳薄。

配图是一张在餐厅拍的照片，乔海伦坐在窗边，表情迷蒙，窗外是无敌海景，地点定位在香港的Aqua。

赵玫知道这家餐厅，在香港相当红。歌词她也熟悉，是《再见二丁目》，所有失恋寂寞人的圣歌。

Part 4 乔海伦的朋友圈

11月26日正是赵玫跟踪李东明和乔海伦的那天，原来他俩过境去香港吃饭。

你有什么不快乐的？吃好的餐厅，住好的酒店，让别人的老公给你拍照。

赵玫狠狠地想。

林夕的词真是扎心，过不了多久，感慨"岁月长衣裳薄"的人便要轮到她。

双子星大厦裙楼的简餐厅里，赵玫和梁丹宁头并头，一起看乔海伦的朋友圈。

10月4日：

假期的后半程，莫名地焦虑失眠，又赶上连绵的阴雨天，体会帕斯诗里写的：不是安达卢西亚的天鹅，也不是华丽的鸟，鸟因为有翅膀，人因为有悲伤。

9月17日：

又是一整天的会，工作已经很难让人感到激动。有意思的是，一把 Naoto Fukasawa（深泽直人）专门为酒店设计的 Hiroshima chair（广岛椅）可以买两台 iPhone X，AI 时代来了，我们还是去当艺术家吧。配图是开大会的现场，乔海伦穿着西装，脖子上挂着工作牌。

9月9日：

搬砖已经累出了新高度，在健身房的瑜伽垫上睡着了，下周去只有13摄氏度的帝都继续搬砖。（哭泣）

8月6日：

下雨天坐出租车，被一台五菱宏光撞了，交警判定对方司机全责，他不服也不肯去派出所还骂出租车司机。（泪目）站在雨里的我苦苦哀求出租车司机原谅对方，掏出五百块钱请他修车，只求他赶紧送我去机场。（裂开）

决不能误机啊小乔！

配图是一张只有一排省略号的图。

李东明给这条点了个赞。

7月12日：

昨天航班取消辗转高铁大半夜赶到帝都，今天也算参加过工作中规格最高的一次会议了，我以前都不知道钓鱼台在哪儿。

配图是开大会的现场，黑压压的人头和巨大的PPT投影。

…………

6月23日：

每每看到路上人们向我微笑挥手热情地打招呼，心底最柔软的花就仿佛盛开了。贫穷不是魔鬼，当你不曾知晓丰富的物质世界，富裕也就并不高贵。我想，我们那么努力地去追名逐利，一定是为了让自己可以更慷慨地去给予。

配图是热带国度的小镇上眼神纯洁的孩子们。地点定位在泰国。

能看到李东明的评论：你比我想象中成熟。

乔海伦回复：谢谢李总表扬。（笑脸）

"没了。"赵玫靠到椅背上，喝了口咖啡。

"从6月的这条来看，当时俩人应该还不太熟？"梁丹宁还在揣摩。

"谁知道呢，"赵玫哼了一声，"这种办公室恋情，总是在人前装得一本正经，谁知道人后他们又到了哪一步。"她顿一顿，又道，"没准这是人家的一种情趣。"

"你要是实在忍不了，就别忍了，"梁丹宁直言不讳，"我怕你这样下去会变态。"

"变态？哈哈哈，我早就变态了，都用不着李东明刺激我，就我们这种公司，妆画得比小姐还浓，晚上睡得比鬼都晚，每天还得喝一级致癌物，谁不变态？"

"被你这么一说，看来变态是常态。"

"没错，"赵玫举杯，"变态就是常态。"

俩人用喝红酒的手势碰了碰咖啡杯，梁丹宁忍不住又研究起乔海伦的朋友圈。"要说这个女人的工作也是挺忙的，你看，三分之二的时间都在出差。"

"所以她为什么要跟李东明？"赵玫冷笑着说，"在李东明眼里事业第一，金钱第二，她去抱李东明的大腿，李东明也不会让她少写一页PPT。"

"可能咨询公司的老板都这样吧？李东明没准算客气的，"梁丹宁皱着眉头，"换了别的老板，可能饭都不让吃。"

梁丹宁说完，俩人一起笑起来。

"真残酷，"赵玫叹气，"连潜规则都开始内卷了。"

"是啊……"梁丹宁突然顿住。

"怎么了？"

"我在想，这个女人突然更改朋友圈的可见时间，是不是故意的？"

"肯定是啊，"赵玫脸上带着一丝浑不吝，慢悠悠地说，"从她来给我做访谈起，我就猜到了，她就是故意的。"

"她想干什么？找你挑明？"

"那应该不至于，"赵玫幽幽地说，"我猜她是想刷存在感。她跟了李东明，负责了李东明老婆公司的项目，参与了李东明老婆本人的评估，说不定还要帮着李东明琢磨怎么帮李东明老婆升职，偏偏李东明老婆压根儿不知道她的存在……多憋屈啊！当然得出来亮亮相了。"

梁丹宁直翻白眼。"你说李东明老婆的语气，就像那个人不是你似的。"

"在我的心里，我已经不是李东明老婆了。"

"那你是？"

"股东，"赵玫笑着说，"我和李东明合开了一家公司，我俩都是股东，我对李东明这个股东非常不满，但他还有可取之处，可以给公司挣钱，所以我先忍着，等到哪天实在忍不了了，就挥手拜拜。"

梁丹宁"啪啪"鼓掌。"精彩，那按照你的理论，你和李东明属于股东合伙制有限公司，我是个人独资经营。"

赵玫哈哈大笑，见梁丹宁拿了一只朴素的龙骧，不由得问道："你的Birkin呢？"

"不敢拿了，"梁丹宁摇头，"第一次拿就撞上姚晓辉那个瘟生，简直是没事找事。"

赵玫想起她昨天对姚晓辉说那个包是A货，顿时好笑起来。"差点忘了，姚晓辉不是在一个叫浣熊爬爬的早教公司当课程销售吗？我昨晚查了下，这家公司的大股东是博雅创投，我刚好有个朋友是博雅二老板的太太，我在想是不是可以通过这个渠道去敲打敲打姚晓辉，让他消停点……你觉得呢？"

梁丹宁沉默了一会儿，说："我都不知道该说什么好了……谢谢你。"

"谢什么，不一定有用，我就怕他不吃这一套，继续来找你们的麻烦。"

"他不会再来找我们麻烦了。"

"什么？"赵玫愣住了，"怎么回事？你们谈好了吗？"

"不是我谈的，"梁丹宁低头喝了口咖啡，"沈默昨晚让人带我一起去找了姚晓辉。"

昨晚梁丹宁本来有个酒局，被姚晓辉那么一闹，她就忘了，谁知沈默也参加了那个酒局，沈默见梁丹宁没来，就给她打了个电话，梁丹宁说是家里出事了，沈默多聪明，立刻猜到了是姚晓辉。

"当时我和薇薇刚到家，我正给她洗澡呢，沈默的电话就来了……你也知道我这个人，不喜欢藏着掖着，他一问，我就实话实说了，结果他问我身边有没有五万块钱，我说有，他就让我把姚晓辉约出来，还让司机来接我。我和他的司机一起到姚晓辉租的房子的小区外面，那个司机让我在车里等着，他先去跟姚晓辉聊。过了一会儿，我下车把钱转给了姚晓辉，姓姚的还给我写了张欠条，保证年底前一定归还，以及没有经过我的同意，绝对不再去骚扰薇薇。"

赵玫想起那个开商务车的司机，模样气质像特种兵，姚晓辉是聪明人，多半是看出对方不好惹。"沈默没去啊？"

"没有，就我和司机俩人，"梁丹宁闷闷地说，"本来不想告诉你的，这事挺没面子的。"

"你跟我之间还有什么面子不面子的。"赵玫想了想，又问，"照这么说，沈默是真喜欢你了？"

"我也觉得他有可能是真喜欢我，但我又觉得不太可能，"梁丹宁皱着眉，"我是一个孩子的妈妈，女儿都上小学了，他喜欢我干什么呢？难道是因为我可爱？"

赵玫乐了。"别说，你确实挺可爱的。那你打算怎么做？要接受他吗？"

"我没想好，"梁丹宁摇头，从盘子里挑了一块椰香面包，大口地嚼，"也懒得想，人家是大佬，我是小老百姓，他想做什么，我也拦不住，反正只要不是我上赶着就行。"

赵玫有点明白沈默喜欢梁丹宁什么地方了，她非常乐观且坦率——哪怕遇到烂人前夫，哪怕身背债务，哪怕被客户莫名其妙地放狗咬——换一般人心态早就崩了，但梁丹宁却能快快乐乐的，把每一天都过得仿佛大年三十。

第三十三章

梁丹宁今天来公司是接受调查组"审讯"的,她一边往里走,一边和路过的同事打招呼,她人头熟,又有做销售该有的天生的热乎劲,在 GST 一直很受欢迎。她本来想先去销售部的区域转一圈,刚转过拐角,就捕捉到一个熟悉的背影,中长的头发,香奈儿的粗花呢套装,正朝销售部的方向走去。

那不是金林生的太太吗?

梁丹宁悄悄地跟在后面,见金太太进了杜彼得的办公室。她去找杜彼得的秘书,然而杜彼得的秘书也不知道金太太来做什么,只知道金太太和杜彼得私交不错,两家的孩子在同一所国际学校上学。

梁丹宁感觉自己右眼皮跳得有点厉害,她本想给金林生发条微信,很快又打消了念头——人家太太来 GST,关你梁丹宁什么事?

这么一耽误,"审讯"的时间过了,梁丹宁赶紧去调查组所在的会议室。她刚一进屋,"TVB 二人组"就板着脸说:"你迟到了。"

梁丹宁云淡风轻地道:"刚接了白德瑞的电话,耽误了。"

"TVB 二人组"瞬间无语,一脸"我认为你在胡说八道,但我没有证据"的表情。

梁丹宁反客为主:"我们开始吗?"

"开始吧。"

三十几岁的那位问:"你作为销售队伍里级别最高的女员工,在工作过程中,有没有遭遇过性骚扰方面的事件?"

"啊!"梁丹宁开心地问,"真的吗?"

"TVB 二人组"感到莫名其妙。"什么?"

"原来我是销售队伍里级别最高的女员工,"梁丹宁喜悦地说,"我以前都不知道。"

"……"

四十几岁的那位清了清嗓子。"劳烦回答问题。"

"没有,"梁丹宁收敛了笑容,板着脸说,"我从来没有遭遇过类似的事情。"

门忽地被人推开,来的是齐幼蓝手下的一位人事经理。"抱歉,得中断一下。"她冲着四十几岁的那位招了招手。

梁丹宁莫名其妙地看着四十几岁的那位出去,什么大事值得打断"审讯"?

一会儿,四十几岁的那位回来了,她在三十几岁的那位耳畔嘀咕了几句,后者的表情出现了明显的波澜,接着,她俩一同看向了梁丹宁。

"怎么了?"梁丹宁发现"TVB 二人组"表现出了明显的亢奋,她下意识地充满防备。

四十几岁的那位问:"请问,你在和客户打交道的过程中,有没有遇到过任何令你不舒服的情境?或者压力?包括言语上的和肢体上的。"

客户?

"哪个客户?"梁丹宁警惕地问。

"这里是泛指,没有具体的对象,"四十几岁的那位眼神中满是期待,"或者,你有具体的对象,也可以告诉我们。"

梁丹宁心里闪过一丝明悟。"遇到过。"

四十几岁的那位大喜。"你说说。"

"说什么?我身正不怕影子斜。"

梁丹宁撑着桌子站了起来,"TVB 二人组"顿时急了:"你去哪里,我们还没有结束。"

"你们不是问我有没有遇到过来自客户的不舒服的情境吗?"梁丹宁打开门,"我现在遇到了,正要去解决。"

梁丹宁大步流星，没几步就走到了人力资源部，说来也巧，齐幼蓝刚好引着金太太从办公室出来，齐幼蓝边走边说："您放心，我们会调查清楚……梁丹宁？你这是——？"

"齐总，"梁丹宁冷冷地说，"是不是有人跟您说了什么关于我的话？"

"没有啊。"齐幼蓝矢口否认。

"有，"金太太皮笑肉不笑地说，"我说的。"

齐幼蓝硬生生忍住一句脏话，见过拆台的，没见过这么会拆台的。

金太太接着说："我今天就是来投诉你的。"

"投诉我什么？"梁丹宁下颚一扬。

她早就想好了，如果金太太当众污蔑她和金林生有不正当关系，那到时候尴尬的指不定是谁！

"投诉你私下收受客户财物。"金太太一字一顿地说。

梁丹宁愣了。"什么？"

难道金太太知道那只Birkin了？

金太太冷笑道："装傻是吧？那可是价值六位数的东西，你一个小销售，说拿就拿了，这么贪心，也不怕遭天谴？"

还真是那个包。

这还真是出乎梁丹宁的意料——男女关系是大忌讳，但也只是忌讳，但收受不正当财物却是高压线，踩了高压线职业生涯就断了。

齐幼蓝脸上堆着笑。"我们还是进屋说吧？"

绝对不能进屋说！

梁丹宁灵光一闪。"我不知道您在说什么，我从来没有收过任何不正当财物，相反，我还受到了来自客户的不正当伤害，"她看向齐幼蓝，"齐总，我要投诉她。"

齐幼蓝：？？？

投诉客户？

金太太难以置信地说："你投诉我？"

梁丹宁点点头。"齐总，上个月我去她家送货，她却放狗咬我。"

周围同事一片哗然，连前台都跑过来看热闹了。

梁丹宁一把撩起袖管。

又是一片惊呼声。

齐幼蓝也倒吸一口凉气。"天哪，丹宁，怎么会这样！"

"缝了十四针，打狂犬病疫苗了，最头疼的是留疤，以后没法穿短袖了。"梁丹宁愤然盯着金太太。

齐幼蓝沉下脸，看着金太太。"金太太，梁丹宁说的是真的吗？"

金太太下颏一扬，咬牙切齿道："这种狐狸精，我不放狗咬她，咬谁？！"

等于承认了。

一片嘘声。

梁丹宁摸出手机，对准金太太。"你再说一遍，说完我就拨110了。"

"你——！"

"怎么，不敢说吗？"

"我为什么要听你的话？！"金太太怒极了。

"你当然不愿意听我的话，因为你不敢再说一遍，你怕我真的会报警。因为警察来了就会发现，我在去你家送货之前，连你先生的面都没见过，当时我连你家门都没进，你就莫名其妙放狗咬人，现在还公然造谣，污蔑我的名誉，"梁丹宁看向齐幼蓝，"齐总，本来事情发生后，我还想着息事宁人，毕竟是客户，但她现在这样闹，我是真的忍不了，希望公司能主持公道。"

"当然。"齐幼蓝对金太太说："虽然您是我们公司的重要客户，但如果事情真如梁丹宁所说，那您的行为是相当恶劣的，我们会保留追究的权力。"

金太太万万没想到事情居然演变成这个结果，狠狠一跺脚，抬腿就走，围观群众迅速给她让出一条道，欢送这位偷鸡不成蚀把米的女人离开。

齐幼蓝拍拍梁丹宁的背。"到我办公室来说吧，你放心，公司肯

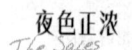

定会保护你的。"

"哎,看着都疼。"她说着,充满怜悯地替梁丹宁把袖管放下来。

梁丹宁的胳膊被齐幼蓝挽着,她进 GST 这么多年,这还是第一次被副总裁级别的老板嘘寒问暖。

办公室门一关,齐幼蓝的手立马松开了,她皱眉盯着梁丹宁。"你跟金林生到底怎么回事?"

"齐总?"梁丹宁不解,"我不是都解释过了吗?是那个女人污蔑我!"

"行了梁丹宁,这里只有我和你,"齐幼蓝没好气地说,"你被他家狗咬的事第二天我就知道了,我也知道金林生给你买了个 Birkin,我还知道他跟你订了不少酒,太湖晚宴的时候还特地点名让你坐在他那一桌。你们不提,我就假装不知道,但现在人家老婆闹上门了,你告诉我,你们俩到底是什么关系?"

梁丹宁仿佛听到了一则绝妙的天方夜谭,故事里的每一句话都是真的,连在一起却是假的。

"没有,"梁丹宁斩钉截铁地说,"我跟金林生之间,没有任何关系。"

"那 Birkin 呢?"

"是金林生向我赔礼道歉,当作的医药费和精神损失费,"梁丹宁镇定地说,"不信的话,我们可以当面对质,报警也行。"

第 三 十 四 章

12月3日:

百忙之中恢复训练,教练说我应该多练习倒立。(狗头)

配图是乔海伦穿着一套健身服,双手撑地靠在墙上倒立,那对导弹式酥胸,被地心引力拽出了惊心动魄的感觉。

赵玫心想,想必教练调侃的便是这一点了。这是一种典型的孔雀心态,知道有观众在,就会忍不住"开屏"。

赵玫讥讽地冷笑了下,随手又刷新了一下,发现这条下面多了个赞,是李东明点的。

梁丹宁终于发来了消息:"我在老地方,你出来吗?"

她俩的老地方是双子星大厦裙楼商场里的一家书店,这家书店很难找,里面有个独立的小包间。

赵玫赶紧过去,一进书店就看见梁丹宁倚在窗边自拍,顿时好笑地说:"枉我为你担心半天,谁知道你心情这么好。"

梁丹宁翻个白眼,说:"他们污蔑我和金林生,我当然底气十足。"

"换个人就未必了。"赵玫说。

"是啊,"梁丹宁在胸口画个十字,"感谢上帝,还好没要沈默给我的东西。"

赵玫哑然失笑。"金太太为什么会突然来公司闹?你明明跟金林生没什么。"

"问明白了,是姚晓辉撺掇的。"

"什么?"

"那个王八蛋那天被我妈拿刀追了半条街,就记恨上我了,一门心思要搞我。"

原来姚晓辉那天要钱不成,转头就惦记上了那个Birkin,他根本不信那是A货,觉得肯定是某个金主送的。刚好姚晓辉有个狐朋狗友认识金太太,对方把金太太放狗咬梁丹宁的事告诉了姚晓辉。姚晓辉把两条线索一结合,顿时就脑补出了完整剧情,就让那个朋友给金太太递话,说梁丹宁多了个Birkin,没准是金先生送的,金太太找了熟悉的爱马仕销售一问,很快就确认了信息。她这个人向来泼辣,不管三七二十一，立马就找上了 GST 公司。

"你怎么知道的？"赵玫问。

"沈默告诉我的，"梁丹宁苦笑，"金太太前脚进公司，他后脚就知道了，真不知道他是怎么知道的，感觉他的眼线无处不在。"

"真可怕。"赵玫喃喃道。

"是啊，"梁丹宁感慨，"还有齐幼蓝，我以前还挺瞧不上她的，但今天她真的是令我大开眼界，你是没看见——人前人后，完全两副面孔。"

"要不人家是 Human Resource（人力资源），"赵玫一语双关，"人家在 Human（人际关系）上有 Resource（资源）。"

两个人聊了一会儿便匆匆作别，赵玫还有会要开，梁丹宁要去见客户——用她的话说，有了金太太这一出，今天和客户又有话聊了。

然而梁丹宁刚走到路边，眼前就多了两个满脸横肉的男人，她再一看，金太太从旁边的一辆 SUV 里走了下来。

梁丹宁立刻转身就走，没走两步，就被那两个男人抓住了胳膊。

金太太慢悠悠踱步到她面前，盯着她的目光好似射出淬毒的箭。"你还挺厉害啊！"

梁丹宁已经脑补完接下来的戏码，张嘴呼救："救……"

"命"字还未说出口，脸上便多了一股热辣的感觉。

金太太一巴掌狠狠打在她脸上，跟着又是一巴掌。"我让你厉害，你倒是再厉害一个给我看看啊？"

旁边迅速围拢起一圈路人，纷纷举起手机，梁丹宁赶紧捂住脸。

金太太对着路人叉腰喊话："你们别误会，这女的抢我老公，我打小三儿呢！"

梁丹宁已经痛得说不出话来，她只知道这里是闹市区，希望警察能快点来。

"啪！"又是一巴掌。

梁丹宁的手机从口袋里掉了出来，在地上响个不停。

金太太看了眼来电显示，顿时冷哼一声。"你的业务挺繁忙啊，连沈默你都薅上了?"

她看着"沈默"两个字,眼见着商场保安朝这里跑过来,当即见好就收。"今天先到这儿,你要是再敢盯着我老公,我扒了你的皮。"

金太太坐着SUV呼啸离去,保安跑过来,扶住梁丹宁。"女士,女士,要不要帮你叫救护车?"

"不用。"梁丹宁虚弱地道。

她用一只胳膊挡着脸,另一只手抓住手机,用尽全身的力气离开,直到拐上另一条道路才停下来,她看着橱窗里的自己,像个孤魂野鬼。

梁丹宁,不要倒下去。她对自己说,拼命往前走。

"小梁。"有人在喊她。

她回头,没看见人,她想,自己怕是幻听了。

"小梁,"有人拉住她,"你走慢一点,前面是红灯了。"

"沈总?"她终于看清楚这个人,"你为什么在这里?"

"我不放心你,"沈默温和地说,"能不能先上车,这个位置停车似乎是违章的,我的司机今年已经被扣掉九分了,再扣下去,我就要自己开车了。"

一分钟后,梁丹宁已经坐在了沈默的奔驰里,车里有冰箱,梁丹宁拿着一罐冰可乐,贴在红肿的脸上。

两个人一言不发,特种兵似的司机也寒着一张脸,将车子开上了高架。

"我没事的,"梁丹宁终于开口,"不用担心我。"

"做人没必要时时刻刻强硬,"沈默淡然道,"我不是令堂或令爱,不需要你挡在前面支撑一切。"

一句话就让梁丹宁破防。

她别过脸,还是不想让沈默看到自己红了眼眶。

"老金发迹,第一桶金靠的是他老婆,"沈默给她解释,"他以前

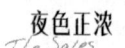

在男女问题上犯过一些错误,当时他还写过保证书,所以他老婆对他一直严防死守。"

"……"

"这两年他老婆精神上好像出了些问题,一直神神道道的,在家里摆了很多风水物件,那个桃木剑和狐狸精也是因为上次她放狗咬你,老金才跟我说的。找医生看过,也看不出什么。"

"……"

"你有什么想说的吗?"沈默顿了顿,"如果你想哭,也可以,我保证不说出去。"

"说什么?"梁丹宁冷冷地说,"你刚才说这一大堆,不就是想告诉我,那个女人是个神经病,神经病杀人不犯法,我挨打也是白搭。"

"哈哈哈,"沈默笑得停不下来,"不白搭,不白搭,今天的事,老金会给你一个合理的交代,他还是讲道理的。"

梁丹宁却只是冷笑。

"你笑什么?"沈默不解。

"你先跟我说,金太太有神经病,意思是我报警也没用;再告诉我,金总会给我一个合理交代,意思是叫我不要闹。你们有钱人,说话真有技巧,"梁丹宁阴恻恻地说,"你去转告金总,我梁丹宁上有老下有小中间有工作,我不会闹,但该给的赔偿一分也不要少。兔子急了还咬人呢,我也不知道我被逼急了会做出什么事来,神经病杀人不犯法,这句话对他老婆适用,对我也适用。"

她一口气说完,对着司机说:"师傅,前面路口麻烦放我下车,谢谢。"

沈默瞅她一眼。"打肿脸充胖子。"

"我要下车。"

"我是站在你这边的,你既然这么在乎你的工作,那就先好好在乎我一下,怎么说我也是 VIP 客户,就算你们大老板也要卖我几分薄面。"沈默说。

梁丹宁没话讲,沈默似乎永远能轻而易举地把她摁住。

"有一次,我的另一辆还不错的车,被一辆送外卖的车剐蹭了,我没要他赔,还倒给他两百块钱,因为他的车翻了,外卖洒了,我不希望他因此赔钱,他心里烦躁了,恐怕要误伤更多的人,"沈默平静地讲述,"老金现在欠你很多,他很有钱,你可以开一个好价,被劳斯莱斯撞总比被一辆送外卖的车撞好。"

梁丹宁像泄了气的皮球一样倒在座位上。

"要不要坐船?"沈默忽地提议。

"随便,"梁丹宁话里带刺,"坐航天飞机都行。"

沈默吩咐司机:"去码头吧。"

"好的,老板!"特种兵司机掉转车头。

半个小时后,车行至一个码头,时近傍晚,很多私人游艇在落日余晖下熠熠生辉。

"这个码头是你的吗?"梁丹宁问。

"还不至于那么豪阔。码头是国家的。"

"嗯,我本来想问你是不是在这儿有一艘船,但后来决定往大了问。"

沈默笑起来。"会开玩笑了,是个好征兆。"

她跟在沈默后面,上了其中一艘船。小小的两层,底下是客厅,香槟已经埋在冰桶里,骨瓷的托盘里装着草莓、蓝莓、桑葚和小红莓,旁边放着几个玻璃碗,外加一小桶淡奶油。

"这吃法挺北欧的。"梁丹宁点评道。

沈默点点头。"你很懂行,一般人很难给你惊喜。"

"所以我已经不追求惊喜和快乐了。"

"那你追求什么?"

"幸福,"她将各种浆果舀到一个碗里,再倒上淡奶油,碗里顿时色彩缤纷,"快乐是短时的感觉,但幸福是一种状态,一种匀速前进的状态。"

她比画出一道水平线,说:"我只要能保持这个状态就行。"

"你这个追求难度很大。"沈默点评道。

船开了,有习习凉风,梁丹宁只管抱着碗,一勺一勺地使劲吃,沈默走过来,邀请她上甲板。"上去看看,风景很好。"

"没问题,只要让我带上这个碗,去哪儿都可以。"

"你比我想象中能吃,"沈默温和地说,"你居然不减肥。"

"那是因为每次跟你在一起,我都压力山大,只能靠吃缓解。"梁丹宁如实相告。

她已经打定主意,面对沈默时只说真话。

沈默愣了愣,说:"好吧,希望有一天,我能让你放松下来。"

从二楼甲板往外望,眼前是一片波光粼粼的开阔水面,凉风吹过,确实令人心旷神怡。

梁丹宁闭上眼睛,过一会儿又睁开,看向旁边默不作声的沈默,说:"谢谢你。"

沈默笑笑,忽地手机响了,他看了一眼,说:"是金林生。"

"我来跟他说。"梁丹宁脸一寒。

"还是让我来跟他说吧,"沈默好言相劝,"我先来开价,然后转告你,你再决定同意还是不同意,如何?让我来当你的经纪人。"

这个人说话太有说服力,梁丹宁只好同意。

隔了一会儿,沈默走回来。"他愿意给你一笔钱,二十万。我擅自做主让他给你下一笔价值五百万的订单,那样你的奖金差不多也有二十几万,但对你的工作更有利,你觉得呢?"

梁丹宁想了想,问:"能不能翻个倍?"

沈默笑了。"可以,我来转告他,但不用急于一时,说不定他会自己主动提高价码。"

"你真是一个合格的经纪人。"

沈默从玻璃瓶里倒出两杯威士忌,递给梁丹宁一杯。"来,喝一杯。"

梁丹宁尝了一小口。"这是……威尔逊30年?"

"你竟然能喝出来?"沈默吹了声口哨,"我怕你看到竞品不高兴,特意换了玻璃瓶。"

"喝过一次,就记住了,"梁丹宁又喝了一口,舌尖感受着那股醇厚和包容,暖意缓缓流下,又在心底微微荡漾开来,她嗔道:"你作为我们的一级经销商,居然喝我们公司的竞品,被公司查到了是要取缔资格的。"

"你就说好不好喝,"沈默温柔地望着她,"不要想别的。"

"那我今晚说的话,你可不要讲出去,"梁丹宁闭上眼睛,陶醉在那股飘飘然里,"好喝,真的很好喝。"

她感觉到沈默朝自己靠近,近到她脸上的毛孔都一下子紧紧缩起。

"你很可爱,我很喜欢你。"沈默说。

第三十五章

12月4日:

随着年龄一起增长的social(社交)局。

配图是一本放在桌上的资料,封面印着"上海上市公司协会,第六届会员大会第二次全体会议"。照片的右边露出一只男人的手,手腕上戴着一块黑色的机械手表。

无病呻吟。赵玫冷笑。

"水温合适吗?"洗头小哥低声地问。

"合适。"

赵玫感受到温热的水流正柔和地流淌在她的发丝间,洗头小哥的手指仿佛有魔力,正一点一点地帮她舒缓着紧张的神经。

赵玫伸出两根手指,将乔海伦的那张配图放大一些,最终确定,那只男人的手并不属于李东明。李东明的手白皙修长,而图片上的这只骨节粗大,另外,李东明不戴机械表。

刚结婚那会儿,李东明也热衷于戴名表,不但收集了好几块不错的机械表,还买了一台昂贵的摇表器,时不时把那几块表放上去摇一摇,说是"遛表"。

但从去年开始,李东明突然改戴健康手环了,理由是,身边的富贵朋友越来越多,自己的手表怎么也比不过别人,还不如戴智能手表,一两千块钱,既大方又实用,还能显年轻。

赵玫轻轻吁了口气,虽然她早就知道李东明和乔海伦的关系,但她还是不希望看到任何明目张胆的秀恩爱。

但话又说回来,这个女人为什么要发那只男人的手?是故意的吗?

"赵小姐,咱们洗好啦。"洗头小哥将赵玫的湿头发包起来,温柔地提醒她。

"哦,好。"

赵玫侧过身,想着一会儿要给梁丹宁打个电话——昨天梁丹宁离开公司之后,就一直没消息。赵玫了解梁丹宁的习性,就像一种野兽,有着强大的自我修复能力,每次受伤了,就会找个洞躲起来,过几天再出来时,已经像没事人一样,该吃吃,该喝喝。

作为闺密,赵玫很清楚,梁丹宁所有的愈合都是表面的,她的心里应该有个洞,只是无人触及。

赵玫坐在吹头发的座位上,一抬头看见镜子里的女人。

"乔海伦?!"她惊叫出来,迅速转头。

镜子里的女人正在吹头发,顿时也睁大眼,一脸意外。"赵总?真是太巧了!"

"你怎么会在这里?"赵玫警惕地看着对方。

这是双子星大厦裙楼里的美发沙龙,瑞景咨询远在浦东,乔海伦没理由在这儿做头发。

"我在旁边的酒店开会。"乔海伦微笑着说。

赵玫顿时想起乔海伦朋友圈提到的上市公司协会。"哦。"

她的心怦怦地跳,刚才洗头的时候,隔壁躺着的好像也是个女人,她没留意,如果那个女人是乔海伦就完了,她刚才一直在看乔海伦的朋友圈。

就听乔海伦又问:"你呢?上午不忙吗?"

"我还没进公司。"赵玫淡淡地说。

"你们上班真自由,"乔海伦点头道,"不像我们,整天没日没夜地搬砖,只要手机有信号,随时都要准备开会。"

这个女人在跟她聊工作?赵玫只觉得一阵滑稽。

一个小小的初级分析师,在赵玫看来也就是和曾子漩一样的存在,居然平起平坐地来和她赵玫聊工作?

"你和我没有可比性,"赵玫对着镜子说,"有工开有班上就值得庆幸。再说,你不是也溜出来洗头?"

"呵呵。"乔海伦一阵干笑。

"说明你老板对你不错。"赵玫说。

乔海伦:……

发型师走过来,问道:"赵小姐,想要什么发型?和上次一样吗?"

赵玫心思都不在发型上。"随便。"

她假装不经意地看向窗外,眼角余光刚好看到乔海伦,美发沙龙的睡袍式罩衣对大胸妹很不友好,非但看不出前凸后翘,还让人觉得臃肿,再加上湿漉漉的头发,整个人看上去像是座位上长出的一坨蘑菇云。

但人家胜在年轻。

这年头很多三十几岁的人去装二十几岁,皮肤可以装,身材可以装,唯独眼神装不了。二十几岁人的眼神飘忽不定,他们时而怯懦,时而激进,因为他们不知道自己要什么,所以构建出小鹿斑比那样无措的效果,惹人怜爱。

三十几岁人的眼神或坚定,或颓丧,不管哪种,都是稳定的,不会喊来喊去。

贾宝玉曾经有过一段表述,大概意思是:"女人老了之后,眼睛就从珍珠变成鱼的眼睛。"失去光泽多半是因为太稳定了,转得太少了。

"我们俩还真是有缘。"乔海伦又一次开口。

赵玫从思绪里跳出来。"是吗?"

"是呀,"乔海伦说,"偶遇好几次了。"

赵玫笑笑,反问她:"李东明今天也在这儿开会吗?"

"他没有来,他今天去临港开发区了。"乔海伦说。

"哦。"

赵玫的发型比乔海伦做得快,她在门口收银台付完钱,回头发现乔海伦也站了起来。

"赵总,咱们的发型居然一样呢!"乔海伦惊喜地说。

赵玫一看,乔海伦居然也做了一头大波浪的发型。

"还真是,"赵玫说,"来,咱俩合个影。"

赵玫说着,一把将她拽过来,拍了张合照,乔海伦一脸措手不及的表情。

"拍得不错,回头发你。"赵玫笑笑说。

赵玫一出美发沙龙,就发了条朋友圈,照片的文案是:巧不巧?

梁丹宁给她打电话,赵玫笑着问:"不会吧,这么快你就看到了?"

"看到什么?"梁丹宁莫名其妙,"我有急事找你。"

"什么事?"

"我问你,最初动感那个项目,最近是不是有什么岔子?"

"最初动感?"赵玫愕然,"没有吧,我没太在意,是王皓在负责,怎么了?怎么突然提起这个?"

"我现在和沈默在一起,刚听到他在电话里提到这个项目,还说竞标什么的,"梁丹宁望着不远处正大力挥杆的男人,白色的高尔夫球在阳光下画出靓丽的弧线,最终落入一个水潭,"听着不像好事,你好好想想。"

梁丹宁匆匆挂断电话,有人在朝她招手。她心情复杂地走过去,打叠起一脸笑容。

沈默的一个朋友笑着说:"你快去,给我们沈大哥一点力量,他快要输了。"

梁丹宁有一瞬间的僵硬,就听沈默笑吟吟地说:"你们欺负她干吗?"

她只好走过去,众目睽睽下,在沈默脸颊上轻轻一吻。

最初动感是 GST 下半年的重要项目之一,由促销部发起,在整个华东区进行线上线下的联动促销,活动预算高达一千三百万,赵玫交给王皓负责,前天刚刚竞标结束,中标的是一家名叫丁香传媒的公司。

她回到办公室就让王皓把最初动感的所有资料拿过来,看了几遍也没看出什么问题。

"赵总,到底怎么了?"王皓感到莫名其妙。

"不知道。"赵玫感到一阵烦躁。

所幸她并没有烦躁很久,杜彼得打电话来,让她过去一下。

她立刻前往杜彼得办公室,推门而入的时候,杜彼得像《广告狂人》的男主角那样,背对着门,听到开门的声音时慢慢地转过身。

"我刚收到一个非常糟糕的消息,"杜彼得双目炯炯地盯着赵玫,"合规部刚刚告诉我,竞标最初动感项目的三家供应商,背后的实际控制人竟然是同一个。"

赵玫的脸上毫无波澜,心里却是一块石头落了地。

"也就是说,这不是在竞标,"杜彼得一脸痛心疾首的表情,"这是在将公司财产慷慨送人,整整一千三百万啊……"

"等一等。"

"嗯?"杜彼得错愕,没想到赵玫竟然敢在这种时候打断自己。

赵玫拿起手机,拨通了财务部的电话。"我是赵玫,我前面跟你说的最初动感的第一笔款四百万……已经拦截住了是吗?太好啦!"

杜彼得愣在当场。"截住了?"他明明确认已经付出去了。

"是啊，"赵玫笑笑，"我今天早上觉得这个项目的合同有点瑕疵，所以让财务通知银行拦截，幸亏大笔付款到账需要两个工作日，银行里有自己人，也愿意帮忙。"

"哦哦……"杜彼得的表情千变万化，最终说道，"还好还好，没有损失就好。"

"是啊，"赵玫笑笑，"对了，老板，刚才讲到哪里了？"

杜彼得这会儿已经不想讲了，拿出一沓文件给她。

赵玫一看，文件上面满满的都是类似"天眼查"上下载下来的企业信息，重点的地方都用红笔做了记号，并翻译成了英文。三家供应商的所有股东都一一在列，且每一位股东名下另外的公司也都交叉比对，可以看到公司A和公司B有两个股东都姓胡。

"这两个人是叔侄关系。"杜彼得点了点那两个股东。

他又指着公司C的一个陶姓大股东，说："这个是公司A胡姓股东的母亲，这三家公司的实际控制人，都是公司A的胡广川。"

公司A就是中标的丁香传媒。

材料后面，附有胡广川和陶姓大股东的身份证复印件，可以看到两个人的户籍地址是同一个，从年龄判断，的确有可能是母子。

"这么多证据，合规部下了很大功夫啊。"赵玫说。

"是啊！"杜彼得点头。

然而赵玫话锋一转："可是有这个时间，他们为什么不立刻通知财务部停止付款呢？"

"呃，"杜彼得噎了下，"大概是因为，在没有确凿证据前，也不方便停止付款吧。"

"呵呵，还好没有产生损失，"赵玫意味深长地笑笑，"这样，让我先去查一下，再给你答复。"

"好的好的。"杜彼得忙不迭地道。

赵玫一出杜彼得办公室，脸就黑得像锅底一样。

不出她所料，王皓对整件事矢口否认。"赵总，我向你发誓，我是真的不知道这三个公司是一家的,我可以给你看我和这三家联系人之间所有的聊天记录和邮件往来。"

"用不着,IT 部已经把你电脑里的内容全调出来了。"赵玫指指那一摞文件。

"那就可以证明我是清白的。"

"不,那什么也证明不了。"

王皓急了:"为什么?你是不是不相信我?"

赵玫反问:"我相信你有什么用?这三家供应商是不是你报上来的?他们的实际控制人是不是同一个人?所有的证据都是板上钉钉无可辩驳,要么是你贪心,要么是你愚蠢,难道还有第三种可能?"

"是他们故意搞我!"王皓愤怒至极。

"那也是你先有了破绽。"

王皓的脸红了白、白了红,嗫嚅着:"那……那我现在应该怎么做?"

"你把来龙去脉跟我讲一遍,这个姓胡的跟你是什么关系,你拿了多少好处,你们合作多久了,全部说出来。"

王皓再一次急赤白脸。"赵总,我真是冤枉的,在竞标之前,我跟这个姓胡的压根儿不认识。"

"说车轱辘话是吧?我最讨厌听车轱辘话。"赵玫看着他,"行了,这次竞标作废,你先出去吧。"

"赵总——"

赵玫压根儿不想看到他,对这个忠心耿耿的手下失望至极。

没有哪个公司能容忍员工吃里爬外,GST 也一样。

整整四百万,如果没有梁丹宁的及时预警,如果她没有当机立断先通知财务把钱拦下,如果当初她没有多留个心眼特意挑银行盘账的日子打款,那这一大笔钱就真出去了,这都是促销部的锅。到时候别说她赵玫是个女的,就算她是只凤凰,也不配被升为销售总监。

赵玫想了想,一阵后怕。她给李东明打了个电话——梁丹宁还在回来的路上,且身边怕是还有别人,于是能商议这种事的对象,就只剩下李东明了。

铃声只响了一下，李东明就飞快地接了电话。"怎么了？"

赵玫把事情的来龙去脉说了一遍。

李东明想了想，说："这件事的幕后，逃不出董越、沈默、杜彼得这三个人，但不管是谁，现在最重要的是你的态度，一定要狠狠地查，你越是心慈手软，就越说明你心虚。"

李东明挂了电话，一下子靠在座椅靠背上，额头上有个突起一直在跳，一摸一手的汗。

看到赵玫朋友圈的时候，他的血压一下子就高了，赵玫打来电话的一刹那，他的心脏都跳到了嗓子眼儿，谁知赵玫却说的是另一件事。

这样下去不行。李东明想，老子这回看走眼了，这个乔海伦不是小白兔，是只蚂蚱，喜欢蹦跶。

他想了想，拨通乔海伦的电话。"晚饭一起吃吧，我来订地方。"

"好啊领导。"乔海伦欢天喜地地说，"您从临港回来啦？"

"嗯。"

"有没有给我带礼物呀？"

"带了。"

李东明冷漠地挂掉电话，心想，送你一份鱿鱼卷。

第三十六章

12月4日

想一拳打昏自己，这样就可以停止胡思乱想，停止那些疯狂的念头。

我需要好好睡一觉,醒来时世界可能会换种呈现。

从高尔夫球场回上海市区大约两个小时的车程,沈默不知从哪里变出一辆保姆车,载着他和梁丹宁。

沈默的电话一直没停过,梁丹宁一直在看手机,但什么也没看进去,众人起哄让她亲沈默的那一幕始终在她眼前晃来晃去。

"总算结束,"沈默关掉手机,"这些年一直想找到合适的职业经理人替我分担一些,可惜找不到,不是职业经理人不好,是我这人太多疑,总是对人放心不下。"

他是真坦诚。

梁丹宁咧一咧嘴。

"我知道你不喜欢收礼物,"沈默忽地说,"但我总想送你些东西,或者我们可以去逛商场?啊对,我们也可以去澳门玩,你什么时候有假期?没有的话,我也可以想办法替你请。"

他当然有办法请,杜彼得都听他的。

梁丹宁沉默着,内心万分地纠结。

她知道和沈默在一起能得到什么,光那一场球打下来,就多出几张订单。她怕什么呢,她又不是黄花大姑娘,一个孩子妈而已,她跟着沈默,不知道多少人要说她高攀,说沈默眼瞎。

可她宁愿自己是少女,少女可以犯错,孩子妈不行。

她这样跟着沈默,总有一天,老妈会知道,梁薇会知道,她拿什么去跟母亲和孩子解释,梁薇写作文拿奖"我的妈妈是一名销售精英,她每天辛苦地工作,支撑起我们这个家……"以后怎么写?"我的妈妈是富商的情人"。

沈默夸赞她可爱,但那时候他们是经销商和品牌方的关系,是平等的。她不想被看轻。

"这块板能升起来吧?"梁丹宁指一指司机座位后的挡板。

"当然。"沈默动一动手指,挡板徐徐升起。

"昨晚的事,就当没发生过。"梁丹宁说。

"为什么?"

"你明白的,没必要要我说出来。"

沈默微微颔首,看向窗外。"你不要被金林生夫妻影响,没有可比性。"

"不是因为他们。"梁丹宁说。

"我昨晚对你说的是真心话。我确实很喜欢你。"沈默皱着眉头,他想必很少对女人说这种话,看起来难以开口的样子。

"我不想要那样。"

"那你要怎么样?"

"我希望,我们是朋友。"她鼓起勇气道。

隔了很久沈默都没有说话,气氛凝固又尴尬,梁丹宁越想越觉得自己可笑,沈默是什么人,他缺朋友吗?人家不过是觉得你有点意思,跟你在一起图个乐,又不是要娶你过门,谁有空跟你做朋友?

车子缓缓进入收费站,再往前是城区了。

"你要去哪里?"沈默终于开口,"让司机先送你。"

梁丹宁的一颗心沉到谷底。

"我回公司。"她竭力保持平静。

"嗯。"

沈默把隔板放下来,让司机先开去双子星大厦。

赵玫接到梁丹宁的电话,立刻从公司出来,两个人约在双子星大厦旁的酒店大堂。

赵玫迫不及待地说:"幸亏你提醒了我,让我有了准备,否则我面对杜彼得,一定会方寸大乱。"

"也是你够机警,居然能把钱截住,"梁丹宁回想起当时情形,"当时沈默多半就是在跟杜彼得商量这件事。"

当时沈默就在离自己几米远的地方，一边招呼自己打球，一边和电话里的人商量着坑自己的闺密，梁丹宁顿时不寒而栗。

从这个角度考虑，她又庆幸起自己的决定，她没法跟沈默这样的人在一起，还是保持距离好，省得哪天被他玩死。

"我不怪沈默，要怪就怪王皓，"赵玫深深地皱眉，"这个公司里时时刻刻都有人在找你的把柄，谁让他手脚不干净，给别人可乘之机？一千三百万的标，连供应商背景都不查清楚就拉过来竞标了，你就算不去查'天眼查'，最起码你也得在行业内听说过另外两家公司吧，除了丁香传媒，公司B和公司C，一看就是皮包公司，是找来陪标的。"

"你确定王皓是在贪钱？"

"如果齐幼蓝问我我一定是否认的。"赵玫点头，"但是你问我，我只能说我认为他就是在贪钱，亏我还一直觉得他人品挺正的，没想到是这种人。"

"人为财死鸟为食亡，"梁丹宁有些感慨，"你打算怎么做？"

赵玫说："李东明认为我应该严查，但严查归严查，最终我还是得保他。"

"为什么？"

"这个节骨眼儿上，要是王皓被认定有问题，那不就等于证明我无能吗？"赵玫没好气地说，"是，我确实无能，尤其识人不明，挑老公也瞎，挑手下也瞎。"

她又看看梁丹宁。"不过还好，我挑闺密不瞎。"

梁丹宁苦笑。

赵玫意识到她表情有异，问道："对了，我都没来得及问你，你怎么上午就和沈默在一起？"

梁丹宁犹豫了下，说："我们昨晚一起过夜了，沈默说他喜欢我，然后……今天上午我拒绝了他。"

赵玫愣了半晌。"这……"

梁丹宁说:"昨天我们分开之后,金林生老婆带人在外面堵我,还打了我。"

"什么?!"赵玫一下从沙发上跳起来。

梁丹宁把前因后果说了一遍。"我当时情绪特别坏,有一股恨意想发泄出来,我想找那个女人拼命,我想用脚狠狠地踩她的脸……但我又不敢那么做,只有光脚的不怕穿鞋的人才敢跟这种人斗,可我也不是完全光脚,我还有薇薇,还有我妈,我没法跟她斗,所以我特别崩溃……"

赵玫咬着牙说:"我来找人,想办法治治她。"

"算了,沈默说那女的精神有问题,是个神经病。"

赵玫想了想,忍不住道:"那些人大概都是神经病。"

"你猜,当我站在游艇上,望着水面的时候,我在想什么?"梁丹宁问。

"你想跳下去?"

"那倒没有,我在想,我身边的这个男人,应该比金林生更有钱。"

"哈哈,"赵玫笑起来,"你可真是心态好,遇到这样的事,还能想到这些。喂,所以到底为什么拒绝沈默?他又没老婆,也比金林生更有钱。"

"可能是我的脸皮还不够厚吧。"

赵玫"扑哧"一声笑出来。"也是,他年纪也太大了,他多大了?有六十岁吗?"

"不知道,看不出来,"梁丹宁拧起眉毛,"但五十岁肯定有,五十五岁?"

赵玫笑着站起身,走过去抱了抱梁丹宁。"他太老了,而你又不够小,做不到天真无邪地去仰望糖心爹地。"

"没错,"梁丹宁叹气,"你是不知道,两个人在一起的时候还好,跟一群人一起打球的时候,突然就觉得好羞耻,比金林生老婆打我还让我觉得羞耻。他还说要带我去澳门,去商场随便买。"

"天哪！"

"是啊，他说这句话的时候，我真的尴尬死了，如果换成初出茅庐的小妹妹可能会很开心，但是我……我虽然没什么钱，但我还是见过点世面的。"

"你做的是对的。"

"真的？"梁丹宁靠在闺密的肩头，低声说道，"我其实纠结过的，那可是沈默。"

"你是对的，"赵玫说，"你看我，我一边恨着李东明，一边利用李东明，我还每天偷窥乔海伦的朋友圈，就是个销售总监而已，我已经分裂得看不清东南西北了……你不要像我。"

第三十七章

12月4日
掉进深渊里了，谁救我出来？我没有力气了。

周末傍晚，董越按照约定，和沈星一起去沈默家吃饭。

司机小许开车，沈星从小当惯了公主，十岁的时候就会跟保姆说"出租车是穷人坐的"。

沈家大宅位于上海西侧，董越看向车窗外，道路两旁种的是香樟，因为是2007年建成的老别墅区，树都长得很大了，在整个区域内几乎起到了遮天蔽日的效果，显得绿意盎然，宁静优雅。

这一带从源头就规划得很好，马路上看不到一根高压电线，说明开发商在铺路的时候就已经全部做了埋地处理。听说沈默买这套别墅的时候，总价才四百万，现在怕是要在后面加上一个零。

沈星正埋头打手机游戏，有个队友失误了，她骂一声，气得把扶手拍得"啪啪"响。"笨蛋，笨蛋，又把我害死了。"

于巍峨给董越打来电话。"哥，我听说，王皓找来竞标的三家供应商其实是一家？"

"嗯。"

"我的乖乖，一千三百万的标的啊，这心也太黑了！"于巍峨咂舌，"要我说，这么大的事，王皓一个人办不成，他背后肯定是赵玫。"

董越不置可否。

"我就知道这个女人不干净，"于巍峨兴高采烈地说，"而且就算没证据，这个项目是她一手负责的，出了这么大的纰漏，是她管理失误吧。管理失误的人，怎么能当销售总监？是吧，哥。"

董越的思绪却飘得很远，一只耳朵里是于巍峨的喋喋不休，另一只耳朵里却是沈星游戏里的背景音。

"你说咱们要不要给她扇扇风，点点火，搞一搞她，哥？"于巍峨还在说。

"你什么也不要做，静观其变就行，"董越按捺着厌烦，"还有，以后别再叫我哥了。"

"叫哥怎么了？"沈星见董越没好气地挂电话，奇怪地问，"为什么不能管你叫哥？"

"我们是外企，叫哥很奇怪。"董越淡淡地说。

"矫情！"沈星笑起来，又道，"对了，你们公司那个挨打的小三儿，怎么样了？"

"谁？"

"就是金林生送包的那个呀！"

"哦，她什么时候挨打了？"

"原来你不知道啊，哈哈，"沈星笑起来，"金林生老婆不是去你们公司闹了吗？但好像没占着便宜，她一时气不过，临时叫了俩人到你们公司去堵那个女销售，还真让她堵着了，说是打了好几个耳光。"

"什么?!"

董越立刻打开手机，看见梁丹宁还在工作群里说话，语气很正常，他想想不放心，又私发消息给她："你还好吗？"

梁丹宁很快回复："挺好的呀。"

董越想了想，又说："需要的话，可以休几天假。"

梁丹宁回道："不用，我挺好的，谢谢老大。"还带着一个可爱的表情。

沈星凑过去看。"梁丹宁？她是你手下？"

"嗯。"

"这女的怪倒霉的，"沈星直接在董越手机上点开梁丹宁的头像，"长得倒是还行，据说还是个孩子妈。老金这口味也是够重的。"

"你别乱说，"董越皱眉，"这些都没有真凭实据。"

"这要什么真凭实据，就这种干销售的女人，我见得多了，光我爸身边没有十个也有半打，没有一个好料，"沈星尖着嗓子说，"她或许没有跟金林生怎么着，但肯定也有银林生，铜林生，反正打她两下也不算冤枉了她。"

"停一下。"董越说。

司机一下停下车。

"你干吗？"沈星瞪着他。

"没几步路了，我想一个人走走，你不要跟来。"董越板着脸，下了车。

"喂！"沈星本想发脾气，但她也知道，董越的脸上出现这种脸色，就说明他的心情是真的很不好了，这种时候还是不要上赶着触霉头的好。

董越慢慢地踱步进小区，经过老金家门口时，他还特意多看了两眼，果然看到那条黑色恶犬，想必就是之前咬了梁丹宁的罪魁祸首。

他想了想，又给梁丹宁打了个电话。"金林生这个客户，以后不做了,拉黑名单吧。"

梁丹宁在电话那头犹豫了一下,最终说了句:"好,谢谢老大。"

沈家是一栋漂亮的西班牙式小楼,沈默的妻子十年前就去世了,沈星早就搬出去一个人住,巨大的空间里只住着沈默一位主人。

董越一进客厅就听到沈默的嗷嗷惨叫,沈星一脸狐疑盯着保姆盘问,长着蒜头鼻的保姆说沈总正在健身。

隔了一会儿,一位身材健美穿着运动服的女士从地下室走上来。

"你谁啊?"沈星耷拉着脸,拦住人家的去路。

"我是沈先生的拉伸教练。"那位女士客气地说。

"拉伸教练?"沈星阴阳怪气地说,"拉哪儿伸哪儿,呜呜呜……"

董越一手捂住沈星的嘴,一边向教练道歉:"对不起,她脑子不太正常,您慢走。"

拉伸教练赶紧跑了。

沈星气得直跳。"你才脑子不正常呢!"

"闭嘴。"

"董越你今天想造反了是吧!"沈星照着董越胳膊挠过去,被董越一把抓住。

"别闹了,"董越一阵头疼,"我没心情。"

"喊!"沈星抽回手,"谁稀罕你!"

"来了!"

正说着,沈默从楼梯口走上来。

整个地下一层都是健身房,附带一个桑拿间,沈默这会儿显然是刚洗了澡,头发硬邦邦地根根竖直,整个人神清气爽。即便董越知道他的实际年龄,也要赞叹一声魅力十足。

"上午打了场球,回来拉伸一下,"沈默解释道,"拉伸虽然痛得堪比清朝十大酷刑,但拉伸完后是真舒服。"

"哈!"沈星翻了个白眼,转头朝餐厅走,"饿死了,什么时候开饭？"

晚餐做的是川菜，酸辣辽参，麻婆豆腐，开水白菜，豆瓣笋壳鱼，外加一道甜烧白，一道五彩凉面。董越带了两条家乡的手打年糕来，保姆用荠菜肉丝炒了一盘，全都盛在仿青花瓷的盘子里，看着朴实又香甜。

"阿姨会烧川菜了？"董越问。

"她哪里会烧川菜，本帮菜都越来越退步，"沈默摇头，"我连续几天吃的全是那种寡淡寡淡的菜，就想吃辣，叫了兰芝斋的人上门来烧，你们尝尝。"

沈默吃着吃着，忽然开始感慨："我刚挣到钱那会儿，有个理想，家里要有两个厨子，一个广东厨子，一个四川厨子……现在发现，这个理想毫无必要，只要舍得花钱，不管是八大菜系，还是意大利菜、法国菜，饭店的厨师直接上门给你做，觉得不好吃，或者吃腻了，就换一家，根本没必要养私厨。别的事情也是一样，想减脂，有减脂教练；想拉伸，有拉伸教练，应有尽有，这都是社会进步带来的。"

"可不是嘛，"沈星皮笑肉不笑地说，"想眼睛大就有眼睛大，想皮肤白就皮肤白。这跟钱有关，自古以来，都是——"

沈默夹了一块鱼，手停在半空，看了沈星一眼。

沈星自动把剩下的话咽回去了。

她骨子里还是畏惧沈默的。

沈默每一道菜都只尝一口，最后扒拉了小半碗荠菜肉丝炒年糕。"吃来吃去，还是这个最好吃，是你妈妈亲自打的？"

"对，"董越笑道，"要是在老家，我妈还会在年糕团里裹上咸菜笋丝馅儿，或者是芝麻粉拌白糖。"

"啊，那个更好，"沈默喊保姆，"能复制吗？"

"馅儿都好说，打年糕我可不会。"保姆实话实说。

"你可别想着让他妈再给你打年糕，"沈星忽地对沈默道，"他妈上回给他打年糕，他还在电话里把他妈骂了一顿。这两条就是最后的绝版了,你且吃且珍惜吧。"

"别他妈他妈的,"沈默沉下脸,"会不会说话?"

董越解释道:"我妈腰不太好,我让她别再用手打年糕,心里一急,说话语气就不太好。"

沈默问董越:"你妈妈腰不好?是哪种不好?"

"就是腰肌劳损。"

"可以尝试理疗,我知道一个医生,挺不错的,上次一个朋友腰里长了骨刺,他用保守治疗的方法治好了。你把令堂接来,找他看看。"

董越还没说话,沈星先急了:"等等!"

她看向董越。"你不许接你妈来啊!"

沈默沉下脸。"沈星,你有没有一点规矩?那是董越的母亲,他想接就接。"

"要接也可以,"沈星噘着嘴,"不许住你家。"

"为什么?"董越皱眉。

"因为我会经常来的呀,"沈星自说自话,"要不这样,我给你妈订个酒店吧,好不好?"

"你闭嘴!"沈默重重地放下筷子,"董越,我回头安排好医生,派车去接你妈妈来上海,她愿意住哪儿就住哪儿,这是她的自由和权利,"说完,他又看向沈星,说:"我看你也需要找个医生了,宛平南路600号等着你。"

"我有神经病也是你逼出来的,"沈星冷笑着一推饭碗,"不吃了,我要回去了。"

"你等等,"沈默站起身,叫住女儿,"你跟我来,我有话要问你。"

父女俩来到书房,沈默关上门。"坐。"

"坐什么坐,有什么话赶紧说吧。"沈星双手抱胸,靠墙站着。

"你在外面玩得很疯啊,"沈默坐到她对面,"别急着否认,你那点事,我都知道。"

沈星愣了下,瞬间明白过来,冷笑一声。"你当然知道,上海滩那些事，有什么是你不知道的？"

"既然我知道，那董越应该也有所耳闻。"

沈星嘴硬道："他耳闻又怎么样？我也没干什么出格的，无非是喝喝酒唱唱歌，寻开心罢了。再说他自己也是夜夜笙歌，凭什么我就要三从四德——"

"你懂什么，"沈默没好气地打断她，"董越夜夜笙歌，那是因为他在酒这个行业没办法，不得已而为之，而且董越的脑子一向清醒，据我所知，他从来没做过出格的事，在一堆销售里算是相当洁身自好。倒是你，玩得有点过分了！"

沈星抖着腿。"我怎么过分了，不就是玩吗？"

"是吗？"沈默冷哼一声，"那个叫什么？丹尼尔是吧？我已经跟他们老板打过招呼了，让他把人处理掉。"

"什么?!"沈星一下子跳起来，"你凭什么把人处理掉？你想怎么处理？你凭什么这么做！"

"就凭我是你老子！"沈默一脸嫌弃，"我就不明白，你怎么会看得上那种男人，居然还要为他争风吃醋。你是我沈默的女儿，能不能别那么浅薄！"

"哈！"沈星一脸讽刺，"我浅薄？那谁高档啊？拉伸教练吗？或者也是什么女销售？哈哈哈哈哈——"

啪！

沈默一巴掌打在女儿脸上，五道鲜红的指印瞬间在沈星白嫩的脸上浮现出来。

"我不管你能不能理解，总之，要是再让我听到你在外面胡闹，别怪我对你不客气。"

沈星怨恨地盯着他，转身冲下楼。

董越见沈星两眼血红，脸颊也是红的，忙问："怎么回事？"

"我们回去吧，"沈星梗着脖子，"这地方让我恶心。"

"你自己回去，"沈默的声音从后面传来，"董越留下。"

董越皱眉,说:"沈总,事情要是不急,我还是陪沈星回去吧,或者我先送她回去,完了我再来——"

"你留下,她自己会回去,"沈默站在楼梯转角处,居高临下,"我还有些事情要跟你聊聊。"

"聊吧聊吧!"沈星一脸挖苦,"你是他相中的人,你俩有共同语言。"

她拍拍董越的肩,一脸轻蔑地说:"慢慢聊,好好抱紧沈总的大腿,要是伺候得好,他说不定会分你一杯羹。"

楼梯转角装饰着一个花瓶,沈默随手操起来,照着亲生女儿的脚下砸过去,瓷片四溅,沈星连头都没回一下,冲出去的时候,一脚踹翻玄关用来插伞的一个青花大瓷瓶,瓷瓶倒是没碎,在地上咕噜噜地滚,伞撒了一地。

董越只觉得额头上的青筋跳了跳,虽说他知道沈家父女一向不睦,但今天这场面也是过于火爆了一点。

沈默心平气和地说:"沈星一向口无遮拦,你没必要为她说的话生气。"

董越没说话。

俩人去往起居室,沈默已经完全恢复自然,带着一丝讽刺地说:"你们公司促销部的丑闻我已经听说了,赵玫很厉害,居然把钱拦了回来。"

"听说正好遇到银行盘账,钱在系统里,没有到对方账上。"董越说。

沈默仔细地盯着董越,半晌才道:"这件事,不是你安排的?"

"当然不是。"董越矢口否认。

"哦,好吧,"沈默笑笑,"这是个挺厉害的局,就算最后没成,能走到这一步,对赵玫也是很大的打击。"

俩人又聊了会儿,董越提出告辞,等他再下楼时,客厅的一切都已恢复原样,连楼梯转角的花瓶都补了个新的,依然插着一束马蹄莲。

董越走出小区，天已经黑透了，他站在路边等车。别墅区太偏僻，叫网约车都得等半天。

董越坐在古北的枫吟里，用了一个多小时的时间才终于把该聊的都聊明白了，这才起身告辞，穿着和服踩着木屐的老板娘白智美亲自送他到门口。

随着董越来的次数越来越多，俩人也渐渐结下友谊。熟悉以后，董越才发现白智美不但人面极广，为人也很仗义，偶尔有些私密聚会，董越都约到这里。

"你怎么突然心慈手软？"白智美身材高大，浓妆艳抹，颇有几分《艺伎回忆录》里巩俐的味道，"现在停手，大好的布局都浪费了。"

"可能是我良心发现了。"董越笑道。

白智美微微挑眉，忽地说了句日语。

董越只觉得婉转动听，问道："什么意思？"

"这是俳句，"白智美嫣然一笑，"撒把米也是罪过啊！让鸡斗起来……米是你撒下去的，现在却不让鸡斗了。"

"我想过了，还是及时收手好，"董越说，"她其实早有防备，要不然那四百万怎么可能没付出去？连杜彼得都上当了。"

杜彼得是确认了订金已经付款，才向赵玫发难的，哪知道钱出去了，还能让银行拦下来。

"好吧，"白智美抿着嘴笑，"听你的，你是老板。"

董越上了车，白智美在车外笑吟吟地站着，等车启动，她微微一欠身，隔了几秒才袅袅婷婷地往回走，其周到的礼数让马路对面的曾子漩很受启发。

难怪人们都说，日本女人是世界上最有女人味的，光是这个微微鞠躬，就做得风情万种。

曾子漩感慨了下，只见对面人影一闪，白智美又陪着两位男士走出来，其中一个她不认识，但另一个高鼻深目的，居然是杜彼得。

曾子漩毫不犹豫地举起手机，拉近距离，拍下照片。

第三十八章

12月4日

体检报告来了,不敢看,紧张到手发抖,毕竟没少熬夜。

董越回到阿波罗花园,在喷泉旁坐了一会儿,才坐电梯上十六层,刚要开门,忽地发现底下门缝有光透出来,顿时心里有数,侧身反手开门,门一开,就立刻朝旁边一闪,果然就有一只拖鞋从屋里飞出来。

拖鞋与董越擦肩而过,"咣"的一声,砸在走道的墙上。

"你做什么?"

"跟你算账!"

沈星拿起另一只拖鞋,又打算扔,却被董越一把抓住胳膊。"别闹了!"

"偏闹,偏要闹!"沈星张牙舞爪,对着董越拳打脚踢。

"你坐下!"董越吼一句,"不坐就滚。"

沈星一怔,见董越脸色阴沉,立马怂了,乖乖地在沙发上坐下来。

董越给自己倒了一杯酒,坐到沈星对面的茶几上。

"我问你呀……"沈星娇滴滴地凑过来。

"你打住,"董越实在不想奉陪,"坐回去。"

"喂……"

"坐好了!"

沈星噘着嘴，坐回沙发上。

"你要问我什么？"董越问。

"我问你，我和我爸，你到底站哪头？"沈星哑着嗓子问，"我实在是受不了他……你知道吗，我本来应该有个弟弟的，我妈怀着孕，他在外面拈花惹草，被我妈知道了，两个人就吵了起来，当天晚上，我妈就小产了。他到医院来，还怪我妈不小心……你说他是不是人？"

董越没吭声。

沈星接着道："后来我妈死了，他更加无拘无束，身边不知道有多少女人，还捡到碗里都是菜，什么卖车的，卖房的，哦对了，还有你手下那个女的，卖酒的！"

董越一怔。"梁丹宁？"

"嗯，今天早上陪着老头子在九龙山打球呢，还有好几个人，照片都在朋友圈，他反正从来不避讳的，一天到晚带着各种女人，"沈星冷笑一声，"不以为耻反以为荣。"

"好吧。"

"什么叫好吧！"沈星嗔怪，"你得站队，我是要跟我爸彻底决裂了，你呢？你站哪头？"

"……"

"你说话呀！"沈星推推他的膝盖，"我是认真的。"

董越深吸一口气，说："我们分手吧。"

沈星愣住。"什么意思？你该不会是要站我爸那边吧？"

她猛地站起来。"我说董越，你是不是以为跟我分手，我爸就会继续帮你？那我告诉你，虽说我看不上我爸，我也不想要他，但他是要我的。他只有我一个孩子，我再怎么折腾，也是他唯一的骨肉，你不一样，你要是跟我分手，你对我爸来说就什么也不是了，我爸那种人，怎么可能帮你一个外人，你别傻了！"

董越听着，慢慢笑起来。

"你笑什么？"

"我突然发现，你比我知道的聪明得多，精明得多。"

"那当然！"沈星自得一笑，"虽然我爸不是东西，但他的某部分DNA还是能派上用处的。"

"但我想分手，和沈总没有关系，"董越平静地说，"从一开始，我和你谈恋爱就是因为你，不是因为他。现在我想和你分手，也是因为你，不是因为他。"

沈星脸色唰地白了。"为什么？你不爱我了吗？你……你是不是听说了什么，那些都是逢场作戏，就跟你们销售出去应酬一样的，都是玩玩的……而且我也决定不玩了……"

"不是因为那些。"

"那是因为什么？"沈星咬着牙，忽地眉毛倒竖，"你是不是跟别人好上了？谁啊？是你们公司的吗？还是外面的野女人？"

"都不是。"

"那到底是为什么？"沈星气得直跺脚，"你给我说清楚！不然我跟你没完！"

董越想了想，说："好，我跟你说清楚，但你答应我，要保持冷静，如果你做不到，我就不说了。"

"可以，"沈星拧了拧脖子，"你说吧，我会冷静的。"

"嗯，"董越站起来，"我之所以想分手，是因为，我觉得很累——"

沈星刚要开口，想起自己的保证，连忙捂住嘴。

"我们刚相识的时候，我觉得你非常可爱，非常率真，我被你吸引，觉得你和绝大多数女孩都不一样。我们恋爱之后没多久，我突然升职了，升到了高级经理，我很高兴，但也很奇怪，因为我升初级经理还不到半年，GST从来没有人升那么快，"董越笑了笑，"后来我才知道，原来你是沈默的女儿，他和杜彼得打了个招呼，我就升职了。"

沈星黑着脸，问："怎么，你讨厌升职吗？"

"不讨厌，我挺开心的，最多是有点压力，我猜到你家境好，但我没想到你家境好成这样，而且居然和我的工作有交集，你父亲是我们这个行业里谁都不愿意得罪的人,"董越走到窗边,市中心的夜空,永远流光溢彩,"但我想,你有钱也没什么,我也不需要靠你,毕竟在我这个年龄,能够自食其力买一套这样的小房子,也不算差了。"

"是啊是啊,你不差的,"沈星赶紧道,"我一块钱都没挣过,你却能自己买套房,你很厉害了。"

"嗯,所以我拼命做,努力确保我的业绩是配得上我的职位的,又过了大约一年吧,我升了副总监……你知道许云天从高级经理升到副总监用了多久吗?七年,"董越揉了揉眉心,"我当然还是很高兴,但我也很困惑,我经常想,如果我不是沈默女儿的男朋友,我能不能得到这样的认可,"董越摇头,"我不能,即便我把业绩做得再好,我也不能。事实上,我的业绩之所以做得好,有很大一部分原因是客户们买沈总的面子。"

沈星有些尴尬。"你分那么清楚干什么,业绩好就行了啊,别人想都想不到,你还有意见。"

"我没有意见,我只是很困惑,和你在一起后,我见识了许许多多的事情,我也获得了很多,但我不喜欢你们家的生活方式,我以为我可以适应,但我真的适应不了,"董越双手并拢放在嘴前,"我不知道这样下去,我会变成什么样的人。"

"那也用不着分手啊,"沈星走到他身边,蹲下来,用难得的温柔语调说,"要不这样,我和我爸彻底划清界限,怎么样?或者,你可以跳槽,你换个行业,别卖酒了,那不就行了?"

董越却只是摇头。

"那你到底想怎样!"沈星的温柔实在坚持不了多久,"你就想跟我分手吗?你觉得跟我分手就能解决你的困惑了?可你已经在享受我带给你的红利了,你现在跟我分手,不觉得是过河拆桥吗?"

"看,这就是我担心的问题,"董越皱着眉头,"我不希望两个人在一起是因为利益,更不希望分手的时候,会被一方视作过河拆桥。你想,如果我们继续在一起,甚至结婚生子,越往后,捆绑越紧。到那个时候，如果我再想离开，就不是过河拆桥，而是忘恩负义，十恶不赦了。倒不如及时分开，对你我都好。"

"你看看金林生夫妻俩，"董越说，"我不想成为金林生，也不想你成为金林生老婆。"

"原来你是受了金林生他们俩的刺激，"沈星恍然大悟，"他们俩是神经病，你跟他们比什么！"

"算了，你听不懂，"董越无语道，"总之，分手吧。"

"董越你别太过分！"沈星再次被激怒，"我告诉你，跟我分手对你没有任何好处，我爸会整你的。"

"我和你在一起的时候，也不是为了任何好处。"

"你！你混蛋！"沈星尖叫着扑上去扭打他。

这次董越没躲，硬扛着沈星在他身上又打又咬，沈星见他一动不动，终于认清董越是认真的。她停下来，一屁股坐在地上，眼泪哗哗地掉下来。

"你们为什么要这么对我，"沈星捂着脸号啕大哭，"我到底做错什么了，你们为什么要这么对我。"

董越叹口气，说："我这两天会在外面住，你早点休息。"

他拿起车钥匙，带上门离去。

第三十九章

12月5日

写PPT的时候，妈妈突然打电话来，问我最近怎么样，看我朋友圈发的照片觉得我瘦了。

我说那是美颜相机,瘦就对了。

挂了电话,"哇"的一声哭出来。

在心里。

赵玫撇撇嘴,心想这姑娘文笔真不错,顶级咨询公司哪怕搬砖的,都是考状元的底子。

开会的时候,赵玫给老板们汇报竞标事件的最新进展:那三家供应商的实际控制人胡广川,联系不上了。

合规部的同事说,他们想尽一切办法,可是胡广川不接电话,不回微信,去公司找也见不到人。丁香传媒的前台说老板出差了,不知道什么时候回来,总之就是不接茬。

齐幼蓝认为这件事可以理解为:"人家没收到钱,项目也黄了,未来也不可能再与我们合作,那肯定就不玩了,难道还要陪我们做内部调查?"

她说得很有道理,但赵玫却总觉得有点古怪。

如果这是一个局,那只要这个胡广川出来指认王皓,甚至指认赵玫,那他俩就死定了。

如果这不是一个局,那杜彼得为什么要等到钱打出去了再来找她的麻烦?那些资料上的英文翻译又是怎么回事?有那翻译的工夫,不会先阻止事态恶化吗?

接着又是一个小规模的听证会,人力资源部、销售部、合规部对王皓三堂会审,王皓只说自己一时疏忽,没有留意三家供应商的背景,其余一概不知。

这也都在众人的意料之中,没有人会承认自己存黑心钱,但外企的规矩,很少有人因为这种事去报警,更何况也没有造成实际损失。

公司对竞标事件是严格保密的,但世上没有不透风的墙,到了下午,很多人都开始窃窃私语。曾子漩悄悄告诉赵玫,大家都在讨论这件事。

王皓的脸色肉眼可见地糟糕，他给赵玫发消息，想知道公司会怎么处理他。赵玫直接给他打电话，叫他到办公室来。

赵玫对他说："只要你是清白的，我肯定会想办法保你。"

听到这句话的时候，王皓都不敢看她的眼睛。

许云天意外地给赵玫打来电话，说想约她聊聊。赵玫想了想，虽说上一次不欢而散，但冤家宜解不宜结，她还是去了。

这次的地方是许云天订的，约在一家酒店的酒廊，赵玫到的时候，许云天正独自坐在窗边，气色比上次见时好了很多。

"我以为你不会来。"许云天笑着说。

"那不至于。"赵玫言简意赅道。

服务员过来点单，许云天要了杯威尔逊 27 年。

"你都开始喝竞品了啊？这么恨 GST？"

"以前就喝，只不过以前是悄悄喝，现在可以正大光明地喝，这一款口感相当好，"许云天揶揄赵玫，"你该不会从来没喝过竞品吧？"

"没有。"赵玫斩钉截铁道。

"没想到你对公司这么忠诚。"

"因为到目前为止，公司还没有做过对不起我的事。"

许云天干笑一声。"行吧，说正事，我最近有个新的机会，猎头帮我牵的线，是哪家我还不能说，他们接下来会对我做一些背景调查，我也提供了一些名字，包括你，如果你接到电话，问关于我的事，还望多多美言。"

"你和 GST 已经谈完了？"

"还没有，"许云天喝了一口酒，"但我不能就此退休啊，总得找工作不是？"

赵玫干脆地点头。"行，我会帮你说话。"

"谢谢，"许云天笑容和煦，"我知道你会。"

"看来是家不错的公司啊。"赵玫意有所指。

"哈哈哈,不要试探我,"许云天显然心情很愉快,"确实是家不错的公司,很实在,不玩虚的。人家对我的私生活毫不在意,只关心我能为公司挣多少钱——这才是正常的公司,对不对?明明大家就是雇佣关系,员工准时完成业绩,雇主按时发放奖金,多简单的事。为什么非要去管那些男女关系,家长里短,又不是居委会,简直是有病,真的,不是我说什么,GST 公司就是太大了,好日子过太久了,吃饱了撑的把自己当救世主了。"

赵玫弯了弯嘴角,许云天只是看上去轻松,否则不会一下说这么多。

许云天见赵玫不吭声,知道她在想什么,也有些讪讪的,话锋一转,说:"听说你也快成了,三十五岁不到,女性,排行前三酒企大区销售总监,你是第一人!得恭喜你。"

"还没接到通知呢,谁知道最后成不成。"

"肯定成!董越除非把他那什么割了,要不然他没戏,"许云天满嘴荤段子,"白德瑞什么人我还不了解吗?那老外就是个政客,风向朝哪儿他就朝哪儿,今天流行女权,他就跟着 Me Too(美国反性骚扰运动);明天流行男权,他就能三妻四妾;后天流行小孩权,他就敢在酒瓶上印小猪佩奇。只要能拉来选票,只要能让他坐稳 CEO 的位置,他根本不管别的。"

许云天握着酒杯,翘起两根手指指着赵玫,说:"你就放心吧,就冲你在促销员大会上批判我的那几句话,你就稳了。怎么样,踩在我这个巨人的肩膀上上位,感觉是不是很棒。没事,我不介意,我早看开了,你只管踩。"

赵玫无话可说,忽地想起另一件事。"对了,你是听谁说我快成了?"

"齐幼蓝啊,前天她来找我,突然问我对你怎么看,"许云天哈哈一笑,"我就问她,是不是准备升你,她说正在考虑,那就多半是了。

说明你之前的考虑是对的，给我打的预防针很有效，我狠狠地夸了你一通。"

赵玫干笑。"谢谢你啊。"

"别谢，我想过了，你的话是对的，铁打的营盘流水的兵，咱们还是要珍惜友谊，指不定哪天又到一个窝里了，"许云天笑了笑，"对了，最初动感出问题了？"

"哈哈，全世界都知道了。"

"王皓这个小子，心挺黑。"

"也没证据，都是猜测。"当着外人，赵玫还是要维护王皓。

"哟，这么维护他，你俩的事别是真的吧？"

"我俩什么事？"赵玫拧起眉毛。

"还能有什么事，不都是男男女女那些事，"许云天笑着说，"说你跟王皓早就有一腿了，之前王皓的女朋友之所以来公司闹，都是因为你。"

王皓女朋友来公司闹的事，在 GST 是出过名的。

他前女友是个大学老师，王皓负责通路行销，要配合销售工作，不但要和各种夜店 KTV 打交道，还经常被销售拉着出去应酬。他女朋友就有点疑神疑鬼，王皓跟她解释她也不相信，两个人多次争吵，后来他女朋友开始玩突然袭击——有一次王皓正跟着赵玫巡店，他女朋友不知道从哪儿就冒了出来，搞得所有人都很尴尬。王皓受不了了，向她提出分手，谁知那个女孩一下子就炸了，居然直接冲到了公司，嚷嚷着说王皓和女同事有不正当关系，又说 GST 有问题，指派员工出入色情场所。

GST 对王皓和女同事的指控可以一笑了之，但说公司指派员工出入色情场所，那就太难听了。当时齐幼蓝就想把王皓开掉，多亏赵玫以一人之力保全了他，也正是因为此事，王皓对赵玫忠心耿耿。

"那都是去年的事了，"赵玫嗤之以鼻，"又不是什么新闻。"

"有新闻啊，前一阵你们不是去太湖了吗？说你和王皓住同一间房，半夜里——"许云天欲言又止，嘴角却露出暧昧的笑。

"半夜里什么？"

"半夜里动静大得快把湖对岸都吵醒了。"

"什么?！"赵玫啼笑皆非，"不会吧？哈哈哈！"

许云天也笑了。"到底是年轻人啊，体力好……"

"什么呀?！"赵玫的笑都刹不住车，"我那晚压根儿就没在酒店住！"

"呃……"许云天顿时意外了，"你没住？"

"晚宴结束我就回上海了，压根儿没住，"赵玫摇着头，"这谣造得真是连草稿都不打。"

"哈哈，那行，看来还真是瞎说，"许云天笑着说，"我还在想呢，这赵玫和王皓不是不清不白吗？以后可别老说我们男人性骚扰了，女人不是也一样？哈哈哈，我不是说性骚扰是对的，我的意思是，别老盯着我们男人，是不是？"

赵玫一听这话，心里顿时凉了。

第四十章

许云天的嘴可能是属乌鸦的，第二天，赵玫和王皓的八卦就传开了。

董越把于巍峨找来，问道："是不是你干的？"

"是！"于巍峨痛快地承认，"是我干的。"

董越：……

于巍峨解释道："王皓那小子不是刚出问题吗，我看公司查来查去，倒像是要和稀泥的样子，那多可惜啊，我得给他加把火。太湖晚宴那天我特别留意过，这家伙两只眼睛一直在赵玫身上打转。而且你还记不记得，去年他前女友来公司闹，他差点丢了饭碗，当时就有人说他和赵玫有问题。这两天亚太区的调查组还在公司呢，调查组要是听说赵玫潜规则男下属，会怎么想？这是我的第一个目的。"

"你还有第二个目的？"

"有啊，"于巍峨扬扬得意地说，"我就是想通过这件事告诉大家，别老觉得都是男上司潜规则女下属，也有女上司潜规则男下属。"

"那你知不知道赵玫那晚根本没住在太湖？"

"啊？"于巍峨愣了，他压根儿没留意这一点，"她没住吗？不会吧？"

"人家吃完饭就回上海了。"

于巍峨愣了。"这……我是真没想到……"

董越没理他，找到一个聊得正热闹的微信群，用非常随意的口吻发出一句："别瞎说，人家那晚压根儿没住太湖。"

赵玫今天特意把王皓约到离公司远一点的地方，就太湖之夜的传闻通气。

董越的那句话发了不到半个小时，赵玫和王皓就分别收到了别人转来的截图。公司就是这样，什么秘密都藏不住。

王皓的脸色难看到极点。"他这是干吗？贼喊捉贼？"

按照谁是最大利益获得者谁就是凶手的理论，王皓已经认定这件事就是董越干的。

"不是他干的。"

太湖那晚的事，她和董越最清楚不过。

"你怎么知道？"

"我觉得不是他，"赵玫说，"他应该不是这种人。"

"我不明白你为什么那么相信他，"王皓恼怒地说，"就算不是董越做的,也是他手下那些人做的。那些销售都生怕你升上去,我听到他们私下聊了好几次,怕你不高兴,没跟你说而已。"

"哦。"赵玫淡淡地说。

"赵总!"王皓不明白赵玫为什么这么淡定,"这谣言一看就是冲着你来的,调查组还没走呢,那两个香港女人成天上蹿下跳,说不定又要来约谈你了,老板们现在又特别忌讳这种事,万一……你得想想办法!"

赵玫看着王皓望着自己痛心疾首的样子,心里愣了一下,竟多了些明悟。

原来王皓还真的是喜欢她。

她皱起眉来,觉得这事有点棘手。

"赵总——"王皓还想说。

"行了,"赵玫打断他,"你不用为我操心这种事,如果你为我好,就不应该在竞标上动心思。"

王皓一下子如同被霜打了的茄子,蔫了。

"我叫你出来,只是跟你了解一下情况,没有别的意思,你明白吗?"

王皓看了她半天,终于点了点头。"我明白。"

赵玫扫了桌上的二维码付钱。"单我买了,我还有点事,得先走。"

王皓没走,又要了杯咖啡慢慢地喝。

他能感觉到赵玫在疏远自己,他能理解,最初动感这件事把赵玫连累得很惨,可赵玫还答应保他,这让他内心的歉疚更深一层,现在又出了这种八卦……

王皓深深地叹气,他回想起去年前女友来公司闹,他以为自己的饭碗肯定没了,结果什么事情也没发生。后来还是人力资源部的人告诉他,是赵玫在齐幼蓝前力保了他,要不然他早就被开掉了。

但赵玫却从来没跟他说过。

再到后来,他发现赵玫看似心狠手辣,其实为下属们做了很多事。比如那个跑掉的汪莉萍，到现在她老公还在GST的仓库上班；还有曾子漪，闯了这么大祸，也是赵玫在给她收拾烂摊子，把她弄进公司来，还打算培养她……

王皓工作很多年了，见过形形色色的老板，但他从未在职场里见过赵玫这样的人。

他对赵玫有好感，但这种好感非常单纯，是不表白也不畅想未来的好感，是藏在心里只要对方需要，他就努力地去帮，不需要任何人知道的好感。

在王皓心里，这种好感是很美好的，掺杂着报恩，也掺杂着欣赏，这也是为什么他非常痛恨这一次的谣言，太难听了，感觉所有的高尚和纯粹都被玷污了。

low（差劲），太low了。

王皓在心里骂着，他觉得自己应该做点什么，就算不为赵玫，也为自己心里那片白月光似的情感。

毕竟，人这一生能有几次单纯？

这两天，梁丹宁的工作进展不太顺利，下午准备去见提前约好的客户，临时又取消了；昨天晚上的客户也是如此，本来意向都明确了，对方突然说要缓一缓。梁丹宁觉得不对劲，可想来想去，也不知道是哪里出了问题。

梁丹宁工作的时间都是安排好的，现在取消一个工作，就多出了两个小时的时间，她一个人开着车晃悠，跟孤魂野鬼似的，想想没劲，干脆把晚上的局也都推了，掉头开车回家。

家里静悄悄的，老妈去接梁薇放学了，梁丹宁看到床底下那个橙色的大盒子，心思一动，联系了一个熟悉的奢侈品代购，问她九成新的二手Birkin25黑金能卖多少钱，那姐儿一下激动了，问梁丹宁有没有货，有的话她按照原价九折收。梁丹宁心想反正这包她也不想背了，不如卖给有缘人，便利索地成交。

隔了一会儿,门口就传来祖孙俩的交谈。

"你晚上想吃什么?"老妈问。

"我想吃葱烤大排。"

"别吃葱烤大排了,外婆做了油面筋塞肉。"

"你油面筋塞肉都做好了,那还问我干吗呀?"

梁丹宁听了,忍不住笑起来。"妈,薇薇。"

这是她最好的人间烟火,只要有她们在,一切问题都不是问题。

但祖孙俩却不习惯梁丹宁这时候在家。

"你怎么这会儿就回来了?"老妈问。

"妈,你是不是被公司炒鱿鱼了?"梁薇担心地问道。

"别瞎说,我好着呢。"

梁丹宁叫了个闪送,看着快递小哥提走那个橙色的大盒子,心里一阵痛快。

"妈,你把包送走了?"

"卖了,"梁丹宁拍拍手,"妈,咱们出去吃饭吧,我请你们吃大餐,米其林怎么样?"

"为什么?我油面筋塞肉都做好了。"

"我还要写作业呢!"

居然都拒绝。

梁丹宁一阵无语。"妈,油面筋塞肉可以放冰箱,薇薇,写不写作业你都是第一名,别写了,陪妈去吃顿饭行不行?"

梁丹宁软磨硬泡,祖孙俩总算同意和她去吃饭。梁丹宁挑了一家门口挂着两颗米其林星星的粤菜馆,老妈被菜单上的价格震惊了。"要死啊,一盘豆腐要一百六十八块?"

"人家豆腐里有海鲜的呀。"

"妈妈,你发横财了?"梁薇问。

"没发横财,我不是把包卖了吗。那包挺值钱的。"梁丹宁说。

"多少钱?"老妈问。

"几万块吧。"

老妈吓了一跳。"这么贵？千万不要让姚晓辉那个瘟生知道。"

"他以后不会再来找麻烦了。"梁丹宁说。

她对沉默的威慑力有着莫大的信心。

三个人点了四个热菜两道点心一道汤，梁丹宁老妈对杏仁白肺汤啧啧称奇，说居然一点也不腥气。梁薇喜欢吃黑猪肉叉烧，就又加一单。

过了一会儿，大堂经理还特意过来打招呼，对着梁丹宁嘘寒问暖一番，还送了一人一份甜品，梁薇好奇地问："妈妈，你是不是经常来？"

梁丹宁说："是，但以前来都不如今天开心。"

吃完饭，梁丹宁又提议去逛街，带着她最爱的两个女人去新天地旁的潮牌店，给老妈买了两件时髦的卫衣，一条瑜伽裤，给梁薇买了两条连衣裙。买完又去商场家具店，梁丹宁认为女儿在餐桌上写作业，实在有点对不住学霸的身份，决定买一套学习桌。祖孙俩为了升降桌和升降椅哪个更重要讨论半天，梁丹宁看着她们俩心想，所谓幸福生活莫过于此。

梁丹宁的手机响起来，是一家老客户的总裁助理打来的，他家每个季度都要找梁丹宁要一百多万的货，已经好几年了。

"丹宁姐，刚老板让我找杰生订几箱黑皇帝。"对方低声说。

"杰生？威尔逊的杰生？"梁丹宁高度警惕，"他要干什么，为什么突然改喝黑皇帝？"

"我也不知道啊，本来月初该找你拿货了，谁知前面出了饭局，突然让我找杰生，咱俩关系那么好，我想着得跟你打个招呼。"

这个姑娘就是故意示好，这个圈子没有秘密，就算她不说，过两天也会有别人告诉梁丹宁。

"谢了啊！"梁丹宁赶忙道谢，"这些情分我都记着。"

"别客气，你好好琢磨琢磨怎么回事，我有消息也跟你说。"

梁丹宁对着一排圆珠笔站了好一会儿，忽然心里一动，又打回去，问道："亲爱的，那天饭局上，都有谁啊？"

对方就把人名都报了一遍，听到"沈默"两个字后，梁丹宁顿时心里雪亮。

她震惊得无以复加，无意识地拿起一支圆珠笔，看到自己的手在不断地颤抖，一种恐惧从心底深处生长出来，沈默要做什么，他是要惩罚她吗？

梁薇挑中一套四千六百八十块的学习桌椅，梁丹宁心不在焉地付了钱，一家三口回了家。梁丹宁翻了翻存款，加上卖包所得，她一共还有十五万三千块。这点钱在上海，约等于身无分文，她还有老妈和女儿要养，她学历不够，外语不好，已经无法指望百尺竿头更进一步，现在连手头的工作也岌岌可危。

她一晚上没合眼，第二天一早赶去公司开销售季度会，全国 GST 的区域销售们都到了，杜彼得在会上吹风，说公司接下来会有新的动作，一个是大力发展线上业务；一个是把超过百万订货量的大客户从区域销售的手上收回来，成立单独的 VIP 客户俱乐部，对他们进行更规范、更高规格的服务。

简而言之，就是把现有的高端客户从销售们手上剥离。

这话一出，销售们的脸色顿时一个比一个难看，断人财路好比杀人父母，让销售分客户就是要他们的命，但没办法，胳膊拧不过大腿。

梁丹宁一下子崩了，她做的是上海地区销售，上海大老板多，她至少有三分之一的客户能算得上 VIP，她想吐血了。

梁丹宁走出会议室，径直走到一个无人的角落，拨通沈默的电话。"我想见你。"

"现在吗？现在没有时间。"沈默说。

"你是故意的！"梁丹宁咬牙切齿地说，"VIP 客户俱乐部的主意是你给杜彼得出的吧？你就是故意的，你要整我是不是，就因为我拒绝了你！"

"你误会了，我这会儿在医院，医生就在旁边，你不信的话，我让他跟你说话？"

"算了，谁知道真的假的，"梁丹宁哑着嗓子说，"我玩不过你，我不玩了，我就是个打工的，我还在贫困线上挣扎呢，你放我一马，我们就当从来没认识过行不行？"

她狠狠地挂断电话，眼泪夺眶而出。

Part 5 这只是开始

丛林法则里,有经验的猎人都懂得,
绝不能把背朝着野兽。

第四十一章

赵玫接到齐幼蓝电话时,已经猜到是什么事,她已经把自己武装到了牙齿。

齐幼蓝约她吃午饭,在双子星大厦裙楼的大食代,赵玫点一份煲仔饭,齐幼蓝选的是虾饺和肠粉。

"说吧,是不是太湖的事?"赵玫主动出击。

齐幼蓝笑了。"你挺明白呀。"

"拜托,"赵玫轻描淡写地说,"这也不是我第一次当绯闻女主角了。"

光是和许云天,她就被传过好几次,第一次是她刚进 GST 没多久,许云天升了她的职,把她转到内勤,之前的促销团队里就有人说她陪老板睡过。当时她气得不行,还偷偷地哭了两场,最后还是许云天安慰了她。许云天跟她说,这些人是嫉妒你,你升得越高,中伤你的人就越多。这只是开始。

赵玫想了想,把"这只是开始"五个字设置成了电脑屏保。

和老板传绯闻都不怕,还怕和下属传绯闻吗?

"当真相还在穿鞋,谣言已经跑遍半个世界了,"赵玫淡定地说,"我的齐总,咱们认识多久了?别人不知道,你还不了解我吗?我是个已婚妇女,我和王皓之间毫无瓜葛,就这样。"

"我本来也没当回事,"齐幼蓝无奈地说,"问题是有人举报到调查组了,你让我怎么办?"

"什么?举报?"赵玫瞬间震惊了,"还有人举报这个?!"

"你看看。"

齐幼蓝打开手机,展示了几张照片。

赵玫一看,是太湖VIP晚宴那天的照片,第一张是王皓在赵玫门前,手里拿着个托盘,第二张是王皓刷卡,推门进去。

"我们已经查过了,这门牌号就是你的房间。"齐幼蓝说。

赵玫目瞪口呆,她没想到王皓还进过自己的房间。"我不知道这件事,我当时不在房间。"

"那你在哪儿?"

"我那天根本没在酒店过夜,晚上就回了上海,车是前台叫的,你们一问便知。"

"问过了,这几张照片的拍摄时间在你让酒店前台叫车前。"

"可我当时真的不在房间,"赵玫快气死了,"我也不知道王皓为什么会进我的房间,一会儿回去我就去问他,我的天哪,我为什么要跟你解释这些。"

"你可以不跟我解释,"齐幼蓝摊手,"说老实话,我对这些事完全不感兴趣,但调查组想找你谈一谈。"

"什么?"

"她们就是例行问话,"齐幼蓝叹了口气,"亚太区那帮人你还不知道吗,本来就苦于没机会来我们这儿刷存在,现在好不容易抓到个事,还不是赶紧拿着鸡毛当令箭。"

"可我和王皓真的没什么。"

"我相信你,"齐幼蓝非常敷衍地说,"你只要让调查组也相信你就行。"

赵玫突然体会到了许云天的感受。"我真不明白,我为什么要去解释这些。"

"去吧去吧,"齐幼蓝劝她,"她们的报告也是有分量的,我可是一心想把你推上销售总监的位置,你别在这事上出岔子。"

"行吧,"赵玫无力地说,"那就去。"

齐幼蓝高兴地说："就约今天下午三点，你可以吧？"

连时间都订好了，看来是早有预谋。

赵玫没精打采地说："可以，都这样了，我还有什么不可以。"

齐幼蓝又说："对了，还有王皓，也需要问一问，明天上午吧，你看是你通知他，还是我通知他？"

"王皓？"赵玫一下坐直了，"不行。调查组可以问我，但不可以问王皓。这算什么？学公安局录口供搞对质？简直是笑话！你去跟那些人说，要么就问我一个，要么谁也别问，从哪儿来就给我回哪儿去！"

"你别激动，"齐幼蓝没想到赵玫说翻脸就翻脸，那股子山雨欲来的强大气势，连她都暗暗心惊，"干吗那么介意问王皓？你还要保他？"

"我不是保他，"赵玫冷冷地说，"调查组本来只调查女员工，现在你让我和王皓前后脚被约谈，不管最终结论是什么，大家都会默认我是潜规则男下属的女上司。"

齐幼蓝被逗乐了。"也是，哈哈，那行吧，我去跟调查组说。"

"那两张照片能发给我吗？"赵玫问。

"理论上是不可以的。"

"理论上，你都不该知道有人举报我，调查组明明是直接汇报给亚太区的，"赵玫实在厌倦了耍花腔，直来直去道，"哎呀，我的齐总，你就帮我帮到底，送佛送到西吧。"

齐幼蓝大笑起来。"好好好，我真拿你没办法，这样，我不发给你，你自己翻拍吧。"

赵玫回到公司，立刻把王皓和曾子漩叫到自己办公室。

王皓带着两个深深的黑眼圈，显然这一阵休息得不太好。曾子漩的气色倒是很好，还带了一摞文件。"赵总，蚕茧的销售数据我拿到了，还做了一个分析图表，请您多多指教。"

赵玫哪有心思看别的。"先放那儿吧，你俩坐。"

她把手机放在桌上,那两张翻拍的照片刚一打开,王皓的脸色就变了。"怎么会——"

"是啊,怎么会?"赵玫冷冷地看着他,"你到底还干了多少事,是我不知道的?"

"你听我解释,"王皓着急地道,"那天我看你喝多了,就让厨房炖了点梨汤给你送去,但你没开门,我想你大概出去了,我就自己开门进去,把梨汤留下,我就走了。"

"你为什么有我房间的门卡?"

"酒店给的,我有一张通用的门卡,每个房间的门都能刷开。"

赵玫又看向曾子漩,问道:"他来敲门,你为什么不开门?"

王皓惊呆了,指着曾子漩问:"那天晚上你在赵总房间里?"

曾子漩忙道:"那晚赵总怕有人对我不怀好意,就让我留在她房间里,"说完她又对赵玫说:"对不起赵总,我没有一直待在房间里,其间出去过几次。"

"你去哪儿了?"赵玫问。

"我没敢在别墅里待着,就去湖边走了走。"

"所以你没遇到王皓?"

"没有,"曾子漩摇头,"我压根儿都不知道有人进来过。"

"那你俩有没有看到别人在我房门口转悠……算了,"赵玫说到一半,觉得这个问题毫无意义,如果曾子漩或王皓看到拍照的人,早就说了。

"我去调监控!"王皓咬牙切齿地说,"我现在就去别墅调监控,我倒要看看是谁瞎举报,瞎造谣。"

赵玫没拦他,她也想知道,到底是谁吃饱了撑的拍王皓敲自己房门的照片。

王皓和曾子漩刚走,赵玫结束了录像——刚才她一直在用笔记本电脑的摄像头在拍摄——她将文件拷贝到优盘里,拿到调查组的办公室。

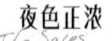

"视频是我所知道的事情经过,你们可以自己看,"赵玫冷静地对四十几岁那位说,"我和王皓之间清清白白,他的每一次升职都是通过公司考核的,无论是业绩还是价值观都经过打分,公司系统里都有。"

四十几岁那位仿佛对她说的话早有预料,只是微微点头,在本子上做记录。

赵玫想了想,又补充道:"调查组的目的应该是解决问题,而不是制造问题,或者将问题恶化。我是已婚人士,今天这个调查本身很有可能对我的婚姻造成巨大伤害,如果有后果,你们能负责?你们不能。你们只是公司机构,不是公检法,而你们做的事情却会对一个人的整个人生造成影响。我希望你们慎重处理这样的事,要多考虑人性。"

调查组的两个人面面相觑。

"记下来,"赵玫指着报告本,"我刚才说的这些,请你务必记下来,因为我录音了。"她晃了晃手机,扬长而去。

回到办公室,赵玫看到几个群里都在聊 VIP 客户俱乐部的事,有点担心梁丹宁。便给她发了个微信,让她抽空给自己回电话。

第 四 十 二 章

梁丹宁睁开眼睛,才下午两点。

她昨晚再一次失眠,上午忙了一些工作,中午终于有了困意,回家想补一补觉,谁知不到两个小时,又醒过来。她以前是挨枕头就着的,再这样下去,她要去开安眠药了。

手机不断地振动,梁丹宁拿起来一看,是沈默。

这人要干什么。她把手机一扔。

过了一会儿,又听到门响,老小区不隔音,她仿佛听到沈默的声音,顿时吓了一跳,赶紧跳起来开门,还真是沈默,他正问一个站在铁门后的邻居:"梁丹宁是否住在这里?"

平时看不出来,但这会儿他站在老小区的楼道里,却显得极为格格不入。

"你来做什么?"

"不要如临大敌,"沈默笑笑,"你不接电话,我只好来找你,不请我进去坐坐?"

邻居好奇地打量着他们,不舍地关上铁门。

"出去说吧。"梁丹宁可不想让别人看戏。

她胡乱地披了件外套,踩上一双球鞋就走,沈默在她旁边下楼梯。"第一次看到你不修边幅。"

"我很快就要一直不修边幅。"梁丹宁冷冷地道。

客户都跑了,打扮给谁看。

老小区的大门口,停着一辆橙色的小跑车,有警察站在旁边,看见沈默来了,毫不留情地说了几句,给他开了一张罚单。

沈默乖乖地收起罚单,梁丹宁在心里冷哼,警察不知道,这个人其实是头豺狼。

两个人上车,沈默开着车,问她:"要不要打开敞篷?那样比较拉风。"

"我没有拉风的心情,"梁丹宁指着旁边一条小马路,"那边可以停。"

沈默依言停好车,两个人走下车,梁丹宁不耐烦地看看四周。"你找我到底要做什么?"

"来向你道歉。"

"哈!你承认是你故意坑我。"

"不是故意,但我不杀伯仁,伯仁却因我而死,"沈默叹了口气,

"那天饭局上,大家问我怎么没带你出席,我们一起打过球,他们都知道你,可你刚刚拒绝了我,我能怎么说?"

"那你也用不着说,'就是个不识抬举的女人'吧?"梁丹宁冷笑,自然是有人把饭局上的话传给她听。

"我当时还在生气,我很少被人拒绝,所以有点不高兴。"

"你有点不高兴,便有人替你来为难我,"梁丹宁愤怒地吼叫,"你是什么人,你是皇帝吗?你不高兴了,那个惹你生气的人就要一败涂地,就要倾家荡产?我怎么你了?我不就是拒绝了你吗?你有什么损失?我拿过你什么好处了吗?我还陪你睡了一晚,还要当着你那帮朋友的面亲在你的老脸上,我没有做任何对不起你的事,沈总,善有善报恶有恶报,你也是有女儿的人,麻烦你积点德!"

她说罢,狠狠地踹了跑车一脚,还不敢踹车身,只敢踹轮胎。

"等一下,"沈默往前急走两步,拉住她,"你等一下。"

"干什么?又要惩罚我是不是?对啊,你是皇帝嘛,没有人敢这么对你说话,"梁丹宁讥讽地说,"我回去就辞职,这里是上海,有本事你弄死我。"

"是我错了,"沈默不放开她,"上天也惩罚了我。"

"上天怎么惩罚你了?罚你吃一张五十块的罚单吗?"

"我查出甲状腺癌。"

"……"

沈默见她不再挣扎,松开手,指了指自己的脖子,说:"你昨天打电话给我的时候,医生正在跟我讲。"

梁丹宁浑身僵硬。"这又是什么奇怪的苦肉计?"

"不是苦肉计,"沈默平静地说,"我是一个讲究风水的人,不会触自己霉头。"

梁丹宁一肚子的话都噎住了,这个人可见是做了大量坏事,老天居然罚他患上癌症。"怎么得上的?"

"不清楚,有可能是海鲜吃多了,也有可能是被我女儿气的,"沈默笑了笑,"也可能是兼而有之。"

他又道:"你别太担心,虽然是癌症,但属于最好治的那一种。"

梁丹宁只觉得憋屈,她满腔怒火而来,敌人却搞出一个大病。偏偏她是个有良知的人,不可能对着病人冷嘲热讽。

她好不容易才挤出一句安慰话:"现在科技发达,很快就能治好的。"

"希望如此,明天一早去医院动手术,"沈默缓缓地说,"我已经和那几位朋友打过招呼,让他们不要误解,请他们多捧你的场;不过我还没有找杜彼得,VIP 客户俱乐部的事情我知道,但不是我出的主意,更不是针对你的,你公司的老板们也不知道我们的事,你希望我告诉他们吗?"

"不用了,"梁丹宁干巴巴地说,"不要没事找事。"

"那好,别的应该没有什么了。"

梁丹宁皱起眉,这人说话的语气像是交代遗言,她看沈默往车上走,第一次觉得其实他真的不再年轻。

"我送你吧。"梁丹宁问。

"嗯?"

"送你回家。"

"不用了,我自己可以。"

梁丹宁瞪着他。"算了吧,你既然告诉我了,我总不能让一个癌症患者自己走,我良心上过不去。"

"我不是故意告诉你的。"沈默微笑着说。

"少扯淡,你就是故意的,"梁丹宁发起威来,很难有人把她当小女生看,"走吧,我送你回去。车钥匙给我,我来开。"梁丹宁朝沈默伸手。

"这车是三百马的,你不会开。"

"我会,"梁丹宁板着脸,"我在上赛道训练过一周。"

沈默乖乖地用指纹开锁。

梁丹宁一脚油门下去，跑车发出轰鸣声，如离弦之箭般冲出去。

"你是真的会开，为什么会去学开赛车？"沈默打量着梁丹宁开车的姿势，好奇地问。

"我是做销售的，我卖得最好的是高端系列，"梁丹宁冷静地说，"高端客户会的，我也得会，高端客户喜欢什么，我就去学什么。"

"难怪你十八般武艺样样精通，"沈默感慨道，"品酒，打高尔夫，开赛车，你什么都会，我真希望有一个你这样的女儿。"

"闭嘴。"梁丹宁皱起眉头，这人在胡说八道什么。

"对不起。"沈默立刻道歉。

梁丹宁把沈默送到家，外面太阳高挂，蒜头鼻保姆居然睡得呼噜轰鸣，她被喊起来收拾东西，一脸睡眼惺忪嘟嘟哝哝，非常不情愿。

"你为什么要雇一个这样的保姆？"梁丹宁问。

"她有她的优点，"沈默神秘地说，"你看，她虽然抱怨，但什么也不会问，最终也会把工作做完。"

沈默送梁丹宁到大门口，叮嘱她："你不要把我要做手术的事说出去。"

"我告诉谁？"梁丹宁嗤笑道，"等等，你没有告诉过别人？"

"没有，除了你。"

"连你女儿也不知道？"

"不知道，"沈默摇头，"我怕告诉她之后，她会特意赶来气我，加重我的病情。"

"那你特意赶来我家告诉我？"

"哈哈，可能我真的喜欢听你讲话。"他轻描淡写地说。

梁丹宁其实想问，难道他真打算就带个保姆去做手术，但话到嘴边又忍住了，人家是沈默，不用她操心。

这一带不好打车，梁丹宁走了好几百米去搭公交车，她靠在车窗上，搜索"甲状腺癌"，看到"甲状腺癌患者预后良好，不影响自然寿命"，轻轻吁了口气。

第四十三章

晚上，李东明特意打电话来约赵玫吃饭，赵玫本想拒绝，但李东明说，他听到那个谣言了。赵玫便想，和他商量一下也无妨。

李东明坐着公司的商务车来接赵玫，赵玫刚上车，他就劈头盖脸说了一句："让我找到那个造谣的，看我不捏死他。"

赵玫吓了一跳，赶紧去看司机。

李东明大咧咧地说："没事，老余是自己人。"

司机就在后视镜里冲着赵玫憨憨地笑，赵玫顿时体会到了李东明在瑞景咨询的地位。

半个小时后，商务车拐进一条静谧的林荫道，道路的尽头是一座古朴的院落，篱笆后有竹影婆娑，两道木门虚掩，灯是点在地上的，一个胖乎乎的石雕童子，提着一盏油灯。

赵玫一看就知道这饭店价格不菲。"你们公司现在能给你报这么高的餐标了？"

"公司给不给报我都得请你吃点好的，"李东明笑着说，"一来要配得上你，二来也要给我们赵总压压惊。"

包间名叫东篱下，布置得极其清雅，有穿着月白长袍的女孩要表演茶艺，被李东明拒绝了。"直接泡一壶白茶送过来就行，上菜的时候不用介绍，我俩要说话。"

一看就是常客。

赵玫有点好奇："你为什么笃定是有人造谣？我们几个大老板都不相信我呢！"

李东明正在吃刚送上来的小葱油饼,热乎乎的配着鹅肝酱,他拍着手上的饼屑,含糊不清地说:"那是你老板不了解你,我当然相信你了,你怎么可能看得上王皓?"

赵玫没想到等来的是这个回答。"那你觉得我能看上谁?"

"我说实话,你可别生气。"

"你说吧,我不生气。"

"你这个人啊,有一个特点,"李东明给赵玫添茶,"慕强。"

"什么意思?"

"意思是你只会看上比你厉害的男人,那些档次比你低的,你看不上。"

"你是说,你的档次比我高?"

"追问这个就没意思了,你扪心自问,你是不是这样的,"李东明拿了个大闸蟹,拿掉蟹盖,递给赵玫,"不瞒你说,之前人家传你和许云天,我倒是有点相信。"

赵玫拧起眉毛。"你相信?那你还挺大方。"

"不是我大方,是……算了,说了你更要不高兴了。"

"赶紧说。"

"那我可说了,"李东明喝了口黄酒,"一来,那是咱们结婚之前的事,我就算相信,也管不着,只要结婚后你俩别勾勾搭搭就行了;二来呢,我是觉得,就算头几年你有可能喜欢许云天,但许云天也不会跟你有什么进展。我了解他这个人,他不会喜欢你的。"

"为什么?"

"因为他喜欢小姑娘,我不是说你老啊,我是说,他这几年越来越喜欢找刚毕业不久的小姑娘。"李东明慢条斯理地说。

赵玫差点没噎住,忍不住刺他一句:"喊,你以为他是你啊。"

李东明没听出赵玫话中有话,摇头道:"我可不喜欢刚毕业的,太笨。"

赵玫无语了。

李东明反复看那两张照片。"从这个拍摄角度看，倒像是随机行为……你看这里，这是走道，根本藏不住人。"

"我想过了，应该就是有人恰巧从那儿经过，看见王皓敲我房门，就拍了照，"赵玫翻翻白眼，"我们公司这些人，每一个都有做狗仔的潜质。"

"拍照是一回事，举报又是另一回事，"李东明犀利指出，"这人不是跟你有深仇大恨，就是有利益之争。"

"是啊，我真是想不出来，我还有这样的仇人。"

"董越啊。"

赵玫摇摇头。"不会是他。"

"为什么？"

"因为拍这张照片的时候，我正和董越在一起。"

"啊？你俩在一起干吗？"

"聊天，正常社交，"赵玫没好气地说，"我们之间的竞争不管再怎么白热化，总归是一个公司的同事，又都是销售系统的，表面和平总是要维持的，就算日后我真的升职了，我不是还得用他？难不成真的撕破脸？"

"你说得对，"李东明皱眉，"那会是谁，难道是私仇？你有没有得罪过什么人？"

"那可太多了！"赵玫叹口气，"我团队有几百号人呢，前不久还有促销员的老公追杀我，要论私仇，数不胜数。"

"嗯嗯，我老婆真厉害！"李东明给赵玫夹菜，"不遭人妒是庸才。"

赵玫"扑哧"一声笑出来。"你最近吃什么药了？变夸夸团团长了。"

正聊着，王皓打电话来，他下午直奔太湖调监控。

"怎么样？"赵玫满怀期待地问。

"他们确实有监控，"王皓咬牙切齿地说，"但你敢信吗，他们的监控没装存储卡。"

"啊？"

"只能看到前一天的监控录像,隔一天就自动清除了。"

赵玫放下电话,半天才道:"挺好,又发现一个盲区,下次再做活动,得去检查监控。"

"有意思,"李东明喝着黄酒,咂摸着,"这件事真是越想越觉得有意思。"

"哪里有意思了?"

"你看啊,抛开这件事针对你不谈,这个举报充分说明了,男人会性骚扰女下属,女人也会性骚扰男下属,还挺男女平等的……"

"我呸!干这事的女人比男人少多了!"赵玫啐道。

"少不代表没有啊!"李东明眉飞色舞地说,"我说赵玫,你们卖酒的人果然思路开阔,连整人都别具一格,独辟蹊径。"

赵玫气不打一处来,之前许云天这么说,她只能忍着,但对李东明就不用客气。"你那么高兴干什么,是不是这件事办到你心坎上了?你去潜规则,去性骚扰,都是对的了?"

"不不不,"李东明赶紧道,"我可没潜规则谁,性骚扰谁,咱们单纯就事论事,你别生气啊,我不是说了抛开你不谈吗?"

"怎么可能抛开我不谈?"赵玫柳眉倒竖,"首先,我没有性骚扰任何人;其次,我也没有潜规则任何人。你刚才说的一切都是建立在假设的基础上,你别拿我跟许云天相提并论,我没干过他干的事。你居然还说什么男女平等,这叫什么男女平等,你是不是觉得我们女人要是也性骚扰男下属,你就心理平衡了?我告诉你,我们女人可没那么恶心!"

"好好好,我错了,你别生气……"李东明来拉她,"我道歉还不行吗?我错了……"

"我说你跟许云天怎么一个论调呢,你俩就是一丘之貉。"

"你见许云天了?"

"不关你的事!"

赵玫狠狠地一跺脚,自己先跑出去,连李东明的车也不坐了,自己打车回家。

　　隔了十分钟，李东明也到家了，他见赵玫还在气头上，不敢去招惹，躲去书房看书，等赵玫洗完澡从卫生间出来，他已经歪着脑袋在大床上睡着了，手机落在枕边都不知道。

　　赵玫看着呼呼大睡的李东明，心情极其复杂。

　　就这样吧。赵玫想。等过了这段时间，就好聚好散。

　　她拿了个枕头，准备去客卫睡，刚走到门口，就听到手机振动的声音，回头一看，是李东明的。或许是年纪上来了，加上晚上喝了不少黄酒，李东明这会儿睡得极熟，对周围的动静完全没有察觉。

　　赵玫走过去，看了一眼手机，居然是乔海伦打来的。

　　李东明还是睡得深沉。

　　赵玫忽然想使坏，她毫不犹豫地伸出手，照着李东明的腰就掐了下去。

　　"哎！"李东明一下坐起来，"干什么你！"

　　"你有电话。"赵玫把手机送到李东明眼前，"我看是你同事打来的，怕是要紧事。"

　　赵玫说完主动去了隔壁客卧。

　　李东明头昏脑涨的，看了眼来电显示，乔海伦三个字还在跳跃。他动了动喉结。嘟哝一句"能有什么要紧事"。

　　赵玫在客卧等了半天都没有动静，她走回主卧，看到李东明居然又睡着了。

　　赵玫想了想，去翻乔海伦的朋友圈，果然，她还真更新了一条。

12月8日

疯了！想原地爆炸！！为什么要这么对我！！！

　　配图是一张凡·高的《星夜》。时间是两分钟前。

　　赵玫看向李东明的手机——时不时亮一下，提醒信息不停。

曾几何时，赵玫也是很不齿偷看配偶手机这种行为的，但现在她不那么幼稚了，既然微信聊天记录是被法院采纳的证据，那么看配偶手机自然是合理取证。

她说服自己后，果断拿起了李东明的手机，试了三次便成功破解了密码，是李东明妈妈的生日。

真是一点都不令人意外。

赵玫打开微信，找到乔海伦。

最新的一条是今天早晨发的。

乔海伦："领导早安。（笑脸表情）"

李东明隔了一小时才回："早。"

这么冷漠？赵玫思忖。

再往前也就是一些日常问候，看着都挺正常，没有任何意义。

"我到了。"

"我下来。"

"在哪儿？"

"来了。"

…………

除了这些，就是大段的和工作相关的内容，一些文件的传输，还有频繁的语音通话，单从聊天记录来看，李东明和乔海伦绝对是正经的上下级关系。

想不到李东明的手脚这么干净。

忽地，乔海伦又发来一段话："领导，我不是胡搅蛮缠，我是我真的想回来，我不想跟着肖总，他们这一组的做事方法我也接受不了，求你了！之前的事是我错了，我是一下子冲昏了头脑，我保证以后不犯，请你把我调回来吧。（六个哭脸表情）"

第四十四章

赵玫举着李东明的手机浮想联翩。

这么说来,乔海伦被调去别的组,不跟着李东明了?这又是为什么?乔海伦犯了什么错误?李东明是在惩罚她吗?

赵玫好奇极了,脑补了许多的可能性,恨不得把李东明摇醒问个明白。

她在李东明的手机上把俩人的对话截图保存下来,转发给自己,然后删除痕迹。

接着她又翻了相册,这回倒是有了点新发现。相册里除了李东明和客户的合影,以及一些文件合同的照片,居然有不少美女照片,不是生活中的美女,而是那种网上下载的美女照片,中外皆有。

赵玫一张张翻着,李东明的审美很有特点,既不是"白瘦幼"也不是"健美型",他喜欢的类型有点像这几年流行起来的大码模特,圆润的腰腹,饱满的大腿,最重要的是每一个都拥有 D 罩杯以上的丰胸。

赵玫眼前浮现出乔海伦导弹般精彩的胸部,心想李东明既然那么喜欢大胸妹,当初为什么要追自己这个 A 罩杯呢?

正想着,她自己的手机振了一下,是齐幼蓝发来的消息:"睡了吗?"

赵玫一下从女性对女性的复杂心情里抽身出来,回归到真实世界的清醒,回道:"没呢,怎么啦?"

齐幼蓝:"咱俩通个电话。"

赵玫顿时有些紧张，忙带上主卧的门走到客厅。

"我刚开完会，"齐幼蓝的声音里透着一丝疲惫，"跟老板讨论你和王皓的事。"

"你们大半夜的讨论这个？"赵玫匪夷所思。

"还有亚太区和总部的人，"齐幼蓝解释，"调查组是向亚太区汇报的，总部的人力资源也要参与，所以选了这个时间，专坑中国人。"

"辛苦了，你们的结论是？"

"老板想要王皓走人。"

"这——"赵玫有些难以接受，"有点过了吧？我本来想一次口头警告，再加上扣除今年的年终奖……"

"那样太轻了，无法以儆效尤。"

"可我们其实也没有证据证明他拿钱了，公司也没有实际损失啊。"

"赵玫，我知道你想保王皓，王皓要是走了，你这个领导也没面子，如果放在别的时候，我也就算了，你愿意留他就留下，但这次不行，"齐幼蓝苦口婆心地劝她，"你是不知道，总部现在非常忌惮办公室不正当男女关系，刚好他又在合规上出问题，你要是再拼命保王皓，你让别人怎么想？别人肯定认为你是在包庇他，你为什么要包庇他？你俩是不是有一腿？"

赵玫无言以对。"好吧，我来和他谈。"

"不，你不要去谈了，我让我的人去谈，"齐幼蓝说，"你避避嫌吧，和他少接触。"

"我的天哪，我们真的是清白的，心好累。"

"是啊，这个人留着就只会让你心累，"齐幼蓝劝道，"赵玫，你是公司看好的人才，我和白德瑞都是想保护你的，不希望你被无关紧要的人和事拖累，你也要拿出魄力和决断，不要辜负我们的信任。"

GST 在清除不想要的人时，速度真叫一个飞快。

第二天一早，人事找王皓谈了离职，他很爽快，没有一点胡搅蛮缠。接着就去人力资源部办手续，人事把所有的材料都准备好了，王皓从头到尾一言不发，连离职协议的内容都没仔细看，就签了名字。

有个主管私底下告诉赵玫，王皓的父亲患有尿毒症，需要长期透析，可能这是他需要金钱的原因。

但那又怎么样呢，谁都有可能有财务危机，这不是做错事的理由。

就像许云天，是业绩出众的大销售，但他依旧必须离开。

下午，赵玫隔着落地窗看到王皓在和几个同事道别，她在反思自己是否太绝情了，毕竟他只是有嫌疑，没有被定罪，这些年大家同事一场，情分还是有的。

她正琢磨该怎么处理，王皓来敲门了。他手里捧着一个精美包装的礼物盒。"赵总，我现在已经不是 GST 的人了，送你个小礼物，没人会说三道四吧？"

这话说的，实在令人尴尬。

"当然，"赵玫接过盒子，"谢谢。接下来有什么计划吗？"

"想先休息一段时间。"

"挺好，"气氛凝固，赵玫一时之间不知说什么好，"那咱们保持联系？"

王皓听出这是在送客了，他站起来，想了想又问："今晚几个同事约了一起吃火锅，你要不要一起来？"

赵玫知道晚上的聚餐，王皓在 GST 这些年人缘其实不错，有几个同事很为他抱不平，赵玫已经嘱咐要去的一个经理把发票拿回来，她可以出钱，但人不会出席。

"我晚上有约了，"赵玫遗憾地说，"你们玩得开心点。"

王皓点点头，他其实也知道，现在这么敏感的时期，赵玫不可能来，他只不过是想试一下。

"赵总，"他鼓起勇气，"希望你能原谅我。"

赵玫替他开门，笑着说："来日方长。"

"谢谢。"

王皓终于走了，赵玫长吁一口气。

这么多年来，送走很多离职的人，也炒过很多人鱿鱼，但每次告别，她的心里还是会难受，所以她不能干人力资源，她没办法天天干这种手起刀落的活。

赵玫拿起礼物盒，撕下包装，里面是一个很常见的木质八音盒，拧上发条，便叮咚叮咚，演奏出一曲熟悉的钢琴曲——《水边的阿狄丽娜》。

五年前，王皓刚进 GST 不久，还只是主管级别，一次公司在一个画廊做品牌联名活动，大家忙到后半夜，客人总算走光了，别的部门同事也走光了，只剩下促销部的人收尾。赵玫见大家都疲惫不堪，便走到中庭的三角钢琴前摁了几个键，问道："有人会弹钢琴吗？"

所有人全都摇头。

"不会吧，都只会喝酒吗？"赵玫嗔怪。

众人都笑起来。

王皓举手。"我会一点。"

"太好了。"赵玫招手叫他过来。

"您想听什么？"

"嗯……就弹那个吧……"她哼了一个调子，"名字我不记得了。"

"是《水边的阿狄丽娜》，"王皓一直低着头，"我会。"

美妙的琴声从王皓的指尖流淌出来，有了钢琴曲伴奏，大家的情绪好了很多，很快就把事情做完。

盒子里，一个穿着芭蕾舞裙的小人在翩翩起舞。

尽管所有人对王皓离职的原因心知肚明，但既然公司没有问罪，那朝夕相处的同事们自然也不会多言，加上王皓平时待人不错，大家私下张罗，竟然有十几个人表示会参加王皓的告别宴。

按照促销部的传统,每次团队聚餐,都会由最新进来的人指定餐厅。曾子漩挑了一家位于市中心的火锅店,这家店相当网红,很多人下午三点就开始排队等晚市的位置。

"要不我现在就去店门口坐着吧?"曾子漩主动请缨。

"不用,"主导今晚活动的促销经理笑道,"我去求求赵总,她肯定有办法。"

果然,赵玫只打了一个电话,火锅店老板就为他们留出了一个大包间。

傍晚时分,促销部的十几个人从乌泱泱的人群中昂首而过,简直是万众瞩目,走出了摩西过红海般的气势。

"说到 privilege(特权),"促销经理感慨,"我只想说,privilege 带来的感觉太美好了。"

"但也有负罪感。"美国加州大学回来的主管,一边说一边摇头。

"是的,不过——"促销经理话锋一转,"因为有了负罪感,就更刺激了。"

"是不是跟喝酒差不多?"曾子漩忍不住开口,她人美嘴甜,和同事们的关系搞得不错,"喝酒很爽,但谁都知道喝酒有害健康。"

"没错,"促销经理点头,"这种负罪感反过来给爽感加成了。"

"下次策划活动的时候,往这个方向使使劲,"一个高级策划经理琢磨着,"又爽又罪恶,这个主题可以吧?"

"但为什么会这样呢?"曾子漩积极提问,"为什么会又爽又罪恶?"

"因为这是人性,"主管高深莫测地说,"forbidden love(禁忌的爱),源于心底最深处的快乐,啊……我打了个冷战。"

众人笑骂他:"你个色胚。"

"色胚怎么了,"主管洋气地扭动一下,"创意最重要的就是性感。"

曾子漩知道 love 是爱情,不知道 forbidden(禁忌)是什么意思,但能猜个大概。

众人被这个话题点燃了，虽说是告别宴，但气氛却非常好，连王皓都全程笑着，还认真地参与了讨论。

曾子漩求知若渴，一边听一边在手机上做笔记，有时也会抛出问题，大家当她小妹妹，加上最近她颇受赵玫器重，给了她许多销售数据让她做分析，所以都愿意耐心地给她答疑解惑。

吃完火锅的第二场，众人纷纷出主意，有人说去唱歌，有人说去泡吧。

"这里隔壁就是蚕茧。"曾子漩说。

"蚕茧？"

大家面露古怪，他们当然知道隔壁就是蚕茧，不到一个月的时间，蚕茧已经度过最初的"聚气期"，成为城中热门的夜店，每天晚上都是人头攒动。但那个地方对 GST 的人来说有些敏感，尤其是还有曾子漩在，谁知道她自己提出来。

"你们不用担心我，我没关系的，"曾子漩看出大家的异样，"我经常去，蚕茧店长的女朋友是我闺密。"

"那行！"大家都松了口气。

曾子漩还自告奋勇道："这样，我来安排，蚕茧的小哥哥特别帅。"

团队里几个男人齐声怪叫道："喊！谁要看小哥哥！"

"我们要看啊。"女生们一起反对。

曾子漩赶紧说："蚕茧的小姐姐也好看的。"

于是大家达成共识，浩浩荡荡赶去蚕茧。

原本大家还担心没有提前预订会不会没位置，谁知曾子漩去和店长说了说，不一会儿就腾出了一张卡座，还送了一瓶香槟，几个果盘。

"曾子漩，看不出来，你很有排面嘛！"众人对她大加赞赏。

"这里我比较熟，你们有什么需求，跟我说就行。"曾子漩笑吟吟地忙前忙后，完全看不出之前她在这里先被许云天性骚扰又惨遭开除这一段人生起伏，和坐过山车比也差不多。

都是年轻人，喝着喝着就放开了，终于有人忍不住捅破窗户纸，说道:"我说曾子漩,看不出来你年纪轻轻,心理素质可以啊。"

"就是啊,"立刻有人附和,"换我肯定会有心理阴影。"

"会PTSD(创伤后应激障碍)的。"

见大家都看着自己,曾子漩有些不好意思,想了想才说:"其实一开始,我心里也别扭。那件事之后,第一次回蚕茧的时候,我过了好久才敢进门。"

"你为什么非要回来呢?"大家感兴趣地问,"不是应该绕道走吗?"

"因为赵总劝过我,她说如果我敢于回到跌倒过的地方,从跌倒的地方爬起来,那就没有人能战胜我了,"曾子漩有些腼腆地说,"那一阵我的情绪一直不好,就想着要不回来试试……那天晚上,我走了进来,然后……"

"然后怎么样?"

"然后我发现,根本没人认出我,"曾子漩笑了起来,"后来我就没那么在意了。你们看,我现在站在这里,也没有谁再来嘲笑我了,就算有人来,我也敢撑回去。"

"说得好。"

"来来来,我们敬你一杯!"

大家围着曾子漩噼里啪啦鼓掌,仿佛她是今晚的主角。

"去跳舞吧!"有人招呼。

曾子漩所言不虚,来蚕茧玩的大都是俊男美女,舞池里的帅哥好看,美女也好看,众人很快就被极富动感的音乐感染,纷纷起身下场了。

"你们去吧,"王皓没动,"我留下看包。"

大家知道他有心事,知趣地不勉强他。

王皓给自己倒了一杯威士忌,不加冰,时不时啜一小口,他看了看朋友圈,又习惯性地点开赵玫的头像。

赵玫刚换了新头像,准确地说,是个纤长挺拔的背影,一头长发,可以看出是赵玫,但看不见脸了。

改头像往往意味着心境的变化。从许云天性骚扰曾子漩开始，再到现在发生那么多的事，她一定很难熬。

想到自己也是雪上加霜的那个人，王皓难过极了。

关于最初动感项目竞标的事，他确实不知道那三家供应商的实际控制人都是胡广川，因为他已经和胡广川说好会让丁香传媒中标。他让胡广川再去找两家公司来陪标，但他万万没想到，最终报上来的公司B和公司C，竟然都和胡广川有关联。事后他也联系过胡广川，但再也联系不上。

自作孽不可活，王皓不怨公司，只恨自己的愚蠢连累了赵玫。

还有后面那个举报的人。

王皓低下头，给自己倒了杯威士忌，一饮而尽。

那个举报的人，该死。

"皓哥！怎么一个人喝闷酒？"

王皓抬头，见是曾子漩，一张俏脸红扑扑的，显然是跳热了。

"还好。"他淡淡地说。

"咱们部门真开心，大家都很好。"曾子漩由衷地道。

"嗯。"

曾子漩倏地意识到自己说错话。"对不起啊皓哥，我不是故意的。"

"没什么，我们部门就是挺好的。"

"说明赵总领导得好。"曾子漩说。

"她不容易，"王皓喝口酒，又说，"你也很棒，不但勇敢，还很努力，大家都看在眼里。"

"是我太差了，"曾子漩脸上闪过一丝怅惘，"我进来之后才发觉，我和你们之间的差距好大，好多东西都不懂。"

"赵总不是让你学着看数据？"

"就那个我还行，"曾子漩不好意思地笑笑，"别的都还得学，最难的是英语，有时候还有法语，看不懂。"

"加……"

"嗯？"

"本来想叫你加油，忽地想到，其实我没有资格对你说加油，我自己都不知道要去向哪里。"王皓吁了口气。

气氛有些低，曾子漩想了想，举起杯子。"来，喝酒。"

两个人碰杯，喝一口，相视一笑。

"酒这个东西，可真神奇，"王皓幽幽地转着杯子，望着里面琥珀色的液体，"一切都在酒里，这句话是真的，有了酒，连话都不用说，甚至都不用看，人与人就能沟通。"

"过量饮酒有害健康，理性饮酒身心舒畅。"曾子漩笑着说，忽地指向一个方向，"咦，那不是那个谁吗？"

王皓看过去，见是一男一女，女生长相艳丽，十分娇小，身高大约只到男生胸口，男生穿着件嘻哈风的白色大T恤，脖子上挂着好几条项链，五官俊朗，是个帅哥。

这一男一女搂在一起跳舞，女生像个挂件一样一直挂在男生身上，再加上身高差，极为醒目惹眼。

"那是……"王皓觉得女生有些眼熟，却又想不起来。

"沉默的女儿。"

"对对对，是她，我见过她好几次，等等，"王皓皱眉，"她不是董越的女朋友吗？"

"啊？"曾子漩惊讶地张大嘴，"董越？她是董总的女朋友？那她怎么还跟别的男生那么亲热啊？"

"谁知道呢，"王皓冷笑，"这种富家女，玩的路子可野了。"

"天哪，他们这么公开，要是董总知道，肯定要气死了吧。"曾子漩嘟哝着。

王皓转头朝曾子漩看了一眼，接着掏出手机，拉近焦距，对准搂在一起亲吻的两个人。

"皓哥，你——"

"又不是只有他们会拍照，"王皓冷哼一声，"谁还没个手机呢！"

第四十五章

董越的一个客户想进军养老地产，看中了青州的一片湿地，刚好青州商会的会长也是董越的老客户，就主动拉着两个当地银行的哥们儿一起攒了个局。局上觥筹交错，大家的资源都对接上了。

商会会长因为谈出了一桩大生意，心情好得不行，多喝了几杯GST的金樽王后，拍着董越的肩膀一个劲地夸："小伙子做事不错，看来是得了老沈的真传了，老沈后继有人啊！"

"就是！"旁人附和道，"这么能干的女婿，是打着灯笼找来的吧！"

董越淡淡一笑，没接茬。

每个人都觉得，董越是沈默挑中的人，没有人相信他和沈星是自由恋爱。

沈默相人是有准则的——poor（贫穷）、smart（聪明）、desire（野心），简称psd。沈默认为，只有具备这三项品质的人，才会走向成功，他还跟董越分享过这套准则，并认为董越很好地具备了这三点。

对董越，沈默是寄予厚望的，否则不会一直帮他。有一次沈默喝高兴了，还说让董越进他的公司，接手企业管理的事。

可惜，那不是董越想要的。

这两天，沈星一直没动静，他也没回过阿波罗花园，主要是避免偶遇，沈星的脾气很像薛定谔的猫，你很难判断她到底是高兴还是不高兴，正常还是不正常。

不如让时间来解决问题，董越想。他想着过一阵就将那套两居室挂牌，再找个适当的时机，找沈默说明一切。

周遭很安静。

董越抬起头，发现屋里几个人在窃窃私语，商会会长刚好抬头看他，面色古怪，又飞快地回避目光。

"怎么了？"

"呵呵，没什么没什么，"商会会长笑着道，"那个，下一场有什么打算吗？"

其他几个人纷纷说："算了算了，时间不早了，还是回去吧。"

这很反常。董越想。这些人明明都是越夜越精神的主儿。

但他是晚辈，也不方便问，寒暄着将几个人送出去，见那几台车跟被鬼撵了似的飞一样开走，不由得紧紧皱起眉头。

他看了看手机，依旧不明所以。

直到于巍峨发来消息："哥？是真的？"

董越回他："什么？"

居然就没回音了。

董越很快就在一个群里看见了那段视频，然后在另一个群里也看到了，接着是第三个群……

是王皓，他一点没避讳，把视频发到所有的同事群和行业群，他还发了朋友圈，满屏都是沈星和年轻男孩活色生香的身影。

原来如此。

董越笑了笑，竟没来由一阵轻松。

群里有眼力浅的人，问："这谁啊？"

"好像是沈默的女儿。"

"男的呢？"

"不认识。"

更多的人保持了沉默，他们都认识沈星，也认识董越，更熟知沈默，不想当出头鸟。

手机再次响了起来,是赵玫。

他接起来,"嘿。"

"嘿,方便说话吗?"

"方便。"

"那个——我没想到王皓会那样做,对不起啊。"

董越笑了笑。"就这事啊?"

"是啊……"赵玫显然没想到董越会这么轻松。

"我还以为你找我吃夜宵呢。"

"……"

董越朝四周看了看。"这会儿方便吗?方便的话出来吃夜宵吧。"

赵玫在犹豫。

"你不是觉得对不起我吗?请我吃个夜宵行不行?"董越又道。

"行,你在哪儿,我来找你。"

打电话的时候赵玫正在主卧写邮件,李东明则在客卧打工作电话,那天吵架后,赵玫就借着由头,把李东明轰到客卧去睡。

看到王皓朋友圈的一刹那,赵玫差点昏过去。

很显然,王皓这是在报复,他就是冲着董越去的,他把所有的新仇旧恨,都算在了董越头上。

问题是,赵玫从没想过要打击董越到如此地步。

职场是暗战,更是局部战争,你可以在公司、在酒桌上斗,但不要把火烧到人家家里,不能去破坏别人的家庭和婚姻,这是最起码的底线——至少,这是赵玫的底线。

王皓的做法实在是过头了,她以后还怎么跟董越见面。

赵玫看了眼促销部的群,没人敢说话。

她知道这帮人这会儿正在蚕茧玩第二场,却没想到竟然玩出这么大的事。

沈星不仅是董越的女朋友,更是沈默的独生女,沈默是公司最重要的合作伙伴，而王皓是她手下出去的人……这个家伙，临走还要给她点个大炮仗。

赵玫急匆匆地换衣服化妆，李东明听见响动走出来，问道："这么晚要去哪儿？"

"有个客户临时约我吃夜宵。"赵玫随口道，她没心情和李东明解释来龙去脉。

"这么晚约你，太没诚意了吧？"

"那我也没办法，"赵玫摁下电梯，"谁让人家是客户。"

她打车直奔董越说的地方，老远就看见董越站在路边，穿一件风衣，头发被夜风吹得纷乱，神情颇为忧郁。

"对不起啊，"赵玫一上来就再次道歉，"你还好吧？"

"你能不能换个表情，"董越颇为无语，"你这个样子，好像我得了什么大病。"

"不是啦，我是真的挺抱歉的，我也没想到他……"

"好了，"董越莞尔，"我叫你出来是想一起吃夜宵，不是听你道歉的。"

"哦……好，"赵玫从善如流，"吃什么？"

董越指指身后，说："这家看着挺好吃的，我在这儿站了半个小时了，他家一点钟打烊，还有半个小时。"

"那赶紧的，"赵玫说，"我请你。"

"何必那么客气，就是个麻辣烫好吧。"

赵玫"扑哧"一声笑出来，满脸愁云散去。

这家麻辣烫确实很有特色，是用黑色的小砂锅盛上来的，酥鱼、海带丝、炸腐竹、墨鱼丸，各种食材满满当当，光看就让人食欲满满。味道也很好，汤汁无比鲜美，吃得出来是不放味精的。

"什么都好，就是太便宜了，"董越严肃地看着菜单，"怎么点都超不过五十块。"

"行了行了，知道了，"赵玫往砂锅里加了一大勺辣油，辣得她直掉眼泪，一边哭一边说，"下回请你吃米其林。"

"要吃三颗星的。"

"可以。"

赵玫翻了翻菜单，说："只有啤酒和白酒。"

"多好，难得有机会远离 GST，"董越笑道，"我平时一个人都去吃日料。"

"因为日料店只卖清酒？"赵玫迅速理解了他的意思。

"没错。"

"你是多不喜欢我们的产品啊，"赵玫笑起来，话锋一转，"真棒，我应该向你学习。"

她一挥手，要了半打冰啤酒。

这家店的辣油很厉害，赵玫很快连话都说不出来，张着嘴用手对着舌头扇风。

董越问："你是不是不能吃辣？"

"不能吃，"赵玫喘着粗气，一张俏脸红到极点，"但我就喜欢这种感觉，老板，再来两瓶冰啤酒！"

"我帮你开。"

董越正要替她打开，被她阻止。

"不要不要，我不是要来喝的。"

赵玫一手一瓶冰啤酒贴住脸，"啊！"她惬意地呵出一口气，"好多了。"

董越看着她拿着啤酒瓶子在脸上滚来滚去。"你应该去拍小丽萨中国版广告。"

小丽萨是 GST 旗下的一款桃红葡萄酒，定位是女士酒，冰镇后口感更佳，广告片女主角请的是美国甜心斯嘉丽·约翰逊，曼妙的胴体躺在几十个小丽萨酒瓶上滚来滚去，性感至极。

"我可没那么好的身材。"

赵玫想起斯嘉丽·约翰逊那前凸后翘的身材，便禁不住想到乔海伦,顿时有些扫兴。

"怎么突然沉默了?"董越很敏锐。

"没什么,走神了,"赵玫反问,"你呢,你真不打算说说吗?出了这么大的事,你居然在这里跟我吃麻辣烫。"

"不然呢?"

"你不应该去找沈星吗?"

"我们前几天分手了。"

"……"赵玫望着他。

"你这表情不对劲,你是不是觉得我因为视频丢了面子,在强行挽尊?"

"我可什么也没说。"赵玫一脸无辜。

"好吧,我们真的分手了。"

"为什么?能说吗?"

"能说,"董越不以为意,"因为我不爱她了。"

"……"

"是不是很渣?"

"不,"赵玫摇头,"我觉得你很坦白……至于渣不渣,得看你占了人家多大便宜。"

"我就是不想继续占她的便宜,才决定赶紧结束的。"董越微笑着说。

"干吗这么想不开?"见董越说得这么直白,赵玫也放开了,揶揄他,"躺赢不香吗?还是你的大男子主义在作祟,觉得靠岳父上位没面子?"

沈默只有沈星一个女儿,沈星四体不勤五谷不分,一旦和董越结婚,那董越就等于是沈默的继承人。

可这人却选择分手——

董越笑起来。"不不不,有人靠着上位,是很舒服的一件事。"

"真的?"

"真的，半年升高级经理，一年升副总监，那种感觉太爽了……"

"喊……"赵玫斜着眼睛看他，"你既然明白，那还分手干吗，应该好好坚持啊。"

"哪怕她和别的男人在一起我也坚持吗？"

"大丈夫能屈能伸，打落门牙和血吞啊！"

"和你一样吗？"董越问。

"什么？"

"你为了让你先生帮你公关白德瑞，为了能坐上销售总监的位子，你就一直忍着他和别的女人，不是吗？打落门牙和血吞？"

赵玫如遭雷击，脸瞬间白了，她死死地盯着董越，僵了许久，慢慢地放下筷子。

"对不起！"董越话说出口，立即就开始后悔，"我失言了。"

"埋单。"赵玫冷着脸。

"赵玫……"

赵玫不理他，站起来径直走向柜台，快速地给了钱，走出店门。

董越跟在她身后出来，拉住赵玫。"对不起。"

"放手，"赵玫使劲甩开他的手，"你他妈有病。"

"你说得对，"董越往前一步，拦住她，"我也不知道我是怎么了，可能我只是看上去挺好，但心里却已经扭曲了，你特意来向我道歉，我却总是忍不住想刺激你。"

"别跟来。"赵玫命令他。

赵玫大步流星地过马路，她走得又快又急，到了马路对面，往左还是往右，她两边都看了看，发现自己没有想去的地方。

回家？

她的家在哪里？

那还是她的家吗？她不能这样回去，李东明肯定要问长问短。也有另一种可能，就是家里根本没人，多少个夜晚，她巡店到深夜回去，家里没有人。

或者可以找个酒店,她打开手机,发现手机竟然没电关机了。她只得站在路边拦车,但没有车,自从网约车兴盛,街头的出租车就肉眼可见地减少。也是,人们喜欢网约车的确定性,你下单指派一辆车,这辆车就笃定只来接你,你哪怕多等一会儿,它披荆斩棘也会来接你,你因此获得巨大的安全感;但如果手机没电了,你再走向街头去找出租车,发现出租车都被网约车挤兑没了。

就像婚姻一样,老天把你指派给一个人,你以为可以笃定和这个人白头终老,但这个世界上没有百分之百的确定性。

一辆助动车呼啸而过。

赵玫回转头,对跟在身后的男人说:"不是让你别跟着我?"

董越赶紧道:"我不放心啊。"

"有什么不放心的,"赵玫冷哼一声,"我连打落门牙和血吞都能做到,有什么值得不放心?我不会崩溃。"

"你崩溃过。"董越平静地指出。

赵玫无语,知道他指的是深圳那晚。

董越往前走几步,见赵玫的脸色比刚才略好了些,又道:"你居然知道我跟着你?"

赵玫指指地上的影子。

董越哑然,笑着感慨。"全天下的女人要都像你这么聪明,男人真的要无路可走了。"

"是吗?原来男人的路,是靠女人装傻成全的?"赵玫讥诮地反问。

董越捶捶左胸。"扎心了。"

"是你先动手的。"

"是的,我罪该万死,"董越诚恳地认错,"是我口不择言,明明是我自己不高兴,却发泄到你头上。"

赵玫不语半晌,才问:"你什么时候知道的?"

"嗯?"

"李东明的事。"

"不久之前,"董越低声道,"别人告诉我的。"

"谁?"

董越犹豫了下,还是招供:"于巍峨,但想必知道的人不会少。"

"嗯!"赵玫板着脸点头,仿佛刚听完一项汇报。

"我们换个地方吧?"董越小心翼翼地提议,"你看,快要下雨了。"

雨说下就下,还夹杂着惊雷,路上根本打不到车,这里离双子星大厦不远,他俩一路狂奔,跑到公司楼下时已经浑身湿透。

赵玫摸出工牌刷卡进去,董越跟在她后面,两个人站在电梯里,水从小腿流到地上,镜面里是两个人狼狈的样子,赵玫扯动嘴角,终于忍不住笑了下,董越这才敢笑。

GST偌大的办公区悄然无声,只有几盏昏暗的灯。

赵玫的办公室有备用衣服,她快速换好,走出来,看到董越依旧湿漉漉地站在走廊上,这才想起来,销售部没有固定工位,董越虽说是副总监,却没有属于自己的办公室。

"你进来。"赵玫说。

董越乖乖地走进她办公室,看到她从抽屉里拿出一个吹风机。"这么齐全,你这儿是不是什么都有?你可以在办公室过日子。"

"不要废话,"赵玫把吹风机递给他,"自己吹。"

"哦。"

董越打开吹风机照着自己吹。赵玫打开酒柜,找出一瓶金樽王,给自己倒了半杯,靠在椅背上,举着酒杯喝酒。

一时无语,只有吹风机的嗡嗡声。

董越忽地把吹风机一关。"不吹了。"

"干吗?"赵玫瞪他。

"我在这儿吹风,你坐在那儿喝着酒,感觉不对劲。"董越懊恼地说。

"哈。"赵玫一下笑出声,一种名叫"好笑"的氛围在这间不大的办公室里弥漫开来,她忍不住大笑起来。

董越也笑了,继续说:"真的,就像我被你那什么了一样,好凄凉……"

"你闭嘴吧,"赵玫走过去,接过吹风机,看他胸前已经干了,"转过去。"

说完俩人同时一愣。

董越慢慢转过身。"那你轻点……"

"去死。"

"好。"

俩人终于不再说话,眼下的情形也容不得他们说什么,吹风机嗡嗡地响着,一股股暖烘烘的风将俩人裹住,风是往上走的,却奇怪地让人脚心发痒。

赵玫低着头,强迫自己将注意力集中在衣服上。"好了,衬衫已经好了,剩下的你自己……"

她的话还没说完,便被一双有力的大手搂住纤腰,她不由自主地仰起脸,两瓣火热的唇噙住她的薄唇。

这人什么时候转过来的?

来不及想,"轰"的一声,一股滚烫的火焰冲到了她的脑子里,将她所剩无几的理智灼烧得荡然无存。

董越吻着她,吻得用力而专注。赵玫被他吻得浑身发抖,手臂软软地垂着,既不敢往上抬,也不敢反抱他,又无力推开,这让她显得既无助又可怜。这是董越第二次看见她如此仓皇的样子,想到这个强硬厉害的女人,却连续两次将柔弱暴露在他面前,他的胸口就被一股怜惜填充得满满的。

赵玫被推着,背靠到墙壁上,董越高大的身躯将她淹没,她头昏脑涨的,灯不知道什么时候被关上了,黑暗的办公室,这种事想必经常发生?她想起听到的那些传闻和八卦,在不同的办公室,不同的会议室,男男女女们为了一笔奖金打得头破血流,但私底下又暗潮汹涌……

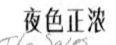

等等，这里是办公室……

"停下！"她总算找回一丝理智，"停下。"

董越终于停下，却抱着她没放开，脸埋在她颈间。"不要推我，"他低声恳求，"就这样抱一会儿，行不行？"

赵玫犹豫了几秒，还是毅然决然地将他推开。

董越一声长叹。

赵玫不敢看他，低着头匆匆地收拾东西，GST的办公室简直是被下了咒的魔窟，她要用最快的速度逃离这里。

董越的手机忽然振动起来，吓得赵玫浑身一抖。

"梁丹宁？"董越惊讶地看着来电显示。

赵玫也讶异地看过来。

董越放下电话，说："沈默出事了，现在在华东医院，他家保姆找不到沈星，联系的梁丹宁。"

"那你快去吧。"

"那你？"

"我一会儿回去，"赵玫忍不住叮嘱，"不要告诉梁丹宁我们的事。"

董越颇有深意地看了她一眼。"当然。你注意安全。"

董越一走，赵玫长长地吁了口气，重重地跌坐在转椅上。

第四十六章

赵玫收拾心情，匆匆回家，老天爷仿佛有意印证她的预感——家里果然空无一人，这让赵玫松了一口气，她现在也没心思面对李东明。

她去浴室洗澡，温热的水落在她的脸上，那股灼烧感又从心底升起。

赵玫低声咒骂。

怎么会这样？

她换上睡衣，吃了一粒褪黑素，敷上面膜，祈祷明天一觉醒来，可以当什么都没发生过。

赵玫不知道，几十米外的小区门口，李东明正在焦头烂额。

赵玫走后，他看了会儿邮件，正准备睡觉，乔海伦又给他打来电话，他不想接，但铃声不屈不挠地响了又响。

乔海伦不是第一个和李东明发生关系的女下属，但绝对是最令他感到棘手的一个。

他从没想到，乔海伦居然这么痴缠，自从把她调到别的组，她就每天给他发那些话，求他把她调回去，求他原谅自己，还发一些奇奇怪怪的朋友圈，每次都看得李东明无比心烦。

可对这样的人，你不能真的撕破脸。这话是赵玫经常说的。她手下几百个促销员，都是年轻人，做事容易冲动，疯起来更是连自己都打。你不能把她逼到死角上，你要给她一点点希望，再一点点掐灭，要钝刀子割肉，久而久之，她就认命了。

李东明忍着心里的厌恶，接起电话。"嗯？"

"领导，"乔海伦带着哭音，"我想见您。"

"我在外地出差。"

"您没有出差，"乔海伦说，"我在您家楼下，您下班回家后就没有出去过。"

李东明感觉背上的汗毛一根根竖起来。"你这又是干什么？你这样，我们小区对面有一家房产中介，你到那边等我。"

李东明挂了电话，去地库开车。

大雨倾盆，小区对面的房产中介早就下班了，李东明隔着车窗看见紫色灯箱下站着的女孩，刹那间头皮发麻。

幸亏赵玫不在家，不然他死定了。

"你这是干什么？"李东明把车停在路边，三步并作两步走到屋檐底下，先下手为强地低声责骂，"你在跟踪我吗？还到我家楼下堵我？看不出来你年纪轻轻，还有这一手，这跟泼妇行径有什么区别？"

"对不起领导，"乔海伦连忙道歉，"我……我是看您一直躲着我，我才跟着您的……"

"我当然要躲着你，你看看你干的事情，谁不得离你远点。"

乔海伦眼圈一红，眼泪掉了下来，她搂住李东明的腰，把脸贴在他的胸前。

李东明顿时吓了一跳，忙又放软语气。"好了好了，别哭了，这里不是说话的地方，我们换个地方，乖。"

他揽着乔海伦，后者半推半就，被他带上车。

车子开出两个路口，李东明总算松了一口气。"行了，肖扬怎么你了，你就那么不愿意留在那一组？"

乔海伦这会儿已经好多了，她用手背擦着眼泪。"肖总没对我怎么样，但他手下的人就一直看我不顺眼。"

"每个组都有固有格局，新人进去了，老人自然不舒服，过一阵熟悉了就好了。"李东明劝道。

"不是的，"乔海伦咬着嘴唇，"他们在背后说我和你的事。"

"你让他们说好了，这有什么呢，公司里不都这样吗。谁能不被人说？谁背后不说人？一群长舌妇长舌男罢了！"李东明苦口婆心道，"你不要理他们，肖扬是个很明事理的领导，你跟着他能学到东西，而且他不抢功——倒是你，有跟着我不放的工夫，不如多用点心做事情，只要你工作做得好，只要你能出成绩，别人就得闭嘴，你想想，这些人谁有胆量敢把那些话当着你面说？"

乔海伦不说话，闷闷地望着窗外的大雨掉眼泪。

李东明把她送到她家小区门口。

"行了，赶紧回家吧。"

"领导，我能不能回来啊？"乔海伦委屈地说，"我还是想回来，我想和您在一起，想看到你。"

李东明眼前一黑，这么长时间的沉默，他以为她想明白了呢，闹了半天还是一头糨糊。

"你别老想着我，还是多想想你的前程吧！你自己的业绩你心里清楚，上一次要不是我罩着你，你早就走人了。你跟着我只会养成你的惰性，你觉得什么都可以靠着我，再这么下去，你人就废了，到时候我也保不住你。"

给一个甜枣再给一棒子，甜枣发过了，现在要抡起大棒子，狠狠地砸下去，砸疼她。

"可是——"

"别可是了，"李东明板起脸，"我是为你好，做人要知道好歹，你再这样混下去，别说初级分析员了，发配去当保洁员的日子还在后面。"

乔海伦吓得脸色发白。"您不是说，会给我升职吗？"

"是啊，问题是，就你这成绩，我怎么升你啊？你最起码也得到中游吧？我也得服众吧？你好歹给我点有说服力的表现。"

乔海伦咬着嘴唇，一副楚楚可怜的样子。

"我跟你说过多少次，瑞景这种地方奉行丛林法则，只有成绩才是硬道理，有成绩你就横着走，没成绩你就横着被抬出去，"李东明严肃地说，"行了，你赶紧回去吧，别哭哭啼啼的，好好睡一觉，明天打起精神来，没有什么是过不去的！"

"哎——"

"我走了！"

"领导。"

乔海伦靠过来，一双手搂住他的脖子，主动献上两瓣嫣红温润的香唇。

李东明抗不过，应邀吻住，乔海伦使劲抱着他，恨不得把自己揉进李东明的身体里，两个人在乔海伦小区门口的车里激吻——

"去我家，"乔海伦在他耳边软绵绵地说，"我室友搬走了，我一个人住。"

"当！"警钟长鸣。

李东明一下清醒过来，赶紧把怀里的软玉温香拽开。

"那怎么行，以后不能这样，你在肖扬的组里，更加要注意，"李东明干脆下车，绕到副驾驶位给乔海伦打开车门，请她下来，他紧盯着她，确保她走进了小区。

他现在只敢正面对着乔海伦，生怕这个女孩从背后扑上来，丛林法则里，有经验的猎人都懂得，绝不能把背朝着野兽。

华东医院的 ICU 病房外，董越见到梁丹宁，还有眼泪不止的蒜头鼻保姆。

梁丹宁看到沈星的视频，想想不放心，忍不住给沈默打了个电话，谁知接电话的居然是他的保姆。本来沈默的甲状腺癌手术做得很成功，常人当天就能出院，沈默惜命，选择在他的特级病房里多观察一晚。但他是夜猫子习性，半夜里还精神抖擞地躺着看手机。

"我就听到一声响，我醒过来看到沈总躺在地上，脸涨得通红，"蒜头鼻保姆哭着说，"我吓得要死，还好在医院……"

董越和梁丹宁面面相觑，不用想，沈默必然是看到了沈星那一出好戏，他刚做完手术又不能讲话，怒极攻心，血压一下子就升上去了。

保姆吓得不得了，给沈星打电话，一直都没人接，刚好梁丹宁打电话来，保姆便求梁丹宁来照看，梁丹宁在路上给董越打了电话。

"我吓死了呀，我吓死了呀！"保姆心有余悸，放声大哭。

一个医生走过来。"你别哭了，不是跟你说了，已经救回来了。"

医生又问："你们哪一位是病人家属？"

董越说："他女儿还在赶来的路上，有什么事跟我说吧。"

医生本想说你不是亲属就轮不到你说话，可看看另外两位女士，一个哭成祥林嫂，另一个脸色煞白也不太行的样子，决定还是跟董越说吧。

梁丹宁走到病床前，沈默戴着呼吸面罩，有一些细管子连在他身上，通向各种各样的仪器。

沈默居然是醒着的，看到梁丹宁，似乎想说话，却没法说。

梁丹宁鼻头发酸，对他说："你好好养病，等好了再说。"

这么大的老板出事了，唯一的女儿连人影都不见，身边半个亲人都没有，最终还是要靠两个外人赶来帮忙。

人只要在医院里，连争名夺利的心都会淡去几分。梁丹宁在心底感慨。

沈默的手指动了动，去拉梁丹宁的手，梁丹宁犹豫了下，还是状似无意地把手挪开了，她看见沈默眼睛里的失望。

不一会儿，董越回来了，手里拿着一沓单据。"幸亏是在医院发病，立刻就抢救回来……我从来不知道，原来他血压这么高。"

梁丹宁看到单子上的数据，也吓一跳。

"这么高的血压。"梁丹宁喃喃道。

梁丹宁老妈的血压没有沈默高，还需要每天按时服药，积极锻炼身体，每餐少油少盐。

沈默却还在天天喝酒，夜夜笙歌，这人简直活得不耐烦。

蒜头鼻保姆抹着眼泪过来，说："董先生，我不想做了，我到现在心脏还扑通扑通直跳，我真怕我也要发病了。"

董越一阵头疼。"你现在辞职怎么行，沈总对你也不薄，你再做一个月，行不行？"

保姆摇头。"我不会服侍病人的。"

久病床前无孝子，连保姆都不愿意伺候躺在床上的病人。

"给你两倍薪水。"董越问，"最起码你要给我时间去找别人。"

保姆满脸犹豫。

"你不用担心，沈总一直有高血压，他发病不是你的责任，"梁丹宁过来说道，"这样，给你两倍薪水，再找个护工给你当帮手，可以吗？"

保姆同意了，又给自己开脱："我不是怕担责任，我一个人真的做不过来，那么大个房子，光打扫就做不过来，现在沈总又躺在床上，加一个护工都做不过来。"

但她的心情还是好很多，主动把沈默的脏衣服收了起来。

董越对梁丹宁说："还是你明白她的心思。"

"不是有句名言：员工辞职，不是钱没给够就是心里不舒服，"梁丹宁笑笑，"她是兼而有之。"

沈星始终没有接电话，董越决定留下来陪夜，他把梁丹宁送到医院门口，说："我替沈总谢谢你。"

他早已听说沈默和梁丹宁的事，但只字不提。

"没什么，"梁丹宁也很坦诚，"沈总对我不错。"

董越想，一个赵玫，一个梁丹宁，都是极其通透。

他看看手机，犹豫再三，还是忍不住，给赵玫发了个消息："到家了吗？"

赵玫没有回复。

董越自嘲地笑了笑。赵玫那种性子，没把他拉黑就算客气了。

第四十七章

12月11日

今天发现了一根白头发，记录一下，打算做成标本收藏。

只有年轻人发现白头发才会发朋友圈，无病呻吟，真正长白头发的人会网购最好的染发霜。

赵玫不屑地撇撇嘴，她躺在床上，不急于起来。她发现乔海伦的朋友圈又改回了"三天可见"，不知道是受了什么刺激。

她不是没看到董越发来的消息，但她不想回，不知道说什么才好。

然而她的电话又响了，还是董越打来的，这个人真是得寸进尺。

她第一万次地怨恨起自己，一失足成千古恨，古人诚不欺我，她虽然谈不上失足，但到底是湿了几根脚指头。

她看着电话，决定用最自然的方式应对。"你好，早啊。"

"……早，"董越似乎没想到赵玫的声音会如此轻快，"上午有时间吗？"

"有事吗？"

"有，有些事昨晚没来得及跟你说。"

至于为什么没来得及，天知地知赵玫知董越知。

赵玫翻了个白眼。"十一点，双子星大厦二楼的星巴克，如何？"

已经发生的事无法改变，她现在能做的，就是要把两个人之间的主控权牢牢地握在自己手里。

"好。"

赵玫迅速洗漱，在衣帽间里选了又选，本来想穿一套黑白相间的裙装，但又觉得那样打扮太刻意，最后还是按照平时的习惯，选了一套白色连裤装，搭配金色的项链和耳环，既能凸显身材又有距离感。

她打扮齐整走出去，迎面撞上李东明，她有一瞬间的不自在，而这都要怪昨晚——因为这一点点的逾矩，她没法在道德的制高点上稳稳站住。

想想也是气馁，男人不知道出了多少次轨，依旧理直气壮；女人不过稍稍苟且，就开始对自己大加道德鞭笞。

李东明在烤吐司。"你要吗？"

"嗯,"她总算想起李东明昨晚不知所踪的事,"你昨晚上哪儿去了?"

"没去哪儿,半夜里饿得慌,你又不在,刚好肖扬打电话来,开车出去吃了个夜宵。"李东明说。

"那么大雨?"

"后来不下了。"李东明镇定自若。

赵玫在心里冷笑一声,压根儿不信,但也不打算打破砂锅问到底。

"你呢?昨晚到底是哪个客户,这么要紧?"李东明反问她。

赵玫想想,说自己去找董越道歉了,又展示了王皓发的视频,最后告诉李东明,沈默得了小中风——梁丹宁昨晚告诉她的。

做人就该这样,事无不可对人言。

李东明对沈默患病后的遭遇感慨万千。"他也算得上是枭雄了,想不到生了病这么凄凉。"

"嗯,据说到现在也没联系上沈星。"赵玫陪他八卦。

两个人坐下来吃早饭,简单的咖啡、煎鸡蛋和烤面包,俩人手里都拿着手机——结婚久了的夫妻可能都是这样:如果有孩子,就对着孩子鸡飞狗跳大呼小叫;如果没有孩子,就各自看手机。总之,尽量避免和对方产生沟通。

赵玫看了看手机,心里一动,忽地道:"你们那个乔海伦,是不是有什么问题?"

李东明悚然一惊,问:"什么问题?"

"你看她的朋友圈啊,"赵玫指着手机念,"她昨天半夜发的'万物皆有裂痕,那是光照进来的地方'。"

"这句话怎么了?不是挺积极向上的?"李东明强行镇定。

"凌晨三点发的,大半夜为什么好端端有这样的感慨?肯定是遇上什么事了吧。"

李东明想了想,说:"也可能是PPT做完了,做的时候觉得万物皆有裂痕,做完了就看见曙光了。"

"原来还可以这么解读啊!"赵玫淡淡地笑起来,"凌晨三点才做完PPT,你们这些当老板的,怎么就不知道怜香惜玉?"

"怜香惜玉?"李东明嗤笑一声,"谁怜我啊,难道我替她写PPT?她替我去拉生意,她行吗?她这种刚从学校毕业进入社会的人,一没经验,二没人脉,除了卖苦力,还能做什么?有机会卖苦力就不错了,还裂痕啊光啊的,无病呻吟。"

"你干吗那么激动?不就随便说说嘛。"

"少聊些不相干的人,"李东明说完,也意识到自己有些失态,"我的意思是,咱俩一起吃饭的机会本来就少,与其老聊别人,不如多聊聊我们自己。"

"……有道理,"赵玫点点头,拿起手机,"我先接个电话。"

李东明看着她走到阳台上去接电话,大大地松了口气,心想都说女人的第六感敏锐,以前他都觉得那是玄学,现在看来,怕不是真的?

电话是来律师打来的,他告诉赵玫,关于明高科技的收购已经完成签约了,李东明手中百分之三的股权会在近期套现。

"今天真是个好日子。"赵玫由衷地道。

"是啊,恭喜你可以离婚了。"来律师笑着道。

赵玫手心一阵发烫,她看向李东明,却看出异样来。李东明今天穿的白衬衫是Dior的,一眼就能看出质地精良,他还戴了一块江诗丹顿——那是他最贵的一块表。不但衣着讲究,他还打了发蜡,梳了个十分风骚的油头。

"今天什么日子啊,江诗丹顿都戴上了?"她问。

"不是什么日子,"李东明在脖颈后喷了些香水,"我这两天都这样啊。"

他说罢就出门了,临走前还不忘在赵玫脸上亲吻一下。

赵玫心想,这人果然什么也不说,百分之三的股权,一千五百万,就算套现一半也有七百五十万,这么大一笔巨款,你想藏到什么地方去?

她匆匆赶去双子星大厦。

星巴克是全天下最适合避嫌的地方，一男一女坐在星巴克里肯定是谈工作，就算是聊婚恋，也只能是第一次约会，第二次约会就一定会去别的地方。

董越已经到了，在露台的位置等她，看到她手里已经握了杯子，心里叹气。女人一旦下决心要撇清关系，连一杯咖啡都不要男人请。

"昨晚到底忘了说什么事？"赵玫主动问。

"是关于太湖的那个绯闻，那件事是我的人造的谣，我要向你道歉，我也没想到他们会那么做。"

"我知道，我看见你在群里澄清了，"赵玫忍不住讥讽，"你的人对你可真是忠心耿耿。"

董越淡淡地说："我对他们不薄。"

"除了造谣，还有别的吗？"赵玫问。

"别的，什么别的？"

"又是偷拍照片，又是举报到调查组，要我说你的人真是绝了，不当特务都可惜……"

"等一下，"董越皱眉，"举报到调查组是怎么回事？"

"举报我和王皓有不正当男女关系，"赵玫喝了口咖啡，"幸亏拍照片的时候我正好和你在一起，要不然我肯定认为是你指使的。"

"照片给我看一下。"董越面色凝重。

赵玫拿出手机，给董越看那两张照片。

他仔细看了看，说："应该不是我的人做的。"

"哈！"赵玫笑一声。

"我可以问一下。"

"你别问！"赵玫赶紧拦住他，"本来没多少人知道这件事，你一问，全天下都知道了。"

"是这个道理，"董越点点头，"但我认为不是我的人做的，我了解这帮人，你说他们酒喝多了胡说八道我信，但偷拍照片去举报——

他们没这脑子,更没这心情,更何况他们看到调查组那两个女人都快恶心死了,你应该知道,调查组每天都在给销售培训,给他们上职场距离课,大家天天都在背后吐槽,怎么还会去举报?"

赵玫觉得董越说得有道理,举报确实不像销售的做事风格。

"那会是谁?"赵玫深深皱起眉。

"又是偷拍又是举报,这就不像一个男人能干出来的事!"董越不屑地道。

赵玫想起自己在深圳跟踪李东明,莫名一阵心虚。

但嘴上是绝对不能输的。"狗仔都是男人,谢谢。"

董越忽地抬头,一脸郑重地说:"对了,还有件事,我必须得告诉你。"

"你说。"赵玫也紧张起来。

"我喜欢你。"

赵玫手里的杯子掉到桌面上,咖啡流了一桌子。

这个人光天化日之下在星巴克表白。

她深深地吸气,有点难,董越正目光炯炯地盯着她看。

赵玫艰难地别过脸。"得擦桌子!"

董越没催她,他好整以暇地看着她匆匆跑去拿纸巾,又赶回来擦啊擦。

"行了别擦了,都能当镜子照了。"董越调侃她。

"你干吗突然说这个!"赵玫终于抬起头,懊恼地指责。

"不说难受,昨晚憋了一夜,刚好在医院,好几次都想去借氧气瓶,"董越笑着道,"现在好了,说出来轻松多了。"

"你是轻松了,但我难受了!"

"我是一个自私的人,"董越说,"我忠于自己的感受。"

赵玫咬着牙说:"我昨晚说得一点没错,你就是有病。"

"可能吧,我在想,是不是就是因为对你动心了,才向沈星提出的分手,"他一点不生气,脸上还带着笑,"我想应该是。但我不确定我是什么时候喜欢上你的,让我想一想,很有可能是那次你被那个促销员的老公追杀……"

"我的天!"赵玫捂住脸,"我想一拳打爆你的头。"

这人怕不是个疯子。

"既然说开了,就索性都说出来,"董越继续笑着道,"你知道吗,每次我想到你在和我抢销售总监的位置,我就觉得你好有意思,我忍不住要去猜你接下来会做点什么,哦,还有你非要逞强,拼命灌自己酒的样子……我太喜欢这样的你了……"

上帝啊!

谁来堵住这王八蛋的嘴?!

赵玫欲哭无泪。

"难道你对我就不动心?"董越笑吟吟地问,"不可能的,我能感觉到……"

手机铃声救命般响起来。

赵玫一把拿起电话。"嘿。"

电话那头是齐幼蓝,语调极为亲切。"亲爱的,今天上午进公司吗?"

"齐总叫我进,我一定进。"

"哈哈哈,不要贫嘴,"齐幼蓝笑着说,"进公司吧,有好事……"

赵玫挂了电话,心怦怦直跳,她慢慢抬起头,嘴角露出笑意。

董越望着赵玫的笑容,还有她闪闪发亮的眼睛,心里升起一阵不祥的感觉。

"你说你想到我和你抢销售总监,你就觉得我好有意思?"赵玫笑着问,"如果我真的拿到了这个位置,那未来我就是你的老板了,你说,那样是不是更有意思了?"

"……"

赵玫望着他怔住的样子,越发笑得开心。

"齐总叫我进公司呢,"她拿起包,"咱们回见。"

第四十八章

赵玫一进齐幼蓝的办公室，就收到了一个大大的拥抱。

齐幼蓝连两只酒杯都准备好了。"白德瑞刚给我发了邮件，确认升你为华东区销售总监，很快就会宣布。"

"恭喜你！"齐幼蓝举杯，"你现在是 GST 全球在业务线做到最高级别的女人。"

"谢谢。"

酒杯轻轻相撞，酒液欢快地旋转，被 GST 最有权势的两个女人一饮而尽。

赵玫心潮澎湃，但她没有表露太多，离开齐幼蓝的办公室后，她快步走到洗手间，锁上小隔间的门，才敢放肆地露出笑容。

终于成了！

赵玫紧紧地握住拳头，觉得全身的血液都在迅速地奔流，它们无比精确、无比笃定，每一滴都知道自己从哪里来，要到哪里去。一种前所未有的方向感和安全感充斥了赵玫的身心，她觉得自己充满了力量，她清楚地知道自己要什么，不要什么，她不仰望任何人，她对自己充满了信心。

她稳住心神，想了想，谁是值得她第一个通报喜讯的人。

她迈着轻快的步伐走出公司，在前台等候区再次遇到董越，他明明在和别人说话，眼睛却一眨不眨地盯着赵玫。

赵玫经过他身旁的时候，给了他一个得意挑衅的笑。

她开着车，来到一间小学校的门口，梁丹宁在这里开家长会。

没等多久，梁丹宁就匆匆跑出来。"我的屁股可能太大了，那个小椅子真是硌得慌……"她说着，脸上绽放出一个巨大的笑，一把扑上去，抱住笑吟吟的赵玫。

"啊啊啊啊啊！"

两个人在小学校门口抱着又笑又跳，旁人看到也都露出会心的笑容，心想多半是孩子考了全年级第一。

"你猜我在想什么？我现在满脑子都是离婚。"赵玫笑着道。

"我明白，我明白，"梁丹宁发自内心地为赵玫高兴，"这段日子你太憋屈了，我也是，我每次看那个女人的朋友圈，我都恨不得想去骂她，可又不能骂，难受死我了……这下好了，咱们算是熬到头了，不用再忍了！"

"不忍了，我已经通知来律师准备离婚协议，"赵玫开心地说，"不过来律师说那百分之三的股权套现多半会扯皮，让我做好打官司的准备。"

"要钱总是难的，"梁丹宁指着自己，"欠钱相对容易。"

赵玫想起这些日子的风言风语，沈默大病一场的消息已经传开，加上董越和沈星分手的事，各种各样的故事都在发酵。

"沈默怎么样了？"赵玫问。

"出院了，没有大碍，但需要拄拐，"梁丹宁顿了一下，又道，"我没去主动关心，是他家保姆告诉我的。"

那天梁丹宁离开医院前，蒜头鼻保姆特意加了她的微信，时不时跟她聊聊天。

据保姆说，沈默出院后，沈星只去过一次，起初沈默还很开心，让她打电话请厨师上门做菜，谁知厨师还没到，父女俩先吵了起来，沈星又开始砸东西，砸得丁零当啷，瓷片纷飞，沈默气得举起拐杖打她。

保姆吓得躲在院子里，给梁丹宁打电话："梁小姐，你看怎么办好？沈总血压高，我怕他又要倒下去。"

自从梁丹宁提议给她配护工,她便觉得梁丹宁是懂得解决问题的人。

"我让她把火警报警器打开。"梁丹宁笑着对赵玫说,"或许还可以触发喷淋,到时候水从天而降,让那父女俩清醒清醒。"

赵玫大笑。"有没有用?"

"有用!"

到了下午,保姆就来向梁丹宁汇报。"还是你的办法灵,火警一响,吵得不得了,沈小姐很快就走了。不过,沈总猜到是你出的主意,他说,只有你能想出这种法子。"

保姆问:"梁小姐,你要不要来看看沈总?"

梁丹宁奇怪道:"为什么叫我来看?"

"沈总喜欢和你说话,我知道的,他和你在一起就笑得开心。"保姆道。

梁丹宁心想,她又不是专业卖笑的,她哪里有义务去哄沈默开心,她已经和沈默说得明明白白,两个人的关系到此为止。

这样坏心地想完,心底深处似乎又有另外一个声音传来:"不,这不是你真实的想法。"

"最近没有时间。"她拒绝了保姆的邀请。

没时间是实话,公司想出各种花招,逼着销售们把手里的高端客户交出来,还划定了最终日期,规定年底之前必须完成。

"都是我这么多年辛辛苦苦攒下的人脉,现在叫我交出去,"梁丹宁阴着脸对赵玫说,"还不如直接拿把刀来割我的肉。"

她又道:"赵玫,你上任后,能不能把这件缺德事给停下来?"

赵玫:……

她没法接茬——把大客户集中起来管理,既可以削弱中低层销售的权柄,又可以刺激销售开拓新业务,防止他们躺在现有的功劳簿上吃饭,对公司的好处显而易见。而作为销售总监却无所谓,不管怎么划分客户,总量还是那些。

高层只看总量。

但她不能这么说，梁丹宁盼着她升上销售总监，一方面因为两个人是姐妹，另一方面又何尝不是想依靠她的力量，让自己在 GST 过得更舒服一点。

人都是这样的，这无可厚非。

赵玫想起董越说的，我待他们不薄。

赵玫说："我来想想有什么办法，你先别急着交，看看别人怎么做。"

"那肯定，我早就想好要拖着。"梁丹宁冷哼一声，"反正让我主动交客户是没可能的，要不就拿好处来换，姑奶奶也不是好欺负的，老板们要是真把我惹毛了，我也不会让他们舒服。"

赵玫一时无语，梁丹宁或许还没把她当成销售总监，不觉得自己说的话会给赵玫留下什么印象；但赵玫已经体会到了，未来她不再仅仅是梁丹宁的闺密兼同事，她更是梁丹宁老板的老板，她们之间无法再像过去那样无话不谈。

还有一点，以前赵玫不觉得梁丹宁有多彪悍，现在她发现了，梁丹宁身上自带一股桀骜之气，对这种人你只能捋顺毛，否则即便对方是沈默，她也不愿意屈就，宁为玉碎不为瓦全，随时做好破罐子破摔的准备。

不只是梁丹宁，这帮大销售都是这样，天生反骨，没有一个是善茬，你没法压制他们，就算压得了一时，也压不了一世，而软绵绵的人根本无法成为优秀的销售——赵玫上任后，首先要面对的，就是整个销售团队的不服，她必须想好一个行动方案，否则这些桀骜不驯的销售，很快会把她吃干抹净，连渣都不剩。

还有那个躲在暗处举报她的对手，这个人如果不挖出来，实在令人寝食难安。

赵玫这样细细想着，压力顿时如排山倒海而来，连获得升职的快感都淡了很多。

董越来沈家探病，同时也想对沈默说清楚。

沈默扶着栏杆从二楼下来，护工小心翼翼地走在他身后，并不敢有任何搀扶的动作，沈默太骄傲，别人好心扶他，只会得到一顿臭骂。

"来了，"沈默站在台阶上，居高临下，"辛苦你跑一趟。"

董越在心里叹息，沈默再怎么要强，终究是生过一场大病，底气已经弱了，若是在生病前，他根本不会这么客气地说话。在过去，他愿意让谁来一趟沈家，都是恩赐。

俩人面对面落座，保姆送来水果，绿色的葡萄，配上切好的蜜瓜和莲雾，一人面前一个水晶盘，盘子里放着银色的小叉子。

保姆命令护工："你去小区门口的快递柜取几个快递。"

自从得到双倍工资又配了护工，保姆做事情积极了很多，且沈默卧病，很多事都不再管，这豪宅几百平方米，她几乎成了女主人，自然一样一样主动安排起来。

人只要有了权力，主人翁精神就会自己诞生出来。

"身体感觉怎么样？"董越问。

"还行，你来的正好，我正有事要和你商量，"沈默淡淡地说，"你和沈星，还有没有转圜的余地？"

董越一怔。"没有，我们彻底分手了。"

"嗯，那如果我希望你们复合呢？"

"为什么？"董越不明白，这不像是沈默会提出来的要求。

"你是个聪明人，我不想跟你绕圈子，"沈默缓缓地说，"沈星不中用，我这一辈子，做什么都成功，唯独儿女上出了岔子，我需要有人来帮我打理公司，我希望这个人是你。"

"我和沈星真的分手了。"董越一阵头疼。

"没有关系，分手了可以试着复合，那个男的，我也已经处理掉了，你不要跟沈星一般见识，我知道她心里是喜欢你的，只不过她比较贪玩任性，她妈妈死得早，没有教她怎么做合格的女人……"沈默扯动了下嘴角，"我一向欣赏你，如果你能和沈星结婚，以后我的家

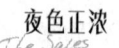

业,都会交到你手里。"

"……"

沈默见董越不语,又补充道:"我不是会干涉儿女的那种人,你们结婚后,你要是在外面有些什么,就算沈星哭到我面前来,我也尽量帮你挡回去,男人嘛……呵呵,我懂,只要不太出格,但子嗣的事情不能乱,你明白吗?孩子必须是沈星肚子里出来的。"

他双目炯炯地盯着董越,仿佛在说一件板上钉钉的事。

"如果你觉得可以,那我们尽快把结婚的事提上日程,过两天你把你父母接来上海,两家长辈正式见个面,年前就可以举行婚礼。我听说,白德瑞已经决意让赵玫当销售总监了,"他一阵冷笑,"找个女人当销售老大,真是滑稽透顶,我看这公司是要走下坡路,你也不用留恋,你和沈星结婚后就来我的公司,把业务一点点管起来,到时候GST倒过头来求你,赵玫也要求你。"

董越艰难地透了一口气。"沈总,谢谢您的厚爱,但是——对不起。"

"为什么?"沈默脸色很难看,"你可要想好了,人这一辈子能遇到改变命运的机会可不多。"

"我知道,但我和沈星之间回不去了,这样和她结婚,也是对她的不尊重。"

"你不用太在意她的想法……"

门口传来一阵急刹车声,紧接着听到保姆的声音:"沈小姐你来了?"

就见沈星从外面直直地冲进来,对着沈默大声吼道:"你说够了没有!谁让你自说自话要我嫁给他,天下的男人死绝了吗,你非要我这么倒贴?!"

"你怎么知道的?"沈默深深地皱眉,忽地看向角落的探头,"你偷听?!"

"对啊,如果我不偷听,你把我卖了我还替你数钱呢!"沈星冷哼一声，扬扬得意，"告诉你，我已经在隔壁小区租了套房子住了进去，你这儿的一举一动，别想瞒过我，你也别想着把家业交给哪个男人，省省吧，那都是我的东西，是我沈星的家当，谁也别想抢走！"

"你！"沈默气得浑身发抖，支撑着病体站起来，"什么你的家当，那是我沈默的，我还没死呢！"

"没死也快了！"沈星叉着腰，望着她爸的眼睛里简直能喷火，"你已经控制我几十年了，现在已经中风了，你能不能消停消停啊？你安心养老行不行？别整天想着把我嫁出去，我知道，你想通过别的男人来控制我，你休想！我不是我妈，我没那么好欺负！"

"抱歉，我想先告辞了。"

董越实在听不下去，不等父女俩回应，起身走到外面，保姆和护工都躲在门口，他对她俩说："我先走了。"

他走到外面，重新站在鸟语花香的别墅区里，只觉得脑仁生疼，忽地想起来，自己的车还停在沈家的院子里，只得硬着头皮走回去。

刚到门口，就听见警铃大作。

仿佛是火警？董越一愣，只见护工慌忙地跑出来，看见董越，顿时上气不接下气地道："沈总……沈总又昏过去了……"

第四十九章

除了梁丹宁，赵玫没有将升职的喜讯告诉任何人，她觉得还是要等公司的正式通知。

可是，天下没有不透风的墙，许云天给她打来电话。"要恭喜你了。"

赵玫现在确认了，许云天依旧在公司内部留存着千丝万缕的关系网。

"谢谢。"她不咸不淡地说,心里充满警惕。

"今晚有没有时间,一起吃个饭吧,"许云天说,"有个事想跟你商量商量。"

"可以。"赵玫不敢怠慢。

出乎赵玫意料的,许云天竟然订在双子星大厦裙楼的一间餐厅,一点都不避讳被人看见。

"但我避讳,"赵玫握着电话站在裙楼中庭,不肯上楼,"你去换个包间,要不我不来了。"

"我们只有两个人,哪个饭店愿意给包间?"

"我不管,没有你许总搞不定的。"

"好好好,你等着。"

赵玫等了十分钟,收到消息后才上去,许云天要了个巨大的包间,一见到她就无可奈何地摊手。"满意了吧,十六人的大包间。"

"我有什么办法,上海有那么多饭店,谁让你非要跑到这里来。"

"我难道不是为了你下班方便?"

许云天打了个"哈哈",将一个纸袋放到赵玫面前,赵玫一愣,纸袋里是一瓶酒,竟然是威尔逊旗下难得一见的红祭司XXO。

"送你个小礼物,这是珍藏版,全球限量发售。"许云天说。

"你居然把竞品送给我?"这人怕是疯了。

"什么竞品,这是我司的产品。"

赵玫惊呆了。"你去威尔逊了?"

应该不会吧,威尔逊也是很在意价值观的公司,许云天刚从风口浪尖上下来,威尔逊为什么要用他?

许云天掏了一张名片递给赵玫,上面写着嘉华实业。

嘉华实业是威尔逊在华东区最大的代理商。绝大多数品牌的一级代理商都是排他的,比如沈默代理了GST,就不可以再代理其他品牌;阿迪达斯和耐克是对家,阿迪达斯和耐克的代理商也就天然划分了阵营。

换而言之，这家嘉华实业，是沈默的对头。

"他们老板约我聊了好几次，请我当渠道总裁，待遇比GST高不少。"许云天说。

许云天的名声对品牌有损伤，但代理商无所谓。代理商是更纯粹的销售，他们只卖货，品牌要是垮了，他们就换个品牌代理，只要许云天的人脉和资源能帮他们卖货，他们就愿意用他。

这就跟卖矿泉水一样，不管市场上有多少个品牌，买水的是同一拨人，要靠有渠道的销售去抢。

所以，有人脉、有资历的大销售，永远不愁没饭碗。

"看来我该恭喜你。"赵玫情绪复杂，以后俩人就是对立阵营的人，可以预见会有许多的厮杀。

"我还没完全答应，主要是真去了，难免让人觉得是我故意报复老东家，名声不好听，"许云天笑笑，"长话短说，我来找你，是为了另一件事。"

"你说。"

"南丰的老板，托我找你帮忙。"

赵玫眼皮一跳，南丰是一家新崛起的代理商，一直想争取GST的代理权，但因为沈默的关系，始终没抢下来。

"他想拿GST的一级代？"赵玫问。

"他早就想拿了，"许云天低声说，"沈默几年前就不行了，生意做得一塌糊涂，全靠和杜彼得、白德瑞的关系才一直撑着。但现在沈默生病了，他的公司也乱七八糟的，正好趁这个机会，一点点把代理权从他那里削下来。南丰的魏总是个实在人，到时候怎么分都好说。"

"你既然要去嘉华实业，为什么又替南丰做事？"

"如果这件事能办成，我就去南丰啊，和威尔逊相比，我还是更想做GST的生意，"许云天笑笑，"做金樽王、月光之城几十年了，突然叫我去卖黑皇帝、红祭司，心里总归过不去。GST不讲良心，我还是要讲的。"

这个人在跟她讲良心。

赵玫心里冷笑。

许云天接着又道："你马上新官上任三把火，换代理商对你有好处，既能清洗掉一批老关系户，又能趁机树立你自己的权威，还有好处拿，一举三得，多好？"

"等我上任了再说吧，"赵玫淡淡地说，"我现在还不是销售总监，没法答应啊。"

许云天脸一僵。"你不放心我是吧？这样，过两天我把魏总约出来，和你见个面？"

赵玫却说："先不急着见面，等我理顺了吧。"

真要约经销商见面，也不能是许云天牵线搭桥。

许云天见赵玫死活不买账，语气也硬起来。"赵玫，你这样就没意思了。魏总本来想直接去找杜彼得，是我和他建议，让他找你。毕竟你上任之后，只要不出大错，少说也能在这个位置上坐个四五年；杜彼得是洋人，过两年就卸任回去了。魏总这才托我先找你——你不答应，他直接去找杜彼得，到时候可就没你什么事了。"他停一停又道，"魏总是新生代，不是个讲规矩的人。"

这已经是赤裸裸的威胁了。

她想起白德瑞不喜欢被威胁——谁会喜欢被威胁！

许云天见赵玫眉眼间已积攒出愠怒，想起她宁折不弯的性子，知道也不能得罪过头，于是放软了语气道："这样，你再好好想想，不用立刻答复我。呵呵，等你正式坐上销售总监的位置，有些事我再慢慢跟你说。"

"嗯嗯。"见许云天开软档[1]，赵玫便顺水推舟地敷衍过去。

赵玫又虚与委蛇了几句，胡乱吃了几口菜，推说还有一个酒局要

---

[1] 上海话，表示示弱的意思。

赶就走了,路过垃圾桶的时候,把那瓶红祭司直接扔了进去。

她心里满是烦躁,来律师把草拟好的离婚协议发过来,她回到办公室看了两页,无非是财产如何分配,夫妻一场,走到最后只剩下真金白银的计较,想想都没意思,说不定还要打官司,到时候场面更难看……

赵玫一阵头疼,铃声忽地响起来,居然是李东明打来的,她吓了一跳,手里的离婚协议差点扔出去。

"什么事?"她问。

"是这样,我不是一直在帮一些公司做FA(理财顾问)嘛,有一家叫明高科技的,前年我帮他们弄到一笔投资,他们老板给了我三个点的股权,这两天明高科技被收购了,明晚开庆功宴,你有没有时间,我们一起去?"李东明说。

赵玫:……

李东明听赵玫沉默,只当她在怪他隐瞒,又解释道:"之前一直没当回事,都快忘了,前两个月突然说有人要收购,你也知道,这种事往往雷声大雨点小,我就想着等事成之后再跟你讲……喂……喂?赵玫?"

"哦哦,我还在,"赵玫回过神来,"那个,恭喜你。"

"同喜同喜。"

"对了,我也有喜讯,"赵玫决定投桃报李,"我们人事老大跟我说,白德瑞给她发邮件了,明确升我。"

"哇!"李东明的声音洋溢着快乐,"看来是双喜临门了!"

第 五 十 章

明高科技的庆功宴搞得非常隆重,静安寺附近最有名的那家夜店被他们整个包下来，DJ是参加过综艺节目拿过奖的，据说出场费都要三十万；金樽王25年和月光之城香槟等酒水更是成箱成箱地往里搬。

"他们知道你是我太太，特意订的你们公司的酒，"李东明揽着赵玫往里走，又看了一眼赵玫新的短发造型。"你这头发剪得，啧啧。"

为了参加庆功宴，赵玫特意去做了头发，发型师问她想要什么发型，她突发奇想，要剪短发。长度到耳朵下方，用发蜡将大部分头发梳到脑后，有点像背头，却又有几缕落在额前，看着既利落又有故事感。

"你怎么一直不说话？"李东明问。

"有点累。"赵玫紧抿着唇。

她一直想不明白，李东明究竟是受了什么刺激，为什么会主动把股权收购的事情告诉她。

"拍几张照片就能坐下了，"李东明体贴地说，"这边。"

摄影师过来高举相机："3，2，1！"

咔嚓！

"再来一张。"

旁边有人起哄："李总夫妻好登对！"

更多人的视线都停在赵玫身上，一来码农们或多或少都知道一些前段时间的新闻，看过那段著名的道歉视频；二来是赵玫实在是气场强大，以前她长头发时还不觉得，现在在短发的衬托下，越发显出薄唇细眼，以及刀刃一般的下颌线条，五官看起来非常锋利。她本就身材瘦高，踩着一双恨天高后都快有一米八了，加上长期的仪态训练，她款款步入主场，架势犹如女王亲临，极为引人瞩目。

当然，李东明也不差，他身型高大，气质也不错，和赵玫的衣服又刚好都以白色为主，站在一起，完全是"权力夫妻"的样板人物。而明高科技从CEO到CTO（首席技术官）再到员工，全都是码农出身，哪怕穿上燕尾服，也是猪鼻子里插葱——装象，他们与李东明和赵玫站在一起合影，立马体现出巨大的差异，完全是不同世界的人。

"李总啊,这就是你不对了,咱们认识那么久了,你怎么第一次带嫂子出来?"码农 A 上下打量着赵玫。

"那是,我老婆能随便带给你们看吗?"李东明哈哈一笑,迅速融入气氛,打成一片。

"嫂子,我看过你之前的那个视频,那台下那么多漂亮姑娘,都是你们公司的?"码农 B 好奇地问。

"是。"赵玫点头。

"哇,你们公司福利可真好。"

赵玫:……

主持人有请老板发言,模仿乔布斯穿一件套头长袖 T 恤的 CEO 走到台上,拿着麦克风,说:"说什么好呢?"

台下一阵哄笑。

"都到这份儿上了,别说了。"CEO 从兜里摸出一把玩具枪,对着天花板,"啪"的一声,许多花花绿绿的纸落下来,全是钞票。

"可劲造吧各位!"他大喊,"music(音乐)!"

全场欢呼!

震耳欲聋的音乐响了起来,几十个穿着超短裙的妙龄少女随着音乐声小跑着到舞台上,列队跳起了流行的女团舞,时而排成三角形,时而排成一个圆,但不管是什么形状,都是裙摆乱舞,大腿齐飞。

在场的码农全都沸腾了,山呼海啸吹口哨,一浪高过一浪。

少女们跳了几支舞后,摆出一个收尾的造型,码农们再次欢呼,接着纷纷冲上台找心仪的少女或是合影,或是握手,或是加微信,闹哄哄乱成一团。

"听说是一个著名的女子团体,这一场的出场费要好几百万。"李东明说。

赵玫看得目瞪口呆,她也算见过世面,但从未见过这样血脉偾张的庆功宴。

"你肯定觉得有点情色。"李东明低声道。

"那倒没有，"赵玫皱皱眉头，"我就是觉得……挺幼稚的。"

"这种公司和GST不一样，"李东明笑着道，"员工年龄大多小于二十六岁，很多是农村走出来的，大学毕业后进入科技公司写代码，每天写得两眼发黑，常常就直接睡在公司，没时间也没机会谈恋爱，女朋友都在硬盘里。"

"哈。"赵玫忍不住笑起来。

"真的，他们之前想招好点的工程师，一直找不到合适的，有人给他们出主意，让人事去海外的情色网站投放招聘广告，结果还真招到了人。"

"为什么？"

"因为这种网站都是加密的，一般人上不去，能看到招聘广告的，基本上都是水平还不错的码农。"

赵玫一阵无语，真想把齐幼蓝拉过来，让她也开开眼界。

回去的路上，李东明依旧处于兴奋之中。"我算过了，扣掉税，大概能到手一千万左右，我在想，干脆再去买套房，不过一千万也买不到什么好房子，也可以把现在这套卖掉，我们换套更大的，你说呢？"

赵玫在想，一千万左右，一人一半，她能分到五百万。

"什么时候到账？"她问。

"我直接卖给收购方的一个私人，快的话，本周内就能到账。"李东明高兴地说。

赵玫终于忍不住，问道："你为什么会告诉我？"

"你这是什么话，"李东明看过来，"你是我老婆，我当然要告诉你。"

"但你可以不告诉我的，"赵玫停顿了下，又道，"我的意思是，很多男人会选择不告诉妻子，我可以不知道你有这百分之三的股份，你不想留一点私房钱吗？"

"放在以前可能会那么想，"李东明笑笑，"但现在不会了。"

"为什么?"

"因为那样没意思,"李东明去握赵玫的手,"你不知道,今晚有好几个人告诉我,羡慕我有你这样的妻子。"

"是吗?"赵玫好奇极了,"就是那些会翻墙去看情色网站的工程师?"

"一个是CEO,他老婆是他高中同学,连大学也没上过,什么也不懂,每天就知道盯着他要钱,要不然就是查岗,他苦不堪言。"李东明说。

赵玫想起那位太太,穿黑色蕾丝的紧身连衣裙,小腹有明显的赘肉,手机屏保是一家四口的照片,两个可爱的孩子,她很爱她老公,反复跟服务员说她老公胃不好,不能吃冰,不能吃生冷。

"还有CTO,纯理工男,找的女朋友你也看见了,小里小气的,根本拿不出手。"

赵玫记得那个女孩,典型的整容脸,娇滴滴地坐在男友身旁,问赵玫的项链和耳环是什么牌子,又指着赵玫手背说她知道一家美容机构,可以去除手背上的汗毛,缩小毛孔。

李东明又说:"至于收购方的林董事长,他夫人家里倒是有点来头,但她有点像沈默的女儿,从小到大一分钱也没有亲手赚过,但五毒俱全。"

赵玫认识这位夫人,是GST的重要客户之一。

"你的意思是,这些男人对自己的老婆都不满意?"赵玫挑眉。

"对,他们都羡慕我,"李东明说,"羡慕我有你这样的老婆,你要知道,像我们这样在事业上合拍,能够帮到对方的夫妻少之又少,我们俩的组合是完美的。我准备先拿下管理合伙人,明年再往亚太区冲一冲,到时候没准你得陪我去新加坡。"

瑞景咨询的亚太区总部在新加坡。

"新加坡?"

"你不去也行,到时候你好好地在国内当你的销售总监,我两头飞——很多男人到我这个年纪,已经有中年危机了,但我没有,"李东明志得意满,"总之,未来可期。"

赵玫望着踌躇满志的李东明,心里有一股古怪之意缓缓流淌。

第五十一章

天气渐渐冷下来,从深秋到立冬,只是翻页的工夫。

但职场人的心是滚烫的,公司任命下达得比赵玫想象中更快。一个阳光明媚下午,一封群发邮件出现在 GST 每个人的邮箱里,宣布由赵玫接任 GST 华东区销售总监一职。

全公司,不,全行业都沸腾了,整个酒行业连女销售都不多,更何况负责一整个大区的销售总监。有个同行把赵玫比作穆桂英,几个二十几岁的年轻销售纷纷问,穆桂英是谁?顿时笑倒一片。

公关部也来找赵玫,自从邓肯离职后,新来的公关总监脑子灵活多了,他想给赵玫做一次企业内部的宣传,找她要了几张照片,又表示会找专业的撰稿人来给赵玫写文章。

但赵玫自己也有动作,经过上一次的"炒作",她已经深谙个人宣传的重要性,销售队伍不是难带吗,男人不是不服女人吗,那她就来一个先声夺人。她把营销的重任再一次委托给胖子,"女销售大佬,新时代蹚过男人河的女人",胖子笃定这次的营销肯定能出圈,说不定还能不花钱冲上微博热搜。

当然,销售部众人的心态是比较微妙的,比如唐李德,销售管理群里众人排着队在向赵玫道"恭喜",赵玫发了每人两百元的红包,隔了一小时一看,只有唐李德没领,连董越都领了。

对了，还有董越……不知道他最近在忙什么，赵玫实在忙得脚不沾地，都顾不上他了。

梁丹宁一进公司就来找赵玫。"你是不是要去离婚了？"

赵玫愉快地点点头。"我一会儿就去见来律师。"

"可怜的李东明，"梁丹宁说，"我突然有些同情他，他好不容易把你推到总监宝座上，你却转脸就要休夫。"

"他要不是还有点用，我一个月前就休夫了。"

"哇，你这个样子，有点像黑寡妇。"

赵玫笑了。"我喜欢黑寡妇。"

"我去给李东明祈祷了，希望他不要心脏病发作。"

"我会给他带上速效救心丸，"赵玫笑吟吟地说，"我得确保他活着，这样他可以气得久一点。"

赵玫来到来律师的办公室，两个人商议许久。

来律师说："你现在随时可以向他提出来了。"

"他今晚要给我庆祝，还请了我爸妈，"赵玫嫣然一笑，"就让他再快活一晚，明天上午我去他公司找他谈。"

来律师"啪啪啪"地鼓掌。"精彩，要不是我明天上午有事，我都恨不得跟你一起去了，我现在特别想看到你老公的表情。"

"我也是，"赵玫舒展了下身体，"等了好久了，终于让我等到这一天。"

为了庆祝赵玫升职，李东明订了一个能看见黄浦江夜景的包间，还特意请了赵玫父母共进晚餐。

"我们结婚以来，我还没有单独请过你父母，这次借这个机会，请请二老。"李东明说。

赵玫没想到李东明还有这觉悟，这让她有点感动。说起来这几天，除了出差，李东明几乎每天都在家过夜，出差的晚上也会偶尔和她视频，简直乖到不行。

晚上突然下起雨，天像是漏了一样，雨水哗啦啦地落下，天气预报发出了暴雨警报，通知市民注意防雨。

大雨并没有打消赵玫一家人的兴致，黄浦江夜景是看不清了，但包间里摆了各种艺术品，赵玫爸爸拿着手机拍个不停，朋友圈一发，收获点赞无数。赵玫妈妈对那些不感兴趣，对着女儿的脑袋看了半天，嘟哝一句："怎么想起来搞这个头发。"

"不好看吗？"

"好看是好看，就是像个男的。"

李东明特意开了一瓶月光之城香槟，给赵玫和赵玫爸妈倒上，他举起酒杯，祝词道："首先我要敬爸爸妈妈，生了赵玫这么优秀的女儿，把她嫁给我；其次我要敬赵玫，你是个非常有勇气、有魄力的女人，我在你身上看到了巨大的力量，你改变了我许多固有的看法，我真心为你骄傲。"

四个晶莹剔透的酒杯撞在一起。

赵玫妈妈低声对女儿说："你跟李东明结婚到现在，今天是第一次我觉得他像个样子。"

"你以前觉得他不像样？"赵玫讶然。

"以前……怎么说呢，虚头巴脑的，"赵玫妈妈说，"不踏实。"

这一晚喝得尽兴，香槟喝完，又要开干邑，赵玫爸爸觉得不过瘾，坚持开了一瓶白的，李东明也只得尽女婿之责，好好奉陪，最终翁婿俩喝得醉醺醺的，赵玫费了九牛二虎之力才把李东明弄回家，李东明的脑袋刚碰到枕头，瞬间就睡着了。

赵玫也是疲惫不堪，正准备卸妆洗澡，忽地看到李东明的手机一闪一闪，一个没忍住拿了起来。

又是乔海伦的消息："我看到你发的朋友圈了。"

赵玫一愣，点开李东明的朋友圈。是他和赵玫在明高科技庆功宴那晚的一张抓拍照片，两个人正一起步入会场，照片上两个人十指相扣，李东明凑到赵玫身边说话，赵玫用心地倾听。那画面，哪怕不认识的人看了都会羡慕。

但问题是，李东明在庆功宴当晚就已经发过一次了，怎么今天又发？而且还是晚上九点多发的，那会儿他们正在饭店和赵玫爸妈吃饭。

乔海伦："她真美。"

乔海伦："是我错了，我现在想通了，你能不能再给我一次机会，让我回到你身边来？我保证，我发誓，我一定不会给你添麻烦的。你看，我听你的话，我不再到你家小区等你，我现在还在公司。"

乔海伦："但我没办法……我在这儿待不下去，我这两天一打开电脑，满屏的字都看不清，我一闭上眼睛，满脑子都是我们在一起时的情景。"

…………

赵玫站在落地窗前。

窗外正下着瓢泼大雨，雨水变成细线，一道一道地从玻璃窗上滑下来，只有远处高楼的红灯，在雾气氤氲中依旧一闪一闪，努力提醒着夜航。

Part 6

眷恋红尘的人

"喝酒会醉,为什么人会愿意失控,愿意被迷糊摆布?"
"亿万人都在靠酒精支撑,你觉得众人皆醉你独醒?"

第五十二章

时间回到开始时的轨道上。

乔海伦死了。

她被人发现的时候，就已经死透了，死因鉴定很快出来：过度疲劳导致的心脏骤停。简称：过劳死。

门禁系统显示，这两夜一天里，乔海伦只离开过环球中心一次，而且不到一个小时。同事也做证，她这两天因为要赶一个报告，连午餐都是让同事帮忙带上来的，除了在死前一天的下午睡了一小会儿，她就没合过眼。

这不是新鲜事，年轻一代喜欢宣称"熬最深的夜，用最贵的眼部精华，再把最宝贵的生命搭上"。

瑞景咨询不愧是顶级咨询公司，仅仅用了半个小时，就发布了声明，宣布对乔海伦的离世表示最深切的哀悼，并由中国区总裁亲自出面，成立治丧小组。

邮件是这么写的：

这是瑞景咨询历史上至暗的一天，
让我们永远铭记乔海伦，
她是一名优秀的分析师，
是亲切的同事，
也是可爱的伙伴。

赵玫不知道自己是怎么回到公司的,她只觉得整个人是飘的,没过五分钟,梁丹宁就冲进了她的办公室。

"我看到她被抬出来……"赵玫死死地抓着梁丹宁的胳膊,嘴唇哆嗦着。

"你先坐下。"梁丹宁见赵玫魂不守舍,赶紧把她扶到座位上,倒了一杯金樽王递给她,赵玫看也不看,一口喝下去。

她呆呆地坐着,说不出,又哭不出,情绪之复杂,无以言表。

"再来一杯。"她只能说。

梁丹宁给她倒酒,摇头道:"还是卖酒的公司好,需要的时候可以一醉解千愁,谁也不能批评你。"

赵玫终于缓过来,她拿着一张餐巾纸,捂着鼻子大口地吸。"好了,我好了。"

梁丹宁松了一口气。"你不知道我在一个群里看到照片上的人是她,我差点没吓死。"

她今天一直在坐等八卦——赵玫去跟李东明提离婚,这得多刺激?谁知却等来另一个人的死亡。

网络时代没有秘密,乔海伦出事不到半个小时,各种角度的照片就已经传得漫天飞舞。过劳死本身就是打工人的痛点,每一次有类似的事情发生,人们的神经就会被触动一下,接着该干吗干吗。

赵玫一声不吭,只管倒酒喝。

"你跟李东明说了吗?"梁丹宁问。

赵玫摇摇头。"还没来得及说。"

"那……那你还打算说吗?"

"我不知道,我后来没见到他,我们分开了。"

当时乱成一团,李东明似乎崩溃了,站在那里一动不动,有人叫他他也不理,后来他被两个同事扶到别的办公室去休息。

赵玫一个人匆匆回来,没有人有空多看她一眼。

"我觉得我罪孽深重。"赵玫喃喃道。

"这跟你有什么关系！"梁丹宁立刻道，"就算死者为大，也不代表她生前所为是对的，你最多放她一马不提这事，但也没必要怪自己。"

赵玫又用力地深呼吸。"是的，你说得对。这跟我没关系。"

来律师也打电话来，他在手机上看到了新闻。"是那个女孩子吧？怎么会这样？"

"离婚的事先放一放吧，"赵玫疲惫地说，"等这件事过去再说。"

"当然，我等你的通知。"来律师表示理解。

有人来敲门，是曾子漩，还有好几个促销部的同事，笑嘻嘻地说："赵总，晚上六点半，您可别忘了！"

赵玫这才想起来，今天轮到促销部的同事们给她庆祝，赵玫升到销售总监后促销部继续由她管理，作为她的老部下，简直人人高兴。

"哦，好，我不会忘。"赵玫定定神。

"你行不行啊？"曾子漩一走，梁丹宁赶紧问。

"不行也得行，"赵玫眯起眼，"一会儿还要开会，白德瑞要来，杜彼得也要见我，还有董越和唐李德，我得找时间跟他们分别谈一谈……"

她太忙了，没有工夫为乔海伦伤心。

李东明一晚上没回家，他给赵玫发了一条消息，说自己要去乔海伦的老家。

乔海伦的老家在江西景德镇旁边的一个县。李东明作为乔海伦生前的老板、公司的高级合伙人，亲自将乔父、乔母，还有乔海伦的一个表姐一起接到了上海。

他们在第二天晚上赶到了环球中心，意外地发现全公司的人都在，乔海伦生前的办公桌已经被布置成一个小小的灵台，乔海伦的照片被鲜花簇拥着，照片上她的笑容腼腆而可爱。乔父、乔母抚摸着女儿生前坐过的桌椅泣不成声，在场的同事们也都纷纷落泪。

一切事宜都在有条不紊地推进。

一支专业的心理咨询团队也进驻了瑞景咨询，给有需求的员工进行心理辅导，为了让大家心情好一点，他们甚至带来了三条金毛，狗狗们用湿漉漉的眼神和毛茸茸的身体给还活着的人带来莫大的抚慰。

唯一的不和谐出现在谈判阶段，乔海伦的父母提出要五百万的赔偿，双方讨价还价之后达成协议，由瑞景咨询支付给乔海伦的家人两百三十五万的补偿金，再加上公司原本就给员工买过保险，乔海伦能得到六十万的身故赔偿，此外还有乔海伦这一年的年终奖，林林总总加起来有三百万。

三天后，乔海伦的追悼会在殡仪馆举行，选在最贵的一个厅，全部用鲜花装饰，甚至还有一支小型的管乐队现场演奏寄托哀思的乐曲，整个场面既隆重又高雅。

由李东明作为公司代表上台致辞，他这几天连轴转，几乎没怎么合眼，两边脸颊都陷下去。他细细回顾了乔海伦生前的点滴，讲述了她在工作中的趣事，赞美她是一名乐观积极、努力上进的好员工，说到伤心之处，李东明忍不住掉下眼泪，全场无不动容。

主持人沉痛地说："让我们向遗体告别。"

大家纷纷起立，礼仪小姐将手中的白色玫瑰花分到每个人的手中。

"等一下！"

说话的是一个小伙子，戴着眼镜，高高地举着手，仿佛这不是灵堂，而是什么学校。

"那是谁啊？"

"不认识！"

"好像是乔海伦的亲戚……"

"这是要干什么？"

人群骚动起来，好几个乔家的亲戚走过去，只见那个小伙子激烈地在说着些什么，手里还举着手机，接着他被两个男人带了出去。

仪式继续，人们排成两人纵队，把白色玫瑰花放在乔海伦的遗体上。遗体被推走火化的时候，乔家父母已经哭得快断气了，全靠旁人架着，才阻止他们扑向乔海伦的棺木。令人惊奇的是，李东明也哭到两眼红肿，一些不认识的人听说他是乔海伦生前的老板，纷纷赞叹这位老板重情重义。

李东明无精打采地往外走，几天的时间，他觉得自己老了十岁。

乔海伦闹得最厉害的那几天，他也诅咒过她，巴不得她赶紧消失，可没想到她居然真的死了，虽说医学上已经明确了死因，但李东明还是觉得自己脱不开干系。

他不止一次地想过，如果他把乔海伦从肖扬那组调回来；如果他没有特意关照肖扬多给乔海伦安排点活——让她无暇纠缠他，或许她就不用那么拼命加班，就不会因为过度劳累而心脏骤停。

可惜，一切都回不去。

李东明打算休一段时间的假，他得好好缓一缓，他有一种预感，乔海伦的死会成为他这一生挥之不去的梦魇。

"李东明！"

有人喊他。

李东明回头，是仪式上吵闹的小伙子。

小伙子冲到他面前，手里举着手机。"这是你吧？"

李东明定睛一看，那是一张自拍，照片上是他和乔海伦，能看出是在酒店房间里，他正在电脑前工作，乔海伦裹着白色的浴巾，笑得很甜，将他作为背景一起拍了下来。

"这……"李东明瞠目结舌。

他来不及多想，"轰"地一下，小伙子的拳头砸到他脸上。

"我打死你个畜生！"

李东明虽说身材高大，但他这几天早就筋疲力尽，根本不是愤怒的小伙子的对手，他脑袋嗡嗡的，头晕眼花，天旋地转。

小伙子骑在李东明身上，一拳又一拳，重重地落在李东明的脸上，这会儿正是散场人多的时候，很快就有许多人跑过来，有人喊着"三儿"，也有人在叫"李总"，两个人终于被分开，叫三儿的小伙子被人抓着胳膊，还在朝李东明蹬脚，他大喊着："你个畜生，你害死了我姐，你害死了我姐！"

"这下手也太狠了！"

一只纤纤玉手拿着一张纸巾，温柔地擦拭着李东明嘴角的鲜血。

李东明吓得顿时一个激灵，往后一躲，接着一巴掌打飞了纸巾，拿纸巾的姑娘被吓得魂不附体。"李总？"

李东明定睛一看，是自己团队刚进来不久的一个漂亮姑娘。

他醒悟过来，意识到自己已经坐在车上，身边是他在瑞景咨询的下属。

"对不起，"李东明闭上了眼，"我最近状态不好，你们把我放在我家楼下就行。"

"可是您不去医院做个检查，上个药吗？"下属A说道。

"不去。"李东明呵斥一声。

没有人敢再多言。

李东明的脑子飞快运转，那张照片！对！那张照片！那是乔海伦的手机！他从来不许乔海伦拍他俩的合影，所以这个女孩趁他不注意偷偷拍了……

不对啊……他为了以防万一，每次两个人在一起后，他还会检查乔海伦的手机，照片、聊天记录能删除的全部删除干净，这张照片是从哪儿冒出来的？

李东明如坐针毡。

"停车！"他命令。

商务车果断地停在路边。

李东明下车在原地转了几分钟，打电话给自己的律师朋友。"庄律师，我是李东明，你得帮我。"

第五十三章

周末。

赵玫独自坐在家里,翻看着乔海伦的朋友圈。她的朋友圈已经全部打开了,没了限制,她因此得以看到这个女孩的全貌。

最新一条是悼词,想必是乔海伦的家人发的:给最可爱的乔海伦,你从此以后不必再辛苦,好好地休息,天堂因为有你变得更加美丽。(白色的蜡烛与双手合十的表情)

配图是乔海伦的黑白照片。

李东明在书房忙碌着,他从追悼会回来后没有去公司,他总是把自己关在书房里,深夜才去客卧睡觉。关于脸上的伤,他的解释是乔海伦的家属对公司的赔偿感到不满,赵玫也懒得深究,她现在对什么都不想深究。

智能门锁响起打开的声音,是李东明父母来了,大包小包拎了很多东西,他们知道李东明这些日子在忙下属过劳死的事,听说告一段落,就赶紧来看儿子。

李东明不得不出来,李东明妈妈看见儿子脸上的伤,顿时惊呼起来:"怎么会弄成这样?谁打的?"

李东明只得再解释一次,李东明妈妈懊恼不已。"已经赔了三百万了,还嫌少?嫌少去找公司呀,打你做什么,公司又不是你开的。"

"我是公司管理层,他们有不满,当然冲着我来。"李东明耐着性子说。

李东明的手机响了,他接起来,脸色暗淡下去。"我知道了。"

李东明妈妈皱着眉,说:"不是周末吗,怎么还这么多事。"

赵玫不想再听他们说话。"我出去一趟。"

"你等一下。"李东明急忙叫住她,又对他爸妈说:"我有点事要和赵玫说,你们能不能先回去?"

"什么?"李东明妈妈立刻板起脸,"我们刚进门,你有什么事不能等我们走了再说,而是要赶我们走?"

李东明爸爸也黑了脸,说:"我们特意来看你,你讲不讲道理?你是昏了头了吧?"

"你们走吧,"李东明近乎哀求,"就当帮我一个忙,你们赶紧走行不行?"

"这……"李东明爸妈没见过儿子这个样子,"你怎么了?"

"你要跟我说什么?"赵玫疑惑地问。

赵玫的手机也响了起来。

"你先别接。"李东明突然冲上去,从赵玫手中抢过手机。

"你干什么?"赵玫惊呆了,"那是我的手机,你还给我。"

李东明一看,爸妈完全没有要走的意思,可时间已经来不及,他心一横,"扑通"一声,对着赵玫跪了下来。

"我对不起你!"

赵玫一看他这样子,心里有些明了,又有些不明。

"东明你做什么?"李东明妈妈一下急了,"你做什么了?"

赵玫的手机还在不停地响。

"你先把我的手机还给我。"赵玫的脸上闪过一丝古怪之情。

"不,你先听我说,"李东明不管不顾,他和律师商议良久,最终发现,只剩下坦诚一途,"我和乔海伦在一起过,但那只是很短时间的事,后来我决定跟她分开,我把她调到别的组,谁知道她不同意分手,还不断地纠缠我,我已经和她说得清清楚楚了……我也没想到她会突然死掉,但这跟我没关系……"

赵玫看着他,这个人已经语无伦次了。

"你在说什么呀!"李东明妈妈急了,上前摇晃着儿子,"什么在一起过,什么乔海伦?乔海伦是谁?"

"就是他们公司过劳死的那个同事,"李东明爸爸已经听出些端倪,扶起老伴,"我们回去吧,这件事情我们管不了。"

"你胡说八道什么,他是我儿子,我怎么管不了?"李东明妈妈尖叫道。

"我叫你回去就回去!"李东明爸爸突然大喝一声。

李东明妈妈一下被吓到了,或许是她从未见过李东明爸爸如此可怕的神情,或许是她也意识到眼前发生的事,她是真的管不了……

她的目光在儿子和儿媳的脸上慢慢扫过,瞬间颓然。"走吧。"

李东明跪着不动。

赵玫一直等到李东明爸妈进了电梯,才问道:"为什么现在告诉我?"

"因为……因为乔海伦家里发现了一些照片,他们在勒索我……"

"什么照片?"

"我和乔海伦的照片,"李东明跪在地上,艰难地措辞,"赵玫,我对不起你,是我做错了,我随你打随你骂,只求你原谅我。"

"是不是他家人已经准备公开了?"赵玫问。

"对,他们找我要五百万,我不想给,因为这就是个无底洞,谁知道什么时候他们想起来,又要再提起此事!"李东明咬牙切齿,"我宁愿向你坦诚,我也已经给我们总裁打过电话了,让他也有个心理准备。"

"所以你现在是想让我也有个心理准备?"

"不,我是想请求你的原谅,我不希望你从别的途径听到这件事,我希望你给我一个改过自新的机会,"李东明站起来,往前走两步,一把抱住赵玫,痛哭流涕道,"都是我的错,是我一时鬼迷心窍了,我……我是在向你认错……"

"把我的手机给我。"赵玫推开李东明,表现得异常平静。

李东明愣了下,将赵玫的手机递过去,赵玫看了看,三个未接来电,梁丹宁一个,董越一个,胖子一个。

她先给胖子回电话。

"你还好吗?"胖子在电话那头尖叫,"我差点没当场昏过去啊,你怎么样啊?"

"在哪里看?"

"你还不知道?"胖子愣了一下,"那……那我发你链接。"

赵玫挂了电话,在等胖子链接的时候,发现梁丹宁已经把一切信息转给她。

是一篇微博,准确地说,是一篇长微博。

乔海伦的堂弟写了洋洋洒洒几千字,图文并茂地讲述了瑞景咨询高级合伙人李东明潜规则女下属乔海伦。

长微博里这样写道:"……令人发指的是,乔海伦并没有像寻常小三儿那样凭借男女关系获得特殊对待,相反地,她一边要陪李东明,一边还要帮李东明做PPT,有时两个人一起出差,夜里乔海伦离开李东明的房间后,还得回自己的房间继续写报告。还有最最可怕的——当李东明玩腻了乔海伦后,他把乔海伦调到了别的组,乔海伦希望李东明把她调回去,李东明不愿意,还暗中要求乔海伦的新领导给她增加工作量,以便让她无暇去找李东明的麻烦……

"由此可见,乔海伦的过劳死,完全是李东明一手造成的,她是被害死的,是因残酷的剥削而死!

"她本可以快乐开朗地活在这人世间,却被一个衣冠禽兽狠狠地折磨致死。

"她今年,年仅二十七岁。

"请记住那个凶手。"

不到十分钟,这篇长微博的转发量已经突破一千。

"赵玫……"李东明也已经在自己的手机上看完,颤抖着叫她,"不是这样的,他是在胡说八道,这不是事实,你要相信我,不是这样的……"

赵玫还未开口，门铃响了，她走过去，门禁摄像头显示是两位警察。

警察走进来，李东明先崩溃了。"我没有杀人，我不是凶手，她是过劳死！是有医院鉴定的！"

"我们不是来找你的，"警察鄙夷地看了李东明一眼，又看向赵玫，"对不起，请问你是赵玫女士吗？"

"我是，"赵玫意外地问，"你们是找我吗？"

李东明也呆住。

警察客气地说："是这样，我们发现，乔海伦在临死前的晚上，曾经与你见过一面，有没有这回事？"

"你们见过？"李东明如五雷轰顶。

"是，"赵玫点头，"但这和她的死有关吗？"

"暂时还不清楚，不过乔海伦的家属报了警，我们总得查一查。"

"没问题，是在这儿说，还是去警局？"

"就在这儿说吧。"

赵玫请两位警察坐到沙发上，想了想，缓缓开口道："我其实早就知道我先生和乔海伦有关系，那天晚上，我和我先生从外面回来，他喝多了，我就看了他的手机，我发现乔海伦又在给他发消息。"

"她在微信上说'我不再到你家小区等你'，我一下气疯了，"赵玫如实讲述，"我没想到，她居然还来过我家……"

"她没来过，"李东明插嘴，"她就是跟到小区，她不断地纠缠我……"

"你闭嘴。"赵玫冷漠地说，又对两位警察说："于是，我就用李东明的手机给乔海伦发了消息。"

李东明："你在公司？"

乔海伦："对，我在，你要来找我吗？"

李东明："你等我。"

雨很大，赵玫等了好一会儿，才叫到一辆网约车，去环球中心。

不一会儿，乔海伦就下楼来，两个女人在环球中心的大堂见到对方时，同时呆住。

"怎么是你？"乔海伦愣住。

赵玫也傻眼了，乔海伦之前的发型是一头大波浪，现在也剪成了短发，抹着发胶往后梳，和赵玫的新发型一模一样。

"你……你一直在模仿我？"赵玫只觉得匪夷所思。

乔海伦却不关心这个，她连珠炮般地质问："为什么是你来？是你拿了他的手机吗？是他叫你来的吗？他为什么不自己来？他就那么不想见我吗？"

赵玫被她问得一下火气上来。"你有什么资格问我这些？我来找你是要警告你，不许再来我家，不许骚扰我的生活，还有……要是再让我发现你模仿我，你给我等着，看我怎么弄死你！"

她说完，刚想转身离开，谁知乔海伦突然笑了起来。"你知道对不对，你一直都知道？"

赵玫：……

"我就知道，其实你早就知道了，你早就知道我和你老公在一起，但你一直忍着，你也很擅长演戏啊，哈哈哈，"乔海伦看到赵玫眼里积蓄起来的风暴，笑得越发开怀，忽地神秘兮兮地压低嗓音道，"你知道吗？我知道你知道。"

赵玫眼皮微微一颤，没吭声。

"告诉你，我是故意去给你做访谈的，"乔海伦神秘兮兮地说，雨幕下，她的笑容多出几分诡异，"我想看看你的反应，你果然没有让我失望……你一直忍着，为什么？你不恨他吗？你害怕离婚？你害怕说了就会失去他？你很爱他吗？"

赵玫在心底叹气，她为什么要在这里跟这种人浪费时间？

"再见。"她转头就走。

"虚伪！"乔海伦大喊起来，"你最虚伪！"

赵玫浑身一僵，全身的细胞被挨个点燃，她真的被激怒了。

她走回去,乔海伦还在冷笑。"哈哈哈,我知道,你爱他,他不爱你——"

"你放屁!"赵玫恶狠狠地说,"你有什么资格跟我谈爱不爱。是,我是早就知道你们的事,我不但知道你们的事,我还知道你父亲是虞县第一中学的语文老师,年年都是优秀班主任,在学校深受爱戴,还发表过不少文章,他还在微博上发你的照片,说'我的女儿是我的骄傲';还有你母亲,在虞县城关镇的卫生所工作,负责挂号、收费,她喜欢跳广场舞,是你们县的文艺积极分子……"

"你调查我?"乔海伦顿时惊慌失措。

"对,我调查你,我总得看看李东明看上的到底是个什么货色,"赵玫冷笑,"你知道吗,我越调查,就越可怜你的父母。他们看看都是堂堂正正的好人,他们辛辛苦苦把你拉扯大,供你上大学,以你为傲,可他们不知道,你这个好女儿,居然会这么不知羞耻,明明破坏了别人家庭,还能这么理直气壮,还敢来跟我说什么爱不爱。你书读哪儿去了?你干点什么不好,偏要当小三儿?你敢不敢把你做的事,跟你爸妈说一句?你觉得他们知道你做的这些事后会有什么反应?我真替他们感到抱歉,他们实在太可怜了。"

乔海伦僵在当场,脸颊抽搐着,如遭雷击。

"我要是你,我简直活不下去。"

赵玫蔑视地看了她一眼,撑开伞,转身走向大雨。

…………

"然后我就回来了,"赵玫看向两位警察,"我当时实在是太气愤,我想着,反正我也准备好第二天找李东明摊牌,就当是提前出一口恶气了,这些日子,我真的快要憋屈死……但我没想到,她会突然去世。"

"感谢您的配合,"警察们站起来,公务性地与赵玫握手,"那我们先走了。"

"没问题,有需要的话可以随时联系我。"

赵玫将两位警察送走,回到屋里。

李东明喃喃道:"原来你什么都知道……"

"嗯。"

"你为什么不早说?"

"因为我需要你帮我,"赵玫面无表情地说,"行了,你收拾收拾东西,搬出去吧,我不想再看到你。离婚的事,我会委托律师跟你沟通。"

李东明霍地站起来,一把拉住赵玫。"我不会和你离婚,我不同意离婚。"

"这件事由不得你。"

"不,我不会离婚,"李东明嚷嚷道,"我是爱你的,你应该能感觉到。你看你要当销售总监,我就拼命帮你,是不是?我对你是真心的。是,我是犯了错,但每个人都有可能犯错,你要给我一个改正补过的机会。只要你不和我离婚,我什么都答应你。"

他祈求着,痛哭流涕,眼泪从他脸上的伤口流过,他疼得龇牙咧嘴,完全失去了平日绅士般的气质与风度。

"我爱你!赵玫!"他涕泪纵横,"我是爱你的,真的,我真的爱你!"

赵玫默默地看着他,许久,终于摇着头说:"我不知道还能和你说什么,你走吧。"

她走进主卧,锁上了门。

李东明在外面喊了两声,拍了拍门,最后还是停下了。

赵玫走到衣帽间,打开一个黑盒子,里面的永生花正悄然绽放。

第 五 十 四 章

乔海伦的微博小号——塞壬的歌声。

夜色正浓
The Sales

10月26日：
公司要优化组织架构，我和林赛是垫底的，我们俩之中必然要走一个，我不想走。中午吃饭的时候，安东尼开玩笑似的跟我说，他觉得老板喜欢我。我骂他胡说，但另外几个人都笑了起来，敢情他们都知道，可为什么我不知道？

10月30日：
我在电梯里碰到他，只有我们俩，门开了，他为我扶着门，有礼貌地让我先出去。我们明明什么也没做，但我的心就是跳个不停。我觉得他确实是喜欢我的。

11月7日：
报告又被打回来修改，我气急了，躲起来掉眼泪，谁知居然被他看到了，他叫我别哭，给我把要改的几个关键地方点了点，还说我哭起来眼睛红红的，像个小兔子，怪可爱的。
是了，他就是喜欢我的。

11月9日：
他太太真美，气质也很好，我喜欢她的发型，拿着她的照片依葫芦画瓢了一个，可惜我的胸太大了，和大波浪配在一起充满膨胀感。
我看上去像一头奶牛。

11月13日：
他夸我的新发型好看！！！
我打算把灵魂出卖给魔鬼了，神啊，请宽恕我，请保佑我。

11月15日：
居然遇到了他太太，真人气场好足，他很尊敬他太太，康雅的人也认识她,他们聊起来,原来他太太很有名。

不知道为什么,我竟然有些生气,我真是可笑,我凭什么和她别苗头[1]?

但我还是赌气了,加完班,我邀请他去吃火锅,他答应了。

他给我讲了很多事,我想我能和他学到很多东西。

他让我明天陪他去北京出差,紧张死了,怎么办???

11月16日:

我的灵魂已经在魔鬼那儿了,我只剩下一具肉体。

他说他的太太想要升职。

我也想升职。但我首先要保住我的职位。

他向我保证,我不会被裁。

11月16日:

我没有被裁,被裁的是林赛,他说到做到,我很感激,又很忐忑。

林赛哭得很厉害,吃饭的时候说了一些奇怪的话,我觉得她可能知道了我和他的事。

那又怎么样呢,多的是这种事吧?我反正不会承认的。

再说我的成绩不一定比林赛差,我至少比她更努力。

11月19日:

天哪,他太太好出色,她居然有勇气这样说话,道歉比反抗更需要勇气。她说得太好了,连我都忍不住转发了她的视频到好几个群。

我希望有朝一日我也可以像她这样,凛然不惧地站在那里,对着所有人,指出所有的错误。

---

[1] 上海话,这里是竞争的意思。

我对他说，我认为你太太应该得到销售总监的职位，她很伟大。

他笑着亲我，说我也很伟大，胸前伟大。

呵呵。

11月21日：

男人真是奇怪的动物，他可以一边和我在一起，一边琢磨怎么帮他太太搞定老板。

他们的脑子到底是怎么长的？是外星人吗？

11月22日：

GST的人被他说服了。

真好，我挺希望他太太成功的。

11月24日：

报告写不完，眼睛疼死了。

他叫我去陪他，说这样可以放松。

放松完还是要写报告啊！什么人可以不用写报告？王母娘娘吗？

11月26日：

到深圳了。

我故意说，到时候让我来给她做高管访谈吧，他不屑一顾，以为我胡说八道。

但我是真的想。

11月27日：

昨天他让戴维和理查德先回去，带着我去香港。

我看到戴维他们的表情了，他们早就知道我和他的关系了，他们对一切心知肚明，难怪他们越来越少跟我说话，看我的眼神都带着鄙夷。

我不能怪他们。

我成了他们以前说的"那种女人"了。

11月29日

我决定见她一面,我迫不及待想见她。

11月30日

终于面对面了,激动,刚开始有见到偶像的感觉。

但并不愉快,她不喜欢我,我猜她已经知道了些事情,但她不敢挑明,只能憋着。

愤怒让她面目可憎了,我不再崇拜她。

我看不起她。

他被激怒了,说我是疯子,叫我去广州。

去了去了。

12月1日

他冲着我破口大骂,说我不配,说我别有用心。

原来他这么害怕失去他太太?

真可笑。

那为什么还要去找别的女人?

我也看不起他。

12月3日

徐佳给赵玫的评估报告做得好粗糙,我看不下去,帮着做了点修饰和调整。

我真是分裂。

12月5日

HR 通知我调去肖扬那组。

他竟然想摆脱我？当我是一次性抹布，用完就扔吗？

呵呵。

哪有那么容易？

12月14日

她成功了，全行业第一位女销售总监。

12月14日

没想到来的人会是她！

原来她真的知道一切！！

哈哈哈，我就知道，她明明就是知道嘛！！！

她说可怜我的父母，她说得对，我也可怜我的父母，我要是我妈，我就把我掐死。

笑得我眼泪都出来了。

屋里黑漆漆的，有人拉开窗帘，阳光一下洒进来，刺得赵玫赶紧蒙住眼睛。

"起来吧。"梁丹宁拿着一杯热牛奶，走到她床边坐下。

"现在几点了？"她问。

"下午一点。"

"我居然可以睡那么久。"

"是啊，吓死人了，"梁丹宁笑着道，"我刚吃了一份牛肉滑蛋饭，吃完心情大好，决定来劝你不要浪费人生，生前何必久睡，死后自会长眠。起来吧，别睡了，国家还等着我们去建设，GST 几十个仓库的酒等着我们去卖。"

"我真是不理解，"赵玫皱着眉，"喝酒会醉，为什么人会愿意失控，愿意被迷糊摆布？"

"亿万人都在靠酒精支撑，你觉得众人皆醉你独醒？"

"我不敢。"

"不敢就对了，快起来干活。"

"可我又觉得累。"

"不，你不累，"梁丹宁简单粗暴地说，"那是你的幻觉。"

赵玫"扑哧"一声笑出来，梁丹宁连哄人都别具一格。

"真的，你交完辞职信就拉倒了，你知不知道公司乱成什么样？"

"瞎说，公司怎么会乱，公司少了谁都不会乱。"

"原来你是清醒的啊？我还当你不知道呢！"梁丹宁插着腰，"都那么明白了还不起床？撒娇给谁看？快起来！"

赵玫想了想，接过牛奶。"我等下就起来，你去上班吧，你已经陪我两天了，赶紧去办正事。"

"你可以吗？"

"我可以，你赶紧走，你上有老下有小，还有一大家子要养，不要在这儿守着我，"赵玫轰她走，"你放心，我不会想不开，我也不是伤春悲秋的人，想颓废都困难。"

"那行，我晚上再来看你。"

"你不要来，你应该陪薇薇。"

"那你送我到门口吧。"梁丹宁命令她，绞尽脑汁要她离开卧室。

赵玫觉得好笑，依言起来，送梁丹宁到门口。

梁丹宁忽地道："虽然公司没乱，但你突然辞职，大家还是挺震撼的，很多人都很喜欢你。"

"知道啦。"

送走梁丹宁，赵玫回头，望着这套宽敞的大平层，当初装修时下过很大的功夫，还和设计师争论，设计师一会儿推荐托斯卡纳风，一会儿推荐新美式，赵玫忍不住问她："你是去过意大利，还是去过美国？"

逞一时口舌之快,毫无意义。

乔海伦的死随着她堂弟发出的长微博,突然就变成了一场轰轰烈烈的网络战争,那位名叫三儿的堂弟不断发出来各种各样的猛料,他得到了乔海伦的手机与电脑密码,正不断地挖掘再挖掘,把所有台面下的东西赤裸裸地丢到光天化日之下。

首先遭殃的当然是李东明,所有人都认为乔海伦的死与他有莫大的关系,千夫所指之下,李东明的境遇比当初的许云天更惨,瑞景咨询已经将他免职,他现在每天住在父母家,据说都不出门。

乔家人一纸诉状把瑞景咨询告上法庭,提出了新一轮的索赔。而针对咨询业高压迫、高竞争环境的讨伐,则是另外一个话题。

而当乔海伦的微博小号被曝光后,赵玫也无可幸免地被卷进了这场风暴,联系她上一次在网络上出过的风头,导致她的人设在短期内出现了急转弯式的崩塌。

网友分成两派,一派认为赵玫也是受害者,不应该对她有过多指责;另一派则认为赵玫在无形中成为帮凶——如果她不忍着,如果她早一点和李东明撕破脸,那乔海伦和李东明的婚外恋势必会提前结束,那么乔海伦就不会死。

更多人在拷问,像赵玫这样敢于为了促销员的权益公然挑战公司制度的女性,为什么会在事情落到自己头上时选择了忍耐?

网络上辩论不休,各种观点频频丢出,养活了无数公众号。

但无论如何,这一次的争议已经超过了许云天那次,GST奇迹般地再次登上了热搜——毕竟这次出现了死亡事件。赵玫都来不及跟团队打招呼,就主动递交了辞职信,但公司还没有回复。

一周过去,齐幼蓝只给她打过一个电话,既不拒绝也不接受,只说叫她别着急,再等等,接着在系统里给她批了半个月的假,不知道葫芦里卖的是什么药。

门铃响了。

"是我,齐幼蓝。"齐幼蓝的声音从对讲机里传来。

赵玫惊讶极了。

齐幼蓝一出电梯就笑着道："你是第二个需要我亲自上门谈离职的人。"

上一个当然是许云天。

赵玫苦笑一下，请她坐。"我对公司没有要求，不用谈什么，我的离职可以办得很快。"

"看来你没有看邮件。"齐幼蓝说。

"邮件？公司邮件？"赵玫摇头，"没看。"

她都打算走了，还看什么公司邮件。

"你应该看一看的，"齐幼蓝拿出一份打印文件，递给赵玫，"看看吧，看完咱们再说。"

赵玫看到发件人——ZIXUANZENG，问："曾子漩？"

"对。"

收件人更是令她吃惊，曾子漩把这封邮件抄送给了 GST 中层以上的全部领导，包括亚太区和总部。

A4 纸上是一封很长的邮件，准确地说，是一份 PPT，图文并茂地讲述了 GST 销售系统的几大问题，包括职场环境、销售猫腻，有证据，有总结，甚至还有解决方案。

许多数据看上去触目惊心。

最狠地是，还是中英文双语的，确保总部的老板们能看懂。

"她这是……"赵玫脑海中灵光一现，"是她举报的王皓？"

齐幼蓝微微点头。"是她。"

"难怪。"

赵玫一下子想通了很多事，太湖晚宴那天，她在董越的房间。曾子漩没有听她的话，离开了房间，回来的时候，意外看到了王皓在敲门，于是悄悄拍下了照片，等王皓离开后，再回到赵玫的房间。所以才有那样的拍摄角度。

"她觉得你和王皓有问题，就匿名举报到了调查组，"齐幼蓝微笑起来，"可公司里哪有真正的匿名？"

"是啊，她不知道，只要她用公司网络干这些事，就没有秘密……而且，她也没想到，调查组其实是你安排的。"赵玫说。

"你看出来了？"齐幼蓝笑了起来，"也不完全是我安排的，许云天的事情出来以后，总部对白德瑞的意见很大，他有点担心自己的前程，我就建议他开展自查，至少要有个姿态。他知道我在亚太区有几个朋友，于是就主动请亚太区派调查组过来，让我的朋友在报告里为他美言粉饰。"

齐幼蓝说到这里，表情越发古怪。

"你？"赵玫一下想到某个点，"你没有为他粉饰！"

"我为什么要为他粉饰呢？他已经在 GST 中国区总经理的位置上做了那么多年，总部早想换掉他，只是苦于没有机会罢了，"齐幼蓝笑嘻嘻地说，"我跟我的朋友说，不要顾念我的情分，如实写就行。"

"那曾子漩？"

"她前一晚交了匿名邮件，第二天一早我就去找她了，这个傻孩子，还琢磨着要写一篇职场环境相关的报告，捅到总部去，"齐幼蓝叹了口气，"她不懂，总部那些老板根本不关心环境，他们只关心口袋里的钱。"

"原来这封邮件是你教曾子漩写的……"赵玫喃喃道。

"当然，我得给她指一条明路。虽然你让她去学数据分析，可就她那两把刷子，能做出这样的 PPT？"齐幼蓝托起杯子，吹了吹茶叶，轻啜一口，"还有她那英文，快别提了。"

"那现在呢？白德瑞怎么样了？"

"他完了，元旦之前肯定下岗，"齐幼蓝有一丝得意，"不管是财务合规，还是与经销商的重重勾结……他都难辞其咎——这种爆料从你我口中说出去都没有说服力，只有从最底层的员工嘴里说出来，才最有效果。"

"等等，你该不会是故意把曾子漩弄进公司来的吧？"

"我确实是那么想来着，但我也只是试试看，没想到她真的来了，你还交给她那么多销售数据，"齐幼蓝笑得越发欢畅，"赵玫，很多时候我都在想，你是不是已经猜到了我的计划，要不然你为什么能和我配合得这么好？"

赵玫摇头。"我什么都没有猜到，我只是想看看她能走多远。"

"是啊，一个三本毕业生，"齐幼蓝也有些感慨，"是个傻孩子，但也是好孩子，有闯劲，也有谋略，就是嫩了点，再磨炼一下就能很出色。赵玫，你带的人大都不错，我接下来会给她一些机会。"

赵玫心中一片明亮。"你要接任 CEO 了？"

"正式任命还有几天，"齐幼蓝淡笑道，"所以我叫你别着急辞职，再等一等，等我上任，到时候你就可以大摇大摆地回来。"

"我不想回去了。"

齐幼蓝眉头一皱。"为什么？你不想当销售总监了？你现在去别的地方，拿不到同等位置的。"

"我觉得没意思，"赵玫坦言，"我怀疑我不适合这一行。"

"那怎么行，你知道吗，董越也辞职了。"

赵玫微微吃惊。"我不知道。"

"他是个聪明人，公司接下来要查沈默的账，他肯定要受牵连，不如自己先走，"齐幼蓝冷着脸，"但是，他走了，你再走，难道我要让唐李德去管整个华东区？"齐幼蓝狂翻白眼，"就那个脑满肠肥的老色胚，多看他一眼，我都得泡壶普洱解腻。"

她即将成为 GST——不，全行业第一位女 CEO，这是堪称伟大的高度，她已经有足够资本肆无忌惮，她想怎么说就怎么说，不用再看别人的眼色。

赵玫对她深表佩服。

"你会有办法的，"赵玫笑道，"三条腿的鸡找不到，两条腿的销售总监满大街都是。"

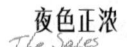

"你少来。"齐幼蓝挥挥手。

"我相信你能把 GST 管得很好，"赵玫恭维她，"而且我也非常期待看到 GST 在你的带领下，走上一条辉煌的道路。"

"哟，开始说场面话了，明白了，"齐幼蓝站了起来，"我知道这段时间你受到的冲击很大，那这样，你再休息几天，我这儿也还得接着折腾一阵，等过段时间我们再联系，我还是希望你能回公司，一个女大区销售总监，一个女 CEO，不是很好吗？"

赵玫笑了起来。"有一个女 CEO 就足够提气了。"

临走前，齐幼蓝站在电梯里问："对了，差点忘了问了，你和你那位，怎么样了？"

"冷静期，"赵玫说，"我确实需要好好冷静冷静。"

齐幼蓝点头，又深深地看她。"赵玫，虽然我这人不习惯安慰人，但我明确地告诉你，那个女人的死，不是你的错。"

"谢谢。"

她平静地看着那两扇门关上。

第五十五章　尾声

春天。野外。黄昏。

一辆粗犷的牧马人由远及近，停在空地上。

穿着一身黑色冲锋衣的赵玫跳下车，她开了两个多小时来到这里，这一带人迹罕至，却有着极好的草地和山林。每次来这里，她都忍不住自私地祈祷，不要有太多人发现这个宝藏露营地。

赵玫熟练地打开后备厢，取出一应物品，搭建帐篷和天幕，摆上折叠置物架，还有其他瓶瓶罐罐……营地很快就像模像样起来。敲敲打打的过程很放松，不用看手机，不用和任何人交流，就专心做手上的事，她从第一次尝试露营，就爱上了这项活动。

接着是烧水，煮咖啡，把吐司烤上，瞬间香气四溢。

天色渐渐暗下来，她打开置物架上的那盏小马灯，又从后备厢取出一捆事先备好的松木，点燃篝火。

她倒一杯咖啡，在折叠椅上坐下来，看向天边的夕阳，一声舒服的叹息从喉间迸发出来。

远处有掠过的小鸟，天边的云霞被染成深深浅浅的橙色与红色，又静谧又安逸。人为什么要泡在夜店里？自然才是真正的奢侈品。

她安静地看着眼前的那堆火，心里没有一丝杂念。

有引擎声传来。

赵玫皱眉，循着声音看去，一辆SUV歪歪斜斜地朝这边开过来，径直停在了她的牧马人旁边。

是他？赵玫讶然。

许久未见，这人越发英挺，穿着牛仔裤，几缕头发落在眼睛前，他站在那里，痞帅痞帅的。

董越也上下打量她。"第一次看你穿冲锋衣。"

"我也是第一次看见你背双肩包，"赵玫扬起脸，"你怎么会来？是梁丹宁告诉你的吗？"

"你不请我坐吗？"董越不答反问，看看四周，"难道你只有一把椅子？"

"车上还有一把。"

起初赵玫会带着梁丹宁和梁薇一起来露营，后来梁丹宁的工作越来越忙，梁薇反倒很喜欢，时常跟着赵玫来野外玩。

篝火旁又多了把椅子，董越看看所剩无几的咖啡，揉揉鼻子打算自给自足，他笨手笨脚的，赵玫实在看不下去，只得亲自上阵，重新再煮一壶。

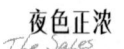

"第一次看见你煮咖啡,很熟练嘛。"董越煞有介事地评价。

她知道董越一直在背后看着她,她刻意不去分心,倒一杯咖啡递给他。"给。"

"谢谢。"

董越有滋有味地喝着,时不时抬头看她一眼。

赵玫被他看得浑身不自在,恨不得把脸别过去。"喝完就走吧,我喜欢一个人待着。"

"不走。"

"为什么?"

"我是特意来找你的,怎么能就这么走了呢?"

"你!"

赵玫气结,不理他,走到帐篷里拿起手机,这才发现梁丹宁发来好几条消息,提醒她董越来找她了。

这家伙,销声匿迹了好久,现在突然冒出来。

"我去宁夏了,"董越走过来,主动说道,"在中卫玩了两天,到第三天就待不住了,然后我就去了银川,研究了一下当地的酒类饮品消费市场。"

赵玫无语地望着他。

他拿过背包,从里面拿出两个密封的玻璃瓶,里面是绿色的液体。"你尝尝这个。"

赵玫的嘴唇刚凑到瓶口,就感觉到一股浓烈的气泡朝上涌来,带着酒味。"汽酒吗?"

"你先喝。"

赵玫喝了一口,入口清甜,层次分明,又有回甘。"蛮好喝的,几度的?"

居然还有点上头。

"7到9度,"董越又拿出一摞文件,"这是市场分析报告,你要不要看一下?"

"你特意来找我，就是为了让我看报告？"

"我想跟你谈情说爱，"董越看着她，挑挑眉，"你愿意吗？"

"那还是看报告吧。"赵玫赶紧低头，视线回到那一堆数据里。

董越弯了弯嘴角。

报告很详尽，可以看出写报告的人做了大量的调研，使用的数据分析模型也很新颖，让人眼前一亮。

赵玫一口气看完，抬起头来，长吁一口气。"是个好东西，但真要做起来，需要时间。"

"多久？"

"一年到三年，看投入。"

"我把阿波罗花园的房子卖了，"董越说，"不瞒你说，其实我小有身家。"

赵玫并不意外，没钱的人哪来的底气拒绝沈星。"你要做？"

"一起吗？"

"我？"赵玫好笑起来，"算了吧，我都看破红尘了。"

"你拉倒吧，看破红尘的人，还会住在上海？"

"上海生活方便。"赵玫强辩，站起来朝外走。

"我在荒郊野岭里也待不住，当天晚上就想跑了，酒是自带的，但受不了叫不到外卖，"董越上前两步，拦住赵玫的去路，"承认吧，咱俩一样，都是眷恋红尘的人，装什么蒜呢。"

"谁装蒜了……"赵玫嘟哝一句，不是很有底气，"谁跟你一样……"

这人离得太近了。赵玫看向别处。

"红尘有什么不好？有吃有喝，夜夜笙歌。"董越低声道，"明明都是饮食男女，装什么神仙？只羡鸳鸯不羡仙。"

这人在勾引她，赵玫确定了。

最后一线夕阳从天际消失，暮色降落，只有篝火发出噼里啪啦的声音，风携带着泥土和草木的味道而来，有鸣虫声此起彼伏。

"这段日子,我想了很多事,在沙漠里爬的时候想你,在城市里跑市场做调研的时候更想你。"董越轻声道。

什么鬼啊。赵玫撇撇嘴。

"我猜你也是想我的,"董越接着道,"我给梁丹宁打电话问你在哪儿的时候,她一点都不吃惊,还特别起劲地把你露营的地址发给我,你肯定跟她说过对我的感觉……"

"你闭嘴吧!"

赵玫伸手攥住董越的衣领,将他拉向自己。"你一个男人怎么那么多废话?"

"注意你的言辞……"

"注意你个鬼。"

两张久别的唇终于重逢,他们吻得那么用力,激烈滚烫,连风都不敢刮了。

篝火不知何时燃尽。

(全文完)

番外 1：梁丹宁

梁丹宁坐在床上摁手机，客户问："能否每瓶金樽王18年再给零点五个折扣？"

梁丹宁很想回他一句"你已经长得很美了，就不要想得那么美"。

但也只是想想。

自从她把VIP客户交出去后，日子就不得不小心翼翼地过。

女儿梁薇推门进来，说："妈，我给你下了面条，你要不要吃？"

梁薇班上有同学得了甲流，家长没有及时通知学校，导致好几个同学都被传染了，学校万分紧张，干脆让一个班都放了假。

梁薇没有被传染上病毒，每天在家认真学习，还跟着外婆学习做家务。

"吃！我女儿给我下的面条，我当然要吃了！"梁丹宁使劲抱女儿一下，"你知道吗，妈真庆幸有你这么好的女儿。"

而不是沈星那样的。

沈默的第二次中风是堪称致命的，虽说当时董越及时将他送医，但他还是卧床不起，连话也说不出来了。治疗费的账单递到了沈星手上，沈星却反问医生："能不能直接拔管子，不治了行不行？"给医生吓得够呛。

但她是真的拒付，听说后来还是沈默的一帮老朋友交的钱。

后来，GST收集到大量白德瑞、杜彼得和沈默勾结的证据，捅到了经侦那里，沈默的公司不得不接受调查，这下连那帮老朋友都销声匿迹了。

也不知道那人怎么样了。梁丹宁默默地想。

面条有些乱糟糟的，但上面有个荷包蛋，梁丹宁咬了一口，发现还是溏心的。

"妈，好吃吗？"梁薇期待地问。

"好吃！特别好吃！尤其是这个荷包蛋，绝对专业水准。"

"那面条呢？"

梁丹宁愣了下，望着女儿忽闪忽闪的大眼睛，一下明白过来。"这面条不会是你擀的吧？"

"不不不，是我用轧面条机做的，"梁薇不好意思地说，"外婆给我买了轧面条机。"

"妈！"梁丹宁嚷嚷，"能不能别教我女儿做饭？"

老妈一掀帘子进来，毫不留情地撑她："不教她做饭教什么，跟你一样喝酒吗？"

梁丹宁翻了个白眼，放弃和老妈争论，转而对女儿循循善诱道："就算你会做饭，但你可千万记住，别在外人面前展示手艺，知道吗？尤其是你未来的男朋友。"

"为什么？"小学生梁薇大惑不解。

"因为别人如果发现你做饭好吃，就会永远让你做，到时候这就变成了你的分内事，不会再有人感谢你。"

"我不需要别人感谢，我喜欢做饭。"梁薇认真地说。

"算了，咱俩说不到一块。"

梁丹宁放弃对女儿的说教，她洗脸化妆，慢悠悠地去跑客户，今天这位客户财大气粗，订了两箱限量版的月光之城。没的说，送货的小梁再度上线。

她一看地址，竟然是沈默的那个别墅小区。

梁丹宁开着车进去，一切都没变。她经过金林生那栋大门紧闭的宅子，当初沈默还帮她讨价还价，什么每年订五百万的酒，扯吧，这家人早就不知所踪。

番外1：梁丹宁

吃一堑长一智，以后再要赔款，必须现钱直接到账。

这次送货很安全，客户甚至邀请梁丹宁进屋里坐坐，梁丹宁一看孤男寡女的，还是算了，留下名片，以后再联系。

临走时，她有意绕到沈默家门口，意外地发现院门大开，一个西装革履的男人正领着一对夫妻站在院子里。"……这家的装修虽然老，但用的都是好材料，光是石材当时就用了两百多万，保养得也好，您完全可以拎包入住……"

那位妻子皱着眉头说："好材料有什么用，设计都过时了，这么厚的石材，我还得请工人全部砸掉，又费时间又费金钱。"

"哈哈，没事，所以说各花入各眼嘛，"西装男好脾气地笑道，"不过说真心话，这家的开价是很合理的，他们家急着用钱，所以着急卖，您要是看中了，我再去讲讲价。"

夫妻俩对视一眼，丈夫说："行，你叫他们再便宜点。"

原来这房子准备卖了，梁丹宁有些感慨，都说沧海桑田，这才几个星期而已，居然就改天换地。

她刚准备开车离开，就接到齐幼蓝的电话："你下午进公司吗？"

"我马上到公司。"

梁丹宁没想到齐幼蓝会单独找自己，这让她有点紧张。自从白德瑞离开GST，齐幼蓝坐上了中国区总经理的宝座，她就杀伐果断地一连换了好几个中高层。公司人事剧烈震荡的结果就是齐幼蓝不得不身兼数职，什么都管起来。

出席会议的不仅有齐幼蓝，还有新来的销售副总裁，是一位五十多岁的男士，从亚太区调来的，名叫李察。

据梁丹宁观察，李察就是个银样镴枪头，跟他说什么都只会咧着嘴傻笑——也是，他连普通话都说不利索，更不用说对中国的销售市场有所指摘了，反正齐幼蓝说什么，他都同意。

齐幼蓝接管了白德瑞的那间办公室，但命人重新装修了一番，屋里多了好几件精美的艺术品。

"什么事啊，老板？"梁丹宁恭敬地问。

谁会想到，许云天事件演变下来，最终最大的获益者竟然是齐幼蓝？

梁丹宁每每复盘此事，都觉得背后拔凉。以前公司里的人都挺瞧不上齐幼蓝，说她是靠着白德瑞上位的，谁知她竟然反手就干掉了白德瑞。

经此一役，再也没有人敢小觑齐幼蓝。

齐幼蓝笑吟吟地说："好事，你有没有兴趣做 VIP 俱乐部？"

梁丹宁以为自己听错了。"给我做吗？那不是全国的 VIP 客户吗？"

"对，是全国的，"齐幼蓝笑道，"我们做 VIP 俱乐部的最终目的还是希望能够深耕客户，通过提供更好的服务，获得更好的销售业绩。你在 VIP 客户的经营上一直很有想法，成绩也是有目共睹的，我们商量下来，认为你是这个职位的适当人选。"

梁丹宁赶紧表忠心："我会努力的，谢谢老板。"

齐幼蓝满意地点头。"你先回去思考一下，我们一起把这个 VIP 俱乐部的框架搭出来，这是个从无到有的过程，应该会很有趣。另外呢，你还需要接受几次高管辅导，回头我让咨询公司的人联系你。"

梁丹宁想了想，小心翼翼地问："对不起，老板，我这个工作的 title（头衔）是？"

"是 AD（销售副总监）。"

"我汇报给谁呢？"

"你直接汇报给李察。"齐幼蓝指了指旁边的男人。

李察微笑着道："接下来公司会重新拆分大区，比如华东区会拆成一区和两区两个部分，每个区设销售总监和副总监各一名，全都汇报给我。"

"那就是说，这个 VIP 俱乐部和销售大区是平级的？"

"对啊，"齐幼蓝微微一笑，看穿梁丹宁的心意，"你管的可是全国的 VIP 客户呢！"

梁丹宁急匆匆地往外走，先去销售部的储存柜里找出一瓶开过的金樽王 25 年，接着去电梯间等电梯。电梯迟迟不来，她等不及，拐进安全楼梯，沿着台阶往上，一口气走了八层，一路来到双子星大厦的顶楼天台。

她的心脏怦怦直跳——她终于升职了！

很久以来，梁丹宁都觉得自己有生之年不可能再更进一步，所以一直把主要力量集中在"好好搞钱"上，想不到天上掉下个大馅饼，居然也有她升职的一天。

她也是总监级别的人了，这简直令她浑身战栗。

谁会想到呢？许云天走了，董越走了，赵玫走了，杜彼得走了，连白德瑞都走了……最后轮到她梁丹宁升职？

是啊，都走完了，可不就该轮到她了！

"嚯！"梁丹宁喘出一口粗气。

她给老妈打电话。"妈，我升职了。"

"升什么职？"

"我升副总监了！"

"加工资吗？"老妈非常实际地问。

"加的，肯定会加的。"

"哦，好啊，"老妈很兴奋，"那我去菜场买菜，晚上庆祝一下。"

"出去吃，晚上我们出去吃，"梁丹宁忍不住强调，"妈，我真的很开心。"

"好好好，妈也开心。"

梁丹宁挂了电话，打开瓶盖，喝了一口酒。

"啊——！"她对着远处大声呼喊。

没有回音，眼前高楼鳞次栉比，这个城市大得无边无际，你怎么大声喊，落在其中也是滴水无声。

但那又怎么样呢？

她自己听到了。有生以来，她从未像此刻一般确定和自信。

梁丹宁，未来可期！

她敬自己一杯，露出快乐的笑容。

番外 2：许云天

"公司要停我的职?!"

许云天听明白齐幼蓝的话,顿时从沙发上跳了起来,对着她吼:"凭什么啊!"

他不就是在夜店里喝多了,亲了某个小姑娘一口吗?怎么一觉醒来,连班都不用上了?而且听齐幼蓝的意思,像是以后也不用去上班了似的。

至于吗?

齐幼蓝的表情处于一个极微妙的状态,套用一个流行的说法就是三分凉薄,三分讥笑,外加四分漫不经心——以及,九十分的套路。

"许总,"齐幼蓝一脸诚恳,"我明白你有多愤怒,你没必要因为一时气愤就把自己放在公司的对立面上,公司不是你的敌人。至少,我是愿意坐到你面前来跟你谈的。"

"你可拉倒吧,"许云天嘲讽道,"你特意来我家说这些,不就是怕在电话里说会被录音吗?别跟我玩 HR 那套话术。"

齐幼蓝一听这话,脸色顿时不好看了,冷冰冰地道:"没有人跟你玩话术,我是代表公司来跟你谈的。"

"跟我谈?你这是谈吗?"许云天指着齐幼蓝的鼻子,"你是跑到我家来叫我走人!连公司门都不让我进了!"

"现在这个情形,你进公司肯定不合适……"

话音未落,就听"砰"的一声,许云天抄起茶几上的手机没头没脑地砸出去,正中对面的电视机,液晶屏上顿时留下一道长长的裂痕。

齐幼蓝吓了一跳，但她好歹也是做到人力资源副总的人，见状挑眉道："许云天，你在我面前发疯又有什么意义？有本事你去网上对着那些网友发疯啊！"

"网友？那就是一帮没脑子的人，我搭理他们干吗？"许云天气得要爆炸，"你不能因为那些人的言论就停我的职，我在这个公司二十二年了，明白吗？二十二年！我进GST的时候，你还没考上大学呢！"

"我知道你在公司二十二年，你还拿了总部的荣誉勋章呢，"齐幼蓝讥讽地道，"你难道不该扪心自问一下，你的所作所为，对得起那枚荣誉勋章吗？"

"滚你的！"许云天啐她一口，"我给GST立下的汗马功劳，给我十枚荣誉勋章都不为过。齐幼蓝我告诉你，你别仗着白德瑞宠着你，就跑到我头上来撒野，我告诉你，我许云天不是好惹的！"

"你在威胁我？"

"不，我不威胁你，我要去告你，你这么做是违法的，违反《中华人民共和国劳动法》！我要去劳动局告你！"

"你只管去，"齐幼蓝冷哼一声，"我正好也想跟劳动局说说，就是因为你，妇联给我打电话，区里也给我打电话，到时候就请劳动局来帮我协调吧，我也不知道怎么解释了。"

"区里？妇联？"许云天愣住了，他当然知道区里和妇联的厉害，但他没想到事情会严重到如此地步，"他们还管这事？就因为一个破视频？"

"全网都能看到你的视频。"

"那又怎么样，我犯什么法了？就因为亲了个小姑娘？亲小姑娘犯法吗？妇联连这也要管？管得着吗？我顶多就是酒后乱性，话说回来，我就算是出轨也跟他们没关系吧？这是我的私生活！"许云天暴跳如雷，在客厅里来来回回地走。

齐幼蓝翻着白眼,说:"你冷静一点。"

"我冷静不了,"许云天吼道,"这简直荒谬,我又不是强奸犯!"

"咳,那个谁,"许太太拎着一个拉杆箱出来,冷冷地对许云天说,"这段时间我和孩子回娘家住。"

"喂——"

许太太头也不回,干脆利落地转身就走。

砰!门被重重地带上。

许云天像一个突然被扎破了的气球,正以肉眼可见的速度瘪下去。

齐幼蓝沉声道:"公司的意思是希望你主动提出辞职,尽快把这件事了结。"

许云天抹了把脸,讥诮地道:"你们就这么想省赔偿金?"

"你也可以选择被公司辞退,那接下来,你就要考虑改行或者创业,但千万别做和酒业相关的工作了,"齐幼蓝淡淡地道,"我不是威胁你,我是陈述一个事实。"

许云天一下子抱住头。

"这样,你可以再考虑一下,但不要太久,最好在今晚十二点之前给我答复,你的决定关系到公司声明怎么写。"

"这事不能全怪我吧!"许云天觉得自己快疯了,"是她自己来给我敬酒的好吗,我都不认识她是谁!用你的脑子想一想,如果她不愿意,她为什么要来给我敬酒?还一口喝完,是我逼她的吗?拜托,她明明知道促销员上班时间是不允许喝酒的。她擅离岗位来向我敬酒,她干吗非要坐到我跟前来?她图什么不是明摆着的吗?我当时都喝成那样了,大家都能作证——我都看不清谁是谁,她要是不往我跟前凑,我亲她干吗?我都够不着她!"

说到后面,他再次激动起来:"我告诉你,那个促销员就是送上门来的,她应该想到我会亲她,我强吻她怎么了?她求仁得仁!"

"咳!"齐幼蓝站起来,把衣服往下使劲拽了拽,"许总,这些话,你也不必跟我说了,我的提议你好好想一想。"

"贱人。"

"什么?"

"贱人!"许云天咬牙切齿,"你信不信我弄死你。"

"我当你是情绪不好,无处发泄,所以我不会跟你计较,"齐幼蓝怜悯地望着眼前这个人,"你知道吗?你刚才的那些质疑,只会让我觉得可笑,许云天,你是上过《职场距离》这一课的,别否认,你们几个大区的销售总监,都是我亲自做的培训。你现在跟我说那个女孩是送上门来的,还求仁得仁,你要笑死我吗?"

"齐幼蓝你别太过分——!"

"我还可以更过分,"齐幼蓝走到门口,拉开门,回头道,"我记得你有个女儿?积点德吧,许总。"

她说完就走。

"啊啊啊啊啊!"

许云天气急攻心,他抓起桌上的一盘酒具,狠狠地砸出去,玻璃碎片四溅,他还不过瘾,抡起一把椅子使劲地砸,然后用力地将整个原木茶几掀翻了。

屋里一片狼藉。

最终,许云天重重地低喘着坐到地上,如丧考妣。

他终于意识到,这一次,他再无转圜。

番外 3：曾子漩 / 姚蓉蓉

和车厢里所有没座位的上班族一样，姚蓉蓉戴着耳机，一只手抓着把手，一只手拿着手机。她昨晚没睡好，现在只能把头搁在手臂上，随着地铁前进的节奏微微晃悠，以缓解后脖颈到整个后背的不适。

耳机里在播放一套课程的音频，这一节说的是《沟通技巧》，这些课是主管推荐给她的，二十二节课要一百九十九块，这个价格不便宜，但姚蓉蓉听过后，觉得很值得。

地铁每隔几分钟到一站，人们上上下下，也不知怎么地，车厢内的乘客总量始终保持不变，晚高峰已经过了，居然还这么挤。

姚蓉蓉看过一篇公号文，讲的是地铁一号线每个站的周边房价。她租住的房子靠近浙江省，而蚕茧的位置在徐家汇，按照那篇文章的描述，姚蓉蓉家与单位的距离，约等于刘姥姥每天进一次大观园。

姚蓉蓉去年大学毕业，因为学校的名头不响亮，专业也一般，找不到什么好工作，她打算复习一年考一个更好的大学读研究生，她试探性地向家里提了一嘴，不出她所料，她爸妈果然是不支持的。

"都说研究生更不好找工作，你再念下去，万一出来找不到工作怎么办？"爸妈说。

姚蓉蓉知道爸妈的难处。她家在四线城市，爸爸是个机修工人，妈妈在饭店里给人打下手，从小到大，家里没有任何一个方面可以吹嘘的，直到她考上上海的大学，爸妈总算觉得人生有了点盼头。

每次爸爸给姚蓉蓉打电话，都会说："等你进入社会了，我肩上的担子就轻了。"

如果姚蓉蓉继续读研，就意味着家里还得继续供她三年，连姚蓉蓉都觉得，这样对辛苦一辈子的爸妈来说实在太残忍了。

于是她开始找工作。

她从大一就开始给GST打暑期工，因为身材高挑、外表靓丽，加上为人勤快又能说会道，GST促销部的几个主管都很喜欢用她。其中一个主管知道她曾打算复习考研，建议她来GST当专职促销员，因为GST的促销员每天工作时间只有六个小时，收入不错，还有四险一金，这样她可以一边打工一边复习。

"这样你社保就有了，"主管提醒她，"你在上海交满五年社保，就有资格买房子了。"

买房资格这件事，姚蓉蓉暂时不敢想，但主管的提议确实让她心动，有了这份收入，再节约一点，她就可以不用向家里伸手要钱了。

就这样，姚蓉蓉成了GST的促销员，由于促销员的学历基本都只是大专，姚蓉蓉的到来，反而让她成为团队里学历最高的那个人，也最得上级器重。主管甚至告诉她，如果她愿意，可以安排她转内勤，进行重点培养。这么一来，姚蓉蓉考研的心就又弱了几分，对GST的好感则越发强烈。

广播在报站，姚蓉蓉准备先挤出去，不然到站了再挤，会被人骂，她一头抬，冷不丁地看到对面的窗玻璃上映着一个手机屏幕，屏幕上的画面居然是两条腿——她的腿？

姚蓉蓉一下子血往上涌，她想起主管培训时说的："先保护自己，再适度勇敢。"

这可是在上海的市中心呢，她怕什么！

姚蓉蓉对着坐在自己面前座位上大叔喊道："喂！你在拍什么?!"

周遭的人全都看过来。

大叔赶紧把手机收了起来。"什么拍什么！"

"你一直在拍我的腿，别以为我不知道，你手机上的照片都在你背后窗玻璃上映出来了！"姚蓉蓉指着他，"把你的手机交出来，把照片删了。"

大叔硬是装傻。"你不要胡说八道，谁要拍你的腿，吃饱饭没事做。"

"不承认是吧，有本事把手机相册放出来看啊。"

"神经病，今天出门碰到赤佬了！"大叔站起来就往车门口走，嘴里还不干不净，"这女人十三点——"

周围人纷纷让开，仿佛是帮大叔逃生。

大叔扬扬得意站在门前，只等车门一开，他就可以轻松离去。

广播开始报站："××站到了，请下车，开门请当心。"

要下车的人都朝大门拥去。

"不好意思，不好意思！下车让一让，"姚蓉蓉嘴上喊着，同时一个箭步窜过去，一把抓住大叔不放，她使劲地喊，"报告，这里有流氓！"

"你！你胡说八道！"大叔没想到姚蓉蓉这么彪悍，急于将她甩脱，"快放开我。"

"她没胡说八道！"两个年轻人停下脚步，帮姚蓉蓉拉住大叔，对姚蓉蓉说，"我们可以为你作证。"

又有好几个人站住，给姚蓉蓉助威。"我们也可以为你作证。"

很快，戴着红袖章的地铁站管理人员赶过来，一看到那个大叔就叫起来："又是你！"

原来还是惯犯。

大叔被扭送到地铁派出所，姚蓉蓉做完笔录赶紧往蚕茧跑。

到了蚕茧后姚蓉蓉先去更衣室，她很喜欢 GST 的这套制服，剪裁合体，品质不凡，据说还是名家设计，每次穿上它，再梳好头发，姚蓉蓉都觉得自己很漂亮。

夜色正浓，蚕茧里热闹起来，潮男潮女们进进出出，姚蓉蓉站在陈列柜前，按照培训课上教的，当有人询问时，再耐心讲解，绝不主动推销。

有个穿着大T恤,剃着板刷头的男人来询价,他看中一款男爵系列,姚蓉蓉请对方试品一小杯,男人端着杯子,打量着姚蓉蓉,说:"你的呢?"

"我不用品尝,"姚蓉蓉微笑着说,"您喝吧。"

"那不行,你不陪我喝多没劲?"

"对不起,我还在上班。"

"上班?你上班不就是卖酒吗,装什么啊,"男人没好气地说,"这样,你陪我喝一杯,我就买两瓶,如何?"

"您不买没关系,"姚蓉蓉也有些生气了,"我的业绩和销量不挂钩的。"

"嘿!你这个女人敬酒不吃偏要吃罚酒是吧?"男人一下子火了,指着姚蓉蓉说,"你们主管呢,去,把你们主管叫来,我要投诉你!"

话音刚落,他面前就出现了一个女人。

"我就是她的主管,"女人绾着头发,一身白色裤装,面容姣好,身姿利落,"您有什么问题?"

"我要投诉你们这个促销员。"

"投诉什么呢?"女人状似无意看了眼墙角的探头。

男人也意识到有探头,只好说:"她对我不礼貌,讲解也不热情!"

姚蓉蓉忙道:"曾主管,不是这样的,是——"

"你先去更衣室休息下。"女人打断她。

姚蓉蓉悻悻地走了。

女人接着道:"这样,您有什么不清楚的,尽管问我,我可以为您重新讲解一遍。"

男人哪里是真的要听讲解,见事已至此,再闹下去也没面子,只得没好气地说:"讲什么讲,我告诉你,我跟你们销售老大是哥们儿,今天这件事我非常不满意,你叫什么名字,我要去投诉你!"

"这是我的名片。"女人微笑着伸出双手递上一张设计淡雅的名片。

"曾子漩?"男人死死地瞪了她一眼,"行,我记住你了!"

"您慢走!"曾子漩微微鞠躬,仪态动作无懈可击。

她站直了,给姚蓉蓉发消息:"你可以回来了。"

曾子漩伸手抹了一把陈列柜侧面的壁板,没有灰尘。她满意地笑了笑,看到姚蓉蓉正兴冲冲地走来。

"谢谢你,主管。"

"加油。"

曾子漩深吸一口气,毅然决然地朝着蚕茧里面走去。

那里灯红酒绿,那里纸醉金迷,可又怎么样呢,只要脑袋是清醒的,内心是明智的,她就没有什么好害怕的。

她,无所畏惧。